U0750272

长篇小说

办公室的故事

张玉秋 著

黄河出版传媒集团

阳光出版社

新分来的女大学生

我们办公室一直以阳光灿烂著称。阳光灿烂的意思不是我们的生活有多么阳光，是从另外一个角度说的：我们全部是雄性动物。

这天上午十点钟，主任领进一位姑娘，介绍说：这是白洁，大学刚毕业，分到你们科了。

姓名和大学毕业是次要的，重要的：是位女性，更重要的：是位相当靓丽的女性。

我们办公室四位雄性，科长、我还有两位年轻同志。我和科长已经被人占有多年，并有了下一代。那两位——小林和小水，尚在称孤道寡。

不等科长发号施令，小林和小水立即用实际行动淋漓尽致地诠释了雷锋同志"对待同志要像春天般温暖"的深刻内涵。

他们把靠窗的桌子腾给白洁，桌面擦得让白洁同志的化妆镜自惭形秽。

小水不知道从哪里弄来一盆娇艳欲滴的花儿，摆在纤尘不染的桌子上，与白洁的容貌相映成趣，白洁兴奋得像注射了海洛因。

小林也不甘示弱，端着口杯，对科长谄媚地笑着："科长……"科长横了小林一眼，不情愿地拿出茶叶筒，小心翼翼往口杯里放了几粒。小林不耐烦，按住科长的手，茶叶筒呈六十五度角倾斜，科长秘不示人的"黄山猴魁"源源不断流进口杯。科长脸色苍白，心痛得差点儿晕过去。白洁的桌子上，茶叶清香扑鼻，白洁的脸在袅袅水汽的衬托下愈加妩媚。

1

小林和小水看白洁的眼神充满了柔情，含糖量相当的高。我跟他们一个办公室多年，他们的眼睛里何曾出现过这等景致？

　　尤其令人气愤的是：这两个重色轻友的家伙，竟然视我和科长为虚无。我按捺不住心中的不平，频频给科长暗送秋波，科长却视而不见。我只得凑到他的耳边，小声地嘀嘀咕咕，对小林和小水的卑劣行为进行抨击，同时对科长的高风亮节表示了由衷的敬佩。我自己都意识到了，我的这副嘴脸，活脱脱就是面对鬼子的汉奸。

　　可是人家科长就不像鬼子，完全是一身正气的高大全形象。他不仅表扬了那两个家伙助人为乐的高尚品质，还痛斥了我的这种小人行径。最后谆谆教导我说：你也是老同志了，看看人家，你不惭愧吗？

　　我很惭愧。我更看重的是那两个家伙对我的态度，看我被科长斥责，不定多么高兴呢。我偷觑了一眼，那俩家伙脖子伸得像长颈鹿（我真惊叹人的脖子怎么能伸得那么长），正围着白洁喋喋不休，充分显示自己的演说才能呢，哪里还能听得见科长对我的训斥？我真替他们惋惜，这么好的幸灾乐祸的机会被他们白白放过了。

　　从此之后，这两个家伙争做好事的事迹令我和科长叹为观止。以前，他俩作为脏乱差的典型常常被科长口头批评，科长说他们懒得油瓶倒了都不扶，他们一脸无辜地说，咱们办公室什么时候有过油瓶？现在不同了，每天来得早走得晚，任劳任怨，打水拖地抹桌子，办公室永远是那么窗明几净。一天下午，清洁工红着眼圈找科长："科长，您对我打扫卫生有啥不满意就说出来，我改还不行吗……"科长迷惑不解地说："没有啊，这话从何说起？"清洁工做指点江山状："那，你们这是……""噢，是这样，"科长这才从云雾中清醒出来，"没事儿，人家是学雷锋做好事儿呢。"

快下班的时候，我收拾东西准备回家，小林一脸蒙娜丽莎的微笑凑了过来。经验告诉我，他每次浮现出这种笑准是有事儿求我。我绷着脸说："有话快说，有屁快放！"小林殷勤地给我续上茶（要下班了，根本用不着）说："张科长，有件事你一定要帮我。"我飞快地瞟了科长一眼，还好，他在埋着头看报纸。我低声呵斥道："我什么时候升了科长了，瞎叫！"心里还是很受用。小林组织部长似的："快了，快了……"我说："什么事儿，快说，能帮的帮，不能帮的自然不能帮。"他说："你的笔记本电脑借我用几天。"我断然拒绝："不行，我还用呢！"小林可怜兮兮地说："张科，求你了，我已经……"我冷笑道："你已经答应人家了，是不是？"小林不好意思地挠着后脑勺，憨态可掬。我哭笑不得："得得，借你用两天，好借好还，啊！"小林感激涕零，高呼张科万岁！一点儿也不顾及科长在侧，吓得我出了一身冷汗。

我从自行车棚推出车，小水冷不丁冒了出来，媚笑着说："嗨，张科，回家呢？"我说："你们别张科张科的，让人家科长听见了，以为我要篡权似的。"小水奴颜婢膝地说："其实，你在我的心中早就是科长了。"这俩家伙都知道我的痒痒肉在哪儿，专门瞅准我的软处捅刀子。我推着车边走边说："有啥话就赶紧说，甭耽误我的休息时间！"小水小跑着跟着我说："张科，咱们关系一向很铁，是不是？"我说："甭说废话，你这家伙，重色轻友，还好意思说！"小水讪讪地："哪里的话，反正我是一直把你当成我亲哥的。"我作出骑车状："没啥事儿我可就走了。"小水抓住自行车后架："别别，张科，借我二百块钱。"我说："前几天才

3

借给你一百五，咋这么快就没了？"小水难为情地："我……我
……"我横了他一眼："追女孩子也得考量考量自己的财政收支
啊。"小水抬眼望着我，濒临绝境突然见到救星的眼神也不过如
此。我不忍，掏出钱给他："最后一次了！"

我很担心，照这么下去，这俩家伙的钱包是否支撑得住？更
重要的是，他们会不会学普希金先生，来一次绅士之间的文明决
斗？！我完全有理由相信，这两个家伙做得出来。

我的担心多余了。

一天快下班的时候，白洁请那两个家伙吃饭。那俩家伙像捡
了个金元宝似的，脸上洋溢着幸福的光辉。

第二天早晨，白洁没有上班，正好科长外出办事，办公室就
我们三人。小林和小水神志委靡，唉声叹气。前一个阶段，俩人
的关系剑拔弩张，今天却和好如初，大有惺惺惜惺惺之慨，仿佛
他们上辈子就是无话不谈的铁子！小林说："那家伙，长了个长
马脸，有什么好的？小白咋就看上了他！"小水说："是啊是啊，
那脸长的，吓人！'去年一滴相思泪，今年始流到腮边'！"小林
说："看他嘴大的跟漏斗似的，小白怎么能忍受？"小水说："就
是，太残酷了，小白的神经真够坚强！"小林啧啧有声："哎哎，
真是一朵鲜花插到牛粪上了！"小水说："不能这么说，你这么说
对牛粪不公平。"

我实在听不下去，义正词严地呵斥："哎，我说，你们别吃
不到葡萄就说葡萄酸！"这俩家伙竟同仇敌忾地痛斥我说："葡萄
在哪儿呢？哼，想想你自己吧，大头科员当了快十年，想当科长
脑袋都想长了，还好意思说我们！"

我无言以对……

科长醉酒

　　说实在的，我们科长是个很好的小老头儿，平时有点儿严肃，喝点儿小酒之后，就可爱多了，很平易近人。据他自己公开披露的信息，他的酒龄从婴儿时期就开始了。看我们不信，他举证说，还在母亲怀里的时候，父亲喝酒时就用筷子头蘸酒给他喝了。他还信誓旦旦地保证没有虚假信息披露和误导性陈述。其实，就算他虚假披露，我们也无从考证，他的父母早就归天了。科长曾经自豪地对我们说，他喝的酒加起来起码有十吨。如果他说得属实，那他喝过的酒足以让我们在里面游泳了。

　　科长只喝白酒，他说什么啤酒啊，红酒啊，是爷们喝的酒吗?! 他喝白酒不分好坏贵贱，什么酒都能喝，下属单位请他很好伺候。他老婆对他经常喝醉颇有微词，免不了叨叨两句。他也不生气，笑呵呵地说，叨叨个啥，娶老婆图了个睡，喝酒图了个醉，不醉，还能叫喝酒吗? 科长之所以到了快退休的年龄还是科长，与他喝酒大有干系。现在的市长是他过去的同事，说起科长喝酒总是不堪回首地大摇其头。

　　前些日子，单位组织体检。科长查出来是酒精肝。大夫明确写着：戒酒! 科长看了，脸黄了一下，随之就坦然了，大义凛然地说，管它呢，听拉拉蛄叫还不种地了!

　　科长的老婆乘科长不在的时候找到办公室来了，哭哭啼啼地求我们设法控制科长喝酒。说在家里由她实行独裁统治，决不允许他再碰酒，在办公室就靠我们了，千万不要给他喝酒的机会，过一个阶段也许就好了。虽然我们对此方法是否奏效心存疑虑，但还是很郑重地答应了科长老婆的请求。

我们分头行动，不厌其烦地给下属企业打电话，为了科长的革命本钱，千万不要再请他老人家喝酒了！

好几天在科长嘴里没有闻到酒味儿了，说实在的，我们还挺不习惯的。科长哭丧着脸坐在办公桌旁感叹："这老太婆，酒都藏到哪儿去了。真可惜她这个人才了，搁解放前做地下工作绝对让党和人民放心！"

下属单位办事，快到吃饭的时间了，科长眼巴巴地瞅着人家，眼睛里绿光闪闪。下属单位不落忍，想单方面撕毁协议，但在我们坚定的目光中没敢造次，办完事匆匆就走了。人走了，科长还依依不舍："这些人，着的哪门子急哟！"接着咂咂嘴说了一句古话："嘴里淡出鸟来！"

我们在办公室小心翼翼避免谈"酒"字，就跟阿Q先生避讳"癫"字一般，凡与"酒"字沾边的字，九、就、救、舅、旧等一概从我们的语言里消失了。好在我们词汇量丰富，不至于影响到交流。

没酒喝的日子使得科长度日如年，成天唉声叹气的，比伊拉克难民还苦难。伸懒腰的次数越来越多，据不完全统计，一个上午竟然伸了四十八次懒腰。脸上的笑容越来越吝啬，只有白洁娇滴滴地叫他科长大叔时，才勉强挤出一丝笑纹，准确地说，那不是笑，而是面部裂开的一道口子，很恐怖的。

我威胁他说："科长，那东西您是不能再碰了，否则，我们就没有科长了。您忍心让您老伴老来无伴，晚景凄凉吗？"科长无限悲凉地长叹一声，气若游丝地说："哎，没有酒喝，还活个什么劲儿哟？"

小林痛下决心买来一听新产的"黄山猴魁",这一听"黄山猴魁"用去了小林近半个月工资。小林打开包装,给科长沏了一杯,然后把茶叶塞进科长的抽屉,皮笑肉不笑地说:"科长,尝尝,新上来的。这可不能算行贿呀。"

科长威武不能屈地说:"拿走,拿走,我不稀罕!"

白洁从她随身携带的包里,掏出一堆花花绿绿的东西,笑靥如花:"科长大叔,吃点儿东西,很好吃的。"

也许因为是女同志,科长不好意思说重话,有气无力地摆摆手说:"办公室不许吃东西。小白呀,以后记住,不要往办公室带这些乱七八糟的东西了!"

白洁诺诺而退,诚惶诚恐。

科长破天荒受到了局长的批评。局里召开副市长参加的局务会,局长请科长发言,科长的发言令局长很难堪,说话颠三倒四,前言不搭后语。局长制止了几次,他还在说着昏话。局长很纳闷,那个条理清楚,思维缜密,妙语连珠的科长哪儿去了?!会后,局长叹息了一声:看来,该把科长的退休列入议事日程了!

起草完的文件请科长签发,科长尚处于梦游状态,歪歪斜斜签上了"同意"两个字,画上了年月日。要知道,咱们科长的字可是以遒劲有力、舒展大方蜚声局内外的,是我们局的骄傲。但是现在这苍蝇爬过的字很伤我的眼睛,也伤我心。再往下看,更令人不解,都到了二十一世纪了,科长签的日期竟然是一九九五年一月九日。科长这是怎么了,难道真的糊涂到"不知今夕是何年"的程度了吗?经过我们四个高智商的脑袋认真分析研究,集中了集体智慧,得出的结论是,科长写的是"要酒酒无,要酒!"可怜的科长,用这种方式向我们提出了强烈抗议。

科长已经不是我们的科长了，脸部像干旱了十几年龟裂的土地，惨不忍睹，走起路来磕磕绊绊，我估计，不用太大的风，能就把他刮得"杨柳轻扬直上重霄九"了。精神饱满的、妙语连珠的科长成了我们心痛的回忆。

我负责召集了科务会。"虽然科长这种状态对我取而代之很有帮助。""唰"六只眼睛齐刷刷地刺向我，眼睛里没有了黑眼球。"但是，"我急忙使用了转折句，"我当科长与科长的生命比起来，我认为科长的生命更重要。"六只眼睛的黑眼球恢复了正常工作，"因此，这种状态再也不能继续下去了！我决定，今天晚上，我请客，我们一起陪科长喝酒！"

一片欢呼声。

酒桌上，一杯酒下肚，科长的死羊眼活泛起来，两杯酒下肚，科长干裂的嘴唇红润了，三杯酒下肚，科长完全恢复了常态，神采飞扬，气宇轩昂。他喝了一口茶，"噗"的一声全吐了出来："什么茶叶，垃圾！"他从随身携带的包里拿出茶叶，给我们换上，慈爱有加地说："正宗的'黄山猴魁'，孩子们，品品。"

酒酣耳热之际，我们推举白洁作为甲方代表，对科长提出要求。白洁软声细语地说："科长，酒可以喝一点。但是不能喝醉，微醺就好哦。"至于"微醺"是什么状态，我估计她自己也不知道。

科长脸颊盛开出两朵艳丽的桃花，颤巍巍的，他带着明显讨好的表情："那当然，那当然，欢迎监督，欢迎监督，建立制衡机制是很有必要的哦。"

红颜天使

早晨一上班，小水就公开披露信息：我有女朋友啦！

我们对他的披露置若罔闻，继续埋头做自己的事儿。这很伤小水的自尊。看他的意思，他披露的信息应该是如雷贯耳振聋发聩的，最起码也应该达到股民看到上市公司分红派息股价一路阳线的效果，我们应该为此欢呼雀跃才对。

小林及时纠正了小水的说法："你不应该说有女朋友了，应该说又有女朋友了。这是第几个了，你自己也数不清了吧？"小水翻了他一眼，嘟囔了一句："冷血！"

我好歹也算是科长的第一顺序继承人，安慰自尊心受到伤害的科员是我的神圣职责。我放下案头工作，上前问道："女朋友一定很漂亮吧？"小水立即不计前嫌，兴奋的脸上红扑扑的，自豪地说："那当然了！"我问："有多漂亮？"他说："你放开胆子想象。"我在记忆的仓库里苦苦搜寻形容女人美丽的词汇，小水一直摇头，直摇得我的脑瓜仁子生疼，小水还是不满意，说我的词汇太贫乏了。天！我在局里可是有活字典之称的。话说回来，词汇终究是枯燥的，形象比喻可能更直接一些，我把古今中外能想到的美女明星全部搬出来帮我的忙，看谁能与小水的女朋友相媲美，小水头摇得还是跟拨浪鼓一样："差得远，差得远！"我黔驴技穷地说："那我就无法形容了！"小水说："嗨，这你就说到点子上了，确实是无法形容之美！"说完，瞥了白洁一眼，脸上的表情分明是：后悔了吧？白洁莞尔一笑，继续低头做事。倒是小林看不过去，说一句："臭美吧，你就！"经过我耐心的工作，小水的心态完全调整正常了，表现出大人不见小人怪的神情。

电话铃嘟嘟响，小水抓起电话，喂了一声，眉眼立刻生动起来："小倩呀，干吗呢？噢，买衣服呢。"听得出，小水女朋友的声音加了很多蜜："商家太贼了，只打六折，折扣太低，打到九折我才买。"科长威严地咳嗽了一声。小水立即用地下工作者的声音说："好了，下班我陪你去。我们有规定，上班时间不许打私人电话。"小水女朋友迷惘的声音："我是在公用电话亭打的。"小水聪明地转移了话题："哎，今天怎么没上班？"电话里娇嗔的声音："你傻呀，今天全市停电，学校放假。太棒了，我可以在家看一天电视了！"小水怕女朋友再说出什么不得体的话来，急忙挂断电话。

小林满脸羡慕之情，对小水说："你真幸福啊，有这么一位会算账的女朋友，以后居家过日子准是一把好手！"

我怀着万分同情的心情问小水："你那女朋友是干什么职业的？"小水自豪地说："教师。"我再度问："教什么的？"小水答："英语！"我点点头："难怪难怪！"白洁迷惑地问："小水哥，你女朋友真的是大学毕业？""那还有假？"小水对我们怀疑他女朋友的智商产生了抵触情绪。科长语重心长地说："小水啊，做人不能虚荣心太强啊。是什么就是什么，没有人笑话你的。""据说，"白洁小心求证道："漂亮的女孩子一般智商都比较低。"说这话的时候，她忘了自己也是"漂亮的女孩子"。

小水的爱情很快进入到水深火热的程度。他十二万分幸福地说，和倩倩刻骨铭心地爱一场，上断头台都值了。把柔情蜜意的爱与血淋淋的断头台连在一起，亏他想得出！

小水的女朋友终于浮出水面。

一天早晨刚上班不久，有人在楼下喊小水的名字。小水立即以百米冲刺的速度奔下去。除科长外，我们纷纷把头伸出窗外参观。楼下的女孩子仰脸看着楼上，圆圆脸，小鼻子小眼，满脸阳光，一望而知是蜜罐子里长大的女孩子。虽然长得还算清秀，但是与我们想象中的那个形象太过遥远。

小水进办公室，看到我们失望的表情异常愤怒，说我们都是一些有眼无珠的俗物，根本不懂得欣赏美。"挺好挺好，"小林拍着他的肩膀安慰说，"情人眼里出西施嘛。"

小水没再与我们计较，讲起了女朋友的身世。"说起来，倩倩是苦出身哪。"他这样开场。据他说，倩倩的母亲在她很小的时候就死了，父亲给她找了一个后妈，后妈对倩倩很恶劣。按照小水的描述，把妲己、武则天、吕后、慈禧、刘兰芝的婆婆、黄世仁他娘这些我们能够想到的凶狠、残忍、歹毒的女人加在一起，也顶不上倩倩她后妈的一个小脚趾头。我们太纳闷了，这么恶劣的环境下，小水的女朋友怎么可能活到今天，而且还满脸阳光！

忽然有一天，小水给科长打了一个电话，说他女朋友住院，请几天假。"几天？"没等科长发问，小水已经挂断电话。

十四天之后的早晨，我们刚进入办公状态，一个家伙闯了进来。这家伙面色苍白，一张大胖脸，两只眼睛使我倏然想起了熟透的红樱桃。我刚在网上看到一张公安部门通缉的逃犯相片，就跟这家伙差不多。这家伙，胆子忒大了，光天化日之下竟敢闯入我们的办公室。显然，其他几位也认出了这个逃犯，我们不约而同操起手边家什，准备和这家伙做殊死搏斗。在那一瞬间，我的耳边甚至响起一个声音：做英雄的时刻到了！

那家伙忽然怪叫一声："你们这是干什么？！"我们才依稀辨认出来：是小水。我的英雄梦由此破灭。

11

看得出来，这些天小水受到了非人的折磨，我们对他表示了由衷的慰问。科长端详着小水的大胖脸，怜悯地说："挺清秀的小伙子，怎么给蹂躏成了这个样子。小水，怎么回事儿，说出来，政府给你做主！"

　　小水一口气喝干了科长杯中的水，抹抹嘴唇说："小孩没娘说来话长啊。"

　　原来，他女朋友的后妈得了尿毒症，全家为此负债累累，现在到了后期，透析已经不起任何作用了，出现肾昏迷，而且电解质紊乱，除非肾脏移植，否则神仙也救不了了。偏偏，小水女朋友的血型和她后妈的一样，而且配型成功。她义无反顾地决定把自己的肾脏捐一只给她的后母。在亲朋好友的一致反对声中，她镇定地躺在了手术台上。据小水说，她居然面带幸福的微笑。手术做得相当成功，小水女朋友的后妈安全度过了肾脏移植排异反应的危险期。小水衣不解带，守在女朋友床前整整十三天，眼皮都没眨一下。"真是天使啊。"小水这么赞美她的女朋友。以往他这么说，同志们早就万炮齐鸣，训斥他大言不惭、不知羞耻了，今天我们一致认为：他的这个说法很准确。"倩倩恢复得还不错，下个星期就可以回家休养了。"小水疲乏地说。说完，趴在桌子上睡着了，一条亮晶晶的涎水从他的嘴角逶迤而下。我们轻轻把他抬到沙发上，脱去他臭气熏天的皮鞋，放在窗台上晾晒，科长取来一件外衣，盖在他身上。

　　后来，其他办公室的同事们向我们提出强烈抗议，说我们施放毒气，害得人家三天之内呕吐不止，五天之内吃什么都是臭脚汗味儿。

　　回过头来想，小水的女朋友的确很美，不是漂亮，是美丽。还是小水说的准确，她的美是无法形容的！

山乡来客

　　小林接一个电话，把话筒递给我："找你的。"神秘兮兮补充一句："是个女的！"

　　我接过电话："喂，是你吗？"听到这个声音，我激动得差点儿背过气去，天啊，怎么是她！我听到了我的心脏嘭嘭嘭嘭的声音，震得话机嘣嘣乱跳。我不敢张嘴，害怕一张嘴，心脏从嘴里蹦出来！话筒那端的她说："怎么不吭气，不认识老同学了？"我以顽强的毅力抑制住激动的心情说："喔，是你啊，怎么想起给老同学打电话了？"她说："有事求老同学帮忙。"我就知道，她这个电话绝不是谈情说爱的。我平静下来："什么最高指示？能为你效劳是我今生最大的荣幸。"她咯咯笑起来："我家那位今天要去你们那儿办事，他没见过世面，请老同学接一下，在贵市期间，请多多关照哦。"伴随着咯咯的笑声，甜得发腻的蜂蜜从电话那端源源不断传来，我心中醋浪滚滚翻酸波，很绅士地说："没问题，交给我了。""那就谢谢老同学了。"她家"那位"曾经是人民解放军某部中层指挥员——副营长，还说没见过世面？太不实事求是了吧？

　　可能我接电话时的表情过于丰富多彩了一些，同志们看我的眼神很夸张，我此地无银三百两地说："同学。"同志们异口同声地说："噢——同学啊！"眼睛传递出来的内容是：瞒得了谁呀！没有二两小酒滋润就一脸严肃的科长从眼镜上方瞄了我一眼，难得地笑了一下，笑得高深莫测，潜台词分明是：理解，咱也年轻过。

　　我跟科长请假："去车站接人。"科长通情达理地说："去吧去吧。"同志们为虎作伥地说："接不到就不要回来啊。"

别人都说她漂亮，我没有觉出来。这也难怪，我们是真正的青梅竹马，认识时间太长了，容易产生审美疲劳。

说"情人"似乎亵渎了她，但她的确是我的有情人，我的初恋就葬送在她的手上。

我们从小学就是同学，一直到初中、高中、大学。我根本没想过，除了我，她还能嫁给谁？大学期间，我的一位学历史的朋友提醒我说：注意虎视眈眈的眼睛！我说：虎视眈眈就虎视眈眈呗，我又捂不住人家的眼睛。这位仁兄说：你小子，身在福中不知福啊！摇头晃脑的感叹道：红颜祸水，红颜祸水哦。

因为她，很多同学患了单相思，学校医院神经科的学生骤然多起来，大夫们狠狠赚了一笔奖金。大夫们很不落忍，商量是不是把奖金分一些给她，考虑到方案上无此条款，只得作罢。每天晚上，她宿舍的楼下都有一群追求者，可怜巴巴地看着她室内的灯光，熄灭了都不肯离去。有的沙哑着嗓子唱情歌，唱得星星垂泪，月亮呜咽。因为她的缘故，同宿舍那个最丑的姑娘顺利嫁了出去。

毕业前夕，同学们无心上课，疯了似的找工作，她却气定神闲。同学们议论纷纷：傍上大款了。唉，谁让人家长得那么迷人呐。结果是：她选择了回家乡——西部那个贫穷的小县城。我在那个大城市是无根的浮萍，回家乡是我唯一的选择。那天同学们送行，她被大家簇拥着，站台盛况空前，送行者们摇着她的手不放，甚至洒下了不轻弹的眼泪，搞得站台凄凄惨惨的。我被人冷落在一旁，臊眉耷眼。偶尔，有人难得地瞄我一眼，那眼睛，绝对与兔子有亲缘关系。我知道他们是什么意思：癞蛤蟆终于吃到天鹅肉了！

回家乡我给自己定的底线是，留在市里，否则开拔。她却执意回到了那个小县城。道不同不相为谋，我们挥泪告别了初恋。她回到县城，分到了科技局，又过了四年，找了老公，就是我今天要接的那位，那时还在部队，连长。我接到她结婚的大红请帖，没去，难过得一夜未睡。第二天早晨，同事们见到我一惊一乍的：哎哟，这不是国宝吗，咋从动物园跑出来了？听说，她现在是县科技局局长，副县长的人选，老公是一个乡的乡长。

一晃，快十年喽……

她几乎没有给我打过电话，千年不遇打一次，居然是让我去接她老公，怎么一点儿也不顾及初恋情人的心理感受，她的老公，我的情敌哦，还不如直接捅我一刀子呢！我坐在候车室想着如烟往事，感慨万千，喜怒哀乐层次分明地在我脸上变幻着。旁边一旅客轻声嘀咕："注意这人，有轻生倾向。"另一旅客说："不像。倒像是神经有毛病。年轻轻的，可惜了的。"另外一个显然是见多识广的旅客说："哪里呀，我看他准是个什么艺术家。这些人都疯疯癫癫的。"

从那个小县城方向来的火车一天只有两辆，上午十点三十分一辆，下午两点十五分一辆。上午那辆没接着，我想可能弄错了，是下午那辆。中午匆匆吃了碗拉面，接下午的那辆。要接的那列车喘着粗气进站了，我高举牌子一直等到最后一个旅客离去，我的那位"情敌"也没有在我的视线中出现。往回走的时候，我的手臂粗了，是来时候的两倍。

奇怪的是，没接到人，我反而觉得特轻松。当我迈着模特步回到办公室时，一个身材高大，面孔黝黑的男人上前一步拉住我的手："张先生吧，孩儿妈常提起你，说你有才气。""先生"从这位前指挥员嘴里说出来，感觉不伦不类的。我苦笑一声："穷的屁淌，有啥'财气'。哎，我接站咋没看见你?"他搓着手不好意思地说："我坐公共汽车来的，对不起，让你白跑一趟。噢，吃柿子，俺山里的，纯绿色食品。"我这才发现，每个办公桌上，都摆放着一堆柿子，红彤彤的，办公室立马显得生气勃勃。

　　我军前指挥员现任政府乡长是来申请修路资金的。他们那个乡是全省最偏远的一个乡，交通闭塞，现在还过着刀耕火种的日子。他们那里盛产柿子、榛子、金针菇、板栗、猴头蘑等等。因为运不出来，这些东西就烂在了山里，眼睁睁地看着好东西给糟践了。有人愿意投资办加工厂，没有公路成了最大的障碍。"俺心痛，俺难受，俺着急啊。你们城里人不知道，俺们那里的人过的是啥日子，解放五十多年了，俺们那里的孩子们上学还没有教室，在山洞里上课。"乡长说着说着眼圈红了，"俺是乡长，这条路修不成，改变不了俺乡的穷困面貌，俺死也合不上眼啊!"说到这里，眼泪滚滚而下。当过副营长的人，应该是铁骨铮铮的。看来，铁骨铮铮的人，也有似水柔情。我承认，我当时被感动了，是真的。再看其他人，个个雾里看花水中望月了，白洁的眼泪已经流到嘴里了。

　　科长拉着乡长的手说："市长是我徒弟，我老汉从来没有求过他，这次豁出我这张老脸了，我带你去找他。他不答应，我们就赖着不走，不达目的决不罢休。反正我也是快退休的人了，看他能把我咋的!"

　　科长带着乡长跑了一个多星期，他的那张"老脸"并没有人买账。虽说市长曾经是他的徒弟，但此一时彼一时也，人家市长说路桥资金就那么仨瓜俩枣的，给了你就不能给他，比他们更困难的有的是，要通盘考虑。交通局、财政局的局长们像害了牙疼病似的直嘬牙花子，满脸的旧社会，一副要命有一条，要钱一分没有的架势。科长人也求了，赖也要了，终了还是没办成，气得直骂娘。乡长不忍心科长太作难，主动说罢了，我们自己想招吧。

送乡长上火车那天，巧遇主管路政建设的副省长，曾经与科长是一个战壕里的战友，共事了很长时间。主动与科长打招呼，科长借机把乡长的事情说给他听。副省长沉吟了一下，说把报告给我，我考虑一下。

乡长回去半个月后打来电话，说他们乡修路资金批下来了，即日就要动工了，请我们科全体务必参加剪彩仪式。

科长听说了这个消息，并没有表现出多大的兴奋，叹口气说："真是'有心栽花花不开，无心插柳柳成荫'啊。"

约　会

小林与环保局的同志到基层单位检查环境治理工作，前脚刚走，小林的母亲突然神出鬼没地出现在我们面前。小林的母亲是来控诉小林至今尚在"称孤道寡"罪行的，字字血，声声泪。老人家快六十岁的人了，就小林一个儿子，想孙子想成神经官能症了。小林女孩子没少往家带，却是只开花不结果，小林妈眼看着一个个花蝴蝶般的女孩子翩翩而来，又飘然而去，急得上吊的心都有。这不，为了林家传宗接代的千秋大业，她老人家御驾亲征，杀到办公室来了。

根本用不着小林母亲的血泪控诉，我们早已意识到了问题的严重性。我们周围年轻靓丽的女同志很难找到没有被小林电击过的。小林温情脉脉、风情万种的放电极有杀伤力，把周围的女同胞电得心猿意马，魂飞魄散，严重扰乱了正常办公秩序，其他科室向我们提出严重警告：小林胆敢再胡乱放电，伤害广大女同胞的身心健康，他们将采取必要的防御措施，由此造成的一切后果自负！科长不知道人家要采取怎样的"必要措施"，正为此忧心忡忡呢。但他是领导，不能表现出来，拍着小林妈的肩膀，很首长地说："大姐，放心吧，小林的终身大事，组织会考虑的。"

说起来，对小林找女朋友最上心的还不是小林妈，而是白洁。小林虽然明确得知人家白洁有男朋友，还是忍不住放电。可怜的白洁，被小林电击得遍体鳞伤。近一个时期，她疯狂地与女同学联系，看有没有待字闺中的，或者失恋的。让小林的眼睛断电，或者将电光引向别处，是摆在白洁面前的头等大事。

小林基层检查归来，白洁迎着小林噼里啪啦火星直冒的眼睛，媚笑着说："小林哥哥，伯母来过了。"小林温情脉脉地："唔？"白洁说："伯母很操心你的终身大事啦，我好感动嗳。"白洁眼睛里真有泪花闪烁。接着，很自然地引出了她的一位大学同学，在白洁的描述中，和她的那位同学比起来，什么沉鱼落雁、闭月羞花之类，统统不值一提！小林还没有被冲昏头脑，狐疑地说："这么好的美眉，能留到现在？"白洁叹口气："唉，你不知道，我这同学特有爱心，养了一大群猫啊、狗啊什么的，她的闺房简直就是一个动物王国！她还有洁癖，每天都要为这些小东西们洗澡、梳毛、吹风等，这一整套程序没有三个小时下不来，"她贡献给小林一个媚眼："除了你，一般男孩子谁受得了哦！"小林不禁喜上眉梢，手之舞之，足之蹈之，拍案惊呼："太好了，我就喜欢这样有爱心、讲卫生的美眉!"科长冲白洁赞许地点点头:"好,好。稳定是压倒一切的政治任务。小白啊,此举意义重大,这是主动为咱分忧解难,消除不稳定因素呐,我要为你请功!"白洁谦虚地说:"看结果吧,看结果吧!"

周末,按照白洁的安排,小林和那个女孩子见了面。就是不用白洁指引,小林也会准确无误找到那位女孩子的,风景如画的湖畔,只有她一个人带着一大群阿猫阿狗。

白洁没有美化她的女同学,她的确非常漂亮,而且很淑女。小林忍不住电光四射。白洁给他们做了介绍之后,便离开了。

女孩子显然曾经沧海难为水了,小林的放电对她毫无杀伤力,她含笑说:"小林先生,久仰久仰。"主动伸出雪白细腻的小手,小林握住,一股强大的电流直击心脏,小林立即晕了。

他们开始了历史性的会晤,他们彼此都有好感,气氛轻松愉快。她主动告诉小林,跟她在一起生活,会有诸多不便。譬如:她是环保主义者,如果小林娶了她,那将终身不能品尝野生动物之美味,实乃人生一大憾事;譬如:她喜欢小动物,她的爱心要分出很大一块来给它们,分给老公的爱自然就少了一些;还有,她热心于环保事业,而且是无偿的,这不免会对家庭生活产生影响。小林太兴奋了,他也是环保主义者,也反对吃野生动物,也喜欢小动物。小林颇有"梦里寻他千百度,蓦然回首,那人却在灯火阑珊处"的感慨。小林毫不犹豫地接受了这些,很快达成了双边协议的初步意向,小林温情脉脉看着她,甚至看到了不远的将来,他们带着孩子,和一群小动物们在这片草地上快乐嬉戏的美好景象。

除了环保,他们还有说不完的话题。谈肖邦、贝多芬、柴可夫斯基；谈鲁迅、张爱玲、余秋雨；也谈克林顿和莱温斯基。她的声音很好听，莺歌燕舞余音绕梁什么的全都苍白无力。他们谈得太投机了，不知不觉间，红日西沉。她站起来告辞，他们交换了电话号码，敲定了下次见面的时间。看着她袅袅婷婷离去的身影，小林幸福得站不起来了……

倏然，小林的眼睛被刺痛了。两人亲切友好的交谈，并没有影响到女孩子的食欲。脚下，铺满了密密麻麻的瓜子皮、香蕉皮、蛋卷筒、塑料袋等等。

小林实在难以想象，那樱桃小口，怎么能吞下这么多东西，制造出这么多的垃圾？他本来计划请她吃饭的，心情太激动了，没说出口，现在看来，根本用不着。

绿草如茵的草地上，遗留下了星星点点小动物们的粪便，分外显眼，分外刺目……

他先把她遗留下来的垃圾装进塑料袋，扔进垃圾桶；又找来两支枯枝做夹子，把小动物们遗留下来的粪便夹进塑料袋里，扔进垃圾桶。全部收拾完后，太阳已经落山了。

小林一夜未睡，眼前总是晃动着她娇美的面容，还有母亲期待的目光，还有那一地垃圾……

小林早晨起来的第一件事，就是找出那个美眉留给他的电话号码，看了好几遍。他突然没来由地想起"赠人玫瑰，手留余香"那句话。他昨天和她握过的手，仍然有滑腻腻古怪的感觉。终于，他毅然决然地将写有电话号码的纸条揉做一团，扔进垃圾桶。

接下来他要考虑的是：怎样对白洁作出交代……

你问我爱你有多深

　　一向阳光明媚的白洁的脸上忽然阴云密布，心事重重，神情恹恹，经常盯住某一个地方发呆，说些莫名其妙的"名言"，比如：男人没一个好东西！再比如：爱情是什么？狗屁！我们无不为淑女白洁说出这么粗俗的语言而痛心疾首。看起来，她的爱情一定正在遭受强烈的打击，从而表现出对男人和爱情的极度失望。小林从她的失望中看到了希望，跃跃欲试，"谁说男人没有一个好东西？谁说爱情是狗屁？重要的是你有没有发现，世界上并不缺少美，缺少的是发现美的眼睛。往往身边的美最容易被忽略。"这家伙，居然引经据典了。

　　我很残忍地掐灭了这家伙的希望之火，"林子，作为你未来的领导，我对你在爱情道路上屡遭挫折深表同情，对你的个人问题，组织上是十分关心的。但是，你必须明白，你乘虚而入的企图是不可能得逞的！你一直没有放弃放电的努力，但在人家白洁的眼睛里撞出一个火星子了吗?! 小兄弟，明知不可为而为之，那不是勇敢，是不自量力，是愚蠢！"小林还想说出什么更富有感情色彩的话来回击我，一看白洁向我投来理解感激的目光，立刻闭上嘴巴，躲在一边深刻反思去了。

　　科长走过去，坐在白洁对面，慈父般和蔼地说："小白，是不是男朋友欺负你了？他要是真的欺负你了，告诉我们，我们为你做主。"我们同仇敌忾地说："我们为你做主！"白洁似乎不太领情，淡淡地说："我的事儿我自己能解决。"

　　没有等到我们做主，白洁未来的老公主动送上门来了。那天白洁请假没有上班，她未来老公乘这个空当，深入到了我们办公室。他做了自我介绍后，我们热情的眼睛立即寒光四射，冷冰冰地盯着他，表达我们对他的愤慨。他并没有因为我们表现出来的愤慨而放弃倾诉心中苦闷的强烈愿望。

说实在话，小林和小水对人家的描述太夸张了一些。他的脸是有些长，但是决不至于"去年一滴相思泪，今年始流到腮边！"嘴是有点大，但没有大到像"漏斗"的程度。人家五官的比例搭配还是很协调的，看上去很生动，很有品相的。我心里为这俩家伙不实事求是的态度感到愤怒。

白洁的男友声泪俱下地控诉了白洁对他感情的摧残。

他说："尊敬的科长，各位领导，我来找你们，实在是出于万般无奈。你们的科员——白洁女士，自从加入到你们这个大家庭之后，对我的精神极尽摧残之能事，害得我半夜三更经常被噩梦惊醒，组织一定要为我做主啊！"

科长严肃地说："哎，话不能这么说吧？什么叫加入到我们这个大家庭之后，对你的精神极尽摧残之能事？我们这里是堂堂的国家机关，又不是渣滓洞，专门为法西斯培养人才的。"

白洁未来老公自知犯了老鼠向猫告状的错误，但他仍然决定将告状进行到底："各位领导，我现在深深体会到，情海即是苦海啊。说起来你们可能不信，我在她面前话也不敢说了，比如那次她问我：我问你你爱我有多深？我随口答道：月亮代表我的心。她说：月亮照着全世界的女孩子呢，好你个色狼！老实交代，你心里究竟有多少个小妹妹？！就这一句话，我整整三天零五小时四十分三十五秒没见到她的黑眼球（我深有感触地插话：完全理解，我们谁不是这么过来的）。还有哦，她经常出一些脑筋急转弯的题来考我的智商，比如：她说如果她碰上一个更适合她的人，问我怎么办？我说，为了你的幸福，我退出。她说，我早看出你不爱我了，根本不在乎我。我立即覆手为雨说：我跟他决斗！她马上给了我一巴掌，说我只顾自己，完全不顾她的感受，跟着我没有安全感。领导，您说，我应该怎么说（小林插话：这个题目不亚于哥德巴赫猜想）？不怕各位领导见笑，前几天我到单位上班，同志们见了我像见了鬼似的纷纷躲避，我听领导私下嘀嘀咕咕地商量，要不要把我送进安定医院！"科长说："事态够严重的，照此下去，离安定医院是不太远了。要说不会啊，白洁，多文静懂事善解人意的女孩子啊，可从你的描述中，简直就是精神虐待狂嘛！"

白洁未来丈夫说："可不是咋的！"小林酸溜溜地说："哎，我说你呀，就知足吧，别饱汉子不知饿汉子饥了！"我以过来人的身份开导他说："想开一点儿吧，恋爱中的女孩子没什么道理好讲。没有在你身上施展拳脚，让你忍受肉体上的折磨就够意思了。想想吧，人家一辈子要托付给你，现在不考验考验你，更待何时？"

白洁未来丈夫渐渐低下头去，眼中泪花闪烁。

科长以领导的身份安慰他："我们会对白洁同志进行批评教育的。不过哪，小伙子，忍字头上一把刀，该忍还得忍啊。"

自白洁未来丈夫对我们进行了单边访问后，阳光又回到了白洁的脸上，办公室雄性同志们看着她又和以前一样赏心悦目了。

好景不长。周一的早晨，白洁跨入办公室的时候，我们心痛得差点儿落下眼泪！她半边脸红肿，凸起了一座山丘，造成脸部比例严重失调，眼睛眯成了一条缝，看人只能用余光。更让我们心痛的是：她居然喜气洋洋。喜气洋洋的表情出现在这张变形的脸上，实在太恐怖了！

看到白洁惨遭踩躏的脸，我们义愤填膺，这小子，太可恶了！科长说："白洁，是时候了，看起来我们有必要给这小子一点苦头尝尝了！"白洁笑嘻嘻地说："没事儿，一点儿皮外伤。"天哪，我们像花儿一样呵护的白洁哪里是什么虐待狂，简直就是受虐狂嘛！看我们用默哀的眼光看她，她喜滋滋地说："真的没事儿，丢了一辆摩托车而已。"丢了一辆摩托车，还而已？看她那样儿，哪里是丢了一辆摩托车，中彩票得了一辆摩托车也不至于这么高兴啊？莫非，她让那个表面上看起来人五人六的家伙给打傻了，脑子进水了？我们沉痛的表情并没有影响到她的心情，她说："你们知道摩托是怎么丢的吗？"反正是丢了，怎么丢的重要吗？我感到这个问题很可笑。这时盘旋在我脑子里的是先报案还是先把她送进安定医院，犹豫不决之时，白洁讲了下面的故事。

　　一个司空见惯，极其平庸的故事。只不过，白洁和她的未婚夫成了这故事的主角。就在昨天下午，白洁未来的丈夫用摩托车载着白洁去他未来的老丈母娘家，白洁长发飘飘很是惬意。路过一个繁华的路口，看到里三层外三层围了一大群人。其实，他们过去了也就没有故事发生了，偏偏他停下摩托，钻进去看个究竟，只见五六个如狼似虎的家伙围着一个人暴打，被打的是位军人，全身血迹斑斑，几十号人围观，没有一个人上前制止。白洁未来的丈夫冲上前去大吼一声："住手！"那五六个歹徒正打得兴起，被白洁未来丈夫的一声吼扫了兴，便抛下军人，转而对他大打出手。白洁未来丈夫一面奋起反击，一面用身体护住倒地的军人。白洁上去阻挡，结结实实挨了几记老拳，眼前立即金花四溅。这几记老拳并没有把她打晕，反而打清醒了，她明白了自己助战是螳臂当车，白白送死，便退出人群，拨打了110。

不到五分钟，110赶到现场，人群呼啸而散，歹徒望风而逃。白洁未来丈夫橡皮膏一样的黏住了一名歹徒，双手死死掐进那个歹徒的肉里，鲜血淋漓。

事情的原委是：那位军人发现一个窃贼正在偷一位壮汉的钱包，上前一把掐住窃贼的手腕。此举立即招来了窃贼的五六个同伙，团团围住军人。窃贼问被窃的壮汉："钱包是你的吗?"那壮汉迫不及待地摇头，喃喃地说："……不……不是……"掉转身兔子般跑了，暗自埋怨爹娘给他少生了两条腿。窃贼们一声喊打，军人就倒在血泊中了。如果不是白洁未来丈夫挺身而出，这位军人恐怕就成为烈士了……

做完简单的讯问笔录，白洁和她的未婚夫准备离开时，才发现摩托车不见了……

脸破了相，摩托车丢了，这些倒霉事儿并没有使白洁感到一丝沮丧。她轻轻地充满深情地哼唱：你问我爱你有多深，我爱你有几分? 你去想一想，你去看一看，月亮代表我的心……

我们原来对白洁的评价是：长得漂亮，说话好听，但唱歌贼难听，跑调能跑出地球，跑到另外一星球，还能把那里的生命体唱死一大片。今天，她的哼唱一点儿也没有跑调，我们四个大老爷们在她甜美的歌声中醉了。

脸上春秋

平地一声惊雷，我们局发生了一件不亚于十二级地震的大事，全局中层以上的领导们无不欢欣鼓舞，奔走相告。

——我们那位年富力强的、前途无量的、不苟言笑的、大家见之畏之如虎的局长，因受贿被"双规"了！据说：他之所以出事，是他包养的"二奶"和人家"斗富"引发的。同志们实在难以想象，平时见了女同胞目不斜视俨然柳下惠再世的局长，竟然还有这个爱好。

这也同时意味着：八个副局长中，有一个要扶正；科长里面，也有一位要顺势而上成为我们的副局长。

这是一段特别激动人心的日子，最激动的莫过于主管我们科的副局长。他已经五十出头了，这一茬如果赶不上，除非中央组织部直接提拔，否则，他的副局长就当到头了。我们副局长左边脸有一大块红色胎记，极像中华人民共和国地图，同志们背地都叫他"红版图"。

"红版图"平日很少屈尊到我们办公室，今天刚上班不久，就背着手进来了，笑容可掬。我们对副局长这张笑脸非常不适应。他笑得越灿烂，咱们的国土就越支离破碎。副局长对我们科长说："我早知道这家伙要出事儿！我多次苦口婆心地劝他，要注意，要注意！他全当了耳旁风，还把我当成眼中钉肉中刺。这下怎么样？进去了吧？不是不报，时辰未到！"

"是啊是啊，局座大人您实在高明，有先见之明，佩服佩服。您到现在还是副局长，真是埋没人才，是咱局里的一大损失啊。"小水公开拍起了马屁，而且这个马屁拍得恰到好处，"红版图"被马屁熏昏了头脑，竟然没听出弦外之音。"红版图"眉开眼笑，祖国山河愈加地惨不忍睹。

"红版图"说："小水，可不能搞个人崇拜哟。即使同志们拥护，领导信任，我真的当上了局长，我也会戒骄戒躁，努力为人民服务的。"他用万分怜悯的语气说我们科长："这些年来，你也

26

被他压得喘不过气来。论才学、论水平，你早就应该是副局长了。"他以局长的口气说："放心吧，组织会考虑的。还有你，'麻秆张'"（"麻秆张"是鄙人的雅号），他指着我说："你要准备挑起更重的担子哟。"

我满脸谄媚地说："谢谢领导的栽培。"心里骂："傻蛋才信你的话!"

"红版图"迈着方步离开，留下踌躇满志的背影……

市委组织部考察组很快驻扎进来，八个副局长们扔下所有工作，围着考察组团团转。惶惶不安中，考察结束了。

据说：八个副局长在考察组互相告刁状，从揭露出来的问题来看，没有一个屁股是干净的，个个劣迹斑斑。考察组心情很沉重，局长刚出了事儿，不能再弄出个事儿来，市委书记指示对反映出来的问题不做定论，重新考虑局长人选。决定考察审计局的一个副局长，接任我们局的局长。

听到这个消息，"红版图"压抑不住愤怒心情，脸红脖子粗地说："他妈的，这算怎么回事儿! 这小子，他算老几，还嫩得很。仗着和市委领导人的关系爬上来，算什么能耐! 听说他花花事儿一大串，这种人居然能当咱们这个大局的局长，还不如把咱们局改妓院得了，真是让人笑掉大牙!"

看到"红版图"如此震怒，我们心里就甭提有多爽了，但表现在脸上的却是为他志哀的肃穆。

"红版图"为我们的忠诚而感动，眼里泛出泪花："唉，本来想给大家办些好事儿，看来又要落空了。我对不起大家啊。"

"局长，我们真心希望你能上去啊!"小林声音颤抖地说。

"不对劲儿，我感觉你们其实并不是希望我上去，而是巴不得我下台，是不是？"小林的表演痕迹过重，"红版图"忽然警醒了，表现出经过长期革命斗争的老干部的警惕性。

"新局长上台，你们心中美着呐，盼望新局长把我整合掉。'讨吃丢了棍，给狗解了恨。'告诉你们，我绝不是一只羔羊，任人宰割！""红版图"一言中的，我们面面相觑，很佩服他透过现象看本质的洞察力。

"你们幸灾乐祸是吧？我会让你们失望的。""红版图"拂袖而去，背影很愤怒。

很快，主管组织的副书记亲自宣布了任命文件，审计局副局长调我们局任局长。八个副局长中，保留四位职数，其余的三个任巡视员，一个调到其他局。"红版图"在保留的四个职数之列（听到这个消息，我们好失望哟！）。

刚宣布完任命文件，"红版图"就把他分管的科室召集到他的办公室开会，他很动感情地说："咱们新任局长有学历，有见识，有魄力，有开拓精神。市委安排他担任我们局的局长，是对我们局工作的高度重视……我们要牢牢团结在局长的周围，服从局长的指挥和领导，努力开创各项工作的新局面，把我局的工作推向……"

在他慷慨激昂的讲话中，左脸的胎记"祖国山河一片红"……

我们局又恢复了往日的平静，像什么事儿也没发生过一样。"红版图"依然主管我们科，见到比他大的首长"祖国山河"就惨遭蹂躏，见到我们这些下级脸就板得平平整整，祖国的版图很完整。

一个大雪纷飞的夜晚，冷风刺骨，我因为赶写一份材料，回家晚了。顶风冒雪的行进中，迎面碰见"红版图"走过来，他提着一个鼓鼓囊囊的大包，腋下还夹着两条"大中华"。好像在想什么事儿，直到我跟他打招呼才醒过神来，想躲，已经来不及了。"局座，风雪寒天的，还为革命工作奔波呢？"我说。"红版图"尴尬地说："哪里，哪里。串个门而已。"我不知高低地说："是到局长家串门儿吧？局座，您还能进步！""红版图"正色道："你这是什么话！小张，不要把同志之间的关系想得那么庸俗嘛。局长的岳母人工流产，作为同事，不应该有起码的关心吗？"我心里说，你应该说局长老婆流产才对啊？局长的岳母都六十多岁了，还"人工流产"，真成了王母娘娘了！我庄重地点点头："应该，应该。您教诲的太对了，还是局座的水平高。局座，那您就去关心同志吧，我不打搅您了。"

渐渐，"红版图"的背影消失在风雪弥漫处，影影绰绰的……

不速之客

我们办公室来了一位不速之客。这是在我们两个公休日之后，拖着疲惫不堪的身子进入办公室时发现的。办公室灯光未熄，科长的办公桌上趴着那位不速之客，他睡得很沉，我们进来他竟然毫无察觉。他胳膊肘下压着一本书，很显然，是看书的时候睡着的。我们对此进行了可行性论证，大家一致认为：他肯定不是为了找睡觉的地方才进入我们办公室的。白洁小心翼翼地求证道："这人，是不是小偷？"一语惊醒我们，可不就是小偷嘛？！小水叹息道："真难为他了，要躲过门卫的眼睛，沿着下水管爬到三楼，撬开窗户进入办公室，一个孩子做这个危险又充满挑战性的工作，简直是惨无人道！"

说起来还是人家小林反应快，在小水叹息的时候，他已经走过去，拍醒了那位不速之客："喂，小伙子，醒醒，天亮了!"

　　不速之客懵懵懂懂抬起头，一口乡音："我这是在哪里?"他的眼睛里布满迷惘，腮帮子压出一大块褶皱，头发乱糟糟的，像个正在孵卵的鸟巢。小林说："在哪里? 公安局!"

　　白洁说："我们怎么办?"小林说："先把他控制起来，别让他跑了!"小水说："不妥吧，我们不是执法单位，无权限制人家的人身自由。"小林说："那就直接送公安局。"小水说："不太好吧。看他这个样子，也就是十三四岁，根据未成年人保护法的规定，不能承担民事责任。"小林气呼呼地说："那你说怎么办?"小水说："只能找他的监护人。"小林说："废话! 到哪里找他的监护人?"

　　我在心中惊叹，真是近朱者赤，近墨者黑，小水的女朋友竟然把他培养得如此心慈手软。

　　我们为如何处置这位不速之客争论不休，当事人却无事人似的，自己倒了一杯纯净水，慢条斯理地喝着。

　　科长推门而入。我们立即结束了群龙无首的局面，把难题推给了科长。科长到底是科长，直奔主题而去。科长首先让大家清点损失，清理的结果是：白洁的损失最为惨重，抽屉里储存的小食品被扫荡一空。我和科长的老婆下手比这位不速之客要快，办公室根本不可能存放私房钱。小林小水经常寅吃卯粮，不会有闲余资金供人取用。最终认定的损失是：除了白洁的小食品之外，就是少了几本书而已。

　　不速之客很自觉，主动交出了没有经过允许擅自取得的几本书，只有白洁的小食品已经进入他的肚子里，损失已经不可挽回。

我们对白洁遭受到如此惨重的损失表示了深切的同情。

这件事的定性使我们很为难，白洁的食品可能已经消化得差不多了，存在取证上的困难。不速之客只是取了几本书，按照孔乙己先生的说法：窃书，窃书能算偷吗？

科长不耻下问地请教不速之客："你说，我们应该怎么办呢？"不速之客很干脆："把我送到公安局吧！"白洁吓唬道："你想好了再说，送到公安局，劳教你两年，一生的污点哦。"不速之客说："那也比我现在强，起码有饭吃，还有书看。"科长说："孩子啊，你怎么会这么想？"

不速之客讲述了他的身世。

他姓马，出生在号称世界贫穷之最的南部山区，家里很穷，上面还有两个姐姐。两个姐姐尽管学习成绩都非常优秀，没钱交学费，还是相继辍学了。她们知道有个和她们同姓的叫"马燕"的同学，写的日记被一个叫寒石的法国记者发现并发表，于是，马燕的命运发生了根本性改变。他的两个姐姐受到启发，拼命写日记，可惜，再也没有新的"寒石"们光顾她俩了，她们不得不接受辍学的事实。他是男孩子，属于重点保护对象，全家节衣缩食供他上学，他的成绩名列前茅，还是班长。今年年景不好，老天不开眼，他也面临着辍学的命运。他盘算利用假期跑出来打工，挣回学费，因为岁数太小，没人敢用，很快成了流浪儿中的一员，他已经三天没吃东西了。昨天晚上，饥肠辘辘的他到我们的办公大楼，乘门卫防守松懈之际，潜入我们的办公室（我认为他有干特工的潜质）。他对食物的嗅觉特别敏感，很快就闻到了香味的来源，取出来饱餐一顿。之后，从书架上取下几本认为对他有用的书藏入怀中，再之后，坐在桌前看科长放在桌上的那本《思想帽与行动鞋》，一下就被吸引住了，认真读了起来。后来，睡着了，再后来，就到了现在……

听完他的诉说，空气一下很沉闷。过了好一会儿，科长走到他的身边，摸着他鸟巢般的乱发，缓缓地说："孩子，你爱看书。爱看书的孩子一定是个好孩子。你挑的几本书我送给你，这本《思想帽与行动鞋》你喜欢也送给你，你看看书架上还有没有你喜欢的书，有的话，你就拿走。好好爱书，看书，做个有出息的孩子。孩子，我喜欢你！"

孩子的眼泪渐渐涌上眼眶，我急忙制止："小伙子，男子汉，别，千万别。咱科长的心脏不好，受不了这个。"

白洁已经潸然泪下。

小水说："还等什么？他就是咱们的希望工程啊。把口袋里的银两统统拿出来，让咱们的小马弟弟重返课堂。"

大家把自己的口袋洗劫一空，我们感到很快乐。能够帮助别人，真是一件很快乐的事哟。

科长把钱交给小马："孩子，回去好好读书，我们会资助你读到大学。"

小马的眼泪终于夺眶而出。

一个月后，我们收到了小马的信。他在信中说，他回到了课堂，还担任班长，老师还请他帮助批改同学的作业。他说，我们送给他的书他都看完了，科长大爹送给他的《思想帽与行动鞋》放在床头被老鼠啃去一个角，他很难过。他还说，他的理想就是考上大学，将来做个像我们一样的人，我们的行动令他很震撼……

他用了"震撼"这个词，也着实令我们震撼。

随信还有一张照片，摄影的技术不是很好，显得粗糙，但层次感很强，远山如黛，天空碧蓝如洗，黄澄澄的土地，一栋低矮的校舍，飘扬着一面鲜艳的红旗。小马站在校舍前，微眯着眼睛遥望前方，满脸的憧憬破纸而出……

英雄不问出处

我家来了位阔老板，是我老婆家的亲戚，他轻描淡写地告诉我和我老婆，他这次是来考察投资环境的，想在本市投资搞个大项目。我老婆的这个亲戚离她有点儿远，据说是她太爷爷拜把兄弟儿媳妇的远房侄子。绕来绕去的，我老婆也不知道该怎么称呼，阔老板倒是很平易近人，说：咱不翻历史旧账，兄妹相称吧。他很谦和地称我为妹夫，自我介绍说他叫金钱宝。我说，不吃人吧？他说，妹夫，幽默，实在幽默。

翻起历史旧账，我老婆和金钱宝同志的渊源相当久远，小时候两家是隔壁，都三岁多了，金钱宝同志还穿开裆裤，小鸡鸡一甩一甩的。他和我老婆从事同一工种：放羊。金钱宝同志当时的最高理想是每天都能吃一碗大肥肉片子，他的这个理想使得我老婆的哈喇子飞流直下三千尺，俩人当场立下婚约，如果金钱宝同志实现了他的崇高理想，文妹（我老婆的小名）就嫁给他当媳妇儿。

金钱宝比我老婆整整大两岁，是他们那拨伙伴中的长者。他上学比我老婆早，我老婆上到三年级了，他还在一年级晃荡，伙伴们都称他"留级猴"。可我老婆对金钱宝同志依然痴心不改，她认为金钱宝同志是有远大志向的人。看来我老婆的确有眼光。

我老婆的那个村是个穷山村，黄土高坡，难得见到绿色，只有酒葫芦家的院子里有一棵李子树，秋天的时候，李子小红灯笼似的挂满了树枝，酒葫芦舍不得吃，摘下来去集市上换钱。为了获取这棵树上的果实，金钱宝同志表现出了卓越的才能。他打听到酒葫芦和他的家人要到邻村亲戚家喝酒的重要信息，这个信息让我老婆兴奋异常，满嘴都是李子的酸甜。要知道，酒葫芦喝酒，不醉不归的。在进行了充分的可行性研究之后，金钱宝同志决定采取行动，他从家里拿来一块面饼，老白干浸透，扔给院子里的大黄狗。大黄狗忘记了工作期间不准进食的禁令，一口吞下，很快不省"狗"事。他让我老婆望风，大公无私地把最危险的工作留给自己，扒开院墙的酸枣刺，跳进院子。

金钱宝同志猿猴似的攀到树冠，顺利地摘取了胜利果实，扔一颗到嘴里。我老婆看得很清楚，凄楚地叫："钱宝哥哥！"金钱宝说："文妹，想吃不？"我老婆说："想！"金钱宝提出交换条件："那你给我当媳妇儿，行不？"我老婆认为这项交易符合公正公开公平的原则，一口答应："行！"金钱宝说："那你张开嘴。"我老婆听话地张开嘴巴，一个熟透的李子准确无误地抛入我老婆的口中。我老婆和金钱宝配合默契地做着这项高难度高技术含量的工作，达到了忘我的境界，不知道危险渐渐接近。酒葫芦不放心他的李子，红头涨脸地出现了。他一把薅住我老婆的头发，很多余地大吼一声："好大胆子！"我老婆立即拿出百试不爽的武器，裂开嘴号啕大哭，乘酒葫芦打愣怔的瞬间落荒而逃，丢下了刚刚私订终身的夫婿金钱宝。

金钱宝同志自然被酒葫芦扭着耳朵送到他的父母面前，金钱宝同志的屁股自然而然地一个多星期着不了炕。当然，他也有收获：其一是酒葫芦送了一篮子李子给他，我老婆也是受益人之一；其二是他知道了一个重大历史史实：国民党的八百万部队是被谁打败的。直接证据是酒葫芦揪住他说"国民党八百万军队都让老子打败了，你个小婊子儿算个屁！"酒葫芦当过解放军。我老婆小心翼翼地说："听老师说，是共产党打败的。"金钱宝不容置疑地说："共产党同志领导的，酒葫芦同志打败的！"我老婆于是不敢再说，她视金钱宝为自己崇拜的偶像。

后来，我老婆乌鸡变成了金凤凰，考上大学，飞出了穷山村。金钱宝同志失望之余，跑到南方淘金。据说，他倒过银元、贩过毒、卖过假钞、拐卖过妇女儿童，除了守法的营生不做之外，什么事都做过。我老婆还听村里人说，有人亲眼看见金钱宝被五花大绑押赴刑场，脑袋被炸子打得稀烂。

就是这个据说挨了炸子的金钱宝，生龙活虎地出现在我家，对我说："妹夫，大哥我要在咱市投资办企业，你在政府工作，帮咱搭个桥，少不了你的好处。"我说："我就一个公务员，能帮你啥忙？看来你这好处我是得不上了。"金钱宝无限惋惜地说："妹夫，你太老实了。"

我个人认为这事儿很搞笑，讲给同事们听，不知道怎么传到了"红版图"副局长耳朵里，他立即找我核实，我据实以告。"红版图"以雷霆万钧之力拍了一下我的肩膀："英雄不问出处。麻秆张，你给咱局立了一大功！"

谁要再说咱们政府办事效率低我跟他急，政府职能运转起来，效率高得惊人，仅仅隔了一天，"红版图"就礼贤下士地对我说："跟我去参加招商引资大会！"

招商引资大会设在我们市最豪华的四星级酒店，迎门挂着一条大红条幅"热烈欢迎金钱宝先生来我市投资兴业！"红彤彤的标语把我的眼睛都耀花了。

　　接待的规格相当高，市委、政府、人大、政协四套班子倾巢出动。会议由市委书记主持，金钱宝先生坐在市委书记旁边。我和"红版图"被挤在一个角落里。会谈在亲切友好的气氛中进行，市委书记神采奕奕，谈笑风生，发表了诸如优化投资环境，提供优质服务，构建双赢平台，你发财我发展等高深莫测的讲话。在热烈的掌声中，金钱宝先生讲了他的投资计划，他计划投资在市中心建一个集餐饮、住宿、博彩、歌厅、洗浴等为一体的娱乐服务中心。他的投资计划得到了各位领导的高度赞赏，说他有前瞻性目光，投资项目属于绿色产业，符合国家可持续发展战略。金钱宝先生略带羞涩地说："当着明人不说暗话，这个项目运作起来，需要漂亮小姐提供服务，我就担心公安局三天两头扫黄打非禁赌等等，扫上几次黄，就把我的这个中心给扫黄了。"市委书记猛拍了一下桌子，铿锵有力地说："我看他们谁敢！谁断了咱市的财路，我就端了他的饭碗！公安要为经济建设保驾护航，而不是反其道而行之。"

　　市委书记的话一落地，立即响起了雷鸣般的掌声。

　　会议结束，履行了酒宴这个必备程序。金钱宝喝得满脸通红，市委书记陪他敬酒，敬到我所在的桌子，他把我扯到一边，很亲密地小声说："妹夫，你行，深藏不漏啊。还说帮不上忙，给咱铺陈了这么大的场面。大哥我忘不了你。"

　　我扫了一眼笑语喧哗的场面，冷冷地说了一句高深莫测的话："践踏法律的发展是畸形的发展，在这个畸形空间里寻求发展，无异于饮鸩止渴！"

金钱宝愣愣地看着我，他心里可能在想：这家伙脑子进水了吧？咋说出这么莫名其妙的话！

明明灭灭

我们新任局长和过去的局长不同，过去的局长总是皱着眉头，除了他的上司，见谁都是苦大仇深的样子。咱们新局长很和蔼，笑容灿烂地挂在脸上，很有亲和力。据老谋深算的"老机关"讲，这属于"笑面虎"型，表面春风杨柳，心里磨刀霍霍，时刻准备血淋淋的杀戮。"老机关"的话令我毛骨悚然，又有些不以为然，太夸张了吧？

事实胜于雄辩，姜还是老的辣，果然被"老机关"不幸言中。

早晨一上班，局长阳光灿烂的脸瞬间乌云密布，不一会儿，办公室电话通知：全体干部到会议室开会。

会上，局长声色俱厉地说："我今天说一件小事情，但小事情折射出的是大问题。早晨上班，我看到走廊里的灯还亮着，明显是亮了一夜。你们谁家的灯能亮一夜，啊?！走廊的灯是公共资源，公共资源就可以肆无忌惮地浪费吗？举手之劳的事都不愿意做，责任感到哪里去了……也许，有的同志会说，我们是公务员，是干大事的，我说同志们呐，'一室不扫，何以扫天下'……大家下去认真进行讨论，举一反三……"

科长组织我们讨论局长的讲话。我首先表示了自己的不满："屁大点事儿，值得开全局干部大会吗，太小题大做了吧?"科长苦巴着脸说："局长说要举一反三，透过这件事来启发大家的思路。"小林不客气地说："屁的思路，给办公室交代一声就行了呗。"小水阴阳怪气地说："看看，高低显现出来了吧，你们就知道就事论事，看看人家局长，高瞻远瞩啊。"白洁天真地说："小水哥哥说得对，人家局长就是有水平，通过关灯问题，引申出那么多大道理来。"小林突然说出一句惊世骇俗的话："我怀疑，灯是局长早晨上班开的。"白洁惊讶的嘴巴里能塞进一个鸭蛋："这怎么可能嗳，局长那不是吃饱了撑得吗？"科长严肃地说："林子，少说不负责任的话！"我说："我认为，林子说的有道理，不排除局长对我们进行职业素质考核的可能。"林子冷笑道："通过开关灯来强化他的权威性，小儿科！"小水说："哦，江湖险恶！"科长敲敲桌子说："跑题了。我说，就整个材料出来，切入点是如何整合公共资源，实现资源的优化配置。"我不屑地说："挨得上么？"科长以不容置疑的口气说："就这么定了。"他环视了一圈，同志们纷纷低下头，最后把目光定格在我身上："张，你出手快，今天晚上就辛苦一下，把材料整出来。"

第二天早晨，小林特地喊我早上班半个小时。走廊里黑黢黢的，我俩贼一样躲在厕所里，离上班时间还有十九分钟二十三秒的时候，局长出现了，上楼的第一件事，就是打开走廊的灯，然后开门进了局长办公室。

小林站在开关旁，等局长再次出现。局长出来了，小林手疾眼快，"啪"地按灭了走廊的灯。局长面无表情扫了他一眼，进了卫生间。

刚在办公室坐下，就接到了开会通知。小林神情诡秘，以为会遭受到局长的严重表扬。局长的确再次提到关灯问题，令小林始料不及的是，局长对他擅自关灯行为进行了猛烈抨击："……

走廊里的灯是公务员职责范围内的事吗？我们有严格的职责划分，执行得怎么样呢……首要任务是种好自己的一亩三分地，自己的地都没有种好，跑到别人的地里瞎播什么种子……自己工作的边界在哪里都搞不清楚，我真感到悲哀……越权处理问题，干涉其他部门工作，长期下去怎么得了哦！……就这个问题，要进行一次深刻地讨论……"

我们这次心态平和多了，知道这是考核，即使作弊，也要把试卷给答出来，既然是游戏，就应该遵守它的规则。我没等科长发话，自告奋勇地说：材料我来写。不是我写材料有瘾，科里就这么几头蒜，小水和白洁正沉浸在爱河里，这漫漫一天，人家心里遭受了多少煎熬，能让人家加班么？小林倒是闲云野鹤，可他眼睛里储蓄了大量的高强度电放不出去，脸上憋出了密密麻麻、生气勃勃的小红痘痘，看情形，时刻都在准备爆裂，真的憋出个好歹酿出个事故谁来负这个责任？至于科长，人家是领导，想想都是犯罪。

我炮制出来材料的题目是《我们应该如何正确履行职责》。

办公室召开了紧急会议，讨论如何贯彻局长讲话精神问题，遗憾的是，他们没有领会局长讲话的精髓，只见树木，不见森林，一叶障目，不见泰山，作出了一个很无聊的决定：抽出一名勤杂工专司开关走廊灯之职。我本来想站出来善意地提醒他们：这种就事论事的作风只会引起局长更大程度的不满。转念一想，罢了。既然是考试，成绩总得有高有低，没有平地显不出高山。局长的游戏还没有结束，咱就拭目以待吧。

局长没有辜负我的期望，会议如期而至。局长在会上痛斥了机关的官僚主义作风、办事拖拉、人浮于事、效率低下。他说：

"……开关走廊里的灯，用得着专门派一个人吗？由此可见，我们机关人浮于事已经严重到了何种程度……同志们有没有算过开关灯的成本，那位勤杂工是金手指吗？或者说，他有点石成金的本领吗……我们有些同志，思想僵化，不思进取，从一个极端走向另一个极端……你不与时俱进，你就会被时代淘汰，这就是辩证法……"

局长讲完话的第二天，我的又一篇文章《从走廊里的灯明明灭灭说开去》炮制出来了……

忽然有一天，我发现走廊里的灯泡不见了。

一天晚上，我加班晚了，在黑暗的走廊里被垃圾桶绊了一下，脚脖子崴了，肿成一个红苹果。这是无可争议的公伤，我心安理得地休息，心安理得地接受同事们的慰问。我休息了四十五天，本来还想继续休下去，被老婆的拖把打下了床。老婆说，我再不下床，就胖得下不了床了。

这次休息除了工资照拿不误之外，还享受了局里的公伤补贴。另外，报了一千五百八十七元四角的药费，顺便说一下，这里面有给我老婆儿子开的药。当然，他们现在没病，但是不能保证他们永远没病啊，要有备无患，未雨绸缪哦。

考　察

小林情场失意，憋出了一脸小红痘痘，气势汹汹波涛汹涌。可是不知道怎么搞的，新来的局长居然认定这个雄性荷尔蒙严重超标的家伙是一个人才，准备提拔到另外一个科任副科长。这是办公室的一个哥们私下透露的，那个科的科长到站了，副科长升了科长，于是空出一个位子。小林虽然信誓旦旦地说他视官场名利如粪土，还是请全科的同志们在饭店搓了一顿。看我情绪低迷，他很不好意思，似乎是他抢了我的位置似的，频频向我举杯，说什么局长有眼不识金镶玉，还说什么天生我才必有用等等无聊透顶的废话。我酸溜溜地说："林科长，你真是春风得意马蹄疾啊。晋升科长后，美眉们会争先恐后地往你怀里扑，一路看尽长安花，挡都挡不住噢。兄弟，敞开你多情的怀抱，让爱情来得更猛烈些吧！"

科长则及时地给他打预防针："林子，作为你的科长，我向你表示祝贺。但是我告诉你，不要以为这个位子就非你莫属了！这仅仅是个信号，仕途风云变幻莫测，有很大的不确定性，千万不可掉以轻心。小伙子，夹起尾巴做人，你以为领导会欣赏一个水平比他高的年轻人做他的下级吗？""科长，您的提醒太及时了，我一定夹起尾巴做人。"小林看了自己的屁股一下："遗憾的是，我的祖先进化得太快了，没有把尾巴遗传给我。"

虽然我对小林后来居上心里觉得不太平衡，但总体来说，咱还是一个高尚的人，脱离了低级趣味的人，对小林的荣升感到高兴。全科的同志们对小林的升迁更是表示了极大关怀和支持，颇有一人得道，鸡犬升天的意思。小林自己更不用说了，小水说，林子干工作都干疯了！我们翘首以待小林成为林科长。

小林要得到提拔的消息很快得到证实。局党委会研究之后，雷厉风行地展开考察。考察结果出奇的好，从考察结果来看，小林如果是县委书记，那就是焦裕禄，如果是地委书记，那就是孔繁森，如果是省委书记，那就是郑培民。小林已经开始潜心钻研《如何做一个优秀的领导者》等著作。

这天早晨上班，小林一反常态，神情郁郁。那些天，泰国、印度、斯里兰卡、印度尼西亚、马尔代夫等小岛国发生海啸，死了十几万人，我们以为小林领导是为那些死去的或者无家可归的国际友人闷闷不乐，我们很为小林领导这种先天下之忧而忧、后天下之乐而乐的国际主义情怀所感动。后来得到的准确消息是：小林上班乘公交车，看见一位非常漂亮的美眉，忍不住对人家频频放电。小林可能认为他的眼光含情脉脉，可人家却化柔情为愤怒，不，是震怒。尤其是美眉旁边那位守护神，简直怒不可遏。更加可悲的是，他们居然在同一个站下车。美眉完全有理由相信小林图谋不轨，啐了小林一口，杏眼圆睁："流氓！"随着美眉"流氓"一声令下，守护神熊掌般的巴掌和小林的脸进行了零距离的接触。放电放出这么一个效果，完全出乎小林的意料。在这种状态下，再要求小林春风扑面就实在是太苛刻了。不用仔细辨认，小林领导腮帮子五根指印依然鲜艳夺目。为了给小林领导创造一个安静的空间，更重要的是我们都不愿意成为小林领导发泄愤怒的载体，纷纷逃离办公室，留下小林独享孤独。

　　办公室的门轻轻地、有节奏地响了几下。小林心烦意乱："敲什么敲！要进就进，不进就滚！"门被轻轻推开了，进来一位四十多岁的汉子，他也不察言观色就跟小林套近乎："小同志，你贵姓啊？"小林不耐烦地说："我贵姓贱姓和你有啥关系，有事就说，没看见我正忙着呢。"来人被小林同志的气势震慑住了，愈加地小心翼翼："小同志，我想找你们科长谈点儿事，麻烦你给我找一下。"小林疾言厉色地说："我说你这个同志是怎么回事儿，不是给你说我正忙着嘛。再者说，人家科长去哪里又不给我请示，我到哪里给你找去！你下午再来吧。"来人耐心地说："我要赶很远的路，小同志，你……"

电话铃响了，小林抓起话筒，电话是小水打进来的。小林对着话筒喊："你管我和谁在一起。什么？考察我。我才不管谁来考察！你是好心？好心你就自己留着吧，我不稀罕！""啪"的一声挂断电话，余怒未息。电话接着又追进来，小林终于勃然大怒了，对着话筒疯狂叫嚣："我的事不用你操心，你还有完没完……我就是吃了枪药了，咋地！嗯，我的仕途……算个屁，管好你自己吧，别咸吃萝卜淡操心……"电话再次挂断。

来人笑眯眯地说："小同志，肝火不要那么大嘛，牢骚太盛防肠断啊。"小林说："一边待着去！有你什么事儿？"低下头，继续钻研《如何做一个优秀的领导者》。来人领导似的劝导小林："小同志，你这种工作作风可不行啊。"小林不屑地说："我不想跟你对话了，你赶快走吧。"来人无可奈何地说："那，我走了，后会有期。"（后来小林才领悟到人家说的是双关语，是"后悔"有期的意思）小林没有抬头，抬起手臂挥了挥。

来人还没出门，科长进来了。科长惊讶地说："姚副部长，你来了？"转脸对小林说："林子，这是组织部姚副部长。"姚副部长说："不用介绍了，我们已经认识了。这就是你们局提拔的优秀人才啊？"小林觉得有必要向姚副部长作出解释："姚部长，对不起，我真的不知道是您。"姚部长笑里藏刀地说："是别人就可以用这种态度了？小林同志，在一定程度上，你代表了政府形象。"科长绝望地说："姚部长，我请求你留下来，再做进一步的考察。小林同志的确是个好同志！"姚副部长指着自己的眼睛说："跟你的陈述比起来，我更相信自己这双搞了二十多年组织工作的眼睛。什么都不必说了！"他亲切地对小林说："小林同志，我走了。"科长徒劳地："姚部长……"

小林的考查材料报到市委组织部备案。姚副部长在翻阅考察材料时发现了小林，从考查材料来看，像小林这样的优秀人才当个副科长，实在是太可惜了。按说，副科长的任命市委组织部就是备个案，偏偏姚副部长是个认真的人，他要实地走走，如果的确像材料里写的那样，他计划把小林推到更重要的岗位上去。

姚副部长要下到局里的信息传到了小水的耳朵里，他以最快的速度通知给了小林，谁知道正赶上小林抽筋。

煮熟的鸭子又飞了。科长心痛得捶胸顿足，小林呆若木鸡。

虽然同志们对小林同志春风得意的事业遭受到狂风暴雨般的袭击表示了最亲切、最无私、最深切的同情和慰问，但小林同志这棵幼苗还是没有经受住打击，大病了一场。要知道，没有这回事儿是一回事儿，有了这回事儿又没有了是另外一回事儿。

半个月后，小林上班了，我们为他重返工作岗位举行了一个欢迎会，小林在会上痛斥了仕途对人性的残害和对人心的折磨。他表示，从此之后，他将退出仕途竞争，做一个散淡的卧龙岗人。白洁提示："卧龙岗人诸葛孔明先生当了成都军区的总参谋长兼政委，刘备死后，他又集军权、政权为一身，怎么能说是散淡之人？"小水也好心提示："你与人家诸葛亮比，还是有差距的。要赶上诸葛孔明，起码需要一百年的时间。"小林愤愤不平地说："你这么说话我就不爱听，哪里需要一百年！"小水连忙修正了自己的话："啊，我说错了，至少需要九十九年！"

小林在同志们的鼓励和安慰之下，诗兴大发，当即赋诗一首，直抒胸臆：我如果爱你，副科长/ 就不像攀援的狗尾巴花/ 借你的高枝炫耀自己……/ 也不止像险峰/ 增加自己的高度/ 衬托我的威仪/ 甚至科长/ 甚至局长/ 不，这些都还不够/ ……所有的人/ 都不敢漠视我的声音/ 像刀/ 像剑/ 也像雷/ 我不仅爱领导岗位/ 更爱岗位所蕴藏的权力……

小林如此肆无忌惮地糟蹋舒婷的诗，令舒婷的崇拜者白洁当场晕倒……

爱的守候

我们这个城市发生了一起火灾，本市一家歌舞厅夜里突然起火，消防战士以最快的速度赶赴现场，火势很快得到控制，继而被彻底扑灭。

因为消防队员赶到的及时，人群疏导得当，基本上没有造成市民的重大伤亡。但是，五名年轻的消防队员进入楼房灭火时，楼板坍塌，两名壮烈牺牲，三名身负重伤住进医院抢救。

我们是早晨上班听到这个不幸的消息的。科长当即决定，休息一天，大家凑钱买些花篮，去医院探望受伤的消防战士。

我们的探访受到了医院和消防队的高度重视，院长和消防队的队长亲自接待我们。院长告诉我们，一位受伤特别严重的战士，已经处于弥留状态，很想念他的家人。消防队长接着说，这位战士的家在千里之外，母亲已经去世，家里有父亲，还有一个姐姐。战士的父亲和姐姐赶来肯定来不及了，希望科长能作为战士的父亲、白洁作为战士的姐姐守候在这位战士身边，陪伴他度过生命的最后时刻。科长和战士是老乡，个头与战士的父亲相仿，年龄相仿，口音也相仿。

科长和白洁在护士的带领下，来到那位战士的病床前。战士全身缠满绷带，插满了各种管子，裸露出来的皮肤黑黢黢的，像烧焦的木炭。护士趴在战士的耳边轻轻说："你爸爸和你姐姐来看你了。"战士的眼睛缓缓睁开，他受伤很严重，看任何景物都是模模糊糊的，他看见床前站着一位老人，还有一位姑娘。战士颤巍巍伸出了自己的两只手。

科长和白洁一人握住战士的一只手，战士的手掌心还温热，他把温热源源不断地传给科长和白洁。

科长趴在战士的耳边，用浓重的乡音说："孩子，我和你姐来看你了。你很勇敢，我们为你骄傲！"

战士似乎有许多话要说，但又说不出来，眼泪从眼角流了下来。白洁的脸紧紧贴在战士的脸上，无声地流泪，和战士的眼泪交融在一起，眼泪把战士洁白的纱布洇湿了一大片。战士艰难地抬起手臂，想用他烧成木炭似的拇指，擦拭白洁的眼泪，可是他没有成功。

他们没有再说话，牵着战士的手，默默地守在他的身旁。一天过去了，战士依然活着。夜色渐渐浓了起来，窗外已是万家灯火，我、小林和小水多次走进病房，请科长和白洁休息一会儿，我们替他俩守护。科长坚决地摇摇头："我是他的父亲，这个位置是任何人都不能代替的！"白洁什么也不说，只是拼命地摇头，摇碎了一串串晶莹剔透的泪珠。

熄灯了，月色水一样涌进特护病房，覆盖在战士身上，科长和白洁一人握着战士的一只手，仿佛他们一松手，战士的生命就会飘逝而去。隔壁的伤员们有的在呻吟，有的在号叫，还有的在饮泣。寂静的夜里，这些声音分外地清晰，分外地刺耳。战士静静地躺着，他不再流泪，显得分外平静。他掌心的温热，告诉科长和白洁：他还活着。

天快亮的时候，战士手掌心的那一点点温热渐渐消退了，变得冰凉。科长轻轻地对白洁说："他走了。"白洁睁大惊恐的眼睛说："不！"科长用更轻的声音说："他走了！"

院长、消防队队长和护士来到战士床前，处理善后事宜。院长说："他走得很安详，没有留下遗憾。"消防队队长紧紧握住科长的手说："谢谢你们，我代表全体消防官兵谢谢你们，是你们没有让他带着遗憾离去。"

"不，应该是我谢谢你们，是你们给了我做这个孩子父亲的机会。"科长的眼睛湿润了，"我很欣慰，在这位战士最需要父亲的时候，我作为他的父亲守在他的身边，我很希望我有这样一个儿子！"白洁含着泪说："我就是他的亲姐姐。"

消防队长说："为了你们这样的市民，他牺牲的值了！"科长说："是你们在保卫着我们这座城市的安宁。但愿我们的市民不是在遇到灾难的时候，才想起你们的存在，才想起需要战士的牺牲！"

三天之后，火灾的阴影渐渐被市民们淡忘。我们是个容易忘却的民族，再大的灾难，都会随着时间的推移渐渐被淡忘，何况是一场并不算大的火灾。

科长还在念念不忘："那位战士的父亲和姐姐不知来了没有。听说他父亲是个下岗职工，生活很困难，这孩子是家里的顶梁柱，他这一去，他的父亲、姐姐怎么接受得了啊。"我说："科长，您就别操心啦，有政府呢。听说，这战士被评为烈士，他的家庭能享受烈属待遇。"科长摇摇头，完全像个父亲："唉，孩子的命都没了，就是评上一百个烈士，又有什么用处?！"

正说着，有人怯生生地敲门，进来两个人，一男一女，一老一少，风尘仆仆的样子。那位年轻的女孩子一进来就冲科长跪倒，含着泪说："大叔，谢谢您，谢谢您代替我爹和我守在我弟弟的身边。"科长急忙拉起那位女孩子："孩子，别这样，你弟弟为了我们这座城市献出了生命，我们守护他还不应该吗？"白洁紧紧搂住那位女孩子："小妹妹，他是我们的好弟弟，表现得很勇敢，我们应该为他自豪！"女孩子喊了一声："姐！"抱住白洁失声痛哭。

我的鼻子隐隐发酸，对这对父女说："老伯，还没有吃饭吧？走，咱们去这里最高档的四星级酒店。"老者摆手说："这怎么使得？"我说："怎么使不得？就是全市人民都使不得，你也使得。"

我们喝了很多酒，我们都没有醉，我们含着泪唱着：为了母亲的微笑，为了大地的丰收，峥嵘岁月何惧风流……

马路陷阱

上班不久，一杯茶还冒着神仙姐姐下凡般的袅袅热气，办公室主任气急败坏地闯进来，打断了我刚进入状态的奇思妙想，让我心里很不爽。办公室主任宣布了他的一个重大发现，在离我们办公大楼八百五十米左右的地方，下水井的井盖没有盖上，不仅里面的臭气徐徐上升，刺激着人们的嗅觉神经，而且还随时准备将行人一口吞下。我们这个城市和南方的一座著名城市缔结了姊妹城市，今天下午人家的代表团就到了，如果让人家看到这个张着血盆大口的下水道，那我们的城市形象将受到多么严重的损害！办公室主任认为这事儿是我们科的分管范围，对我们进行了及时通报。科长认为这是举手之劳的事，立即吩咐："林子、小水，赶紧去把井盖盖上。"办公室主任举起手:"慢,责任要分清楚,他们俩如果受伤了是谁的责任?"科长说:"这会受什么伤?"主人说:"小心驶得万年船。不怕一万,就怕万一,宁肯麻烦一万,不可麻痹万一。"科长请教怎么办,主任很干脆地说请示局长。局长在美国考察,这里的早晨是美国的晚上。科长还在犹豫,主任已经果断地拨通了局长国际漫游的手机。

局长接到电话,认为此事非同小可,南方的这个姊妹城市带了许多投资项目来,市委市政府非常重视,不能为了一个下水井盖影响了投资环境。他指示说,下水井是水务局负责的事,我们不要乱插手,免得影响两个局的关系,火速与水务局联系,请他们协调处理。科长立即拨水务局长的电话,电话打通了,无人接听,找到分管副局长,副局长说这事必须一把手点头才可以处理。水务局长晚上歌厅鞍马劳顿,正在酒店酣睡,当然,旁边还有一位"陪睡"。手机响了许久才醒过来,睡眼惺忪接听电话,他也感到事态严重,他说下水井盖在路面上,按照"铁路警察,各管一段"的原则,应该是交通局的管辖范围。水务局长很负责任,他说,改善投资环境,增强服务意识是大事儿,就不要分那么细了,特事特办,由他直接和交通局局长联系,争取在上午处理完。科长感激涕零地说,谢谢,谢谢。

水务局长电话打回局里,指示分管副局长带领办公室主任亲自去一趟交通局。交通局长很热情地接待了他们,交通局长也意识到了此事的重要性,立即召开了紧急会议。这个会议开的效率极高,不到一个小时,会议结束了。研究的结果是:此事应该归污水处理厂负责。但本着分工不分家的原则,交通局愿意从全局出发,协助水务局、污水处理厂共同把这件事处理好,就不再麻烦书记市长了。水务局将此事的协调结果反馈给了我们办公室主任，办公室主任反馈给我们科长，一上午的时间快过去了。科长说时间不等人，我们自己处理算了。主任说：还是请示一下局长再说吧。拨通了局长的国际漫游，局长在美国的宾馆已经进入梦乡，接到科长的电话，并没有恼火，他认为如此重大的事件，多请示勤汇报是十分必要的。他指示说，由咱们局牵头，会同水务局、交通局和污水处理厂共同商量出一个方案，务必在姊妹城市代表团到来之前解决。必要的话，请主管市长出面协调。

科长立即与相关方联系，得到了积极回应。半个小时后，各单位的人员到齐。我们局主管我们科的副局长"红版图"主持了协调会，协调会开得很热烈，大家对这件事的认识很到位，没有一点儿推诿、扯皮的意思，纷纷表示愿意全力协助，表现出很高的思想境界。协调会很快就进入到制定具体措施的层面。水务局办公室主任说，将井盖盖到井口有很高的技术含量，他们派两名高级技工，专门负责指挥工作。

交通局办公室主任为水务局表现出来的高姿态所感动，他说盖井盖需要起重机械，他们局愿意支援一台吊车，因为出动车需要费用，象征性地收三百元就可以了。污水处理厂办公室主任说，他们厂长表态了，为了全市招商引资的大局，他们厂要人出人，要物出物。既然友邻单位如此高风亮节，他们也没话好说，专门抽出一辆车，随时听候调遣，车钱就不要了，给司机一百元补助费算了。"红版图"对协调结果很满意，对我们科长说：就这么定了，你带领他们去现场吧。因为协调工作十分顺利，局长说的"必要的话"就不必要了。

各单位承诺的事项很快兑现，四十分钟后，紧急调配的人员、车辆静候在我们局办公楼前待命。这个时候已经是十二点二十五分了，大家并没有因为占用了休息时间而有什么怨言。科长一招手，大家乘车风驰电掣般向下水井扑去。

令人不可思议的是，下水井盖盖得平平整整，严丝合缝，哪里有什么血盆大口？科长给主任打去电话，主任很惊奇，说我明明看见井盖扔在一边，井口大开的，怎么会盖上了呢？不是开玩笑吧？

一位交警走过来，问这么兴师动众的要干什么，需要不需要交通管制配合？科长说不必了，原来井口不是敞开着吗，谁给盖上了？交警笑着说，昨天晚上两个民工清理下水道淤泥，没有盖井盖，早晨有个精神病人从精神病院跑出来，被井盖绊了一下，随手给盖上了。那个精神病人已被护士抓回去了。

科长感到不可思议。摆摆手说："大家请回吧。"众人不乐意了："咋说得这么轻巧？都过了吃饭时间了，为了工作，大家饿得前胸贴后背了，就这么打发我们？"科长艰难地说："好，吃饭，请大家吃饭……"

民主评议

我们局召开了民主评议干部大会，局长在会上作了"重要讲话"，号召全体干部对局领导进行民主评议，特别是要敢于指出他本人的缺点和错误。他幽默地说，对我本人的错误，同志们要发扬吹毛求疵的精神，疵点被毛掩盖了，吹开了才能发现啊，这也是考验我们党执政能力的重要体现。他还说他将诚恳地接受全体干部的监督和批评，希望大家从爱护干部的角度出发，把他身上的"毛"吹开，找出"疵点"。

会后，白洁很激动，说我们局终于有了新气象了，只有敢于正视自己的缺点和错误，才能把事业不断推向前进。科长笑而不语，小林和小水对白洁流露出了极大的人文关怀，我说是啊是啊，从此之后我们的事业将会一路高歌猛进。

很快，评议表发下来了。表格设计得很有特点，成绩栏窄窄的一条，意见栏却一大片空白。背面有填表说明，意思是少填成绩，多讲不足，表格填不下，可以另附纸填写等等。党办送表时专门强调了局长的指示，说什么成绩不讲跑不了，缺点不讲不得了云云。

同志们很快填完了，连一向工作认真负责精雕细琢坚信慢功出细活的科长也填完了，唯有白洁还在翻来覆去唉声叹气。白洁痛苦的表情催生出小林的骑士风度，他亲切地问白洁遇到了什么难题。白洁说，虽然局长对她特别和蔼，每次见她都把手搭在她的肩膀上，时间不会少于十五秒，但除此之外，她对局长的印象实在太模糊了。尽管如此，意见栏里依然密密麻麻写满了字。她说，虽然对局长印象模糊，但对局里的工作还是看在眼里的，局里的工作没有做好，也就是局长的工作没有做好。令她苦思冥想痛苦异常的是不知道那窄窄一条成绩栏里填什么？小林说："我的白洁小妹妹哎，不是我批评你。咱们局长那么多惊天地、泣鬼神的业绩你不去挖掘，而对人家的一点点过失耿耿于怀。你这姑娘小小年纪，怎么看到的尽是黑暗面！你记住，成绩与错误，永远是九个指头和一个指头的关系。"白洁被说得一头雾水。看着白洁迷惘的神态，小林心中充满了怜香惜玉情怀，自告奋勇说我帮你填。"刷刷刷"风卷残云般在成绩栏里填满后，又顺延出五张稿纸的篇幅，意见栏则毫不客气统统删除。白洁说，我咋没发现局长有这么多成绩啊？小林高深莫测地说："小妹妹，慢慢去发现吧。"白洁认为自己的意愿被强奸了："那是你的意思，不是我的。"科长重新递过一张表，亲切地说："小白啊，你填你的，不要让他们污染了你！"白洁接过表，又陷入冥思苦想之中。两个小时后，白洁的《民主评议表》终于填完了，十分庄重地双手捧给科长，科长认真审读后，叹了一口气，将意见尖锐的字眼磨合得温和了一些，让白洁重新誊了一遍，交到党办。

第二天早晨刚一上班，党办主任就把白洁叫进他的办公室，他从老花镜上方看了白洁一眼，亲切地请白洁坐下，和蔼可亲地说："小白同志，听说你工作很不错，怎么不积极申请加入组织呢？"白洁说："暂时还没有这个打算。"党办主任关切地说："小白啊，要主动要求进步呢。"白洁说："谢谢领导关心！"党办主任取出白洁填写的《民主评议表》，沉吟了一下说："这张表你拿回去重新填一下，好不好？"白洁惊讶地问："为什么？"党办主任语重心长地说："小白啊，看问题要学会两分法哦，成绩是主流么。咱们局的评议表是要报市委组织部的，作为考核干部的依据，你这张表上去，将会给咱们局长的形象带来多大的损害你考虑过吗？敢于直言是值得提倡的，但一定要注意方式方法。你说是不是？"白洁困惑地说："局长大会上再三动员主要是找问题，你们送表的时候不是也强调'成绩不说跑不了，问题不说不得了吗？'"党办主任摘下老花镜，循循善诱道："问题是一定要说的，关键是怎么说，采取什么角度来说，说到什么程度。小白啊，工作不仅是门技术，也是一门艺术哪。"白洁越听越糊涂，猜不透这位老先生葫芦里究竟卖的是什么药。她决定请教主管副局长"红版图"。

"红版图"赞不绝口："小白啊，你的意见提得好，提得好啊。"他激动地站起来，在办公室来回踱步："局里的工作没有做好，就是我们这些做领导的工作没有做好，尤其是一把手的工作没有做好。只有落后的领导，没有落后的群众哦。白洁啊，我支持你，年轻人嘛，不能畏首畏尾。对那些陈腐观念，落后观念，阻碍改革和发展的观念，就是要敢于猛击一掌，使其猛醒。从这点上来说，你的意见还不够尖锐，怕什么呢？局长不是说了吗，要敢于吹毛求疵，我们局现在缺少的就是这种民主的气氛，缺少的就是你这种对问题有清醒地认识又敢于猛击一掌的人！我相信，局长会正确对待群众评议的，这也是在帮助我们这些做领导的改进工作嘛。"

得到主管局长的首肯，白洁很高兴，觉得还是人家副局长有水平。回到办公室，还兴奋得满脸通红。办公室的人都出去了，就我在留守，看到白洁兴奋的样子，心里明白有人给她吃了兴奋剂了，一问，果不其然。我的血一下涌上脑门，咬牙切齿地骂："无耻！"白洁吓了一跳："张科，你说谁无耻？"我立即清醒过来，换了一副笑脸说："白洁，你明白'醉翁之意不在酒'这句话吧？有的人处心积虑想顺势而上，却并不明火执仗，而是躲在暗处扇阴风点鬼火，唯恐天下不乱。这还不无耻吗？"白洁显然被我吓住了："你说得太悬乎了吧？人心真有那么险恶吗？"我笑笑说："是我以小人之心度君子之腹了。嗨，不说这些了，咱们还是说如何填好这张表吧。我的意见，你意见栏里填的这些东西统统作废，如果里面一定要有内容的话，就重新考虑一条。"白洁似乎醒悟到了什么，对她的醒悟，我很悲哀，但是我没有办法。她怔怔地问："那我填什么意见呢？"我胸有成竹，故作深入思考状，过了一会儿说："就填'平时不注意团结女同志吧'。"

快乐的植树节

正当清明，春风和煦，大地回暖，眼看着枝头泛青，一年一度的植树节到了。

我们这里地处西部，老天爷的雨水尤其吝啬，植树造林在我们这里比南方城市就有更加重大和深远的意义。

我们不仅愿意、而且乐意参加这项义务劳动，这当然是我们的思想境界高，同时，也不排除与大自然亲近的美好愿望。据说，像我们这些常年坐办公室的人，应该经常进行一些户外活动，有益于身体健康，既绿化了山川，又有益于身体健康，怎么能不乐意呢？

有人抬杠说世界上不可能有尽善尽美的事儿，我对这个说法持保留态度。负责这项工作的是我们的办公室主任，我认为他的活动安排就可以用尽善尽美来形容。办公室主任说：机关的同志们都是国家的宝贵财富，让这些国家的宝贵财富受到一丁点儿的委屈都是咱工作的失职。

我们节日般快乐，乘坐着高靠背的豪华空调大巴，非常舒适。有人讲起了荤段子，引起阵阵爆笑，不知不觉中，到达了指定地点。

下了车，搬下一大堆铁锹、镐头的同时，还搬下来几个大纸箱，按科室分下去。纸箱里面每人一套运动服，阿迪达斯牌的，一双运动鞋，耐克牌的，还有一顶遮阳帽，一双高档皮手套，一副高档墨镜，简直可以说全副武装。各式各样的水果、易拉罐饮料、啤酒等琳琅满目。大家齐声高呼主任万岁，感谢政府的关心和爱护。

主任通情达理地说："大家一路鞍马劳顿，先在附近转转，活动活动筋骨，或者娱乐一下，等领导来了咱们就开始！"这个地方很好，山坡脚下，一条小河蜿蜒流过，山坡上野杏粉红色的花骨朵含苞欲放，令人心旷神怡。科长谢绝了我们的盛情邀请，独自上山溜达去了，他说不能辜负了这大好春光，我们友爱地嘱咐科长，山路崎岖，走路要当心。我们把纸箱板平铺在地上，我、小水、小林和白洁甩开了扑克。我和小水对家，小林和白洁对家，打"升级"。我们一边吃着水果，喝着饮料，一边战斗。小林和白洁男女搭配，配合默契，遥遥领先。战斗犹酣之际，主任通知：领导来了，同志们准备行动。我们虽然意犹未尽，但必须服从集体行动，自觉地放下手中的扑克。

果然，一列小轿车缓缓而来，紧随小轿车之后的，是电视台的采访车。市委书记、市长等主要领导亲临植树现场，给我们以很大鼓舞。书记、市长依次站在高高的土丘上讲了话，我发现主任这个安排也是独具匠心。他们话讲得很好，很有高度、广度，也很激动人心，我们把手掌都拍红了。

领导们来到事先挖好的树坑前，有人把树苗小心翼翼立在坑内，领导们即挥锹填土。记者们围着领导们团团转，摄像记者扛着摄像机跑前跑后，一顿狂扫，摄影记者从各个侧面、各个角度拍下了领导们植树的情景。我们当然不能让领导们过于劳累，领导们填第四锹土的时候，我们毫不客气地夺过了他们手中的锹……电视台那个最靓丽的金牌节目主持人站在镜头前侃侃而谈："在这春暖花开的时候，市委、市政府领导亲自参加了植树活动，市委书记发表讲话说，'我们在这里播种着春天的希望……'"

领导的车队浩浩荡荡地开走了。紧接着，一辆大卡车开过来，停在那辆豪华大轿车旁边，一群穿着灰色服装、肩膀上扛着蓝白相间道道的犯人，在劳改干部的带领下，来到我们中间。

同志们对犯人们的到来表示了最热烈、最真挚的欢迎。犯人们以挖一个树坑十元钱的价格提出要求，我们以三元的价格进行了回复。经过了坦诚、友好的磋商，在互惠互利的基础上，最后达成了每个树坑五元的交易价格。

科长没有参加这次集体竞价，他默默地拿起铁锹和镐头，在划定的位置挖树坑。看他这样，我们也不好意思把树坑卖出去，只好陪他受苦受累。山坡脚下，碎石混合着沙土十分坚硬，科长终究是上了年岁的人了，不一会儿就汗流浃背，气喘吁吁了。几个犯人蹲在我们的坑边，什么也不说，虎视眈眈地盯着。看时机成熟了，一位络腮胡子犯人面含讥诮地说："别强撑着了！算了，优惠你们了，每个坑三元。"听到这话，我们立即跳出坑，不管科长同意不同意，硬把他从坑里扯出来。银钱两讫后，犯人们饿虎扑食般跳下坑，锹镐叮叮当当有节奏地响起来，十几分钟的功夫，坑就挖成了。接着从小河里挑来水，栽树、培土，有条不紊，认真负责。一切完成后，他们跳上大卡车，轰隆隆地开走了，栽下的树在春风的抚摸下昂首挺胸。

虽然大家很留恋这里，但留下已经没有任何意义了。办公室主任宣布了最后一项通知：每人发二百元补助费，各科室按这个标准造表领取。大家辛苦了，为了犒劳各位，晚上在酒店吃饭，五粮液什么的就可劲儿造。女同胞们说，那我们呢？主任笑着说：喝奶！引起一阵欢声笑语。

一个月后，我们局又被评为"植树造林先进集体"，每人发了一个沉甸甸的红包。

作秀的代价

我们这个城市干旱少雨，幸有一条河流从我们这个城市逶迤穿过，这条河的名字叫弱河，这条弱河像母亲的乳汁，滋润着我们的城市，喂大了这个城市一代又一代人。

过去这条河波涛滚滚，白浪滔天。有言云："弱水三千，只取一瓢饮。"指的就是这条河，想想吧，我们这条河的名声曾经多么显赫！可是，现在不行了，河两岸的不肖子孙们，将树砍了盖房、卖钱，岸两边茵茵绿草被牛羊们啃成了一片沙漠。弱河渐渐老去，疲倦不堪地喘息着。终于有一天，她的乳汁再也流淌不出来了，干涸成一根瘦弱的肋骨。

今年雨水奇大，弱河的水一下涨满，浊浪排空。堤坝年久失修，河水肆意地蔓延开来，我们这个城市难得地变成汪洋泽国。我们城市的领导者们向当地驻军求助，驻军派来了一个师的官兵抗洪。三个昼夜之后，决堤终于堵住了。雨还在下，波涛气势汹汹地拍打着堤岸。

第二天，风和日丽，万里无云，我们的心情好得一塌糊涂。这些天，虽然是部队官兵冲在第一线，但我们这个城市的每一个市民，都攥着一把汗。现在好了，终于可以松一口气了！科长把我们召集到一起说，多亏了部队官兵！大家想想，怎么表达一下心意。没等我们设计出表达心意的方案，办公室下达了通知，要求我们上午十点三十分在堤坝集合，领导要对部队官兵们进行嘉奖。领导就是领导，不管啥事儿都想在咱的前头，要不怎么人家当领导，咱就当不了领导呢？不服还真不行！

大堤上彩旗飞舞，锣鼓喧天。但是，如果你足够细心的话，你会发现，这些官兵们的眼睛里布满血丝，三个昼夜的奋战，他们已经疲惫至极了！堤坝下摆满了沙袋，几十台装载机、运输机械整装待发。令人百思不得其解的是还有四辆消防车，呈对角线对着堤坝上方。领导太有创意了！怪不得人家说，领导们都是艺术家呢。

　　领导的这个创意浪费了我们不少高质量的脑细胞。我们实在弄不明白，开现场会弄这么多消防车做甚？更加摧残我们脑细胞的事情出现了！十几个民工撅着屁股挖大堤，那是个最险要之处，那个地方给挖开了，这堤坝里失去控制的水就会一泻千里。但他们又不像是搞破坏，众目睽睽之下，给他们一百个熊心豹子胆，他们也不敢！

　　我们冥思苦想了很久，最后得出了几个结论：他们在寻找有没有蚁穴，俗话说"千里之堤，毁于蚁穴"；检查土质，看符不符合建堤，必要的话，启动"定点灌浆"预案；为研究百年不遇的洪灾收集第一手资料。我们将分析的结果汇报给了科长，科长不屑地哼一声："扯淡！人家是在作秀……"

　　很快，堤坝被挖得剩了薄薄一层，领导们纷纷站在堤坝上，身后彩旗猎猎，煞是英姿飒爽。一切就绪，随着组织者的一声令下，四台消防车一起对着领导们喷水，霎时间大雨如注，紧接着，一个民工捅开了大堤决口，大堤里的水立即汹涌而下，气势磅礴。一位看样子是最高长官的领导声嘶力竭地喊道："共产党员、共青团员们，党考验我们的时候到了！"领导们奋不顾身地投放沙袋，电视台的摄像机一刻不停地沙沙响，镜头前飞珠溅玉。好一幅"抬望眼，潇潇雨歇，壮怀激烈"的场景。领导们一身泥水，身先士卒，战斗在最前沿。如果不是在现场，而是在电视画面上看到这一切，没法不让市民们热泪盈眶。

按照预定程序，接下来是决堤被沙包和人墙封堵住了，肆虐的洪水乖乖按照领导的意愿顺着河床蜿蜒流去。雨停了，晴空万里，领导们带着一身疲惫、一身泥水、满含热泪宣布："大堤保住了！人民的生命财产保住了！我代表全市人民，感谢我们的子弟兵……"雷鸣般的掌声响起，领导们的特写一个个在镜头前摇过，庄严肃穆，令人的崇敬之情油然而生……

可惜，事情没有按照预定方案进行，堤坝里的水憋足了劲儿，一泻千里，势不可挡，根本不给领导面子，沙袋、石块全部用上了，决堤却越冲越大……在最高首长的指挥下，粮食局长急忙调来了几十吨粮食封堵。

最苦的要数那些部队官兵了，他们三昼夜的奋战，毁于三分钟。他们再也没有足够的力量进行抗洪救灾了。有的战士跑着跑着就摔倒了，有的摔倒后就睡着了，有的摔倒后就再也没有站起来……

水势太大，原定的十分钟封堵成功的场面，整整用了一个昼夜。这次大水市民们毫无防备，所受的损失远远大于上一次。

而且，有五名战士失去了年轻的生命……

又过了一天，省电视台播出了一个"洪水肆虐何所惧，军民联手筑长城"的专题片，领导们"泥水沾满裤腿，汗水湿透衣背"，场面非常感人，效果异乎寻常的好。

我们科长在封堵决口时冲在前头，拼上了老命，几次累得晕了过去。事后表彰会上，理所当然地被评为"抗洪救灾先进个人"。科长开完表彰会回到办公室，再也压抑不住心中的愤怒，狠狠把镜框摔在地上，抽出奖状撕得粉碎。

小林说："科长，您是老同志了，不必这么愤世嫉俗的。你想啊，百年不遇的洪灾，没有领导在场'亲自指挥'怎么说得过去？站在领导的角度想想，啊？"

白洁说："难道领导作秀，必须付出生命和财产损失的代价吗？"

小水摇摇头："嗨，什么叫政治，这就是政治！真的不会干，就得来假的呗！形象是第一位的，战士的生命、财产损失算得了什么？"

科长痛心疾首地大喝一声："闭上你们的臭嘴……"之后，趴在办公桌上，抬起头，已是潸然泪下。

赏画艺术

副局长"红版图"有一大嗜好，喜欢惨无人道地蹂躏书画。我们科长的书画水平了得，于是他经常性地找我们科长"切磋"。

一天，他画了一幅"印象派"画，找科长"斧正"，科长外出，"红版图"有种"欲将心事付瑶琴，弦断有谁听"般的失落。正在这时，我一头闯进办公室。"红版图"以"众里寻他千百度，蓦然回首，那人却在灯火阑珊处"的意外惊喜招呼我："'麻秆张'，你来得正好，据说你对书画艺术颇有研究，来，给咱看看。"

平时"红版图"见了我辈都是鼻孔朝天，何曾如此礼贤下士过？我被这巨大的幸福冲击得晕晕乎乎。今天受到如此之高的礼遇，想不让我受宠若惊，难！

我战战兢兢接过副局长的画作，小心翼翼地铺开，认真欣赏，越欣赏，越感到心里没底，脑子愈发混沌。"红版图"的画，看起来满纸烟云，黑糊糊的一片，根本分不清哪儿是天，哪儿是地。我费了好大工夫，才发现画的中间有一个似人似兽的怪东西。我为自己的发现欣喜若狂，又为看不出是什么东西忧心忡忡。好我的局长大人啊，对我有什么意见你就明着来，何必这么难为我呢？

"红版图"悠闲自得地喝着茶，等着我的"高见"。长这么大还没有发表"高见"的机会，机会来了，却一句话也说不出，天生不是当领导的料，我真的太佩服那些领导了，他们有本事把一团漆黑说得天花乱坠。我脑子里一片空白，心里不禁埋怨科长，你老人家有啥要紧的事儿非得现在办，害得我受这般洋罪！

"红版图"说："哎，我说，怎么想的就怎么说，'横看成岭侧成峰，远近高低各不同'，尤其是艺术品，视角不一样，得出的结论自然就不同。我很在乎你们这些年轻同志的看法哦。"

按照"龙从云，虎从风"的说法，我估摸着，副局座大人画作中间那条弯弯曲曲的东西应该是一条龙。我努力张开想象的翅膀说："您的这幅大作大气磅礴，非我辈凡夫俗子所能领悟。在您的这幅画里，我似乎听见了风雷轰轰作响，您的这条龙吞云吐雾，气吞万里，气势非凡！"

"红版图"的笑容慢慢僵化了，悻悻地说："你怎么欣赏的？哪有什么龙哦？我画的是松鹤延年，很传统的题材！"

拍马屁拍到马蹄子上，我大窘。嘴欠，没看出什么东西就不要说嘛，装什么大头蒜。话又说回来，能把松鹤画成龙的模样，也真够难为咱们这位副局座大人的。

正在这时，"红版图"的手机响了，把我从尴尬的境地中解脱出来，我简直要对来电话的同志高呼万岁了。接罢电话，"红版图"说："这幅画儿先放你这儿，等会儿我还回来，咱们好好切磋一下！"

天啊，还"切磋"，还要不要人活了！"红版图"前脚出门，我就准备来三十六计的最后一计"走为上"。小林就在这时一头闯了进来。

我十二万分火急把小林拉到桌前，请他欣赏副局座大人的画作。小林左看右看，上看下看了许久，愤怒地说："这是什么东西？竟然敢拿来污辱我的眼睛！"

当我告诉他这是一幅"松鹤延年图"的时候，小林笑得上气不接下气，说这明明是乌云密布下的一条水沟嘛，怎么成了松鹤延年？咱们局座大人真幽默，简直就是幽默大师。我说，你甭管他是不是幽默大师，先帮我渡过这个难关，等会儿副局长大人还要来找我切磋呢。小林说：没问题，交给我了，看我怎么忽悠他！

"红版图"很快踱着方步进来，笑呵呵地说："怎么样？看出点什么名堂没有？"

小林一脸严肃地说："局座，不是我说您，画画儿嘛，对您来说不过是个业余爱好，您根本犯不着拿这幅画来蒙我们！"

"什么？你说什么！""红版图"愤怒了，脸上"祖国山河一片红"。我心里替小林着急，怎么说话呐，还想不想进步了？年轻人毕竟是年轻人！

小林两眼朝天，似笑非笑地说："局座，甭以为就您满腹经纶，我们什么都不懂。书画研究我自然比不上您老人家，可是高低好坏还是能看出几分的。"

看得出，"红版图"在强压心中的愤怒，不怒而威地说："什么意思？"

小林说："局座，您甭装了，老实说，您的这幅画到底是哪里来的？"

"什么哪里来的！是我自己画的，墨迹还没干哪。""红版图"耐心地说。

小林装模作样地又仔细看了一遍画作，他看一眼画，抬眼看一眼副局长，摇一摇头，点一点头，边看边叹息。他满腹狐疑地说："打死我我也不信这是您才画的。依我看，这一定是您从旧货市场淘来的！国宝哎。局座，我虽然眼拙，也能看出，这恣肆汪溢，飘洒俊逸的画风，分明就是唐伯虎的真迹嘛！"

我晕了。好小子，真有你的，就凭这一点，你还能大大地进步！

"红版图"喜笑颜开："小林哦，看不出，你对绘画还是蛮有研究的嘛。这回你可看走眼了，是我信手涂鸦，见笑了！"

小林万分惋惜地说："大手笔啊，局座。不是我说您，您怎么就从政了呢？咱们国家并不缺少您这样一个官员，而缺少了您这样一个有天分、有深厚造诣的艺术家，这可是国家和人民的极大损失啊。"

"哈哈哈，过奖了，过奖了……"

两个人"切磋"已达到胶着黏合状态，大有惺惺惜惺惺，英雄相见恨晚的意思，我完全成了局外人，便悄悄关上门，扬长而去。

空手道

在我的记忆里，我们科长虽然严肃，但是从不发火。就在快下班的时候，从不发火的科长冲我发了火。

原因很简单，局长把我们科长找去谈话，说我介绍的那个叫金钱宝的家伙是个诈骗犯，从银行骗贷了一个多亿的资金，携款而逃。局长吩咐，查查金钱宝和我是什么关系，我在其中有没有染指于非法利益！

我大呼冤枉：我比窦娥还冤！我介绍谁了？只不过随便一说。领导们想在招商引资方面出政绩，干我鸟事？这是拉不出屎来怨茅房，屎臭了又怨营养。

科长恶狠狠地瞪了我一眼，活该，谁让你嘴贱！你冤，国家那么多钱被骗冤不冤？

从金钱宝投资娱乐服务中心这个"绿色产业"后，我就没怎么见过他。一次他主动给我打电话，亲热地叫我妹夫，请我出去潇洒潇洒。我说你妹妹不答应。他感叹说成就一番事业真不容易，整天忙得脚后跟不着地！我打哈哈说，忙着骗钱吧？他哈哈笑着说：妹夫，玩笑，开玩笑了！他笑得声音真是响亮。

还真是让我这个乌鸦嘴不幸而言中。

这个金钱宝，还真是个人物。他用三十万元的低价，取得了市内黄金地段的土地使用权。为了鼓励投资商在本市投资，土地出让价格非常便宜，跟白送差不多。金钱宝同志对取得使用权的土地重新进行评估，然后进行了抵押，在银行贷了三百万元。被金钱宝这么翻手为云覆手为雨地一折腾，地价增值十倍！

金钱宝同志用这三百万注册了两个公司，娱乐服务中心他是法定代表人，另外以他人的名义注册了一个房地产公司。他说西部开发热，房地产这块很快就会热起来，就算暂时热不起来，他也会把它炒得热火朝天。这个项目搞成了，钞票大大的有！他劝我老婆说："妹妹，让我妹夫辞职跟我干吧，当个公务员有啥意思？挣不了两壶醋钱，还尽受窝囊气。妹夫跟上我，不出两年，我准保让他成为百万富翁!"

我老婆说:"算了吧,你妹夫就不是那块料。俺不想发财,就想过安生日子。"我的心差不多让金钱宝给扇乎热了,被老婆兜头一瓢冷水,断了这门心思。金钱宝同志可能也看出来我们这两口子不是做生意的料,客气了一下就算了,另外找人担任了房地产开发公司的董事长。从注册资金来看,房地产公司似乎与他没有什么关系,实际上由他牢牢把持着(用行话来说就是"实际控制人")。我老婆说,金钱宝一身的贼气,跟着他,没个好。从事情发展的结果来看,我老婆说的的确是至理名言。

我真佩服我老婆,她咋那么有先见之明呢?我由衷地向老婆表达了我对她的崇敬之情,老婆鼻孔朝天地说:"屁的先见之明,俺是怕你有两个臭钱就烧包,到时候家之不家,就悔之晚矣。男人有钱就变坏,这是有深刻教训的!"

金钱宝先生用土地作抵押贷款的注册资金到位后,便轰轰烈烈地干起来了。说"轰轰烈烈",也就是开张时的事,请了省市一干领导为项目开工剪彩,还豪爽地请了国内著名的"大腕"级的明星助兴演出,一时间金钱宝同志频频露脸,风光无限。在我们这个市,市委书记、市长叫什么名字可能没有人知道,要是不知道金钱宝的名字,那你不是孤陋寡闻,就是十足的傻瓜。

不过,我对金钱宝先生从银行骗贷一个多亿的资金还是心存疑虑。咱们银行有那么严密的制度,那么多高素质的人才,怎能被金钱宝这样的家伙玩弄于股掌之中?!科长看我不开窍,完全一副"朽木不可雕也"的样子,长长叹了一口气,耐心地、挖空心思地用"循循善诱法""触类旁通法""指着和尚说秃头法""短训速成法"等等开发我愚顽的脑袋。在他老人家谆谆教导下,我这个木脑袋终于开了一点缝儿。从这一点缝儿里，我愈加钦佩金钱宝先生了。

他可真是大手笔啊。两个公司注册成立后，由房地产公司担保，为娱乐服务中心贷款，根据银行规定，自有资金百分之三十，可获得百分之七十的贷款。娱乐服务中心二百万元的注册资金，获得了六百七十万元的贷款。金钱宝先生把六百七十万元转到了房地产公司，房地产公司的资金量就达到了七百八十万元，由娱乐服务中心担保，房地产公司获得了两千六百万元的贷款额度。金钱宝先生又把这笔钱转到了娱乐服务中心，拿出六百七十万元偿还了上一次贷款，由房地产公司担保，又获得了六千四百万元的贷款额度……

当然啦，金钱宝先生是个明白人，懂得偷鸡还要赊把米的道理，不时地给行长和信贷员们"意思意思"，依金钱宝先生的说法"毛毛雨啦"。在人家金钱宝先生眼里是"毛毛雨"，在那些靠工薪吃饭人的眼里就成了"倾盆大雨"，一个个都被淋成了落汤鸡。

金钱宝先生绝不给领导们找麻烦，工作做得很到位，《项目建议书》《可行性研究报告》《初步设计》《施工图设计》等等，一步一个脚印往前走，看起来相当规范，很像是干大事业的人。他几乎没有遇到任何阻碍，要风得风，要雨得雨。他很讲信誉，及时归还银行贷款，按期交纳利息，年底还被评为"先进民营企业家"，"重合同、守信誉单位"等等。令人眼晕的光环，成了金钱宝先生畅通无阻的通行证，各银行都愿意给他放贷，他也成了那些行长的座上宾和"朋友"，渐渐，金钱宝先生有了亿万身价……

不知道是水土不服，还是吃出了毛病，金钱宝先生忽然病倒了，上吐下泻。晚上，我和老婆去看他，他住的高干病房成了花的海洋，一捧捧鲜花有市委书记送的、有市长送的，还有银行等单位送的。金钱宝先生安卧在鲜花丛中，接受来自各个方面的慰问和关心。虽然是晚上，仍然还有一大屋子人。我不想凑这个热闹，悄悄拉了一下老婆想溜，被金钱宝先生看到，亲切地招呼我们："妹妹、妹夫，你们来了，快，坐……"

坐在金钱宝先生床前，他亲热地拉住我的手，眼含热泪说，乡亲们对我太好了！在这里，我的人生价值得到了最大的体现。

……

出院不久，金钱宝说想去国外旅游，调理调理身子，回来会再为咱们市的经济建设出力！在他出国那天，领导们一直把他送到机场。金钱宝先生红着眼圈说他忘不了领导们的关怀，他不会辜负领导的期望。

可是，金钱宝同志这一走就"黄鹤一去不复返"。他说是半个月，一个多月过去了，一点儿信息也没有，他指定的董事长、聘任的总经理们也一个个借故开溜了。等领导们和银行的行长们清醒过来的时候，两个公司账上的钱早已转走了，剩下的钱不足一万块……

责任追究的时候，我成了始作俑者。组织对我进行了负责任地、彻底地、全面地调查后，没作任何结论。只不过，计划提我当科长的议案又搁浅了……

慧　眼

市长要下乡调研，除局长陪同外，还要派一个工作人员，对这个工作人员的要求比较高，要能写、能跑、能上下沟通……科长对我说："此事非你莫属。哎，我说你别再稀里马虎的，怪我不给你创造机会。"我感激涕零地说："谢谢领导关心。就我一个人去？"科长笑着说："让白洁跟你一起去，锻炼锻炼！"我在心里欢呼科长万岁，但表面上作出无所谓的样子："谁去都行。"我注意到了，小林的眼睛在滴血！

跟着领导就是好，好吃好喝伺候着，还能收获不少土特产。领导每年到一地，无非是先去转转看看，开开座谈会，根据基层同志谈的问题，做一番指示，当场拍板决定一些事项，被随行人员（譬如我辈之流）生花妙笔加以扇乎，立即光彩照人，一年、几年、甚至几十年没有解决的问题，被市长大人几分钟内就轻轻松松地给解决了。

我们走的最后一站是一个很偏远的山乡。乡党委书记接待我们，眼含热泪说，多少年没有这么多领导到咱这个穷乡僻壤里来了，俺们真是太感动了！

虽然是穷山村，但是在吃喝上并没有委屈我们，饱尝了山珍野味。我很惊叹，在这个地方，怎么会有如此的美味佳肴？我深刻体会到了"再穷不能穷政府，再苦不能苦干部"的深刻内涵。

调研工作就要结束的时候，发生了一件事。

晚饭后，我和白洁在乡政府的会议室看电视。信号不好，屏幕上盛开着大朵大朵的雪花。其实，我的心思也没在电视上，旁边坐着一位美人，除非是柳下惠，谁还有心思看电视呐，而柳下惠早已绝版。我准备和白洁交流交流中央三套正在播出的《诗歌散文》心得，这期的散文是一个凄美的爱情故事。

"砰砰砰"，有人敲门，很礼貌。这决不会是乡干部，乡干部一般不敲门，一旦敲起门来像擂鼓"嗵嗵嗵"。

我叫了一声："进来！"一男一女两位年轻人应声而入，男的西装革履，英俊潇洒，女的长发飘飘，青春靓丽，立刻把屋子映照得阳光灿烂。电视里面轻柔的声音："我等你敲门，等你流盼的眼神；等你轻柔的脚步，你是我梦中的幽兰。我在等你！"看到这对青年疑惑的眼神，白洁嫣然一笑："不是等你们。"男青年理解地笑了："当然。"我疑惑地问："你们？""哦，"那青年说："我们是新华内参的。找你们乡党委书记。"听说是新华内参的，白洁的眉眼立刻生动起来，无冕之王曾经是她的理想。我知趣地说："白洁，你陪两位坐坐，我去找书记。"

我在酒场上找到乡党委书记，说有新华社记者找。书记嘟嘟囔囔地说："俺们这个穷地方，不来人多少年不见个人影儿，一来尽是吓死人的人！"

白洁正和两位记者聊得火热，白洁兴奋的脸像日光照射特足的红苹果。看我带乡党委书记进来，白洁说："这么快就回来了？"我说："还快，整整浪费了我四十五分钟！"书记热情得有些夸张，迈着领导者的步伐，带走了记者同志。

白洁心驰神往地说："大通讯社的记者就是不一般，说起话来如长江之水滔滔不绝，对中央领导同志的逸闻趣事如数家珍，掌握的信息量实在太大了，真不愧是搞内参的！"我说："白小姐，你先别忙着吹捧，告诉我，这两个记者跑到咱这穷乡僻壤弄啥来了？""噢，"白洁小姐如梦初醒，神秘兮兮地告诉我："这个乡出了大麻烦了。"我说："什么大麻烦？"白洁说："有人举报，在乡党委书记的授意下，违法砍伐山林树木，无证开小煤矿乱采乱掘，造成严重水土流失和资源的浪费。"我怀疑地说："不会吧？这么点子事还能惊动新华内参？"白洁说："我看到了举报信的复印件，有很多村民的签字和手印。记者说这事儿有典型意义，准备回去写一份内参，报中央各常委阅。"我严肃地说："这事可开不得玩笑！"白洁白我一眼："爱信不信！"我在心里哀叹："这下乡党委书记完了，神仙也救不了他了！"

没想到，事情的发展远远出乎我的预料，倒霉的不是乡党委书记，而是那两位记者。

刚开始，乡党委书记看到那份举报材料，确实吓出了一身冷汗，这事儿如果捅出去，不仅是官职能不能保住的问题，还有可能承担刑事责任。他决定不惜一切代价阻止这件事的发生。连夜召开了乡党委会，发布了两条指示：严格保密，将知情人控制到最小范围；对记者全程跟踪，阻止他们与"刁民"接触。

记者同志很配合乡党委的工作，没有私下的"无组织、无纪律"活动。参与了乡党委的宴请，遍尝了山珍野味。他们很随和，没有大媒体的架子，与乡党委的同志们纵酒诗歌，高谈阔论，相处甚欢，乡党委书记渐渐松了一口气。记者同志很敬业，虽如此，仍然没有放弃对那份举报信的追究。

按照"舍不得孩子套不住狼，舍不得老婆抓不住流氓"的理论，乡党委书记决定对记者加大"工作力度"。刚一加大"工作力度"，两位记者就现出了原形，被送进了派出所。经审讯，果然是假冒。他们原来是一家地方小报的聘用记者，因为以负面报道要挟被报道单位，被报社解聘。一个偶然的机会，他们听说了有人举报这个乡的乡党委书记的事儿，便炮制了那份举报信，策划了这次行动。

白洁对乡党委书记表示了由衷的敬佩："书记，您真是一双慧眼!"书记不以为然地说:"什么慧眼哦,是那对男女没见过世面!"白洁惊愕地说:"他们走南闯北,什么世面没见过?!"书记说:"哼,就他们那点儿水平,差得远。依我的经验,真正的大牌记者有两种情况:一是给他们红包时大义凛然断然拒绝,那我就认栽了;二是若无其事欣然接受,根据红包的厚度决定办事的程度,那我就继续加大'工作力度'。还没见过这样两个小鸡雏儿,区区二万元,竟然兴奋得满脸通红,手心尽是汗,还新华社呢,屁!"

"瘦身"计划

局长传达了市政府的指示,各局委要实行"瘦身"计划。所谓"瘦身"计划,说白了,就是要有人回家,哪儿凉快到哪儿待着去。"瘦身"计划制定得很周密,并且有配套文件,主动提出"下岗"的,调两级工资,保留两年身份,并为其"下海"提供相关的"救生设施"。如果身兼一官半职的领导同志,提前办理离、退休手续,可以官升一级后办理。条件够诱人的吧?虽然如此,"主动"提出者寥寥,个中原因,每个人都心知肚明,本人不好妄加揣测。眼看着"瘦身"计划到了最后期限,局长坐不住了,嘴上起了大燎泡,明晃晃地像噙着一个个小气球。

他找来人事科的科长,劈头盖脸地一顿训:"'瘦身'是刚性任务,你甭给我稀里马虎的。规定的期限内,再拿不出裁员名单来,你啥话也甭说,给我滚蛋!"人事科长说:"局长,您别着急。我们的工作没做好,我检讨。但是……"局长拦腰砍断他的话:"没有什么但是,我要看结果!"

人事科长被局长训出了一泡尿，出了局长办公室拐进洗手间，碰到我跟小水正在"唱歌"，上前一步加入"合唱"。人事科长满脸愁容，"歌"也唱得无精打采。小水说："咋啦，跟情人幽会被老婆逮住了？"人事科长说："哪有那心思啊。就一个什么狗屁'瘦身'计划就让人阳痿了！"小水收敛起笑容说："那你就按条件办不就得了吗？"人事科长说："唉，你是站着说话不腰疼啊，哪有那么简单啊。能进我们局的，哪一个不是手眼通天哦，我能惹得起谁？"小水说："本人有个捂'馊'了的主意，阁下愿听否？"人事科长收拾好裤子，满脸病急乱投医的表情："愿闻其详！"小水说："别忘了咱们的优良传统，一曰无记名投票选举，二曰抓阄。"人事科长狠狠拍了小水的肩膀一下："顿开茅塞！'抓阄'主意是'馊'了一点儿，无记名选举倒不妨一试。哈哈，'小水妙计安天下'，吾心无忧矣。"遂大笑而去。

　　走出洗手间，我对小水说："厕所里能定出什么好计策？科长大人算是被你给坑了！"小水说："我是不忍心，帮他排忧解难。"我冷笑说："越排越忧，越解越难。'小水妙计安天下，赔了夫人又折兵。'"

　　人事科长紧锣密鼓地实施小水的妙计。当然啦，他完善了这个计划，制定了选举办法、选举程序和选举方式，规定了科长以上人员不参与选举等若干规定。出乎意料的是：无记名投票的结果，被选举出的下岗名单里有两位副局长、七位科长、副科长，只有四名科员。

　　局长在会上说："平时都自我感觉良好，可是群众不买你们的账。这次'瘦身'选举，就在很大程度上体现了民意嘛。同志们，要扪心自问，反躬自省哦。但是，"他话锋一转，批评人事科长，"我们的'瘦身'计划是有严格的政策规定的，你们这么做，就是把严肃的事情庸俗化了，不仅是无视政府的政策，简直就是对政策的残暴蹂躏！这次选举就算是一次民意测验吧，'瘦身'计划必须按照政策规定执行！"

人事科长这次学乖了。将下岗指标下放到各科室，由各科室"推荐"下岗人员。虽然还是"选举"性质，但矛盾的焦点已经分散。各科室负责人对人事科的这种做法怒不可遏，骂人事科长吃人饭不拉人屎。局长说：就么办！各科室负责人立即噤声。

我们科室"推荐"马大姐下岗。马大姐占着编制，但很久没见她的踪迹了。科长说，她不上班比上班好，省心。这个马大姐五十多岁了，同志们背后都叫她"骂大街"。马大姐骂起大街来很有水平，连续骂两个小时不带重样的，而且抑扬顿挫，很有韵律感。有一位自称骂遍天下无敌手的女同志和马大姐对垒，没几个回合，已经口吐白沫人事不省。马大姐整天苦大仇深状，似乎整个世界都在和她作对。她的牢骚把科长的耳朵磨出了厚厚一层老茧，科长终于忍无可忍，愤怒地说，有牢骚回家发去，别在我耳边聒噪！于是，马大姐就坡下驴，除了领工资，再也没来上班，时间一长，我们都把她忘了。要不是"推荐"下岗人员，我们还真是想不起她。我们真真切切地感觉到，马大姐也不是一无是处，您看，这次烂铁不也用在刀刃上了吗？

下岗名单刚宣布，科长就被主管副局长"红版图""请"进办公室，说要和科长"沟通沟通"。科长皮笑肉不笑地说："您指示！"

"红版图"毫不客气地说："搞人事的不干人事儿，你怎么也不干人事呢？"科长一听就明白了，副局座发火，是因为马大姐下岗。听说，马大姐是副局长妻子的嫂子，马大姐下岗，能有副局座的好日子过吗？科长说："局长，您甭生气，听我跟您说……"

"我能不生气吗？马大姐咋啦？不就是脾气直点儿，爱说个真话吗？不平则鸣嘛，她已经回家了，妨碍你们什么啦？就这么容不下她！局长的小姨子，谁不知道是个是非头子，咋不下岗呢？还有白副局长的儿媳妇，小学没毕业，囫囵话都说不全，咋不下岗呢？你们这么做，不是纯粹看人下菜吗？"

科长说："局长，杀人不过头点地。你总得听我解释解释吧……"

"解释什么解释？有什么可解释的？我现在还在岗位上，还主管着你们，你们都敢这样，一旦我下台了，还不赶尽杀绝啊？"

科长脸挂不住了："您这样说话我可接受不了……"

"红版图"大手一挥："你接受不了？你想想别人能不能接受得了！哼，我只不过是讨回一点儿公道么！"

科长再也忍不住，大声说："好，马大姐不下岗，我下岗，这总行了吧？"说罢，也不管副局长有什么反应，狠狠摔了一下门，拂袖而去。

临终关怀

"红版图"是被轰隆隆的雷声惊醒的。昨天晚上唱了半夜卡拉OK，和那个丹凤眼美眉很是投缘，丹凤眼美眉陪他跳舞，直往他怀里钻，弄得他身上着了火似的，没想到县城里还有这等尤物。直到凌晨时分才意犹未尽地睡下。似乎刚迷糊着，天就亮了。

他揉着睡眼惺忪的眼睛，看看窗外越下越大的雨，啐了一口吐沫："这鬼天气，真他妈的！"

"红版图"到县里检查工作，今天上午还要赶回市里，有一个很重要的会议。想起丹凤眼美眉，他还兀自缠绵呢。"官身不由己"啊，他深深叹口气，斩断情思，吩咐我招呼司机上路。

雨哗哗地下，雨刷不停地摆动，依然刮不及玻璃上的雨水，世界一片混沌。在坑坑洼洼的土路上，车歪歪斜斜扭起了秧歌。司机嘟嘟囔囔地骂，交通局干啥吃的，修路的钱都嫖了小姐了吧？我瞟了"红版图"一眼，他怔怔地望着窗外出神，没理会司机的话。眼看着就要走出泥泞奔上坦途了，忽然听到"扑哧"一声，车陷坑里了。司机试着往出拱，泥浆飞溅，浓重的油烟味弥漫在周围，车却是纹丝不动。司机怯生生地觑了"红版图"一眼，"红版图"表情凝重，一言不发。我提议说："局座，一时半会儿恐怕走不了。路边有户人家，是我们局的老人，还是劳模。要不，我们到他家避避雨？""红版图"恶狠狠剜了司机一眼。司机立即从后备箱里取出雨具，一起向路边的那户人家走去。

房间很逼仄，一下进来三个人，就显得更拥挤了。光线很暗，过了一会儿，眼睛才适应。我指着"红版图"对不知所措的老太太说："老人家，我们局长，看您老伴儿来了。"老太太激动得不知道说什么好，急忙摇醒昏睡中的老伴，声音颤抖："喂，老头子，领导看你来了，领导看你来了！"老劳模已瘦弱憔悴得不成样子了，下巴的胡子乱糟糟的，他吃力地睁开眼睛，眸子迸出亮光。"红版图"上前一步，抓住老劳模的手："您是我们局的功臣，同志们没有忘记过你，派我来看你来啦。"老劳模喘息着说："领导工作忙呢……我，我给国家做不了什么贡献了……还劳烦你们下雨天来看我。谢谢，谢谢……"老劳模苍白的脸上洋溢出光彩，对老太太说："你不是说……领导把我忘了吗？咋样，大下雨的，领导不是……专门跑来看我……看我了吗?"我说:"您老好好养病,有啥困难跟组织上说,组织会帮你解决。"

老太太取出一摞花花绿绿的纸头,说:"老头子支撑不了几天了。这些年看病,有的药不能报销,我们借了一屁股账,你看,能不能……"

老劳模使劲咳嗽两声,打断老伴儿的话:"甭说了……这就够……够给国家添麻烦了,你……你还说啥哩。报销有规定……大家都不遵守……领导还咋当这个家呢。"

我心里很难受,塞给老太太一百元钱,想说什么,又忍住了。

雨停了,太阳出来了,路上又有车辆通行了。

"红版图"果断地从老劳模家告辞,拦了一辆手扶拖拉机,经讨价还价,给了一百五十元,把我们的车给拖了出来。

回去的路上,我心里沉甸甸的。

"红版图"意味深长地对我说:"你还不成熟哦。"

"噢?愿听教诲。"关系到我"上台阶"的问题,我不能不表示重视。

"你怎么能随便代表组织答应给人家解决困难呢?明天她真的提出一大堆额外要求,你能解决吗?"

"还有,你给她一百元钱什么意思?是你对他的资助,还是表示你的同情?不管是什么目的吧,你把和你在一起的领导置于何地?""红版图"声音很冷峻,绝非一般地说说而已。

哇噻,怎么还有这么多的弯弯绕?

大概两周后,老太太找到局里,她比两周前更显得憔悴了。我心里怦怦乱跳:"完了,完了,真让'红版图'说着了。"转念一想:"爱咋咋吧。人家老伴儿一辈子兢兢业业,是咱们局的老劳模，帮助人家解决一下实际困难还不是应该的吗？"

我让老太太有啥事先给我说。老太太说，老头子交代了，一定要找局长。找局长就找局长吧。我硬着头皮把老太太带进"红版图"的办公室。

"红版图"脸上的表情是怎么样，冲着我的话来了吧？人家到底是领导，经过历练的，亲切地招呼老太太坐下，令我倒水。老太太没坐，站着说："你们别麻烦了，我说句话就走。"

"红版图"摆出死猪不怕开水烫的架势说："那你就说吧。"

老太太神色凄然地说："老头儿三天前走了。临走之前交代我，一定要找到局长，当面对您说声谢谢。谢谢您在他临死之前还见他一面。"

说完，老太太恭恭敬敬鞠了一个躬，没等"红版图"作出反应，便掉转头，步履蹒跚地走出门去。

我和副局座面面相觑，一句话也说不出来……

献爱心活动

我们局的老劳模去世了，家里拉了一屁股饥荒。老劳模是司炉工，给局里烧了一辈子锅炉。生前，还没觉出什么，人死了，才想起他的种种好处。老劳模无儿无女，就一个老伴儿。按当时的生活水准，老两口儿生活还算可以。老劳模生活很简朴，不，甚至可以说是很苛刻。除非过年打打牙祭，平时是决不动荤腥的；也不穿新衣服，上班下班都是工作服。省下的钱全部捐给了"希望工程"。周围的同事们有个啥困难，只要他知道了，总是给予帮助，而且是默默无闻的帮助。

开追悼会那天，很多人都落泪了。奇怪的是老劳模的老伴儿自始至终没掉一个泪渣儿。老劳模撒手归西了，撇下一个老伴儿和一大堆债务，老人家往后的日子可咋过呢？大伙儿都替她揪心。追悼会后，我们科长发起倡议，为老劳模发起一次献爱心活动。这个活动得到热烈反响，捐助很踊跃，两天时间，捐助资金达到了五千多元。

"红版图"背着手进了我们办公室，小林亲切地打招呼："局座大驾光临，有何指示？"

"红版图"摆摆手，谦虚地说："谈不上指示，有点事儿想和大家探讨探讨。"

小水故作惊奇地说："哟，局座大人啥时候变得这么平易近人了。"

"红版图"心情好，回答说："小水啊，有意见尽管提，我可是从谏如流的哟，可不带阴阳怪气的。"

科长说："局长工作忙，别瞎耽误局长的功夫。局长，有什么吩咐就说吧。"

"红版图"叹口气说："其实也没什么大不了的事儿。我们不是在给老劳模的老伴儿献爱心捐款吗？我思谋着，捐款只能救救急，比如还个账啥的。可是，老人家以后还要生活，她又没有生活来源，我们要想办法建立一个长效机制才行呐。"

原来，我对"红版图"很有看法，认为这家伙是个"官油子"，两面派。今天我才突然发现，他还有很可爱的一面。

白洁由衷地说："局座，还是您深谋远虑，站得高看得远啊。"

"红版图"拍拍白洁的肩膀："小白啊，你以为我们这些当领导的都是鼠目寸光吗？"他的手在白洁的肩上至少停留了五秒。

我说："局座大人，甭玩深沉了，您就把您的高见端出来吧！"

"红版图"清清喉咙说："我想这样，从咱们局里的资本公益金切出一块，社保局申请一块补偿金，互助基金再拿出一块。这部分资金存到银行，本金还属于原单位，利息作为老人家的生活费。你们看成吗？"

小林说："局座，您老人家真是太英明了。只是，这切块资金能争取到吗？"

"红版图"高深莫测地笑笑："事在人为嘛。"

两天后，"红版图"又背着手踱进我们办公室，春风拂柳地说："运作成功，今天我们去给老人家报喜，募集到的钱也带上。"他沉吟了一下："噢。通知报社、电视台一起去。好事咱就要把它办好！"

一干人浩浩荡荡开赴老劳模的家，迎面碰上一把大锁。听到声音，隔壁出来一位大嫂。我们问老人家哪儿去了？大嫂说，她给我留下话，说如果有人找，就告诉他们，她回老家了，要自食其力。因为她老伴儿说了，不能再给政府添麻烦了。

瞬间，四周一片寂静……

挥舞的红布条

我们这个市是老牌的工业城市，经济基础相对比较好，扶贫的任务较重。我们科每两年有一个人执行扶贫任务，每次半年，轮流坐庄。这次本该轮到白洁了，小水却自告奋勇地说，白洁妹妹谈恋爱正谈得水深火热，这一下去就是半年，回来后带回两个"红二团"（我们对口扶贫的地方属于高寒气候，紫外线特强烈，生活在那个地方的人两腮红彤彤的，故称"红二团"），别吓着妹夫。

我们刺探到的情报是，小水的女友要去扶贫，小水担心她的身体吃不消。小水劝女友说，你是少了一个肾的人，半残废了，难道你们学校就没有囫囵个的人吗？小水女友大义凛然地说，轮到我了，怎能说不去？现在不是讲建设社会主义新农村吗？你看你，什么觉悟！小水拍拍女友羸弱的肩膀说，干脆这样得了，哥哥陪你去，吃苦在一起，受罪在一起。小水女友立即热泪盈眶。

我发表了个人意见，小水此次主动请缨扶贫，纯属假公济私。此语立即受到白洁激烈抨击，她说小水哥的行为太高尚了，感动中国没有于得水（小水的大名）同志的一席之地简直就是央视的重大失误。

我们习惯了和小水在一起的日子，他在我们身边的时候还没有感觉出他有多重要，离开后总觉得生活里少了一些什么。小林说，这不奇怪，牲口拴在一个槽上的时间长了，还难舍难分呢，何况我们这些感情丰富的人精呢！白洁说，怎么说话呢，有你这么打比方的吗？我满怀深情地说，话糙理不糙啊。

半年的时间飞快过去。半年后，小水重返工作岗位。黄土高原的阳光，渗透了他的皮肤，黑得瘆人。他受到了航天英雄归来般的接待，我估计，如果不是众目睽睽，白洁一定会给他一个热情拥抱。

欢迎宴会上，小水讲了他半年来的扶贫生活。以下是小水的原话。

尽管女友说得大义凛然，真的踏上扶贫的道路时，还是趴在我的肩膀上大哭一场，泪水湿透了我的前襟，我的心很痛，心里说，何苦来呢，没敢说出来。

那个县不通火车，坐汽车去的。越往前行，绿色越少，扑面而来的，是莽莽苍苍的黄，女友的脸色也变得和黄土一般黄。我担心她的身体吃不消，她勉强笑着说，苦不苦，想想长征二万五。

到了扶贫的那个县，汽车就开不进去了。卸下行李，送我们的汽车扬长而去。女友脸色凄然，却忍住没哭。我扶贫的那个村和她扶贫的村相隔三十多里路，一南一北。村里派了一辆毛驴车接她，我请求毛驴车司机先把我们送到女友那个村，然后我再去我要去的村子。

崎岖的山路上颠簸了五个多小时，总算是到了女友的目的地。这时已临近黄昏，炊烟袅袅。看女友精神萎靡，我抑扬顿挫地吟哦：古道西风瘦"驴"，夕阳西下，断肠人在天涯。女友说，我怕断命天涯。

村长握着我和女友的手，表示了最衷心的欢迎。之后道歉说，俺这嗒条件差，请你们多担待。女友说，我们做好了吃苦的准备。村长笑笑，安排女友住进准备好的房子。说房子的确有些夸张，准确地说，应该是草棚，四壁透风，睡在炕上可以数天上的星星。

我决定晚上留下来陪女友。万籁俱寂，奔波了整整一天，我很快睡着了。突然，女友撕心裂肺的尖叫声将我惊醒，睁开眼，女友已经钻进我的怀里，筛糠般地簌簌发抖。我说宝贝儿，怎么了？她惊恐地叫，老鼠，老鼠！月光下，一只尺把长的老鼠目光炯炯地看着我们，对我们的侵入表示了极大的愤慨。我拣起鞋恶狠狠地向老鼠砸去，老鼠轻蔑地看了我们一眼，大摇大摆离去。

太阳升起的时候，我告别女友，回我要去的村子。女友一直将我送到村口，泪眼婆娑的。我的耳边回荡起那首传唱千古的民歌：哥哥你走西口，小妹妹实在难留，手拉着哥哥的手，送到大路口……

　　到了我要去的村子，村长抓住我的手不放。看我情绪不高，问我是不是累了？要是累了先休息两天再说。我说累倒是不累，就是有点儿私事放不下。村长问什么事儿？我讲了女友的情况。村长说，这算什么事儿，其实你们来不来都无所谓。扶贫嘛，给些钱就什么问题都解决了。我问多少钱。他说了一个数字，完全在我们控制的范围之内，便爽快地答应了。第二天，我专门跑了一趟县城，给咱们郑科作了汇报，郑科怎么协调的我就不知道了，反正资金很快就打到位了。村子要用这笔扶贫资金打水窖，我看了他们的计划，虽有些出入，但无大碍。这样，我就可以抽出时间两边跑了。

　　当我再一次出现在女友身边的时候，她仿佛离开我多少年似的，搂住我的脖子就不撒手。其实，我们分开才仅仅五天。山高路远坑深，没有电话，手机没有信号，这五天我们没有任何联系。

　　女友当然是在小学教书，有位老师要生孩子，女友来得正是时候。她是教中学英语的，却要她教小学数学和语文。语文她还凑合，数学一塌糊涂，超过手指头的数字她就无计可施了。没办法，我义不容辞地担任了数学老师。

　　女友毕竟是少了一个肾的人，身体本来就孱弱，加之一天三顿土豆，吃得女友的脸色也和土豆一样灰黄。我想为她改善伙食，路途实在遥远。就在我下定决心去一趟县城的时候，女友终于病倒了。看着孩子们亮晶晶的眼睛，我实在不忍离开……

　　晚上，灯光如豆，在女友脸上一闪一闪的。女友气若游丝地指着煤油灯说，人死如灯灭，你看，灯就要灭了，我就要死了。她还说，我要是死了，就埋在这里算了。你可以另寻佳偶，不过，要承认我的原配身份，你死后要跟我葬在一起，生不能同寝（这话极不准确），死也要同穴。

第二天早晨，我俩被鸡叫声吵醒。我很纳闷，我们没有养鸡啊，鸡怎么跑到我们门前打鸣呢？出门一瞧，一只腿上拴着红布条的公鸡绑在门前的小白杨上，分明是老乡犒劳女友的。我把这振奋人心的消息告诉女友，女友眼含热泪，轻轻地说，放了吧！

我放开公鸡，那只公鸡扑扇着翅膀，一溜歪斜地向一位学生家飞奔而去。我明白女友的心思，农民养只鸡不容易，还要靠它换取日常零用呢。

可是，这并没有阻挡住村民的关心，又一天太阳升起的时候，我们门前的小白杨上挂着宰杀过的鸡，还有鸡蛋、白面、香油、新鲜蔬菜，像树上突然结出的累累果实。女友泪如泉涌，说我冰倩何德何能，怎能承受起乡亲们的如此厚爱！

我们吃了一顿下乡以来最丰盛的宴席，女友流着泪，无法下箸。我劝她好歹吃一些。她说，把孩子们叫来吧，一起吃。这些孩子，一年到头也见不到个荤腥。

我们离开村子那天是悄悄走的，怕给乡亲们添麻烦。我们走出村口时却震惊了，全村几乎所有的人都出来了，每人手里一根红布条，对着我们挥舞。那些飘舞的红布条啊，摇得女友眼泪纷纷坠落，像跌碎的珍珠……

小水的故事讲完了，我们很久没有说话。科长端起酒杯说，小水，记住这段扶贫的日子，真心爱你的女友，永远不要辜负她……

都是座位惹的祸

我们期盼已久的办公大楼终于落成了。经过了扭扭捏捏塞红包、羞羞答答受贿、吃吃喝喝验收、拉拉扯扯让座、剪彩、放炮、歌舞表演等一系列复杂程序后，同志们喜气洋洋搬进了新办公室。

当然，我们是不屑于动手去"搬"的，办公室主任很称职，知道我们都是"劳心者"，自然有"劳力者"替我们去干，第二天早晨我们进入办公室的时候，已经收拾得窗明几净，井井有条。

唯一不同的是，我的办公桌放在了原来科长的位置。

"科长，这里光线好，您还坐这里。来，大家帮把手，换下位置。"

科长笑笑说："嗨，坐哪儿还不是一样办公，倒来倒去的，麻不麻烦？就这么着吧！"

其实，我也不想搬，这个位置是个相对独立的空间，靠着窗户，窗台上放着几盆花儿，办公累了，可以凭窗远眺，很惬意的。这个位置本来就是给科长设置的，搬运的民工犯了一个"美丽的错误"，我从心底感谢他们。

这种心境并没有维持多久，就被彻底破坏了。

"科长，忙着呢？"有人找上门来，谦恭地递上一支烟。

我没接眼前的烟，瞟了来人一眼说："哦，我不是科长，科长在那里！"我站起来，指了一下科长的位置。

科长像是有意看我的笑话，似笑非笑，并不搭腔。小林、小水和白洁埋头做事，好像他们有多忙似的。我恨得牙根发痒，心里想：看我三年不等你们个闰腊月！

来人笑容可掬，双手呈上一份申请报告，毫不掩饰谄媚之色："您看您，天庭饱满，地阁方圆，一看就是当领导的。您尊重老同志，俺理解。可是，这字还得您来签。"

我惴惴不安地偷觑了科长一眼，科长瘦削的身材显得很冷峻，我的脸着火一样燃烧起来。凭感觉我就知道，猪肝是什么颜色，我的脸就是什么颜色。

很快，来人看出了眉高眼低，脸上的谄媚之色渐渐退去，取而代之的是不屑。屁颠屁颠跑到科长跟前，诚惶诚恐地连连向科长道歉，说，一看您就属于德高望重的老领导，而且虚怀若谷，根本不会和俺一般见识，等等。看来这家伙也是老江湖了，无一点儿难为之色。

组干科的小郑到我们办公室闲逛，一眼看见我坐的位置，满园春色宫墙柳地说："呵呵，您老兄终于混出来了。苟富贵，莫相忘喔。"

"你他娘的不要胡嘞嘞，你看我一脸倒霉相，舅舅不疼姥姥不爱的，混出什么来了我！"我气急败坏地破口大骂。

小郑涵养很好，并不生气，一脸心照不宣的样子："啊，啊。咱理解，理解，理解万岁嘛。"

刚出办公室，迎面碰见"红版图"，很亲切地招呼我："喔，到我办公室来一下！"

"红版图"语重心长地说："你还年轻，路还长着呢，不要那么急不可待，要沉得住气。俗话说，心急吃不得热豆腐哦。"

我气急败坏地说："局长，您说话可得有凭据，我怎么就急不可待了我！"

"红版图"亲切地拍拍我的肩膀："你看，还说不急呢。理解，啊，我完全理解你现在的处境。"

我心里这个郁闷啊。

新座位还没有坐热，我就找了两个民工，不由分说和科长调换位置。科长似笑非笑地说："这个座位挺适合你的嘛，换什么换！"

我说："谁的座位就是谁的，不能坐错位置了。"

生活继续按照往日的轨迹运行着……

一岁一枯荣

我们办公大楼前面是一片绿茵茵的草地，中间有一条长廊，长廊两边栽着葡萄树。春回大地的时候，便会有些情侣到草坪上谈情说爱；夏天酷热难当的时候，帅哥搂着美眉的小蛮腰，在葡萄架下缠绵，偶尔来个"啵儿"，也无伤大雅；葡萄成熟的季节，小孩子们会闯进来与保安打游击；秋天过后小草枯黄了，上面跳跃着几只鸟儿，啾啾地叫着。眼前的风景令我们的生活平静而惬意。

然而有一天，面前的风景不再。事情缘于一次领导视察。

这次视察的领导是一个满头白发的老头，由我们省最高领导陪同，态度毕恭毕敬。看得出来这个老头非同一般，是个大人物。

果不其然，隔天小林就对我说，这个老头是个老红军，曾经跟着朱总司令在南泥湾开过荒，当过很大的官儿，现在退下来了，到处走走看看。

老领导听说这片草地的草是从国外引进的，花去不少外汇，而且，维护这样一片草坪，比农民种麦子的成本要高得多，心情很沉重。临走前对我们省最高领导说，咱们国家还不富裕，搞这些花花草草的东西干吗？不如种些麦子，还能解决一些人的吃饭问题。

于是，办公楼前热闹起来了。民工们有说有笑地用锄头把草连根掘去，这是他们的老本行，干得轻车熟路。拔掉的草过了几天就蔫了，民工们一把火烧了个干干净净。

看着绿茵茵的草地变得破败荒芜，我们很心痛。白洁说，这是对美的践踏！科长安慰她说，踏也踏了，锄也锄了，还抱怨个啥呢。

来年柳枝泛青的时候，民工在这片土地上种上了小麦。小麦很皮实，用不着那么精心呵护，嫩绿的麦苗迎着朝阳，闪着晶亮的露珠，别有一番风光。麦苗见风就长，嗖嗖嗖一个劲往上蹿，很快到了收割的时候，金黄色的小麦一波一波翻滚着浪花。办公大楼前出现这样一片麦地，我们没有一点儿丰收的喜悦，感觉不伦不类的。科长告诫我们说：注意态度，态度决定一切！

麦子被民工收割之后，剩下一片空地，我们的心也空落落的。

秋天到了，又一位领导来视察，也是一个很大的官，不过是在职的，也是由省里最高领导陪同，最高领导对这位显然比他年轻得多的官员依然毕恭毕敬。领导紧蹙眉头，满面秋风，一派肃杀之气。

小道消息说，领导对挖草种麦的事很愤慨，说简直是胡闹！太狭隘了，只看见小麦的收益，怎么看不见软环境改善所带来的巨大效益呢？典型的小农思想。现在不是讲与时俱进吗？你们就是这样进的？怎么不退回到茹毛饮血的时代呢……只见树木，不见森林，墨守成规，鼠目寸光……

领导话说得很尖刻，引用了不少成语，说得咱们领导面红耳赤。愤怒引发的直接结果是，局里请来了园艺师，对办公楼前的土地重新进行规划。空地植上了进口的草皮，中间设计了一个不锈钢雕塑，四周参差不齐地种了些观赏树木，修建了红柱绿檐的长廊，古色古香，蜿蜒曲折，边上没有再栽葡萄，而是栽了紫藤，串串紫色的花儿风铃般迎风摇曳。现代气派与民族风格形成了完美的统一。每天清晨，草坪喷射出扇面形的水帘，跳跃着七彩虹光……

据可靠消息，全省草坪经过这样折腾，花去的资金上亿元。当然，买单的还是财政。

白洁说："国家的钱就这么被糟践了，谁来对它负责任呢?"

小林说："白洁妹妹，这是个观念问题，没有孰是孰非。这算个啥呀? 有些拍脑袋工程，几个亿的资金连个响声都听不见就没了。这好歹还让你养眼了不是?"

小水也说："是啊是啊，想开点儿吧，不要庸人自扰啊。"

科长说："人家小白怎么就庸人自扰了? 浪费的不还是纳税人的钱么。你说呢?"科长对着我。

我说："我无话可说。"

我真的很担心，万一哪一天，有一个更高级别的领导再说什么别的话来，不知道该会变成什么样子!

破产风波

咱们市最大的一家国有公司要破产。政府成立了"破产清算领导小组"，由主管局、国资委、财政、审计、法院等相关部门组成，我们局副局长"红版图"任组长，我和小林也是工作组成员。

破产是经过国务院破产兼并领导小组批准的，属于"政策性"

破产，也就是说，通过这样一种形式的"破产"，将国有资产拍卖掉，支付了职工的经济补偿金、补交了税款之后，债权人才有可能分到最后一杯羹。实际情况是，拍卖的资产根本不够打发职工的，还需要政府"兜底"，其他债权人想都甭想再能得到一点儿什么。最大的债权人是银行，破产后，银行可以堂而皇之地将贷款作坏账处理。

我以为，事已至此，按照程序办就可以了，只要经济补偿金给到位，临近退休的职工政策给到位，应该不存在什么实质性的障碍。

"红版图"不这么认为，他说，这是一场硬仗，千万不可掉以轻心，要做好掉几层皮的准备。

事后证明，"红版图"的确比我看得深、看得远。

我们召开了破产清算大会，通报了给予职工经济补偿的方案，"红版图"很会煽情，对职工动之以情、晓之以理，职工几乎被他的真情打动了，表示愿意配合政府的工作，维护社会稳定。就在这时，站出一个中年汉子，大声喝道："不能就这么一破了之，我们对收购我们公司的主体有知情权，对公司破产的原因也有知情权，要给我们一个合理的解释！"

"红版图"很有大将风度，笑嘻嘻地说："收购主体可以去查工商注册登记；破产原因嘛，我们正在进行破产清算经济责任审计，会给大家一个交代。"

中年汉子说："那好，我们睁大眼睛看你的结果。"

"红版图"说："按照规定，要成立破产清算监督小组，由职工代表组成，我建议，就由你，"他指了一下中年汉子，"来做监督小组的组长吧。"

中年汉子毫不客气地说:"我对自己做好这个组长的能力毫不怀疑,你不要为今天的决定后悔就行。"

经全体参会人员投票,选出了四位职工代表组成破产监督小组,中年汉子当选为组长。"红版图"站起来,向中年汉子伸出手:"来,认识一下,我叫阎志贵,你叫什么?"有人在喊:"他叫'豹子头'!"中年汉子毫无握手的表示,"红版图"尴尬地缩回手,大度地说:"'豹子头'好啊,希望我们合作愉快,我可不希望看到一出雪夜上梁山。""豹子头"冷冷地说:"对与政府的合作,我持悲观态度,我是职工选出来的,主要为职工负责。逼到无路可走,雪夜上梁山也不是没有可能。""红版图"避开其锋芒,笑呵呵地说:"我们的目标是一样的,一样的。"

就是从这一天起,就再也没有安定过,联名信、反映情况的络绎不绝,主要反映公司老总大肆行贿,贪污腐败,把一个好端端的企业搞破了产。反映问题的都是些普通职工,让他们拿出老总贪污腐败的证据,他们又拿不出。

如果公司老总真的是清如水、明如镜倒也罢了,偏偏有很多说不清道不明的事儿。譬如说,不到三年时间,公司近十个亿的资金不翼而飞,按照"物质不灭"的定律,总得有个去处吧,公司财务总监说不清楚,老总也说不清楚。期望审计局的同志最终能有个说法,奇怪的是,审计局也没给出个说法。更奇怪的是,市长、市委书记也不要求说清楚。他们的要求只有一条,维护稳定是压倒一切的任务。快刀斩乱麻,速战速决,免得夜长梦多。

"红版图"是"太极推手""快速传球"一顶一的高手,他指定了我和小林专门负责接待工作,他自己在公司老总的配合下,发展了几个"地下工作者",负责传递情报,根据情报价值,支付相应的费用。"豹子头"们的一举一动，尽在"红版图"的掌控之中。

我们的主要手段是笑脸相迎，热情接待，顾左右而言他，装傻充愣，让来访者像对着空气打拳，消耗了许多精力，还不知道对手是谁。还有就是一推六二五，对职工反映的情况深表同情，必要的时候也跟着骂两句腐败分子真不是好东西之类。谈到实质问题就说，俺们和你一样，没有权力解决呀，我们会如实往上反映的，你们就等着胜利的消息吧。只磨得上访职工精疲力竭，意志消退，无心恋战为止。

要说，"豹子头"也不是吃素的，看破产兼并领导小组没有明确态度，便直接越级上访，找到了上级政府有关部门，直指要害。公司十个亿的资金究竟哪里去了？收购主体为什么和总经理有着千丝万缕的关系？

"红版图"知道"豹子头"带头越级上访，并没有惊慌失措，他找到我说："射人先射马，擒贼先擒王。先把'豹子头'搞定，其他人就好办了。可以威逼，也可以利诱。"我和小林找来"豹子头"，先对他越级上访的事儿进行批评，说我们也没说不解决，你怎么能往上捅呢？小林黑着脸说："政府也不是软弱可欺的！""豹子头"豹眼圆睁，破口大骂："放你妈的屁！老子饭碗都砸了，还怕个球。有本事，你把俺毙了！"我急忙打圆场："算了算了，站的角度不一样，各有各的难处。先吃饭，吃饭。"我们把"豹子头"带进一家很高档的饭店喝酒，叙说各自的人生经历，探讨对社会现状的看法，一起发些牢骚，感情越说越近乎。"豹子头"也是性情中人，感动得眼泪在眼眶里打转。他独自连饮三杯，真情实意地说："张科，啥也甭说了，不为别的，就冲你这份情义，大哥也不让你为难。我不再往上找就是了，你就把心放在肚子里吧。"

我们向"红版图"汇报了胜利成果，"红版图"说："你们不要太天真了，说不定是这家伙的缓兵之计。要密切关注动向，必要时可以采取非常手段。""红版图"的话，使我们刚刚放下的心又提到了嗓子眼儿。我们找到公安局，请他们帮助监听"豹子头"的电话，公安的同志很配合，对"豹子头"家里电话和小灵通进行了监听。一天，二十四个小时没有"豹子头"的电话，打他的小灵通，语音提示不在服务区，吓得我和小林出了一身冷汗。第二天信号恢复，原来"豹子头"去了亲戚家，那里比较偏僻，是盲区。

就在我们稍微松懈的时候，"红版图"通过"线人"得到准确情报，"豹子头"千里走单骑，独自一人上了北京，随身携带着有五百多名职工签名的告状信，还有大横幅标语，临走时还说了，此一去，不成功，便成仁。

"红版图"立即采取紧急措施，成立了一个劝导小组，有我和小林带队，从公司调了两台越野车，每台车配两个司机，司机休息，车不能休息，日夜兼程，围追堵截，务必将"豹子头"带回，决不能给咱们市、咱们省造成恶劣的影响。

到了北京，我们分头行动，赶往"豹子头"可能出没的地方，我去了国家信访办。次日清晨，"豹子头"出现了，虽然风尘仆仆，但是两眼放光。看到我似笑非笑地看着他，当时就愣了，继而说："看来我要清理门户了！"我说："算了吧，看你满脸疲惫，也够辛苦的啦。走吧，老弟先请你吃顿饭，然后你愿干吗干吗去，决不阻拦！"

"豹子头"尴尬地笑笑，说："我不是故意和你过不去，是有些其他事要找上级领导反映反映，跟这次破产没有一丁点儿关系。"

　　我说："民以食为天，先填饱肚子再说。老弟说话算话，吃完饭你就是上天入地我也不拦你。"我生拉硬拽把他"请"进了一家饭店，要了一个包间，点了三瓶白酒。为了消除他的疑虑，我们让司机一起陪他喝。其实，他不知道，他的杯子里倒的是高度白酒，我们几个人经过了"技术处理"，全变成了雪碧。结果可想而知，"豹子头"被灌得五迷三道，分不清东西南北。我一招手，大家把他抬上越野车，发扬连续作战的精神往回赶。"豹子头"也挺配合，鼾声如雷，像美妙的音乐，与我们一路同行。

　　旭日东升的时候，"豹子头"伸了个懒腰，打了一个响亮的饱嗝，还带着一股浓郁的酒味儿。看到窗外熟悉的景色，他彻底清醒了，长叹一声："罢罢罢，任我老周奸似鬼，还是喝了你们的洗脚水！"

　　在顺利完成破产清算庆功宴会上，小林喝高了，哭喊着："我算什么？帮凶，帮凶啊！""红版图"说："送小林回去，他喝醉了。"我说："不，他没醉，他比我们都清醒！"

　　破产对公司老总毫发无损。老总注册的新公司，收购了破产公司，换了一块招牌，变成咱们市最大的民营企业，又红红火火开了起来，老总依然风光无限。据说，他准备进军政界，竞争本届市政府的副市长。

签　单

　　最近一个阶段，我们李局长出门总爱带着小林，说是要年轻人多磨炼磨炼。明眼人都看得出，这是要提拔的前奏，我们科的同志都为他感到高兴。

李局长以伯乐自居，他常说：千里马常有，而伯乐不常有。我们做领导的，就要有一双能够发现千里马的慧眼。有的千里马会叫，我们看见了；有些千里马不会叫，就被埋没了。能发现不会叫的千里马，才是好伯乐。一个领导的政绩，不仅仅是体现在他干了哪些事儿，更重要的是看他提拔了哪些人。该提拔的人没有提拔起来，不该提拔的人给提拔了，那才是最大的失误……

白洁为我们局长的用人观所折服，一次当着局长的面吹捧道，局长，你应该写篇论文，让更多的人受到启发教育。李局长很矜持地笑笑，亲切地拍拍白洁的肩膀，什么也没说，很受用的样子。

据说，李局长认定小林是一匹千里马，是在一次调研之后。小林鞍前马后跑得挺欢实，回来后挑灯夜战，写出一篇《关于贫困山区缺水现状及对策》的调研报告，署名是李显龙（李局长大名）。林晓宇（小林的名字，正式场合偶然用一下）同志做了无名英雄。调研报告上报之后，获得了省政策研究办公室调研报告特等奖，李局长深感脸上有光，认为不能埋没了这样的好同志。不知道出于什么考虑，电脑操作游刃有余的小林这篇报告是钢笔写就的，字写得很漂亮，古朴苍劲、秀丽雅致，恰巧，李局长也是书法爱好者，对书法颇有研究，小林于是进了李局长的法眼。

李局长带着小林东跑西颠，风光无限。偶尔回到办公室，不免有了首长的派头。他拍着我的肩头，很首长地说："老张啊，要努力呢，进步的阶梯是为勤奋的人准备的。"我白了他一眼，恶狠狠地说："那你就沿着阶梯继续攀登吧，当心摔下来，摔你个鼻青脸肿！"心情好的人总是很大度的，小林没有跟我一般见识，笑着说："啊，啊，谢谢你的提醒。"

有一天，李局长老家的几个发小来访，他们是乡镇企业的，说是要取回真经，发展经济。其实就是想和李局长在一起聚聚，畅抒友情。李局长不是那种人一阔脸就变的人，很重情义。摆了丰盛的宴席为发小们接风洗尘。他说这是家宴，不要办公室接待，有小林陪就可以了。

宴席是在温馨而友好的气氛中进行的，几杯酒下肚，李局长动了感情，回忆起少年时代偷隔壁王大爷家的杏子，被黄狗追出三里地，鞋都跑丢了。青年时代看上了那个姑娘，半夜三更敲人家的窗户，把人家姑娘的老爹敲了起来，从窗户泼出一盆水，浇成了落汤鸡。进入中年以来，大家都在忙着自己的事业，追逐权力，经营家庭，纯真的友谊渐渐淡忘喽……李局长是有心人，没有冷落小林，当着发小的面夸奖小林，说他有学识，人品好，又好学，是不可多得的好苗子，等等。夸得小林既幸福，又难为情，脸上布满火烧云。李局长的发小们也齐声赞扬小林，说他前途无量等等。

席尽人未散。小林安排李局长一行去了歌厅，挑选了几个漂亮美眉陪局长和他的发小们。小林自己很识趣，知道那里不是自己应该待的地方，回到大厅，要了一杯咖啡耐心等待。

东方出现鱼肚白时，李局长和他的发小们出来了，容光焕发，很满足的样子。小林急忙迎上前去，送上巧克力、口香糖等小食品。

李局长问："晓宇啊，签单了吗？"

李局长没叫自己小林，而叫晓宇。小林心里激动得无以言表，这说明什么？说明李局长没有把自己当外人，说明自己和李局长的关系又进了一步！小林仿佛看见，向上的阶梯就在自己的脚下，剩下的就是往上攀登了。

小林点头如捣蒜，连连说："签了，早签了，这点儿事哪能让局长费心呢。"

李局长的发小说："老李啊，你身边的人很优秀哦，让人嫉妒呢。"

李局长谦虚地说："哪里，哪里。"脸上却是很自得的样子。

两天后，李局长把小林叫到办公室，亲自给他倒了一杯水，对他这个阶段的工作给予了肯定。小林以为李局长要提拔自己，有些情不自禁，想说两句表忠心的话。话未出口，李局长说，小林啊，感谢你跟我的这些日子，我不会忘记你的。我这边的事情基本有个头绪了，你还回科里去吧，科里更需要你呢。

小林不知道为什么突然打发自己回去，而且什么说法也没有。他瞪大眼睛看着李局长，想在这张脸上看出点儿什么来，他失望了，李局长什么表情也没有，如果一定要说有什么表情的话，那就是和蔼。李局长摆摆手，请小林出去。

也许局长身边真的不需要人了，自己也许还有进步的机会？小林这样安慰自己。一个星期后，李局长身边又多出一个人。是个女孩子，年纪很轻，很靓丽，说话声音也很好听。

又过了一些日子，小水才告诉他原委。那天消费完，小林签单，签的名字是"李显龙"，还有"同意"两个字。字写得龙飞凤舞，很是潇洒帅气。

两天后，财务人员请示李局长走哪个科目，李局长这才发现发票上签的是他的名字。李局长有涵养，没动声色，对财务人员说，走招商引资的招待费吧。心里嫉恨起小林来，一次酒后说："我真是看走眼了，小林表面老实，其实很不地道，用这样的人一定要当心呢。"

情定网络

　　我们楼下是统计局，统计局新进来一位美眉，人称冰美人。究竟美到什么程度，无法用语言形容。用小林的话说，任何赞美的语言用在她身上都是苍白无力的。据说，漂亮女人智商低，冰美人用自身的存在彻底粉碎了这个"据说"。她读完大学读研究生，研究生读完又攻读在职博士。惊回首，芳龄已届二十八岁，还在学海遨游，没有采摘过爱情果实。

　　我们怂恿小林去追求冰美人。小林对所有漂亮的美眉都一往情深，追求美眉具有不畏艰险、勇往直前、百折不挠的大无畏的精神。据他交代，自己早已不是"处男"了，在坎坷的求爱过程中，只有耕耘，没有收获，他很苦恼。他不再对美眉的长相、学识、风度、修养、性格等等抱任何幻想，他要抓紧有限的时间，全面开花，重点突破，搞定谁算谁。说到追冰美人，小林直呼荒唐，他摸着脸上波涛汹涌的小红痘痘，很诚实地说："哪敢呢，俺一见她两腿就哆嗦。跟她比，俺不过是泰山脚下的一捧土，原始森林的一株草。哈哈，你们真敢想啊！"冰美人身边不乏帅哥靓仔，就小林这个自然条件，我们也认为这个建议未免太不着调，按下不提。

　　冰美人虽然冷若冰霜，寒光逼人，却置身于水深火热之中，水深火热制造者是老孟和小甘。老孟，人高马大，立起像座山，坐下像铁塔。时年三十，尚在称孤道寡，自然不会放过向冰美人献殷勤的机会。原先说话粗声大嗓门的，一开口，脏字如长江之水滔滔不绝。自与冰美人成为同事之后，立即细声细气，说出的每一个字都被洗洁精仔细漂洗过，还时不时翘起胡萝卜粗的兰花指，搔首弄姿，故作"淑男"状。离得还很远，浓烈的化妆品的味儿就直往你鼻孔里钻，保准让你一整天嗅觉失灵。你如果对"恶心"这个词理解不深的话，我劝你有机会到我们机关来认识一下老孟。小甘正好相反，小薄身板，骨瘦如柴，用大号图钉，能按到墙上当画儿。但他当着冰美人的面，能举起超过体重两倍的物品。一次冰美人出国归来，带回两大行李箱资料，那天正好停电，小甘肩扛一个，手提一个，一口气冲到十一楼，竟然脸不变色心不跳！挺清秀的小伙儿，整得邋里邋遢的，胡子不刮，衣服不洗，竖起领子装酷。本来烟酒不动，现在身上总有股子衣服捂馊的酸臭味儿和浓重烟酒味儿，这两种味儿混合在一起，要多难闻有多难闻，离你三米开外，如果不熏你一个跟头，算你狠。

自从冰美人进驻办公室的那一天，老孟和小甘的明争暗斗就没有停止过，而且有愈演愈烈之势，俩人都把对方当作情敌，见面时两眼朝天，鼻孔狠狠哼一声。冰美人大惑不解，曾把俩人找到一起说，你们有什么矛盾，可不可以告诉我，看我能不能帮上忙？老孟和小甘互相翻了对方一个白眼，不语。尽管这样，他们却始终没有向冰美人表达自己的爱慕之情，他们害怕被拒绝，害怕说"癞蛤蟆想吃天鹅肉"，他们都在等待水到渠成的那一天，他们自己也不知道，那一天是哪一天。就这样，时间水一样地流过。

回过头来再说小林。他很有自知之明地放弃了不可能的事儿，集中精力实施全面开花的伟大战略构想，他不仅对钟情的美眉频频放电，穷追猛打，还延伸到了网络。他的网名叫"流浪艺人"，认识了一个叫"孤独的心"网友。两人谈得很投缘，大有相见恨晚之感。"孤独的心"很有学问，也很缠绵，很温婉，很善解人意，把个小林整得五迷三道的。小林提出见面的要求，"孤独的心"告诉她,她是有老公的,有孩子的,她很爱她的老公,也爱她的孩子。如果"流浪艺人"不介意,她倒是愿意和他在网上谈情说爱。"孤独的心"还有一个要求,为了保持神秘感,俩人都不许提出索要照片的要求。这正中小林的下怀,他还担心自己的长相会把"孤独的心"吓出个好歹来。此后,小林主动放弃了向其他美眉放电的爱好,一门心思去温暖"孤独的心","孤独的心"被感动了,同意委身于他。于是,在网友们的安排下,两人举办了网上婚礼。没多久,"孤独的心"告诉他说她怀了他的孩子。当然,没有等到九个月,孩子就出生了,是双胞胎,很漂亮。"孤独的心"给"流浪艺人"发来孩子的电子邮件,小林深深沉浸在温馨的家庭氛围之中……

情人节的那天早晨,令人震惊的一幕出现了。小林和冰美人手牵手地出现在办公室,小林自豪地通知我们,他从此退出称孤道寡的行列,与另一半携手同行了!天啊,我即使相信泰山与华山接吻,也不敢相信这是真的。过了很久,听到小水充满怀疑的声音发问:"另一半,携手同行,跟谁?"冰美人嫣然一笑:"自然是跟我呀。"我说:"为什么?"冰美人说:"不为什么,他追求我,我就答应了。"科长长叹一声:"你可把人家小孟和小甘给毁了。"冰美人不解地说:"他俩很好啊,我怎么会毁他们呢?"科长说:"你难道没有发现,他们对你有意思吗?"冰美人摇摇头:"没有,从来没有。他们对我有意思,为什么不表示出来呢?小林表示了,我感到这人还不错,就和他好了……"

据说,老孟和小甘听到这个消息,对着苍天哈哈哈狂笑三声,吐了一口鲜血后,人事不省……

我们追问小林是采取什么手段把冰美人勾搭到手的。小林说,俩人在网上都结婚生子了，不能总生活在虚拟的空间里啊。他充分发挥了自己善于穷追猛打的特长，一定要见自己的妻子、孩子他妈一面。"孤独的心"经过慎重考虑，同意了。那是一个多情的黄昏，按照约定，小林手捧一束火红的玫瑰，"孤独的心"穿一件红外衣，手拿一本杂志。当小林在夕阳西下时分看到湖畔那个楚楚动人的身影时，心脏一下停止了跳动，接着如万马奔腾狂跳不止……

世事沧桑

我们科一位退休老同志去世了，局里要召开追悼会，让我写一篇悼词。悼词一般都是老套路，以歌功颂德为主，生前有过什么劣迹尽可能抹去。让死者去得安心，生者得到安慰。

有必要简单介绍一下死去的这位老同志，他是从北京调入的，没有子女，老伴儿先他而去，是个孤老头子。他有个外号，叫叶子，意思是胆小怕事，树叶掉下来都怕砸破头。在单位影响相当好，没听说过有什么劣迹，也没听说过和谁红过脸，人非常平庸，似乎没做过什么令人难忘的事情，平平安安活到了六十九岁。前天上午晒太阳，和小区的一帮老头老太太说着话，头一歪，就过去了。那天的太阳明晃晃的。

写悼词，就必须了解生平，欲了解生平，必须查阅档案。办理了相关手续后，从档案室提出了老同志的档案。他的档案很厚，两个档案袋装得满满的。我拉小水和我一起翻阅。

第一页是履历表，姓严名良。履历表上的照片很年轻，也很英俊、帅气，从照片看，无论如何无法与现实的老严头相对应。

我和小水一人翻阅一本。我刚翻过两页，小水就哎哟哟叫起来，我说，叫唤啥，嘴让开水烫着啦！小水说，哈哈，这个老严头，还有这花花事儿！

　　档案里有一份颜色发黄的讯问笔录，严良因为生活作风问题被保卫科传讯。保卫干事问得仔细，他回答得详尽。什么时间、什么地点，他怎么做的，女方是什么反应。他如何激情燃烧，女方如何严词拒绝；他强行亲了女方的脸蛋，甚至色胆包天，妄图撕破女方的衣裤欲行不轨，女方俨然是贞洁烈妇，宁死不从。从讯问笔录来看，女方相当刚烈，他自己地地道道一个流氓。我和小水分析，这个严良很有良心，他是在保护那个女人的名誉。我总觉得女方名字在哪里见过，查了严良的履历表，哦，原来是他的老婆。小水疑窦丛生："真荒唐，都已经成了人家老婆了，怎么还是作风问题呢？"我说："那个时候不是还没有结婚吗？你没从那个时代过过，不懂。只要没结婚，拉下手都犯忌，何况他交代得那么'严重'的问题。"小水不屑地说："好像你从那个时代过过似的。"我说："我爱学习啊，学习使我的知识丰富。"小水撇撇嘴说："吹牛谁不会啊。"接着又问："那这劳什子东西怎么还没从档案里撤走呢？"我说："年代久远，谁还管这些事儿，可能忘记了吧？不管他，咱们继续看！"

　　我在档案中看到了严良商调表后附的请调报告。原来他在北京一家国家级的文化单位工作，主动申请调回家乡。我哑然失笑，他怎么能在声名那么显赫的单位工作呢？那个单位人才济济，出了不少名人。看他写的请调报告，字写得还算可以，内容实在不怎么样。不，说不怎么样是抬举了他，简直就是糟透了。短短的两页纸，文理不通，错字连篇，逻辑关系混乱。不知道原单位领导是怎么审查的，也可能根本就没有审查吧？领导签字同意就办，没有文化的人，在人家文化单位委实受罪。我感到，这个严良，还是挺有自知之明的，就是觉悟得晚了一点儿，也不知道怎么在那个人才济济的文化单位混了那么多年！

"哎哟哟，我的天！"小水又一次尖叫了起来。我说："咋啦？一惊一乍的！你媳妇被人撬了！"小水说："我媳妇被人撬哪能和这事儿比啊？天哪，太离奇了。"

小水说的离奇，是他档案里的一份平反决定，打印件，盖着中国作家协会党组的朱红印章。平反决定大致内容是：严良（笔名白柳）写过的主要作品有长篇小说《烽烟滚滚铁蹄疾》、短篇小说集《充满阳光的日子》、诗歌集《勿忘草》、评论集《南窗笔记》。反右期间，因发表了一篇题为《为什么》的评论，被打成右派分子。"文革"中，因文获罪，被打成反党反社会主义分子，判刑入狱。平反决定认为：严良同志解放后写的小说、散文、诗歌、评论，热情讴歌了社会主义建设，尖锐地鞭挞了官僚主义、主观主义和虚夸、弄虚作假等现象。强加到白柳身上的罪名纯系捏造，决定推翻一切强加在严良同志身上的不实之词，予以彻底平反。

我太惊讶了！我就是看着白柳的书长大的。他的文章上过小学课本，那个时候我们看白柳，就像是仰望天上的星星，可望而不可即。如此才华横溢，如此声名远扬，如此铮铮铁骨的白柳，到了连一份请调报告都写不好的程度，到了树叶落下都怕砸破头的程度！真是令人感叹不已，感叹世事沧桑，感叹人世无常，感叹岁月无情！

小水说："档案上的严良，是我们认识的那个老严头吗？"我说："也是，也不是。"

第二天，追悼会按预定时间召开，我写的悼词回避了严良曾经是白柳这个事实。我知道，他不愿意触及那段历史，那是一块尚未完全愈合的伤疤，一旦触及就会作痛。还是让他平平静静地来，安安静静地走吧。我们副局长致的悼词，声情并茂，很有感染力。追悼会之后，白洁说："悼词写得很好，虽平淡，却饱含真情。就是有一句话我不敢苟同。"我说："哪句话？"白洁说："就是那句'一生坎坷，历尽劫波'。老严头始于平淡，归于平淡，何来坎坷、劫波，怎么会得出这样的结论呢？"科长说："唉！每个人的一生，都是一部大书，只要你认真去品读。"

是啊，每个人的一生，都是一部大书！

醉里乾坤大

我们科长自称酒中仙，依我看来，也就是嗜酒罢了，离真正的酒仙相差十万八千里呢。酒仙不在于你能不能喝酒，而在于会不会喝。就如同女人，不在于你长得有多么漂亮（当然，漂亮也是很重要的），而在于会不会卖弄风情，能不能把男人搞得神魂颠倒。一个女人再漂亮，不会抛媚眼，不会勾引男人，就像一杯白开水，没什么味道。

我这人呢，爱瞎激动，喝几杯酒就忘乎所以，直喝得革命豪气冲云天，单位里的同志们抬举我，称我酒仙。说实在话，我也是喝完就后悔，头晕胃痛伤身体不说，就那么一点儿小隐私，还在酒场上给暴露了。不经意间，把不该得罪的人给得罪了，酒醒后还要腆着个脸给人家赔不是，何苦？何必？"酒精"考验后，自知在酒场混不出个什么名堂，便准备收手，偃旗息鼓。可是，在机关坐办公室不喝酒，就跟当领导干部不捞钱，很不习惯的。

前些日子，我家搞装修，完工那天，请装修的民工兄弟喝酒。酒过三巡，开始划拳，我的"拳术"在机关闻名遐迩，这几个民工哪里是我的对手？没几个回合就喝高了，进入癫狂状态。我的豪情上来了，谁喝不了我替谁。喝的民工兄弟涕泪横流，说城里人就没有把他们真正当成个人，当成会说话的牲口使唤。我，一个机关干部，竟然请他们喝酒，还替酒。我这个朋友他们交定了！说到激动处，主动交代了在装修中弄虚作假，虚报材料开支的问题。领头的家伙掏出一摞钱，胸脯拍得啪啪响："您把俺当人敬，俺们也不能昧良心，把多收的钱退给你！以后有啥事儿，言语一声，没二话！"这酒喝得多值，不但交了朋友，还省了银两。

我们市费了九牛二虎之力，引来一个投资团考察。市长把接待投资团这个光荣而艰巨的任务交给我们局，指示一定要接待好。局长指名让我帮助招呼客人，所谓招呼客人，就是喝酒。我本想以身体不适婉言谢绝，想想不妥。咱的身体是身体，人家局长的身体就不是身体啦？咱小不拉叽，身体喝坏无关紧要，人家局长的身体喝坏了，咱们局的整体工作就要受影响，关系到地方经济发展的大局呐。我的身体虽然也是革命本钱，但是到了关键时刻，就不能怕舍本钱。

真是山外有山，天外有天，能人之外有能人。上了酒桌，才知道我这个酒仙徒有其名。其他高手就不必说了，单说局长的秘书，咱就比不了。局长秘书是个美眉，长得漂亮。投资商有的说，这活脱脱就是张曼玉嘛，有的说，说张曼玉是对她的侮辱，刘亦菲跟她比也逊色。最厉害的是，一上酒桌，翘起兰花指，很优雅地端起一杯酒，干了，杯底一亮，很有江湖女侠风采。几杯酒下去，两腮桃花盛开，笑得颤巍巍的，很妩媚。这些都不算什么，更令人佩服的是，她能讲、也敢讲荤段子，讲得很天真无邪。她劝酒说："领导上面很辛苦，我们下面很痛苦。各位不喝酒，我就跟你走。"客商说："你说这酒怎么个喝法？"秘书美眉脸不变色心不跳地说："领导在上我在下，你说几下就几下"。酒桌轰然，秘书美眉依然纯洁无邪地说："我说错什么了吗？"红袖添香，玉指斟酒，深情款款，腻腻发嗲，投资商们想不喝都管不住自己了。在局长秘书面前，我简直太老土了，你看人家，又会喝酒，又会风情万种，还敢于讲荤段子。同时，还具备了讲爱心、讲奉献的优良品质。关键时刻发扬大无畏的精神，不是替局长喝酒，就是小曲好唱对方喝。美眉在侧莺歌燕舞，投资商们个个眼冒绿光，有喝到桌子底下的，也有"现场直播"的，我真为秘书美眉的英雄本色骄傲，同时，也充满了胜利者的豪情壮志。

一场鏖战过后，啤酒瓶横七竖八摆成一字长龙。局长也喝了不少，要方便。离厕所还有一段距离，情急之下，我取过几个啤酒瓶，请局长借一步享用。局长方便的声音惊心动魄，痛快淋漓。过后，还要接着喝。我已经喝得头昏脑涨，分不清哪是啤酒，哪是局长的小便了。酒倒出来后，一位客商感到不对劲儿，认真观察之后说："换酒了，换酒了。这酒泡沫大，清澄，还有一股浓浓的酒香。"另一位小心翼翼地喝了一口，皱皱眉头。可能怕说他外行，挑起大拇哥说："果然好酒！"就这样，局长自酿的啤酒进了大家的肚子，还一个劲地说，好啊，好！

投资考察团满意而归，原定的投资项目却迟迟不见回音。市招商局催问，对方的回答是，此地酒风甚烈，整天喝得晕晕乎乎的，还怎么搞项目，怎么谈发展呢……

举报信的秘密

小林中午陪同学喝了几杯酒，脑袋晕晕乎乎的，迈着踉跄的步伐，从酒店直接回办公室。

"小林啊？请到我办公室来一下。"一个声音在小林的耳边响起，睁开醉眼蒙眬的眼睛一瞧，吓得一激灵，酒意全无。站在小林面前的，竟然是李局长。虽然李局笑容可掬，但在小林听来，话里话外杀机重重。局里有禁令，中午不许喝酒，这下算是撞到枪口上了！

嗨，杀头不过头点地，就算是龙潭虎穴，我也走它一遭了，我林晓宇怕过谁呀？小林壮着胆子给自己打气。

局长很客气，请小林在沙发上坐下，亲自沏了一杯茶，端到小林面前："小林啊，中午喝酒了吧？"

小林瞧着满面笑容的局长，视死如归地说："是。来了两个老同学，陪着喝了两杯。"

局长哈哈笑道："老同学来了，陪着喝杯也是人之常情嘛。来，喝口茶，醒醒酒。"

小林正渴得唇干舌燥、嗓子冒烟，喝就喝，谁怕谁呀。他心里明白，甭看现在李局和风细雨的，这是暴风雨来临的前奏，那就让暴风雨来得更猛烈些吧。他满怀豪情壮志，端起茶杯，一饮而尽，觉得还不过瘾，竟不知天高地厚地说："好茶，麻烦再来一杯如何？"

局长像看着自己淘气的孩子一样看着小林，将水杯斟满，和蔼可亲地说："这可是今年刚下来的极品观音王。你这小子，那里是品茶哟，整个就是牛饮嘛。"

小林又将茶杯里的茶水一口气喝完，抹抹嘴唇说："我充其量就是个刘姥姥，您可别把我当妙玉。"

局长与小林并肩坐在沙发上，手搭在小林的腿上，亲切地说："请你来也没什么事儿，谈谈心。咱们很长时间没坐在一起聊天了吧？唉，整天瞎忙，脱离群众了。"

小林感到势态愈发严重了，看来不仅仅是中午喝了几杯酒那么简单。能和局长促膝谈心，天啊，不是局长吃错了药，就是小林吃错了药。小林保持着高度警惕性，给局长绽开了一张笑脸，他本想让自己的这张脸灿烂的，结果事与愿违，给局长展现的是一张惨不忍睹的脸。

局长根本没有在乎小林的那张脸，推心置腹地说："小林，你曾经鞍前马后跟了我一段时间，我对你照顾得很不够啊。想起这些，我就感到惭愧。"

局长的态度让小林很不适应，如芒刺在身。他可怜巴巴地说："李局，你想怎么处理我就直说吧，不要再用软刀子折磨我了，我受不了！"

"看你说的！"局长瞪了小林一眼，与其说是责备，不如说是宠爱，"好好的，我处理你什么？"

"那是不是有什么事儿需要我办，您说吧，赴汤蹈火，在所不辞。"小林觉得自己很悲壮。

"别把事情庸俗化了，找你就是要你办事啊？那还不如直接找你们科长呢。放心吧，没什么事要你办。我说过了，就是在一起聊聊天，谈谈心。唉，林子，你跟我说实话，我李显龙对你怎么样？"局长抛出了第一个问题，在小林看来，是第一个圈套。

"李局对我没说的，是我自己才疏学浅，能力差，辜负了您的信任和培养。"小林想，我才没那么傻，上你的圈套。

局长沉吟了一下："小林啊，如果你对我有什么意见，当面谈也行，不想当面谈给我发电子邮件也行。我这人啊，别的优点没有，有一点就是能够正确对待同志们的批评和意见，即使有些批评和意见不是那么准确，我也不会计较的，有则改之，无则加勉嘛。"

小林从局长的话里，已经隐约感到问题出在那里了，也明白了局长找他"谈心"的意思了，这要不是笑里藏刀，还有什么叫笑里藏刀呢。小林干脆把话挑明说了："李局，我林晓宇没有多少能力，也不懂政治。但是，我自认为还是一个堂堂正正、光明磊落之人，如果真的对局长有什么意见，绝不会藏着掖着，肯定会把意见说在当面，绝不会背后打小报告，告黑状。"

"对你我是绝对信任的，我相信我这双眼睛，否则，我今天也不会找你谈心的。不过，人心叵测啊，我们身边有些人啊，就是唯恐天下不乱。今天一封举报信，明天一个匿名电话。有胆量就公开站出来嘛，躲在背后放冷枪算什么好汉！"局长终于撕开了那副温情脉脉的面纱。

局长站起来，在屋子里来回踱步，似乎在做着什么重大决定。踱了一会儿步，停下来坐到办公桌前，拉开抽屉，取出一封信，递给小林说："晓宇，你帮我琢磨琢磨，这语气，这行文风格，会是咱们局里的谁呢？"

小林没有接信，用开玩笑的口气说："李局，您这可让我为难了，我可没这方面的天赋哟。其实，这事儿，您可以交给办公室去办，他们一定会尽心尽力的，您何必舍近求远呢。"

局长并没有为难他，从抽屉里拿出一包"熊猫"牌香烟，撕开口，取出一支递给小林，要用打火机给他点燃。局长自己不抽烟，他的烟是招待客人的，看来，今天他是把小林当做客人了。小林急忙站起来，从局长手里接过打火机，自己把烟点着了。让局长给他倒水，他是做好了接受严厉处罚的思想准备的，现在看来，已经满天的乌云风吹散了，再让局长点烟，就真的太不知天高地厚了。

局长坐在老板椅上，与小林又处在居高临下的位置了。局长淡淡地说："办公室能办，我还找你做什么？你跟过我，我知道你的为人，才找你的。"局长眼睛里闪过一丝淡淡的哀愁："既然你感到为难，那就算了吧。其实，我也并不在意是谁写了检举信，写就写吧，这也是国家法律赋予公民的权力嘛。"

官帽底下两个口，领导怎么说都是有理的。刚刚还义愤填膺呢，转瞬间就深明大义了，小林算是领教局长的厉害了。

小林觉得自己必须要离开了，再待下去不仅毫无必要，简直就是讨人嫌了。他站起来说："李局，没有别的事话，我先走了。"

局长挥挥手："没事儿了，你走吧。"

小林走到门口，局长突然说："等等"。小林站住，看局长还有什么话说。局长把放在茶几上的烟拿过来，装进小林的衣兜："拿去抽吧。噢，今天咱俩说的话，不要去外边说。"

小林说："您放心，我知道。"

他并没有让局长放心，回到办公室，就向我们公开披露信息。

科长批评小林："人家局长信任你才给你说这些的，你回来不好好干你的工作，瞎嚷嚷个啥！"

小林不服气地说："什么信任我，他是怀疑我告的状，对我进行火力侦察呢。我林晓宇是谁，这点看不出，白在机关混了。"

我说："你应该先打开信看看，举报了些什么内容，再决定是不是帮他分析分析是谁。"

小林说："你这是烟囱上招手，把我往黑路上引呢。一旦我看了那封信，就知道了李局的隐私，那就算把我给沾上了，想甩都甩不脱了。"

小水很有感触地说："真险恶。"

白洁慷慨地送给小林一个媚笑："小林哥，真有你的，我好崇拜你哦。"

小水笑道："白洁妹妹，咱们不带这样的。局长没有把林子搞晕，你可不能把林子给搞晕了。"

小林故作晕倒状："我这人啊，意志很薄弱的，特别禁不起漂亮美眉的糖衣炮弹哟。"

小水很好奇地说："那封举报信里会写些什么内容呢？"

我说："无非就是经济问题啦，工作作风问题啦，男女之间的那些个糗事儿啦，没什么新鲜的。哎，我们应当给予局长充分的理解，现在当官的，哪个屁股是干净的呢。比较起来，咱们局长还是个勤政廉洁的好干部呢。"

小水深有同感地说："是啊是啊。咱们李局的欲望无论多么大，这些年也填得差不多了。如果把李局告倒，再换一个新局长，又要从头开始，吃亏的还是国家。"

科长敲了两下桌子："哎，这是你们议论的事儿吗？背后说人很有意思吗？清者自清，浊者自浊，把握好自己。这事儿到此为止，都不要在外面给我乱嚷嚷。好了，干活儿！"

我埋头干自己的活儿，心里还在想，那封举报信里究竟有些什么秘密呢？

为虎作伥

大伟是我们局科技科的普通一员，却很有一些名气，他的名气就在于他的那张嘴。大嘴经常义务发布国际国内最新科技成果。比如说美国在三万米高空航拍的照片能清晰地数出你有几根眉毛；比如说美国有种先进的探测仪器，可以探测到世界每个角落都有哪些资源、储藏量多少；再比如说已经有确凿的证据证明，其他星球有高级生命体的存在，其科技水平已超过地球人类若干个世纪；再比如说大洋彼岸的超太空卫星控制系统，可以将导弹发送到地球任何角落，误差不会超过一根头发丝的距离。说得有鼻子有眼的，不容你不信。

科技科的科长老曹对大嘴天上一句地下一句的神吹海侃颇不感冒，说，大伟，有时间多关心关心自己的业务，你说的那些离我们太遥远了，顶个屁用！大嘴说，曹科，不了解现代科技的发展，我们就是盲人摸象，盲人摸象就会导致我们看问题的片面性，看问题片面就不能进步，不能进步，就永远跟在人家的屁股后面亦步亦趋，亦步亦趋就意味着落后，落后就要挨打。曹科被大嘴的层层推理说得一愣一愣的，翻了两下白眼，不再理他，起身离去。

大嘴经常到我们科坐坐，海阔天空神侃一气。我们科长说他，你老是不在自己办公室呆着，老曹能高兴吗？大伟说，看他那张苦瓜脸我心里就难受，我以不耽误工作为原则，谁也不能把我咋的。科长摇摇头不再说话，终究不是自己直属部下，不好说得太过。

一天，大嘴与小林正就国际最新科技发展聊得热火朝天眉飞色舞神采飞扬，曹科追到我们办公室，黑着脸问大嘴，我上个星期交代给你的事儿办得怎么样了？

大嘴满脸迷惘，显然，早已忘到九霄云外了。好在他很快调整过来，眨巴了一下眼睛反问："曹科，您能提醒我一下下吗？就一小下下。"

曹科气得鼻孔冒烟，大声斥责道："我说的话还不如放屁，放屁还有个臭味儿呢，你呢，全当了耳边风！"

看到曹科气得叽里呱啦乱叫，小林凑上去说，曹科，别生气嘛，人家大伟平时工作还是兢兢业业、勤勤恳恳的，对您也是蛮尊重的。

小林不说还好，这一说如同火上浇油，曹科长开始历数大嘴的种种劣迹，字字血、声声泪，不由得曹科仇恨满腔，一桩桩、一件件，有时间、有地点、有证人，罪行累累，罄竹难书。我还真的很佩服曹科长，他的记忆力真是超强，我也真的很佩服大嘴，干了如此多的坏事居然还能够如此坦然自若，安之若素！

趁着曹科叫嚣间歇的空当，大嘴恰到好处地把点燃的一支烟塞到他的嘴里，谦虚地说："曹科，您交代给我的任务不就是统计市属各单位科技成果项目吗，我哪里敢忘呢。我一天日理万机的，您要是不给我提醒一下下，我还真想不起是哪件事儿。看来，我工作做得还有疏漏，没有做到尽善尽美，对不起曹科对我的栽培啊。"

末了，他也没有回答任务完成了没有。

我们科长说："老曹，说两句就得了，人家大伟还是很虚心的。"

大嘴并不领情，"郑科，您也甭给我求情，我这不是虚心，是心虚。连我自己都没想到，竟然做了这么多对不起曹科的事儿，我真的很痛心疾首，万死难辞其咎。虽然我有很多缺点错误，但是也有优点啊。曹科，您是老同志了，我相信您不会只见树木，不见森林吧。"

曹科冷静下来，"我，我刚才确实有点儿冲动，有点儿激动。但是，出发点还是为你好的嘛。"

大嘴严肃地说："不仅仅是冲动和激动哦，你还说了粗口呢。"

曹科用眼光扫了我们一圈，见我们都没有反应，相信大嘴说的是真的，不好意思地说："对不起啊，让大家见笑了。"

大嘴很首长地拍拍曹科的肩膀，大度地说："我虽然年轻，这点度量还是有的嘛，不会跟你计较的，就算计较又能计较到哪里去？知错能改，善莫大焉，特别是像你这样的老同志，就更加难能可贵了。"

说完，反剪着双手，迈着领导式的四方步离开了。

曹科发了足足有一分钟的呆才回过神来，站起来大叫："嗨，我说你呢，怎么反过来了……"

科技科的副科长调到其他局当科长去了，空出了一个位置。曹科长推荐了科里的杨帆，说论资历、论水平、论业绩，都该杨帆上了。李局亲到我们科征求意见，郑科说杨帆不错。我们都说，杨帆是不错。李局点点头。小林忽然节外生枝地说，听大伟说，市委书记当县委书记时，大伟当过他的秘书。局长淡淡地说，这好像与考察没什么关系吧？小林频频点头，没关系，是没关系！局长出去后，我问小林，你说这话什么意思？小林说，领导考察干部，干部也可以考察领导嘛。小水说，无稽之谈。小林说，有稽无稽，日后自有分晓。科长说，你这一句话，怕是要改变一个人的命运呢。白洁说，有那么严重吗？我说，等着瞧吧。

局长来到科技科，了解了一些情况，尤其是杨帆的情况。临走前，漫不经心地问大嘴："大伟，你在县委工作期间，给咱们市委书记做过秘书？"大嘴没有了平日的滔滔不绝，扭捏地说："书记对身边人要求很严格，不让到处乱说。"（据小林说，大嘴之所以没有随着书记的升迁而升迁，就在于他那张把不住门的嘴）局长便不再穷追不舍，转身走了。

一周后，科技科副科长的任命文件下发了，竟然不是大家都看好的杨帆，而是谁也没想到的大伟。小林拍着大嘴的肩膀，别有用心地说："哥们，祝贺你啊。"大嘴一副云遮雾罩的样子："嗨嗨嗨，真他娘的没想到，这不是天上掉下个林妹妹吗？"小林也不说破，嘿嘿冷笑。

煮熟的鸭子又飞了，杨帆心里很郁闷，便借酒浇愁，他不善此道，同事们说他不喝刚好，一喝就倒。他喝上几杯酒，就到办公室拍着桌子骂大嘴，说他是阴谋家。曹科虽在口头上进行了严厉制止，但从表情来看，"疑似"有纵容之嫌。

大嘴很宽容，对杨帆的叫骂不接招，由他叫骂。骂得烦了，就去其他科室转转，到我们科的次数相对较多。来了，就免不了发一通感慨，一番议论，说些当官真他妈的不易，还是做个平头百姓快活之类的话。小林说你就别捡了便宜还卖乖了。大嘴赌咒发誓说孙子才想当官呢。一次，大嘴喝了一些酒，满脸的火烧云，到我们办公室闲聊。我们埋头做自己的工作，任他自己信马由缰地胡说。说着说着，便口无遮拦了，不再说孙子才想当官的便宜话了，而是说当领导不仅是感觉好，也很实惠。自己过去的三十年算是白活了，现在才算活出点儿滋味来。小林见他说得不像话，岔开话题说，别胡扯了，给你讲个故事，有个和尚饿了，买了三个烧饼，吃了第一个没饱，吃了第二个还是没饱，吃了第三个饱了。他懊悔地扇了自己一巴掌，说早知道这样，我吃第三个烧饼就行了，何必浪费前两个？大嘴呵呵笑了两声，却没有中断话头的意思，继续瞎白话，无论大官小官，与顶头上司搞好关系是最重要的，他与主管他们科的白副局长关系就特铁，白副局长很够哥们义气，有什么好处从来也没有忘记过他。士为知己者死，在白副局长的手下工作真幸福啊。听他信口开河越说越没边了，科长站起来严厉地说，大伟，嘴欠了回你自己办公室说去！不要在我们这里胡咧咧。科长说的"我们"不仅仅指我们科的人，还有局办公室秘书科的小侯，他到我们科送文件，大嘴说的这番话被他一个字也没有浪费地全听了去。

不久，市纪委派来了调查组，查白副局长的经济问题，一查一个准。调查组征求一把手李局的意见，李局说白局是个好同志，我们工作配合很默契，希望上级在党纪国法允许的前提下，尽可能从轻发落。纪委采纳了李局的意见，没有给白局党纪政纪处分，劝他提前退居二线了事。

据说，白副局长想转正，就组织人写信举报李局，举报信回到李局手里，分析是白副局开的黑枪，便存了报复之心；还据说，白局离开那天，哭得鼻子一把泪一把的，说自己活了一大把年纪了，还是不成熟，不自量力想跟人家李局斗，与人家根本就不是一个等量级的，人家小小一个动作，就会让他死得很难看。

这话传到李局耳朵里，李局冷笑道，这个老白，真不懂事儿。

奇怪的是，大嘴没有因为这件事受到丝毫牵连，纪委调查组例行公事找他谈了一次话（调查组找了很多人谈话），就再也没有

116

提起过。

科技科曹科快到退休年龄了，李局力挺大嘴，说大伟有头脑，懂政治，有水平，是个好苗子。因此，大嘴成为接任曹科长最热门的人选。

大嘴却并没有因为有可能乘势上而沾沾自喜，反而显得落落寡合，没有了过去神吹海侃的神采，大嘴已经不是过去的大嘴了，我们感到挺不习惯的。小水把我们的感觉告诉了他，说他现在跟我们玩深沉呢，他一深沉，上帝就发笑，我们也发笑。大嘴在一次喝醉酒后，瞪着火红的眼珠子说，你们说我玩深沉，屁的深沉呀，我他妈的是郁闷。如果为虎作伥的是你们，你们郁闷不郁闷？

大家面面相觑，听不懂大嘴的话是什么意思。

是啊，这家伙让我们越来越看不懂了。

茶中日月长

我们科长有一把精致的紫砂茶壶，在他手掌长年累月的抚摸下，通体紫红发亮，壶盖壶身雕刻着美丽的图案，古色古香。这把茶壶已经喝出了深厚的历史底蕴，偶然一天没有好茶叶了，科长也决不以次茶冲之，倒入白开水，照样茶香扑鼻。据说这是他的一个老上级送的，前清作品，既有文物价值，又有观赏价值，还有实用价值。茶壶是科长的心爱之物，基本上是壶不离手，茶不离口。

科长看茶壶比看老婆还当紧，不允许外人乱动。一次，科长出去了几分钟，小林把自己刚买的新茶给科长泡了一壶。科长回来一摸壶，脸色立即晴转多云，痛心疾首地对小林说，你知道你这是什么行为吗？这是对茶壶的亵渎啊。你把我的茶壶给毁喽。

小林没好气地说，嫌不好，倒了不就得了！科长说，你吃了灯芯草啦，说得轻巧。就好比白布被黑颜色染了，再怎么洗，也恢复不到原来的颜色了！我说，科长，泡也泡了，您就将就一回吧。科长板着脸不说话，把茶壶洗了一遍又一遍。我发现，科长的眼睛微微有些湿润。

　　科长喝酒不讲究，喝茶十分讲究，一般的茶叶根本入不了他的法眼。他钟爱他的茶壶，对茶叶倒是慷慨大方。每次买回好茶叶，就把我们召集在一起，每个杯子放一点儿，放得小心翼翼，似乎在数着数儿。水的温度、质量和水量，绝对有讲究的。科长曾经深有感触地说，咱这水啊，把好茶好壶都给糟践了。每天早晨，我们办公室总是茶香袅袅，空气中弥漫着很温暖的气氛。当然，我们也不白喝科长的茶，总是把对科长、对科长的茶壶、对科长的茶叶的赞美，慷慨无私地奉献出来。科长笑微微的，像看一群顽皮的孩子。在这种氛围中开始一天的工作，心情能不愉悦吗？

　　茶道方面能和科长媲美的是任副局长。任副局长是我们局第六副局长，已经退居二线。从宣布退居二线那天起，就成了我们办公室的常客。从任副局长身上，丝毫看不出从领导岗位下来的那种失落和沮丧，给我们的感觉是"无官一身轻"。他与科长谈茶论道，交流心得，谈笑风生，甚是醺醺然，陶陶然。白洁说，任局心态好，一定能长寿。任副局长笑呵呵地说，谁做官也做不了一辈子，做人可是一辈子的事啊。小林击节赞叹，精辟，绝对精辟。

　　老任也有一把茶壶，也很精致，是他老伴儿出差给带的。当然，与我们科长的壶比，逊色就不是一星半点的了。他对那把茶壶也很珍惜，但并不小气，他那把壶可以容纳百川，什么茶叶都可以放，什么人都可以用，绝对平民化。年老的、半老不老的、年轻的，谁口渴了，都可以抓起他的茶壶吱溜吱溜喝一气儿，老任笑眯眯地看着，脸色很平和。科长和老任谈茶论道渐入佳境，无暇顾及科里的工作，全权委托给了我，由我行使生杀予夺之权，感觉实在太好了。可惜好景不长，没过多久，老任生病住院了。

那个阶段，正闹"非典"，电视台公布，我市发现一起"非典"疑似病例，而这一起疑似病例的主角，恰恰就是老任。传媒一播，全局哗然，用老任茶壶喝过水的人恐慌得要命，纷纷跑到医院传染科检查，一时间传染科人满为患。老任的那把茶壶，就放在科长桌上。其他科室的同事到我们科串门，见到那把茶壶，就像见到一枚随时都会爆炸的炸弹，劝科长赶紧处理掉，细菌那玩意儿可是无孔不入的！科长神色凛然，并不作声，提建议的人悻然离去。我们虽然心里也忌讳，慑于科长的威严，不敢有所表示，敬而远之。

老任住院后，据说进了隔离病房，拒绝亲友探望，领导和同事们以此为借口，也就不去探望了。倒是我们科长经常去医院，每次都带着那两把紫砂壶，沏两壶绿茶。我们问他老任的情况，他板着脸说，问什么问，自己去看看不就知道了！

不久，老任病愈出院。其实，老任根本就不是什么"非典"，也不是什么"疑似"，他得的病离肺部还有相当的距离，名曰心肌梗塞。也是无巧不成书，一个和老任同名的，又是同一天入院的老干部得了肺炎，症状和"非典""疑似"，阴差阳错，虚惊一场。大夫说老任，这病就怕心里憋气，心胸狭窄，遇事想不开的人最危险。我们很茫然，老任不是那种想不开的人啊……

老任再次出现我们科的时候，已经憔悴了很多。他摸着被科长擦拭的锃光瓦亮的紫砂壶，发些人情冷暖、世态炎凉的感慨。

说着说着，不免神色黯然，感叹道，这人啊，唉……科长说，人生如茶，壶里乾坤大，茶中日月长，心中磊落，管它冷暖炎凉。从俩人惺惺相惜的状态看，已成莫逆。

日子在科长和老任谈茶论道中一天天过去。一天早晨，老任没有来，科长很惶恐，不断地念叨，这个老任，不会出啥事儿吧？这个老任，不会出啥事儿吧……

要说这人就是经不起念叨，老任果然出事儿了，心肌梗塞又一次发作，大夫检查完之后说，看他还有什么未了心愿，尽量满足吧。老任家属眼泪汪汪找我们科长，说老任带话，想喝一壶他沏的茶。科长脸色凄然，精心地、甚至可以说庄重地沏了一壶，小心翼翼包好，送到医院。科长把茶壶嘴对着老任的嘴，老任迫不及待地喝了一口。一股淡淡的清香从壶嘴溢出，整个病房都储满了淡淡的清香。"好茶，果然满口清香，神清气爽。喝了你这口茶，死也瞑目了！"老任很满足地说。

科长终于忍不住，泪落如雨……

大夫说，老任的病其实并不是很严重，如果心情好的话，再活三五年应该没什么问题。真没想到，会发展得这么快！"唉，人啊，人……"大夫摇头叹息道。

老任去世了。科长留下了老任的紫砂壶，把自己的紫砂壶放进了老任的棺材……

死因不明

这一天与昨天、前天以及以往的任何一天都没有什么不同，科长和白洁出去办事儿，办公室就我、小林和小水三人。财务科主任科员老邢推开我们办公室的门走进来，小水和小林正在咬耳朵，咬得很热闹。小水说，小林听，边听边频频点头。神色诡秘（老邢语）。老邢使劲儿咳嗽一声，小林瞧见老邢进来，捅了小水一下，小水像广播喇叭断了线，"嘎巴"一声就停住了。小林装模作样地伸了个懒腰，对老邢点点头。小水一脸奸笑（也是老邢语）说，老邢，你老人家有何公干啊？老邢说，非得公干，"私干"就不成吗？小水说，成啊，咋不成呢。我打着哈哈说，老邢，请你的尊臀亲吻我的椅子吧。老邢眼皮上翻，并不理会。话不投机，空气有些沉闷。小水说，我想起来了，局长要的报表我还没送呢。便匆匆离开了。过了一会儿，小林也借故开溜了。老邢满脸的旧社会，气哼哼地说，他俩说啥呢，鬼鬼祟祟的。我说，我也不知道，管他说啥呢。老邢说，不对劲儿，为啥我一进来他们就不说了。我说，那您得问他们去呀！老邢说，我会问的，哼！

　　下午，老邢找到小水，说你们早晨嘀咕啥呢？小水说，没嘀咕啥呀！老邢说，没嘀咕啥是嘀咕啥呢？小水说，噢，我跟小林说，中午有人请喝酒，问他去不去。老邢说，那你中午咋没喝呢？小水说，请客的人临时有事，改期了。老邢说，不对吧？这事儿有啥见不得人的，至于那么诡秘？小水说，这有啥诡秘的？你不信我也没办法。在小水这里问不出所以然来，老邢又去找小林，劈头就对小林说，林子，我老邢平日待你不薄吧？小林说，这从何说起？老邢说，平时你拿到我那里报销的单据，能报不能报的，我是不是都报了，从来没有卡过你吧？小林点点头说，那是。老邢说，那好，你告诉我，早晨小水跟你嘀咕啥呢？小林的答复与小水说的一字不差。老邢满腹狐疑地说，不对，你们说的肯定与我有关，不然的话，为啥我一进去，你们就不言声了呢，还一个

121

个借机溜走了。我核实过了，上午局长根本就没有找小水要过什么报表！小林没有小水的耐心，没好气地说，我反正告诉你了，你爱信不信！

老邢很生气，也很惶恐。最近治理商业贿赂专项工作抓得挺紧，别是要出啥事儿吧？老邢快退休了，当了一辈子大头科员，领导照顾他，给了一个主任科员的待遇。老邢在局机关虽然算不上什么人物，但是管着现金出纳这一块，日常用钱报销啥的，自然也有点小进项……虽说天知地知你知我知，可现在人心叵测，又赶上这节骨眼儿，难免……他感到后脊梁飕飕冒冷气儿，右眼皮嘣嘣直跳，折了一片篾条贴在眼皮上，没用，照跳不误。

从此，老邢觉得别人看他的眼神都意味深长。一次，厕所里碰见局长，老邢搭讪说，局长，您亲自上厕所呢？局长白了他一眼，你能替我上吗？老邢认为局长白他的那一眼大有讲究，愈加惊恐不安。

惊恐中过日子的老邢，身体某个部位会莫名其妙难受起来，他又说不准究竟哪里难受，反正就是难受，夜里常被噩梦惊醒。他总在想，小水那天到底对小林说了些什么，局长为什么会用白眼仁翻我？他的思维进入了一个死胡同，他很绝望，绝望地觉得明天就是世界末日。

老邢也给自己宽心，局长白我一眼，并说明不了什么问题的，局长对很多人都翻过白眼。那两个臭小子，能嘀咕我什么呢，我老邢和那些揭发出来的贪官比起来，一个小手指都不如呢。也许他们说的是真的，就是有人请他们喝酒呢。管他呢，该咋样就咋样，何必庸人自扰？

给自己宽心的话，老邢念叨了无数遍，都已经倒背如流了。

可是没有用，他的眼前总是晃动着小水和小林鬼鬼祟祟的样子，局长对他翻白眼的样子，这些已经像烙印一样牢牢烙在脑子里了，自己对自己说的那些宽心话被这副烙印撞击得支离破碎。

他想找局长说清楚，每次看到局长威严的面孔就不寒而栗。局长看他畏畏缩缩在自己办公室门口转悠了好几次，主动把他叫进来说，老邢啊，你是不是找我有什么事儿呀，老同志了，有事就说嘛，在政策允许的范围内，我会关照的。老邢嗫嚅着：没……没啥事儿。局长笑着摇头，我看不像，你是不是对我有什么意见，没关系，可以当面给我提嘛。老邢认为局长话里有话，急忙摆手说，没有，没有意见，我怎么会对局长有意见呢？局长便不再理他，埋头干自己的事儿。

老邢感到度日如年，茶饭不思，人日渐憔悴。小水碰见，还不知高低地开玩笑，老邢啊，你这么大岁数了，就不必减肥了吧？你看你，真是卷帘西风，人比黄花瘦哦。莫不是有什么事儿烦心吧？想开点儿，天塌下来还有大个子顶着呢。

小水说者无心，老邢听者有意，愈加坚信小水就是在嘀咕自己。他想，这小子，究竟在嘀咕些什么呢？

老邢终于挺不住了，住进医院。

小水和小林隐隐约约感觉到，老邢住院，多多少少与他们有些干系，便决定去医院探望。在楼下恰巧碰见局长要坐车出去。局长问他俩干啥去？小林说老邢病了，去医院瞧瞧。局长看了一眼表说，噢，老邢住院了？时间还早，你们上车，我和你们一起去。

看见局长亲自探望，老邢眼眶涌满眼泪。他颤抖着声音说，局长……我，我……局长亲切地握住老邢的手说，老邢啊，什么都不必说啦。我刚刚问过大夫了，你没什么毛病，就是精神上有些焦虑，养养就好了。你一辈子小心谨慎，局里的同志们都知道，你就放心养病吧。病好了，早点儿上班，局里的工作还离不开你呢！

说了一会儿话，局长说还有一个会，匆匆离开了。老邢问小水和小林，局长怎么亲自来了？在我的印象中，科主任住院他都不会亲自探望的。小林说，嗨，在门口碰上了，他就顺便来了呗。老邢摇摇头说，唉，我都到这个分儿上了，你们还瞒我做啥呢？老邢老婆说，老邢呐，你啥事儿也没有，一天到晚瞎琢磨啥呢！老邢说，众叛亲离，众叛亲离哟，连你也骗我。

小林给小水使了个眼色，俩人便告辞了。

忽然有一天，传出消息说老邢死了。刚开始我们还不太相信，好好的人怎么说死就死了呢。直到局里为老邢举行遗体告别仪式，我们才相信了。在遗体告别仪式上，见到了老邢的老婆。我问她，老邢究竟是得了什么病？老邢老婆摇摇头说，我也不知道。我说，那怎么说走就走了呢？老邢老婆说，他的精神状态一直就不好，又查不出什么病来。那天半夜，听他轻轻叹息了一声，我也没有在意。早晨叫他，人已经死了。我说，大夫怎么说，老邢老婆说，死因不明。我说，他还有什么未了的心事吗？老邢老婆说，他就是想知道小水究竟对小林说了些什么，局长为什么对他翻白眼，局长为什么会亲自到医院探望他这个大头兵！

偷窥者

白洁喜欢画画儿，秋高气爽的季节，独自背着画夹到野外写生。

她最喜欢去的地方是月牙湾。这个地方远离城市的喧嚣，两山之间夹着一汪月牙形的湖泊，月牙湾因此而得名。

　　高大的松柏巍然挺立，有秀丽的小白杨点缀其间。山坡开满山菊花，黄得耀眼而热烈。还有一些叫不出名字的野花，有红色的，蓝色的，紫色的，在秋风中摇曳生姿。在白洁的印象中，蓝色的花朵似乎叫"勿忘我"，她不能确定，只是觉得这个名字很浪漫，很有诗意，也就对它情有独钟。月牙湖泛起轻微的水波纹，像是五线谱，记录着动人的旋律。

　　白洁来这里也不纯粹是为写生，她更喜欢这里的景致，喜欢完全放飞心灵的那种感觉。

　　除了偶尔有两声鸟叫之外，万籁俱寂。白洁如痴如醉，尽情地挥洒着笔墨，抒发着自己的心情。

　　每次画完画儿，白洁总喜欢扑进月牙湖游泳。她毫无顾忌地脱得一丝不挂，让自己的整个身心得到最大限度的自由，像美人鱼似的徜徉在碧波之间。她很满意自己的身材，乳峰高耸，两腿修长。游累了，就平躺在水面上休息。

　　天空亮蓝，白云悠悠飘过，像广袤的海洋飘过的白帆船。

　　太阳似乎害羞似的，一会儿躲进云朵里，一会儿又忍不住从云朵里钻出来偷窥。太阳发出的七彩光芒为她编织着一个童话般的故事。

　　可是，白洁不知道，在杂树丛生的灌木丛里，有一双眼睛在如饥似渴地偷窥着她。

　　又是一个周末，白洁终于发现了那个偷窥者。她上岸穿衣服，忽然听见灌木丛中窸窸窣窣地响，拨开眼前的枝条，发现了一张稚气的孩子脸。

他高高的个子，很瘦，卷曲的头发，像鸟巢，穿一身很不合体的衣服。看见白洁，他一下慌乱起来，脸红到了脖子根儿。

白洁很平静地说，你到这里来干什么？

他低着头说，我不是故意偷看的，真的。

白洁笑了，没关系的，就算是故意的，也没有关系。抬起头，看着我，告诉我你从哪儿来？

他抬起头，却不敢正视白洁的眼睛，说，我，我就住在山下的村庄里，高中毕业，考上了大学，没钱上，心里烦，来这儿散散心。大姐，您饶过我，我真的不是有意的。

白洁说，你考上的是什么大学？

他说，中央音乐学院。

白洁继续问，你学的是什么乐器。

他说，笛子。

白洁注意到，他的手指细腻而修长，有这样一双手，不学音乐真是可惜了。可是，他如果上不了大学，这双手用不了多久，就会布满老茧，变得很粗糙。白洁轻轻地说，你能给我吹奏一支曲子吗？

他终于抬起头，取出笛子，舔舔嘴唇吹起来。优美的旋律在空寂的山谷间回荡，小鸟们听见笛声，扑打着翅膀飞过来，落在旁边的树枝上，出神地听着。笛声从月牙湖掠过，绿色浅波里涌动着悠扬的笛声。

白洁内心深处被震撼了，是一种只可意会，不可言传的震撼。他完全沉醉在自己的笛声中，刚才的羞涩、拘谨一扫而光，精神饱满，神采飞扬。

一曲终了，白洁由衷地称赞说，小弟弟，你吹得真好。

他又恢复了原来的状态，低头不语。

白洁说，现在你可不可以告诉我，为什么偷看我游泳？

他不说话。

白洁说，那你告诉我，你看到了什么？

他说了一句很诗意的话，看到了你身上流动的音符。

白洁说，你背过身去。

他听话地背转过身子。

一阵响动之后，白洁说，你转过身来吧。

他转过身，看见白洁浑身赤裸，头发瀑布般垂挂在胸前，皮肤雪白，在白色的阳光下，闪烁着瓷器般炫目的光彩。高耸的乳房上鲜红的乳头，像熟透的红樱桃。衣服堆在脚下，像踩着翻卷的浪花儿。

他浑身战栗，忽然捂住脸蹲下来，号啕大哭起来，眼泪势不可挡地从指缝间涌出。

白洁穿好衣服，蹲在他的面前，抚摸着他的头发说，小弟弟，别哭了，你没有错，爱美是人的天性啊。你从我的身上读出的是音乐，说明你的心地是纯洁的。我要告诉你，美丽的东西人人都喜欢，喜欢归喜欢，万不可存有占有之念。

他慢慢镇定下来，抬起头说，大姐姐，你真好，你使我从心里感觉到，这个世界是美好的。

白洁说，小弟弟，爱音乐吧，音乐会使你充实，使你的心灵纯洁。上不了大学也没有什么关系，只要你有一颗美丽的心灵。

他感动地说，大姐姐，你的话我记在心里了，永远也不会忘记。

白洁从画夹里取出刚画的一幅画儿说，送给你了，做个纪念吧。画面上秀丽的白杨树丛中，蓝色的"勿忘我"在秋风中顾盼生姿。他把笛子递到白洁手中，说，大姐姐，这支笛子陪伴我很长时间了，送给你了。

白洁说，以后我还会来的，你还来吗？

他说，也许会吧。

白洁把这件事说给我们听，我们深为感动。为白洁，也为那个偷窥者。小水说，我们能为他做些什么？我说，我们凑些钱，圆他的大学梦。我的提议得到大家的赞同。

又一个周末，我们随白洁去了月牙湾，没有见到那个偷窥者。连着几个周末去月牙湾，仍然不见他的踪迹。

白洁摆弄着那支笛子，忧心忡忡地说，也不知道他上了大学没有？

讲故事的故事

市委召开机关全体干部大会，每个科室留一人值班，科长对我说："你留下，把那篇调研报告再润色润色。"

同志们前脚刚走，我就从抽屉里取出麻将，打电话给计划科的小肖，财务科的小周，技术科的小吴，让他们把电话呼叫转移到我的办公室，到我办公室搓几圈。

不一会儿，三位鱼贯而入。

这年头，"搓麻"没有点儿小刺激，兴奋不起来。可是，在办公室公然赌博，实在说不过去，我们是有觉悟的人啊。技术科小吴建议说，这样，谁输了，讲个故事，必须既要幽默，又要令人捧腹，达不到这两条者请客。大家一致通过。

小吴作茧自缚，第一圈打完，他累计的分数最低。他清清喉咙，讲了一个《小偷也疯狂》。故事由若干个片段组成，截取几个片断。

第一次，我下夜班回家，已经很晚了，在厕所洗漱，忽然听到门口有动静，好像是有人在撬门锁。我大喝一声：谁？干什么？谁知道那贼却在门口答道：×，这么晚了还不睡觉，搞什么搞！说完就没有声音。我一时不知所措……第四次，公共厕所小便时被掏腰包，一转身溅到小偷身上，小偷说：干啥呀？墙上明明贴着不准往外尿尿，你看不懂咋的……第六次，在华联精品部，被掏了还不知道。过了一会儿，有人拍我的肩，说：这是你的皮夹子吧？我刚想感谢人家，却又听到这么一句"就这点儿 B 钱，还到高级的地方显摆……"第九次，出差回来，刚下火车，发现包的拉链被拉开了，打开一看，资料还在。不过资料的空白处多了几排字：TMD，这么漂亮的包，里面不放钱，你 TNND 没钱摆什么阔？浪费老子的感情……

大家捧腹大笑，说现在的小偷很牛 B 啊。我评价说："可笑是可笑，但是少了幽默元素，不算！"

第二圈财务科小周累计分数最低，讲了一个《蜘蛛与蜜蜂》的故事。

蜘蛛与蜜蜂订婚，蜘蛛很不满意，问它爹地："为什么要我娶蜜蜂？"蜘蛛爹地说："蜜蜂是爱吵爱闹一点儿，但是人家好歹也是个空姐啊。"蜜蜂也对这门亲事不满，问它妈咪："为什么让我嫁给那个丑八怪蜘蛛？"蜜蜂妈咪说："蜘蛛丑是丑了一点儿，但人家好歹是搞网络的呀。"于是，蜘蛛和蜜蜂结婚了，起初生活很幸福。蜜蜂说："啊，真好，我能吃到肉了。"蜘蛛也说："哦，真不错，我能尝到蜜了。"后来，它俩总是吵架，蜜蜂说：

"你整天不出去，就知道弄你那破网。"蜘蛛说："你倒是整天出去，蹭一身化妆品直掉渣！"在双方家长的规劝下，它俩终于和好了。可是蜜蜂说："你太封闭了，总在自己的网里待着，就不能上上外网，和外面的蜘蛛交流交流呀？"蜘蛛叹了一口气："唉，你是不知道，公司限制了，实在不能上外网啊。"

大家发出会心的微笑。我评价道："幽默是幽默，但是少了令人捧腹的笑料。"小周说："不公平，这太难了！"我说："制度是大家定的，再不公平，也要遵守，没有规矩不成方圆嘛。"

第三圈计划科小肖累计分数最低，讲了一个《蚂蚁绊大象》的故事。

一只蚂蚁看见一头大象向它走来，把身子埋在土里，只露出一条腿，兔子见了，问它为什么只露出一条腿？蚂蚁说："嘘，别出声，我绊死那头大象！"第二天，兔子看见一头大象把自己埋在土里，露出一条腿，他好奇地问大象："你这是干什么？"大象委屈地说："昨天那该死的蚂蚁把我弟弟绊倒摔成了植物象，我要替弟弟报仇，至少也绊蚂蚁一个神经分裂！"

大家很有节制地笑笑。我评价说："这个故事既不幽默，又不搞笑，啪死！"小肖不服气地说："怎么不好，我觉得既幽默又搞笑。"我说："你们讲的有的是报刊上的，有的是手机短信，不是发生在身边的事儿。"小吴说："那你给咱们讲段发生在身边的。"我说："好吧，我给你们讲个真实的故事。"

一个很贫穷的小山村，有一家人，女主人去世了，父亲带着四个儿子艰难地过活。老大只有十七岁，老四才九岁。不久，一个女人带着十三岁的女儿走进了这个家庭。一家七口人，父亲外出打工，母亲在家种田，供养五个孩子上学。孩子们很争气，成绩名列前茅，日子虽然艰辛，但是很快乐。两年后，父亲从建筑工地楼上掉下来摔死了，包工头跑了。母亲无法承受，要带自己的女儿离开这个家。女儿说，我不走，我要供养哥哥和弟弟读书。母亲说不通女儿，离开了。从此，女孩子外出打工，供没有血缘关系的两个哥哥和两个弟弟读书。那年，她才十五岁。她给家里写信说，她遇到了好心人，找了一份文秘工作，过得很好。她每月准时汇款，准时发一封平安家信。两个哥哥利用假期打工，给妹妹买些女孩子用的东西。女孩子回信说不用管她，把书读好才是最重要的。弟兄四人发誓，一定要好好读书，将来出人头地，好好报答她。

老大考上大学那年，听人说妹妹在城里夜总会做小姐。他不信，跑去一看，妹妹果然浓妆艳抹，陪客人唱歌。老大疯了似的冲进去，将妹妹拉出来，狠狠扇了妹妹一个耳光，大声吼道："谁让你干这个的？啊！"鲜血从妹妹嘴角流下来，妹妹哭着说："哥，你打吧。只要你心里舒服，只要你能上大学！"大哥把大学录取通知书掏出来，狠狠地撕："我就是不上这个大学，也不允许我的妹妹干这个！"妹妹尖叫一声，抢过录取通知书说："哥，你这是撕我的心呢。你不上大学，我就去死！"大哥搂住妹妹，泪如泉涌："小妹，听哥的话，别再干这个了！"妹妹仰望着霓虹灯闪烁的夜空说："你保证上大学，我就保证再也不干这个了！"大哥擦干眼泪，说："我保证！"

女孩子不再去夜总会，可是，在这样一个陌生的城市，像她这样的女孩子，到哪儿找工作呢？她开始卖血，大夫看她太瘦弱了，不忍心采她的血，她跪下来哭着求大夫。大夫听了她家的情况后，感动了，采了她的血，按最高的标准付费。她穿梭于这个城市的大小医院，用自己的血，供兄弟四人上学。终于有一天，她支撑不住了，昏倒街头。大哥得到消息后，把她送到医院。兄弟四人围在她身边，看到她胳膊上密密麻麻的针眼，全都哭了。她微笑着说，哭啥呀，大哥考上研究生了，二哥上大学了，三弟四弟学习这么好。再苦两年，咱家的日子就好过了！

女孩子瘦弱不堪，经常无缘无故地昏厥过去。才二十一岁，就绝经了。她去看医生，医生告诉她，她得了严重的心脏病，已经心力衰竭，能活到现在已经是奇迹了。再不抓紧治，就来不及了！治这个病要花很多钱，哪有那么多钱呢？她卖了最后一次血，把钱汇出去后，就割腕自杀。兄弟四人得到消息后，人已经冰凉了。她口袋里有封遗书，说对不起，不能供他们上完学了。她得的这个病要花很多钱，她不能拖累她的哥哥和弟弟们。

四个男子汉号啕大哭，撕心裂肺。他们把她送回老家那个小山村。按风俗，没出阁的闺女，是不能入祖坟的，更何况她还不是这个村的闺女。老族长八十多岁了，拄着拐杖，颤巍巍地出现在大家面前。老族长已经二十多年不管族里的事了，他的出现惊动了全山村的人。老族长挥舞着枯瘦的胳膊说："让这个孩子进咱们的祖坟！她给咱们村、咱们族培养出四个人才，这在咱祖祖辈辈都没有过的！"老族长转回身，对兄弟四人喊道："你们都跪下！给她披麻戴孝，执孝子礼。她就是你们的妈。她没有用奶水养育你们，她用自己的血在养育你们！"兄弟四人披麻戴孝，给女孩子磕头。老族长把自己的寿材抬出来，颤抖着说："让她用吧，她受得起！"

全村人都给女孩子送葬，送葬的队伍排的很长很长，人们都哭了，哭声震落天上的雪花。

雪无声地下着，很大很大。村民们说，老天爷也被感动了……

"那家的老二是我大学的同学，考上了研究生。前天他还跟我通过电话，说起他的小妹，'小妹已经死了六年了。我总觉得她没死，就在这个城市里的某个角落，等我们去找她……'"

很久很久没有人说话，每个人的呼吸声都是那么清晰。

忽然，小周哭了，边哭边说："你赖皮，说好的要讲笑话的……"

遭遇爱心

看大门的王大爷是老资格了，我们不知道他是否有过爱情，是否有过子女，反正至今还孑然一身。寒来暑往，送走了多少任市长、局长，他自己也数不清了，就是他一成不变，还是临时工身份，成了一道凝固的风景。小水经常陪王大爷聊聊天，下两盘象棋。有饭局的时候，就把剩菜打包，送给王大爷吃，有时还陪王大爷喝两盅，爷儿俩关系处得很好。

王大爷身份几十年一贯制，身体却悄然起着变化，刚入冬那几天，得了一场重病，小水发现了，送到医院，人家要押金。王大爷是临时工，没有医疗保险，小水身上也没带那么多钱，跑回科室，取出自己的工资，除吃饭钱以外，全部拿了出来。看小水这么有爱心，我们怎么好装作看不见？纷纷掏出爱心。其他科室知道了小水的义举，也多多少少凑了一些，总算凑够了王大爷的住院费。

虽然王大爷住院的银子解决了，但后续资金还需要很多。小水不好意思再麻烦大伙儿，自己东拼西凑解决。虽如此，仍免不了议论，有人说，此风不可长，局机关这么多干部职工，谁家没个大事小情,都伸手向上要捐助,咋受得了?还有人从更深的层次进行探讨说,需要建立完善的社会救助机制。钱捐了,我们有权力知道爱心有没有被亵渎!听到这些议论,小水不以为然,照样利用休息时间照顾王大爷。

就在王大爷出院后的第三天,一则消息引起了小水的密切关注。四川某地发生山体大滑坡,死伤者甚众。这个地方正是小水的家乡,小水的眼泪把报纸都打湿了。小水对我们宣布:我要给灾区捐款,三千元!小林的眼睛瞪得铜铃大,哎,小水,三千元,你没搞错吧?小水是我们科有名的小气鬼,小林形容得很恶毒"屎巴巴里拣豆子吃的主儿",一下拿出三千块,实在太出人意料了!小水说,我的家乡遭受这么大的灾害,我不能袖手旁观!我拍着小水的肩,很首长地说,于得水同志啊,要相信群众相信党,你的家乡不是你一个人的家乡,你家乡群众的背后是党和全国人民。白洁担忧地说,小水哥,心情可以理解,不至于一次性拿出全部积蓄来吧?以后再有类似情况怎么办呢?小水犟头犟脑地说,我不管,我就是要捐这么多。小林说,小水,你就烧吧。啊,好好地烧。科长鼓励说,小水精神可嘉,对家乡的感情令人感动。我估计,局机关很快要发动捐款活动,我看,还是等局里的统一安排,晚两天再捐。

果然,第三天上午,局里的文件下发了,要求大家踊跃捐款,并提出了具体指标:局级干部不得少于二百五十元;科级干部不得少于一百五十元;一般干部不得少于五十元。文件下达后,小林对小水说,你就适当捐一些得了,文件说一般干部五十元就可以了。小水说,睁大你的牛眼看清楚了,是"不得少于二百五十元",并没有上限限制。我说,小林,人家小水献爱心呢,你就别

134

横加阻拦了。科长说，你们就甭穷叨叨了，人家小水捐得多咋了，碍着你们啥事儿了，你们也可以多捐啊，爱心多多益善啊。

众皆噤声。

捐款上报的那天下午，局机关工会主席就把小水叫去了。工会主席首先肯定了小水对灾区人民的爱心，说多有几个像小水这样的干部，动员工作就好做多了。小水很实在地说，那是我的家乡，我不支持谁支持呢。主席说，很好，很好。但是，小水啊，咱们不是生活在真空里，干什么都要照顾上下左右呢。小水说，捐多捐少是自己的心意，碍人家啥事了。谁愿意多捐，多捐就是了嘛。主席摇摇头，小水啊，事情要是那么简单，啥事都好办了。你想啊，局级干部捐二百五十元，你一下捐三千元，让人家的脸往哪儿放呢？小水迷惑不解地问，这跟脸面有关系吗？主席循循善诱地说，你想啊，咋能没关系呢？捐款名单往上一报，你比局长甚至市长、市委书记的捐款数额都高，那领导的觉悟不是还没有你高吗？小水还是弄不明白，这跟觉悟扯得上吗？照这么说，我多捐还捐出错了？主席笑了，错是没错，是欠考虑。你还是单身，一人吃饱全家不饿，其他同志还有家庭拖累，一下拿出这么多钱那不是要他们的命吗？我们这里是机关，机关有机关的游戏规则，这个规则大家都要遵守的。

小水想了半天，还是没有悟透主席话里的玄机，可能这就是所谓的潜规则？他索性不想了，问主席，那你说我该怎么办？主席取出两千九百五十元钱递给他。你把这些钱收回去，捐五十元就可以了。小水低头想了一会儿说，那你还是全部退给我吧。

小水拿着三千元钱，直奔邮局，把钱汇给了当地救灾办公室，署名是家乡人。

局里的捐款名单上，没有小水的捐款记录，导致我们科的捐款指标没有完成，局里下文通报批评。小水很内疚地对科长说，科长，对不起，是我给咱们科、给您抹黑了。科长真挚地说，小水，你没错。我为有你这样的下属感到骄傲！

这些天来，小水一直在冷嘲热讽的包围之中，有人说他想出风头，有人说他想做慈善大使等等，小水均不予理睬，一笑了之。科长的这一句话，使他的眼泪一下盈满眼眶。

给我一杯忘情水

小水的大学同学从另一个遥远的城市来找他办事儿。小伙子戴副金丝眼镜，唇红齿白，文质彬彬的。据他介绍，他跟小水是上下铺的兄弟，好得穿一条裤子都嫌肥。可是从小水爱答不理的样子来看，这话有些水分。小水这人地球人都知道，单纯善良，古道热肠，甭说是上下铺的兄弟了，就是路人有事儿，也不会坐视不理的，今儿的事的确有些反常。作为小水的同事，我们热情接待了他的这位大学同学，帮助他办完了他要办的事儿，备了一桌酒宴款待。小水并没有因为我们的热情就改变了对老同学的态度，依然冷冰冰的。我们平素也闹些矛盾，不管多大的矛盾，都会用滴滴酒精洗得干干净净。他的老同学并不在意小水的态度，显出宰相肚里能撑船的气度，相比而言，小水就小家子气了。

正式进入程序之后，小水只是象征性地端端杯子，并不真喝。他的同学更像主人，频频举杯，主动敬酒。看似文质彬彬的人，酒量相当可以，谁敬的酒都喝，喝得酣畅淋漓。喝到最后，趴在桌上呜呜大哭，弄得我们手足无措。小水并不劝解，冷眼旁观。

我看不过去，扶他起来。他抹了一把眼泪，对着小水说，于得水，我知道你他妈看不起我！连你都看不起我了，我活在这世上还有什么意思！小水说，冯建设，你以为你是谁？寻死的办法多了去了，你咋不死呢！冯建设说，好，你以为我没骨气，我现在就死给你看！他抓起一个酒瓶，磕破瓶颈，往自己的喉咙上戳。我和小林大惊失色，紧紧抓住他的手，锋利的茬口割破了我的手指，鲜血染红了手腕。小水冷笑道，哼，做给谁看呢？我大吼一声，小水，你他妈的还有完没完！小水这才不作声了。

喝酒喝出了流血事件，这是我们万万没有想到的。我们把醉醺醺的冯建设送回饭店，我对小水说，要不，你守着他？小水耸耸肩说，让他自己待着吧，我保证，啥事儿没有。

第二天早晨，冯建设衣冠楚楚出现在我们办公室。他说不好意思昨天晚上喝多了，闹得不像话。特别对扎破我手的事件再三再四表示道歉，道歉得我都不好意思了。他热情邀请我们有空到他所在的那个城市去，说他们那里有万家酒店，百里桃花。最后和我们一一握手告别，他伸给小水的手没有回应，小水甚至连站起来的意思也没有。冯建设尴尬地笑了两声，啊哈，这个小水啊，还是过去的犟脾气！伸出来的手很自然地拐了个弯儿，在小水的胳膊上捏了一下。

冯建设走后，我们对小水进行了猛烈的抨击，说他实在太过分了，慢说是上下铺的兄弟，就是不认识的人找到我们办事，也不该这么冷冰冰的，影响机关干部的形象呢。小水说，你们知道什么呀，我看不起他！小水给我们讲了和冯建设的一段宿怨。

冯建设和小水大学同学四年，上下铺的兄弟，两人又一起分到了一个沿海城市的政府机关工作。冯建设的科长是个年轻女人，长得不算很漂亮，但是特有风度，用冯建设的话说，她的风采能迷死人。女科长这人没得说，作风泼辣，工作能力特强，干部群众没有不伸大拇哥的，是市委后备干部重点培养对象，前程一片锦绣。女科长的老公在外地工作，他们有一个女儿，家庭美满幸福。女科长很欣赏冯建设的聪明劲儿，走到哪儿带到哪儿。这世道，真不知道哪块云彩要下雨，不久，就有风言风语传出，说小冯和他的女科长姐弟恋。小水为此专门找冯建设求证，冯建设一副君子坦荡荡的样子，说他就是爱上了他的科长了，怎么啦？小水说人家有老公，有女儿。冯建设说，我不管，我就是爱她，爱是没有错的。小水说你不道德！冯建设说两个相爱的人不能在一起才不道德！

本来，人家女科长并没有红杏出墙的意思，是冯建设硬把人家那枝红杏从园子里引出来。

女科长终于向老公摊牌，提出离婚。老公自然不甘心，直接找到市委书记，说了一些很难听的话。女科长的婆婆跑到机关大院大吵大闹，号叫声响彻云霄。女科长婆婆使用的最文明语言是：女科长是女陈世美，老牛吃嫩草等等。难听的话不好写，污染大家的眼睛。市委书记亲自找女科长谈话，请她自重，不要因为感情因素影响政治前途。冯建设和女科长承受着极大的精神压力。他们设想了很多方案，又一一被否决了。

最后，他们选择了认为是最完美的方案，为爱而死。那是一个夏天的夜晚，他们买了酒菜，上到顶楼。他们依偎在一起，他们吃菜喝酒，他们互相说着情话，他们为对方唱歌。他们唱《忘情水》《月亮代表我的心》《真的好想你》……东方出现鱼肚白的时候，女科长凄楚地对冯建设说，弟弟，我先走一步了，你快些来啊，别让我等太长的时间。说罢，纵身跳下。后来，据一位早晨遛弯儿的老人说，他看见从楼顶上晃晃悠悠飘下来一只黑色的大鸟……冯建设站到楼顶上，忽然犹豫了，他觉得自己这么年轻，死了真不值。他从楼顶下来，看见一袭黑衣的女科长脸朝地，殷红的血还在往四面缓缓洇开……

从那以后，冯建设从那个城市消失了，去了南方一座开放城市。小水也调离了那座城市，做了我们的同事。冯建设已经结婚了，有了一个女儿，长得很漂亮。

讲完，小水已是泪水涟涟。小林说，唉，这女人，死得真是冤枉，可悲可叹！白洁说，女人的心你们这些臭男人不懂，我很佩服那位大姐的勇气，至少，她纵身一跃的瞬间是幸福的、安详的、快乐的。科长轻轻摇摇头，饱经沧桑地说，什么情呀爱的，都是过眼云烟。人啊，怎么就不知道珍惜生命、尊重生命呢。我拍拍小水的肩膀说，算了，人家当事人都把这一页翻过去了，你怎么就翻不过去呢，不要活得太沉重哦……

股民的梦想

除了科长之外，我们四人近来与股票热恋上了。工作时间肆无忌惮地上网，看K线图，热烈讨论股指走势，哪支股是大牛股，什么时候进入，进多少，什么点位出货等等。科长用饱经沧桑的语气对我们说，你们就烧吧，赌吧，不赌个山穷水尽，你们就不会罢手。白洁说，科长大叔，这是投资，不是赌博，是间接支援国家经济建设呢。科长忧心忡忡地摇摇头，无语。

小水买了15手000520的股票，断定这支股票会一路飙升。

果然出现了几个小阳线，他便洋洋自得，以炒股专家自居，办公室里高谈阔论，满口炒股专业词汇。他说等这支股票翻两番的时候再出手，然后对持有的600120股票补仓。他对这支股票也看好，说有庄家坐庄，股票会打着滚往上翻。小水眼睛里充满无限憧憬，雄心勃勃地说，我的目标不高，就200万元。等我赚足200万元，50万元买房，10万元装修，40万元买家庭用具，还剩100万元送女儿出国留学。我一下给惊呆了。这家伙，也不怕风大闪了舌头。他虽然有了女朋友，但还没结婚呢，他说的女儿，影子都没有呢（即使结了婚，又怎么保证生个女儿出来呢），就敢出此狂言。看来，股票这个东西真不得了，能使人发疯。

小林买了10手600380股票，股价连着三个涨停板，小林后悔得直搓手，连连说买少了，买少了。我建议说，赶紧补仓啊，小林说晚了，等我增持了，股价就掉下来了。我说，那就赶紧卖出吧。小林颇有不甘地说，再等等，再等等，后势走强呢。小林的规划也很宏伟，说话如长江之水滔滔不绝，他说，我没有小水那么贪婪，赚够50万就收手，带着俺老婆（未来的）周游列国，欣赏法国文化，意大利雕塑，威尼斯水城，美国现代文明，最后去夏威夷、马尔代夫。

我和白洁是口头革命派，只是说说，并没有付诸实施。不过我俩的情况不一样，我的资金被老婆牢牢控制着，说到投资股票，老婆就像被人抢劫了似的满脸惊恐之色。白洁则是准备结婚，手头紧张拿不出钱来投资。白洁看着股票全线飘红，直骂她未来老公，说那家伙没魄力，不像个男子汉，要慎重考虑和他的关系。把一生托付给这样一个人，真没有安全感。我心里恨老婆恨得牙根发痒，却不敢公开诋毁老婆，那样的话自己就太没有面子了。

小林正说得眉飞色舞，科长进来，捧着一个大西瓜，笑着说，别高兴得太早了。俗话说，别看今天闹得欢，就怕将来拉清单！小水和小林心情好，不在乎科长泼凉水，欢呼着切开西瓜大口吃起来，吃的满下巴西瓜汁。小水说，我是要拉清单，清单结果是进账 200 万！小林说，科长，我想给您讲个吃不到葡萄就说葡萄酸的故事。我满怀嫉妒地说，科长，你别理那俩烧包。常言道男人有钱就变坏，这俩家伙还没钱呢，就开始往坏的方向发展了！

　　没几日，股市大跌，股票一路下跌，小水小林的股票全部被套，眼睁睁地看着煮熟的鸭子又飞了。小水急得满嘴大燎泡，还打肿脸充胖子说，暂时的小阴线说明不了什么，风雨之后才见彩虹，我对未来充满信心。小林斜睨了小水一眼，话中有话地说，我投资股票是经过慎重考虑的，买得少，在自己能够承受的范围之内，不至于走火入魔，急得火上墙。

　　我长长吁出一口气，在心底欢呼，老婆万岁！白洁也不再说有没有安全感的话题了，说起未来老公，满脸幸福的神情，一副小鸟依人的可爱样儿。

　　深夜，我坐在床头点钱，100 元的大钞摆了一床，点的我手指都麻了。我想，幸亏进入了股市，才凭着自己的智慧，合理合法地赚了这么多钱。这些钱除了孩子的教育经费之外，全部捐给希望工程。我坐进电视台演播厅，无数镁光灯对着我闪来闪去。我面向着摄像机，与电视台那个最靓丽的金牌女主持侃侃而谈，眉飞色舞，光彩照人。我被自己感动了，也被自己陶醉了……正陶醉着，老婆一脚把我踹醒，说你做什么美梦呢，至于笑成这样……

　　经历过股市震荡之后，我算是领教了股市风险，决定从此退出江湖，不再做发财梦。白洁也偃旗息鼓，对股市不再感兴趣了。小水和小林却不甘失败，坚持等待股市复苏的那一天，他们每天继续坚持看 K 线图，继续讨论股市风云，继续在股市追逐自己的梦……

桃花依旧笑春风

我和她是同学关系，我们曾经有过一段美好而浪漫的时光。她是文体活动的积极分子，我也是。我还是业余艺术团的团长，同学们都叫我"头儿"（有部美国电视剧叫《加里森敢死队》，从那里移植过来的称谓），刚开始她也这么叫我。那时我已经有了女友，青梅竹马，自认为我们的爱情如铜墙铁壁般牢不可破，对其他女性就视而不见。我的女友很漂亮，属于温柔贤淑型的。她属于另一个类型的，脸蛋黑黑的，圆润光泽，嘴角点缀着一颗黑痣，穿的衣服大胆而极端，野味十足。她舞跳得极好，能把舞蹈的内涵演绎得淋漓尽致。大家都称她"黑玫瑰"，只有我从来没有这么叫过她，总是一本正经地叫她的名字：高菲菲。

学校经常有文艺活动，我们的接触就自然而然地多了一些。我的女友经常陪着我招摇过市。时间久了，她和我的女友也混熟了，不知道从哪天开始，她竟然当着我女友的面，叫我"亲爱的"，嗲声嗲气的。我心里发颤，担心女友吃醋，没想到女友在一旁抿着嘴偷着乐。我想，这俩小女子故意捉弄我呢，便由她去。从此之后，"亲爱的"成了她对我的专用称谓，甚至当着辅导员的面，她也这么叫，叫完放肆地哈哈大笑，笑得花枝乱颤。

那时还没有手机这类东西，我和女友都是通过书信交流感情的。她经常翻女友写给我的信，怪声怪气地念，响亮地大笑。我抗议说她侵犯了我个人隐私。她霸道地说，屁的隐私，看你们整天君子淑女的，写得肉麻死了。再说，我也得取取经啊，否则，我嫁不出去，你负责啊。

日子飞快地过去，转眼大学生活结束了，我经营的那个业余艺术团交给了新生，我们也将各奔东西了。分别的头一天晚上，她来找我，对我女友说，我想和"亲爱的"拥抱一下，你不会不同意吧？女友很大度地把我推在她的面前说，抓紧时间，速战速决。她下巴颏伏在我的肩上，忽然哭了。我当然不是柳下惠，激动得能听见心脏怦怦乱响，因为女友虎视眈眈的眼睛，自然不敢造次，拍着她的肩膀很绅士地说，好了好了，哭两声得了，别没完没了。她的眼泪肆意横流，说，我们相识得太晚了，我的女友太好了，不然，她一定会横刀夺爱！我听得心惊肉跳，女友也有些挺不住了，对着天空哼唱着：哎哟，我比你先到！直到上了火车，女友还醋性十足地说，愣什么神呢，舍不得了吧？没关系啦，我可以让位哦……

后来，女友还是离开了我，她回到了县城，我不愿意随她去，便分道扬镳了。如今，女友当了她家乡那个县的副县长，我在机关浑浑噩噩混日子。夜深人静的时候，偶尔还会想起她，便感慨万千，思念幻化成淡淡的烟雾。

早晨刚上班，白洁接到一个电话，诡秘地说，张科，有人找。我接过听筒，竟然是她，高菲菲。我心里涌出无限感慨，说你怎么找到这儿来了？她说，你从窗户往下看。我走到窗前，天啊，她就在楼下用手机给我打电话！

她说她是来我们这个城市出差的，"顺便"来看看我。小林阴阳怪气地说，噢，原来是顺便啊。小水别有用心地说，我们张科可是经常提起你，每当提起你就无限神往的样子。白洁说，大姐姐，我们张科是个大好人，我们都爱他。科长从眼睛上方瞄了一眼，似笑非笑，内容很丰富。她说，我和你们张科是老同学，关系很好的。小林拼命点头，鸡啄米似的，说看出来了，看出来了！我急忙岔开话题，很肉麻地说，岁月怎么这么惠顾你呢，一点儿痕迹都没留下。她笑着说，残花败柳了，你就甭打击我了。她说话的时候，嘴角那颗黑痣跟着翕动，很生动的，我心里一下五味杂陈。

晚上请她吃饭，除科长外，其他人自然甘愿做"电灯泡"，我们喝了很多酒。她告诉我，大学毕业不久，她应聘到一家外资企业工作，被顶头上司盯上了，后来就结了婚，再后来有了一个女儿，再后来又离了婚。她说的时候，眼睛一直盯着我，眼睛里有忧郁，还有沧桑。

吃罢饭，小水提议去跳舞。小林笑着说你们去吧，刚好两对，我和女友还有个约会。小水礼节性地请她跳了一支曲子，便推给了我。小水和白洁自告奋勇为我们献歌。小水很煽情地说，为欢迎我们敬爱的张科远道而来的朋友，敬献一首《两只蝴蝶》，表达我们对张科和他女同学由衷的祝福。开唱之后，俩人唱得很投入，声情并茂："亲爱的你慢慢飞，小心前面带刺的玫瑰……"

她站起来，伸出右手。我搂住她的腰肢，步入舞池。迷离的灯光下，一对对人影慢慢移动。歌声在继续："亲爱的来跳个舞，爱的春天不会有天黑。我和你缠缠绵绵翩翩飞，飞越这红尘永相随……"她对着我的耳朵说，你们小水很会选歌，我觉得，这首歌简直就是为我们写的。我说什么呀，说蝴蝶呢。白洁在唱："追逐你一生，爱恋我千回，不辜负我的柔情你的美……"她突然说，我好想做你的女朋友，真的。我现在已经没有了道德上的障碍。我心里很酸楚，稍稍推开了她一点儿说，可是我有，我有道德上的障碍。歌声变成合唱："等到秋风起，秋叶落成堆，能陪你一起枯萎，也无悔。"她很敏感我的疏离，声音里充满幽怨，说我可以什么都不要，把你的感情分给我一点点。我说，对不起，我什么也给不了你。舞曲结束，小水和白洁回到座位，脸上红扑扑的。我感到没有再待下去的必要了，便走出来。她也跟了出来，小水和白洁也接着跟了出来。我请白洁送她回酒店。白洁挽着她，她回过头看了我一眼，那种期盼、哀怨的眼神，一下子深深地嵌进我的心里，再也拔不出来。

第二天，我送她去火车站。她在站台上对我说，昨天晚上我喝多了，说的话你别往心里去。我定定看着她嘴角那颗痣，什么也没说。她又说，其实我真的喜欢你，我就是想告诉你这一点。我心里涌出千言万语，却什么也说不出。她又接着说，"亲爱的"，你还能拥抱我一下吗？我轻轻拢她入怀。她死死搂住我，似乎要把我吸进她的身体。接着松开了，捧住我的脸，亲了一下，猛地掉头跑了。我分明看见，一串晶莹的泪珠在闪烁……

一年之后，我到上过大学的城市出差，与老同学见面，本想和她联系，想想还是算了，该过去的，总归要过去。班长组织了一次同学聚会，她也来了，带着她继任老公。见到我，既没表现出欣喜，也没表现出惊讶。对我淡淡点点头，介绍了她的老公。同学们交谈甚欢，我端着酒杯走到她身边，真诚地说，祝福你们。她笑着说，谢谢，也祝福你！

我忽然发现，她的脸上爬上了风尘，有种曾经沧海难为水的沧桑感……

人　才

老于是我们局公认的一等一的人才，专业对口，术有专攻，攻有所获。虽然自己发表的论文不多，但是写的论文不少，只不过标题底下署的都是局长、副局长抑或科长的大名。

大学毕业时老于还是小于，那时的小于年轻气盛，意气风发，对前途充满憧憬，分得专业又对口，只觉得天也宽来地也阔。与他一起分到我们局的还有小陈小孙两个大学生，分得专业不如小于好。他俩怀疑小于有背景，暗地查了很长时间，小于的父亲是一名无权无势的普通工人，上溯三代是农民。他父亲当过的最大的官儿不过是个工会小组长。小陈小孙义务调查很辛苦，对调查的结果很无奈，叹口气说小于这小子真他妈的运气好。

小于的工作很努力，第一年就在全市专业知识竞赛中得了第一名，第二年在全省得了第一名，第三年在全行业得了第一名。连续三个第一，给我们局挣了很大的面子，一度成为我们局的骄傲和品牌。

三年时间过去了，小于变成了大于，还在原地踏步。同时变成大陈的小陈却十月怀胎——生（升）了。同时变成大孙的小孙也没有得到提拔，原因是工作吊儿郎当的，也不爱学习，其专业水准已经不能与小于同日而语了。

我比大于进局还早两年，看到大于一门心思钻研业务，对仕途上的事儿基本上是擀面杖吹火——一窍不通，便好为人师地指点他：不要光顾埋头拉车，不抬头看路。人家小陈业务能力不如你，但是比你有头脑，会来事儿，能讨得领导的欢心，领导不提拔自己喜欢的人提拔谁呢？大于的鼻子重重哼了一声，反问我，你那么有头脑，怎么到现在还是个大头科员呢？气得我干瞪眼，无言以对。大于说，无论什么时候，也得靠本事吃饭。

大于专业能力强，在国家权威媒体上发了几篇很有分量的论文，局长们认为不妨利用一下他的专长。现在当官讲究个专业化、知识化，弄个文凭、高级职称什么的要靠发表若干篇论文作支撑。于是，大于的一项重要工作就是炮制论文，给局长写完了给副局长写，副局长写完了给科长写，科长写了给副科长写，甚至一些想混个中高级职称的科员也请大于写，大于成了我们局炮制论文的专业户。

就在大于为他人作嫁衣裳炮制论文的过程中，大于变成了老于，同时变成老孙的大孙也十月怀胎——生（升）了。老于这才着急了，要知道，专业再强也不能当饭吃，升职才是最实惠的。变成老于的大于已经结婚生子，老婆成天在他耳边聒噪，你熬灯费油绞尽脑汁为他们写论文，他们一个个凭借你写的论文想要职称的得到了职称，想升官的升了官，就你还在原地踏步，你冤不冤啊你。老于被老婆挤兑得没法子，鼓足勇气找到李局。李局推心置腹地说，其实，你早就应该得到提拔了，上几任局长有眼无珠啊。问题是提拔的最佳时机已经错过了，组织部考察的不仅是专业能力，而且是综合素质。这几年你光顾给各级领导写论文了，其他方面尤其是政治学习方面落后了，你承认不承认？老于低头想了一会儿，可不是咋的，这两年就一门心思写论文了，其他方面还真的落伍了，尤其是政治学习压根儿就没有参加过。

老于切实有了危机感，他也是"奔四"的人了，再不上就没有机会了。有时间他会到我们办公室坐坐，不免对自己仕途不顺唏嘘一番。小林开导他说，会写论文是你的本事，这个本事你没有运用好，尽给人家做了垫脚石了，你要学会用它给自己做敲门砖。老于睁大眼睛说，此话怎讲？小林说，有一句话你是否听说过？老于说，哪句话？小林说，此处不留爷，自有留爷处！老于说，我这把岁数了还能到哪里去？我拍着老于的肩膀说，老于啊，你低估了自己的价值，像你这个岁数，专业能达到这种高度的，不说凤毛麟角，也是稀缺资源，到哪里也是极品啊，何必在一棵树上吊死？小水说，明珠也有暗藏的时候，老于这些年都包装别人了，却没有学会包装自己。认识他的人还是比较少啊。小林说，事在人为嘛。怕科长听见，他压低声音如此如此这般这般地嘀嘀咕咕了一番。

　　不久，老于要调走的消息不胫而走，说国内最著名的猎头公司瞄准老于了。有的说老于要到国家某机关主持一个重要项目；还有的说有一家著名上市公司要聘请老于担任技术总监。风声传到了市委市政府，市委组织部部长亲自给李局打电话，说李局啊，听说你们局的于国文要调走？李局说，我也是刚听说，还没有核实呢。组织部长说，我是受书记委托给你打这个电话的。书记说，于国文是我市不可多得的专家，他被挖走对我们市的政治影响可不好，别人会说我们市留不住人才。组织部长话说得很平缓，甚至可以说很温和，李局却惊出了一身冷汗，什么事儿一旦提到了政治高度，就非同小可了。李局说，部长，请您放心，也转告书记放心，我们会妥善处理好这件事儿的。

　　放下电话，李局随即把老于叫了过来，热情地请老于坐在沙发上，嘘寒问暖一番。老于不习惯局长的平易近人，说局长您是不是要写论文？把题目和大致内容告诉我，我尽快完成。李局哈哈大笑，国文呀，你是不是写论文写上瘾了，三天不写手就发痒？我没有论文请你写。老于不好意思地笑了，舔了舔干裂的嘴唇，不好意思地说，那您叫我有什么吩咐？局长说，听说有猎头公司盯上你了，要挖你？老于说，李局，没影的事儿，您甭听他们瞎咧咧。脸上却是讳莫如深的表情。局长说，国文啊，你的专业很突出，这些年为我局和我市做了大量的工作，同志们有目共睹嘛。你还记得我曾经跟你说过的你早就该得到提拔了的话吗？我那是给你提个醒呢，意思是已经把你列入了提拔对象。嗨，你这个同志哟，怎么就听不出来呢？老于想了想，李局的确说过这话，而且还说了他综合素质不高、政治学习不够、已经错过提拔时机等话。这就是领导艺术啊！老于在心里感叹。老于说，李局，我这个人不在乎提拔不提拔的，不论到哪里工作，只要能展现个人价值就可以了，您说是不是？局长捏了一下老于的胳膊说，像你这样优秀的人才，再不提拔使用就是我们这些做领导的失职啊。

一周后，局里下发了任命文件，任命于国文为局下属科研所的所长，级别为副处级。这个职务原来内定的是李局长的一个亲信，并且已经以所长的身份主持工作了。这个亲信对老于的到任非常恼火，敲开了李局长办公室的门，倒出了满肚子苦水。不知道李局是怎么做的安抚工作，最终不了了之。据说，李局给他许了一个愿，许的这个愿是个更肥的差事。

李局长是个说话算话的人，既然许了愿，总是要还愿的吧？

垂 钓

周五上午快下班的时候，科长说局长找我，并说是很重要的事儿。我说有什么重要的事儿也轮不上我啊。科长说你可别掉以轻心，你这主任科员当了可有些日子了，想进步就要注意抓住机会，尤其是细节，细节决定成败哪。我说我早已心如死灰了。科长说你就甭在我面前装蒜了。被科长说准心事儿，我很难为情地笑笑，我相信，呈现在我脸上的笑，一定把科长吓得够呛，科长脸部抽动的肌肉不会说谎。

局长淡淡地说有重要接待任务，说我在局里有大百科全书的美誉，能者多劳，要牺牲我一天的休息时间了。我诚惶诚恐地说，局长，您尽管吩咐，俺鞍前马后，绝无二话。

局长直接带我去金源大酒店，就是原来的市政府招待所。去金源大酒店的路上，忽然发现街道两旁整洁文明了许多，一辆洒水车缓缓驶过，扇面型的水帘在中午的阳光下腾起一片烟雾；值班交警全部换成女警，衣着整洁，神态庄严。我挺奇怪，这些女警是从哪里冒出来的，一样的高矮胖瘦，一样的英姿飒爽，专门从模特队挑也挑不出这么整齐的队伍来！

正胡思乱想着，金源大酒店到了。局长带着我察看酒店的环境，譬如鲜花摆放的位置对不对，窗帘是全部拉开还是两边挂起来，电视频道是不是按照说明的顺序排序，抽水马桶是不是通畅等等。要知道，这可是四星级酒店，局长似乎对"四星级"并不是很放心，观察入微地又重新检查了一遍，才放心地点点头。

检查完毕后，局长给市委书记打了一个电话，汇报了安排接待事宜。从局长的表情看，市委书记似乎挺满意。挂断电话，局长告诉我，首长明天要来钓鱼。首长没有别的爱好，就爱钓鱼，说钓鱼可以放松心情，抛开俗事，做一回闲云野鹤。局长曾经给首长当过秘书，对首长的爱好自然了如指掌，安排首长活动也是驾轻就熟的事儿。

下午四点多钟，市委书记到了金源大酒店，里里外外看了一遍，表示满意。五点钟，就带领我和局长在门口等。市委书记说，首长能选在我们市休闲，是对我们极大的信任。我们这次接待的原则是，规格要高，范围要小，按首长的指示，轻装简从。因此，就由我们三个人陪首长。听到我能享受如此高规格的待遇，兴奋得我都眩晕了。

六点钟，一辆小轿车轻盈地、悄无声息地划了一条弧线停下来。市委书记抢先一步拉开车门。果然轻装简从，下来的就首长一人。首长穿一身休闲服，少了几分我们常在电视里看到的庄重，却多了几分飘逸。市委书记把我介绍给首长，首长主动与我握手。首长的手掌又厚又软，如棉似锦。首长对着我微笑，很亲切，我却感到有种高山仰止的威严。

简单洗涮后，餐厅吃饭。饭菜量不大，全部都是鱼，烹炒煎炸蒸，倒也别具风味。吃饭的时候，市委书记汇报本市改革与发展的情况。首长摆摆手说，我是来休闲的，不谈工作。市委书记转而汇报钓鱼安排，说已经给市里最大的水库——翠云水库打好招呼了。首长笑着说，你们让我自己安排一次行不行？市委书记恭恭敬敬地说，首长，您指示。首长说，哪有那么多指示，听说你们这里有个叫作野鸭谷的地方，峡谷里夹着个天然湖，环境很不错的。市委书记显然没有料到首长会提到这个地方，迟疑了一下说，那个地方没有正经的公路，很不好走。首长笑呵呵地说，我们整天不是坐大班椅就是坐小轿车，也该到野外走走了，呼吸呼吸新鲜空气。首长虽然谈笑风生，我却从中听出不容置疑的决断。

第二天早晨，我们一行四人驱车到野鸭谷山口，然后弃车换乘马，向野鸭谷前进。正是春暖花开季节，路边叫不出名字的野花竞相开放，姹紫嫣红，不时有野鸭子从矮树丛中嘎嘎飞过。首长心情很好，不住地说些这个地方的逸闻旧事，我这个所谓的"大百科全书"反倒无用武之地。

　　野鸭湖狭长一条，面积并不是很大，镶嵌在峡谷之间，湖水碧蓝，发出蓝宝石似的璀璨光芒，湖面上漂浮着一层轻纱般的雾气。湖边杂树生花，野草丛生。我从马背上取下钓竿、鱼虫等一干家什，市委书记和局长已经支好遮阳伞。首长对周边环境很满意，迫不及待甩出线，坐等鱼儿上钩。

　　首长的手气很好，鱼儿似乎也有趋炎附势的毛病，前赴后继地咬钩。市委书记和局长一个劲儿夸首长钓鱼水平高，并诚心邀请首长做我们市钓鱼协会的会长。首长笑微微的，手指压在嘴唇之间，示意他们不要惊扰了鱼儿。他静静观察着湖面的水花儿，凭手感就知道又有鱼儿咬钩了。

　　中午我们支起三脚架，架起行军锅，炖了一锅鱼。首长钓到的几乎全部是白条，俗称棒棒鱼，这种鱼肉质细腻，很香。这种鱼也很娇贵，出水便死。首长吃得兴致勃勃，不住地说，只有自己劳动获得的果实，吃起来才香。

　　日头偏西的时候，首长恋恋不舍地收拾好工具，打道回府。首长兴趣不减，津津乐道地对我们传授钓鱼经。路过山口的时候，看见一辆客货两用车抛锚了。首长说，这荒山野岭的，哪儿来的车？市委书记说，也可能是打野鸭子的吧。首长说，走，过去瞧瞧。市委书记面有难色，首长，您工作忙，就算了吧。首长说，见到路人有难，问都不问一声，岂是共产党人所为？便不理我们，独自策马过去，我们紧随其后。

客货车前盖打开，俩人趴在里面修车。首长亲切地问，小伙子，需要帮忙吗？一个小伙子抬起头看了一眼首长说，你都这么大岁数了，能帮什么忙？首长取出一盒中华烟塞给小伙子说，休息一会儿，抽着玩儿吧。小伙子乐了，说看您像个领导，到这个荒山野地干吗？首长说，先告诉我，你们来这儿干吗，打野鸭子吗？小伙子说，嗨，甭提了，昨天晚上，我们当官儿的也不知道哪根筋抽上了，非得让我们赶在今天太阳出来之前，把三百公斤活蹦乱跳的白条放进野鸭湖。鱼是放进去了，这破路把车子也给颠散架了！

首长脸色骤变，阴得能滴下水来，转身往回走。市委书记诚惶诚恐地跟上去说，首长，您听我解释，这个野鸭湖，只有野鸭子，从来就没有过鱼。我们总不能让首长空手而归啊……

自打首长回去后，就再也没来我们市钓过鱼。据说，首长把那套心爱的渔具送了人，并发誓再也不钓鱼了。

难　题

白洁进了办公室，懒洋洋地把精致的公文包往办公桌上一扔，拉开抽屉，取出一块巧克力自顾自吃起来。

小林抬起头说："你不是跟阎副局长开会去了吗，没有会议餐啊？"

白洁撅着嘴说："什么会议餐啊，会议还没有结束，阎局就让一个电话叫走了。"

小水看了一眼办公桌的公文包说："这只包挺精致的，噢，还是名牌。看样式不像女人用的，是谁的？"

白洁说："还能是谁的？阎副局长的呗，接了一个电话，就像慌了神的兔子似的，包都忘了拿就走了，害得我给他拎回来。"

小林笑道："白洁妹妹，你可真成了阎副局长拎包的了，可喜可贺。"

我说："瞧你那点儿出息，给副局长拎个包就可喜可贺了？用你那愚蠢透顶的脑瓜想一想，怎么把包给阎局送回去吧。"

小水惊讶地说："这算什么事儿呀，等阎局回来送过去不就得了。"

小林头都没抬地说："还到哪里去找愚蠢透顶的人呢？这不是活生生地杵在这儿吗？"

小水说："林子，啥子意思嘛？"

小林说："送回去？那就等于出卖了白洁妹妹，以后阎局就会用第三只眼睛看白洁妹妹了。"

科长说："你们说些什么呀，送回去就送回去嘛，何必把简单的事情复杂化。"

我说："科长，害人之心不可有，防人之心不可无啊。白洁贸然把阎局的公务包拎了回来，是件很危险的事儿，可能涉及到阎局的个人隐私哦。"

白洁大呼冤枉："我是好心的，我可没有看里面装了些什么。"

小林冷笑道："好心未必就有好的结果，你以为阎局会相信你说的话吗？"

白洁憋得小脸通红："那，那该怎么办呢？"

我果断地挥了一下手："要想知道梨子的滋味，就要亲口尝一尝。咱们不必知道梨子的滋味了，看一看梨子的样子总可以吧，打开包，看里面装了些什么，然后决定采取什么措施。"

科长坚决地说："这不行，没有得到主人的允许，翻看人家的私人用品是不道德的。"

小水也说："还可能涉及侵犯人家的隐私权。"

我胡搅蛮缠地说："这个包是叫'公文包'吧，既然是'公文包'就与公事有关，不会涉及到个人隐私。再说，我们只不过看看包里装了些什么东西，又不会动他的。"

小林支持我说："对，打开看看有什么了不起的。就算我们不看，阎局也不会相信。"

科长和小水依然坚决反对，我不由分说把包打开了。包里有现金若干（没数，看厚度大概有万把块），银行卡（金卡）三张，发票若干张，避孕套若干，身份证一张，还有一本上了锁的精致笔记本。

看了包里的物品，大家沉默了。

小林叹口气："妈的，还蛮丰富的哟。"

小水说："最重要的是那个笔记本，里面肯定记了许多不能对外人道的秘密。"

我分析道："阎局接的那个电话肯定非常重要，否则，他怎么能把这么重要的包弃之不顾呢？"事后证明我判断的英明，确是市委书记给他打的电话，具体什么事不详，应该很重要的吧。

科长轻轻咳嗽一声说："看来，小白还真的不能贸然送去。"

"白洁把包送给阎局的秘书，让秘书转交好了。过两遍手，总不会引起阎局的怀疑吧。"小水说。

"你呀，真是个猪脑子。这个主意纯属脱裤子放屁——多一道手续。而且，经过的人越多，危险越大，阎局还以为你这是有意而为之呢。"小林当即对小水的建议给予全面否定。

白洁真的急了，跺脚说："你们倒是给我个正经主意呀？"

小水的主意层出不穷："要不，还是直接给阎局送去吧。我们给白洁作证，她没看包里的东西。"

我说："我们给她作证？谁给我们作证！纯属此地无银三百两！"

科长不惜自我否定："如果没有其他更好的办法，也只能如此了。他信不信是他的事，我们做到无愧于心就可以了。"

我坚决地说："这是绝对不行的。如果阎局仅仅是怀疑一下也就算了，问题是我们还在他的手下工作，他要是不断地送我们一些玻璃小鞋穿，那我们往后可就真的暗无天日了，而这种事情是极有可能发生的。"

小林咬着牙说："要我说，干脆来个釜底抽薪。"

白洁说："小林哥脑子最好使了，你快说，怎么个釜底抽薪法？"

小林说"扔掉它，扔得越远越好。"

我不由打了一个冷战！觉得这不失为一个好主意，只是忒损了点。

科长说："这不行，坚决不行。且不说包里有那么多东西，就算什么也没有，给人家扔了也是极不道德的。"

小水附和说："就是，这种损招也只有林子才想得出来。"

小林泄气了："好好，我损，我损透了，我损得头顶长疮脚下流脓。你不损，倒是出个能行得通的主意来啊。"

小水斜了小林一眼，无语。

我皱着眉头想了一会儿说："要不这样吧，白洁跑一趟快递公司，以会议组织单位的名义把包直接邮寄给阎副局长。可以附一封信，就说散会后服务员发现的。这封信用会议单位的信纸，打印件。"

小水问白洁："有组织单位的信纸吗?"白洁点点头，会议组织单位给参加会议的人员发的文件袋里，就有用于记录的信纸及签字笔。

小林说："这倒是个好主意。不过，会议组织单位怎么知道是阎局的包呢?"

我说："你傻呀，包里不是有他的身份证吗?"

小水说："那他的隐私不是还被人家发现了吗?"

我说："顾不了那么多了，只要这把火不烧到我们自己就行。"

小水说："典型的损人利己。"

我说："错! 表面上损人不利己，实际上既没损人，也不利己。"

小林想到了一个细节问题："这个包上布满了白洁和我们的手印，会不会有危险?"

科长说："阎局又不是公安局搞刑侦的，哪里会关注这些!"

我说："小心使得万年船。不怕一万就怕万一，宁肯麻烦一万也不可麻痹万一。小林提醒得好，我们现在就消灭印记。"

小林取来面巾纸，我们非常仔细地将阎局那只精致的公文包全部擦拭了一遍……

白洁还担心阎局会不会问她那只公文包的事儿，她的担心多余了，阎局好像压根儿就没有发生过丢包这档子事儿。

烦

"最近有点烦，有点烦，总觉得日子过得有点儿简单……"

随着哼唱声，小林迈进办公室。

小水肆无忌惮地对小林进行抨击："小水，你哼哼唧唧什么呀，和你的哼哼比起来，人家老母猪哼哼简直就是天籁之音了。"

白洁显得厚道得多："小林，你以后想哼哼，就限定在咱们办公室，千万别在外面丢人现眼。"

我很宽容地说："不就是哼哼得难听点儿吗？制造点儿噪音而已，总不至于要了你们的命吧？不过，小林啊，如果你以后出门，打死你你也不能说认识我。"

小林早已不哼哼了，翻着白眼瞪着我们。

科长听不下去了，站起来说："人家哼哼两句怎么啦，至于这么夹枪带棒的吗？小林，别理他们。"

小林恢复了正常，不以为然地说："俺这人别的本事没有，就是抗击打的能力超强。他们抨击我，从另一个侧面说明我比他们强，才高遭人嫉，俺能理解。"

我说："我见过脸皮厚的，还没见过你这么厚的。啊，说说，最近怎么有点儿烦呢？"

白洁说："是啊，刚从九寨沟旅游回来，烦什么呢？要说嫉妒，我们不是嫉妒你才高，而是嫉妒你游览了九寨沟。"

小水叹息说："是啊是啊，那么好的风景，硬是让林子这个俗物给侮辱了。"

小林这次倒是没有翻白眼，很是从善如流地说："说得对啊，那个山清水秀之处，的确被我们这些俗物给污染了！"

我把椅子挪近小林："林子，这么谦虚，不是你的风格啊。你这样，让我老人家很不适应哦。"

小林说："不是很不适应，恐怕是刮目相看吧？你的眼睛，早就该当气泡踩了！"

白洁说："喂喂喂，怎么说着说着就跑题了。我们刚才问的是为啥比较烦？"

小林神往地说："为啥呢？一句话很难说清。这次去九寨沟，真是一步一景，山美、水美、景美，人更美。真的让人心旷神怡，物我两忘，一切烦扰都隐退了，剩下的，只有青山碧水，古木参天。可是，我们终究是俗物，还得回到这污浊的现实世界中来。"

我说："林子，真让你在九寨沟住下，没有灯红酒绿，没有人生享乐，一切都恢复原始状态，这种日子你恐怕一天都过不下去！"

小水说："这是我向往的生活方式。"

白洁说："过这种日子不行。"不过，她话题一转"我们公务员的生活也的确让人烦。一天又一天，看着一张张熟透了的面孔，一遍遍听着领导的车轱辘话。满腔热情最终冷却成一盆冰水，眼看着满头青丝熬成白发。"她不由自主地用同情的目光瞥了科长一眼，科长挠挠鬓角的白发，无奈地耸耸肩。

我说："白洁妹妹，你这脑瓜子里成天都想些啥！公务员可不就得过这样的日子吗？皓首穷经这就是我们的宿命。"

小水说："真能皓首穷经那是多大的福分呢，起码还能'穷经'。可怕的是到了你离开这个世界的时候，回首往事，才发现一辈子什么都没做就过去了。"

白洁说："这种生活真叫人烦，我不甘心，想换个活法。"

科长也参与了讨论："小白啊，你想换个什么活法呢？"

白洁说："我觉得，做个导游挺好。每天领着大家观光的同时，还能看到各地的风土人情，各区域不同的文化，穿越时光隧道，体味历史的沧桑。老了以后，还有那么多值得回味的东西，也算不枉此生。"

　　小林说："亏你想得出来。做导游，甭说别的，时不时的被游客刁难，打嘴仗，就够你喝一壶的了。再加上天复一天、年复一年地在外奔波，想想都让人受不了！"

　　白洁说："你说得似乎有些道理，依你说，做什么好呢？"

　　小林毫不犹疑地说："当然做官好。最好是管官的官。生活在闪光灯下，走到哪里都是焦点，多少人围着你的屁股转。放个臭屁，马上就有马屁精吹捧说如入芝兰之室。这样的日子能过一天，'纵做鬼，也幸福'了。"

　　科长说："他们看起来风光，人间殊荣集于一身。其实呢，官场上浊浪滚滚，有几人留得清白在人间？人人像乌眼鸡似的，斗来斗去。表面上称兄道弟，背地里你踩我我踩你，勾心斗角，尔虞我诈。让你过这样的日子，你烦不烦？"

　　小林说："没有勾心斗角，尔虞我诈还能叫做官场吗？这就是生活啊。"

　　我说："你向往这样的生活吗？"

　　小林认真思考了一会儿，然后坚决地摇摇头。

　　小水说："张科，你呢，如果再给你一个机会，你想选择什么职业。"

　　我从来没有想过我还能做什么职业。小水既然这样问了，我总得有个答复。其实，上大学的时候，我的理想是当一名律师。我一相情愿地认为，律师是个很了不起的职业，能够在复杂的案件中，通过智慧的大脑，缜密推理出案件破绽，在支离破碎的看似毫无关联的细节中，连接成完整的证据链，在浩如烟海的法律条文中，寻找出最有利的武器，还世界以公理，还当事人以公道。

不过，这已经是很久以前的事啦。曾经的"理想"早已离我而去，到了现在这个岁数，"理想"已经成了很奢侈的东西了。

我向我的同事们畅谈了我曾经的"理想"。"公平、公正、正义"等字眼在"理想"中熠熠生辉。

我被自己的陈述感动了。

我的同事们却并不为之感动。

小水翕动了一下鼻子，不屑地说："这就是你选择的职业，追求的伟大的理想啊？"

我说："你们不为之感动吗？"

小林说："现在的律师，只是为当事人服务，根本不是为了法律的公平和正义。他们的工作，就是找出法律的漏洞，帮助有罪的人逃脱法律的制裁。"

白洁说："那也是为法制建设作出努力啊。"

小水说："就算你说得对。为了接案子打官司，要会见当事人，要贿赂法官，还有想着怎么抓住对方的弱点，攻其一点不及其余。一个案子下来，弄得身心俱惫。想想每天要重复这样的生活，真让人烦透了。"

小林说："还让人寒而栗。"

科长说："我觉得张章的选择挺好的。小水，如果是你，你会做怎样的选择？"

小水说："我的选择比他们高雅，而且我也具备这样的素质。"

我说："小水，你那狗屁文学梦还没做醒呢？"

小林说："知小水者，张科也！"

小水说："我是有素质没条件。千里马常有而伯乐不常有。我向往千里走单骑的日子，阅尽人间春色，历经人世间的风霜雪雨。痛苦时，我对着稿纸失声痛哭；高兴时，对着电脑屏幕纵声狂笑。我可以在暴风雨中尽情舞蹈；在花前月下浅吟低唱……虽然我会感到身心俱惫，但是我充实，我快乐！"

白洁握住小水的手说："小水哥哥，你说到我心里去了！"

小水激动地说："知己啊，与妹共勉！"

我说："你们还生活在幻想世界里呢。且不说文学这块大蛋糕已经被切割得四分五裂，仅剩下了极小极小的一块。就是这极小的一块，在这浮躁的世界里，又有多少人能静下心来阅读？退一步说，就算你写出了名堂，对着一大堆约稿信，让你成天守在电脑边，面对闪烁的屏幕，搜肠刮肚，绞尽脑汁，满头黑发在写作中慢慢枯萎凋零。即使你的作品发表了，在浩如烟海的书籍中，你的作品连一朵小小的浪花也算不上，寂寞地躲在角落里，任其布满灰尘。这样的日子，你们不烦闷吗？"

白洁倒抽一口冷气："张科，你真是个悲观主义者，什么事儿到你嘴里都是那么残酷。"

我说："乐观的人发明了飞机，悲观的人发明了降落伞。虽然降落伞不是每一次飞行都会用到，但是它会让你在发生危险时安全着陆。"

科长说："可是，我们不能因此而拒绝乘坐飞机啊。这个世界就是由各种各样的职业组成的，每个职业都有快乐，也会有烦恼。否则，还能叫做生活吗？你们啊，就知足吧，现今有多少人争一个公务员职位而不可得呢！"

我们又尝试着选择做商人、做画家、做科学家、做明星等职业将可能会给我们带来多少荣耀和光环，结果是每个职业，都蕴含着无穷的烦恼。

我忽然想起一句话：人活着真不容易。似乎也懂得了古时候的那些智者为什么要隐居山林了。

白洁说："科长，您呢，您就没有过抱负，或者说理想吗？"

科长端起茶杯喝茶，袅袅的热气笼罩在科长的脸上，呈现出"水中望月，雾里看花"的景色。

许久，科长放下茶杯，不堪回首地摇摇头："那都是过去的事啦。现在，我的'理想'就是尽可能做好身边的每一件事儿，认认真真做事，清清白白做人。原来我以为，洁身自好并不是很困难的事，工作了快一辈子了，才知道很难，真的很难。"

大家沉默了，科长的话在我们心中引起强烈的共鸣。

小林忽然说："其实，做公务员也挺好的，不是吗？"

没有人回答小林的反问，埋下头做自己的事儿。

网络文化

过年长假之后，我们带着节日的慵懒回到了办公室。

小林的到来不由得令我们眼睛一亮。不是他本人有什么质的飞跃，而在于他的"包装"。

当然啦，换"包装"的不仅仅是小林，还有白洁。只不过白洁的"包装"变幻无穷，我们早已习以为常了。关键是小林，这家伙平时邋里邋遢的，今天穿了件深绿色唐装，布料看起来像是粗布织的，立领，粗大的纽襻，袖口挽起一截黑边。虽简单，却古朴，透着一股高古雅士的气息，好像他有多深厚的文化底蕴似的，人也显得风流俊雅了。

小水笑道："嚯，林子，真是人是衣裳马是鞍啊，这一捯饬，你可就真成了猪鼻子里的那颗葱了。"

小林笑着拱拱手："见笑，见笑，这是俺'那位'的功劳。不过嘛，就算没这身行头，咱也是文化人呀。"

我说："你可别把什么都贴上'文化'的标签，你以为读了两年书，就是文化人了吗？充其量也不过是个'山寨版'。"

白洁说："做人不能太 CNN 哟。"

科长满脸的迷茫："什么山寨，什么什么 CNN，山寨不是啸聚山林的所在吗？ CNN 不是美国的主流媒体吗？与人家小林有什么关系？"

白洁解释说："这是网络流行语，山寨指的是仿制或盗版，CNN 主要是说严重歪曲事实。"

科长还是不解："人家林子也没有歪曲什么事实嘛。"

小水喝了一口水，一下全喷了出来："郑科，看来你对网络流行语知道的太有限了。"

我说："科长，现在的网络用语层出不穷，三天不上网，你就跟不上潮流了。你可能到现在还不知道，网络上的'我'是'偶'，'灌水'形容滥发帖子，'潜水'是只看帖子而不发表意见，等等。"

小水说："张科，这都是哪个年代的网络用语了？看来，你也落伍了。不和你说了，我得'打酱油'去了。"

科长更加迷茫了："小水，怎么刚上班，就惦记着打酱油呢。"

小林也忍不住笑了："科长，他说'打酱油'的意思，是不想谈论这个问题。"

科长正色说："什么乱七八糟的，有话不能好好说吗？"

我说："科长，这就是目前的网络用语，已经充斥着我们的语言空间。您知道'林卡脖''刘内裤''杨不归''范跑跑''郭跳跳'都是些什么人吗？知道'俯卧撑''裸体做官''国家罗汉'代表了一些什么事件吗？每个词语后面，都链接着一个故事。网民们通过这样的另类表达，传达着对社会的关注，体现了世情民心。这些表达既幽默，也无奈，同时闪耀着智慧的火花。"

科长轻轻摇摇头："我老了，真的跟不上潮流了。"

白洁安慰科长说："科长大叔，这些网络用语只不过是昙花一现，没有生命力的。而您深厚的文化底蕴，是永远也不会过时的。"

小林说："白洁妹妹，你挠到科长大叔的痒处了。就凭这点，你能进步。"

小水说："林子，说什么呢？人家白洁只不过说出了一个基本事实而已。你还是做你的'俯卧撑'去吧！"

科长说："你们也别安慰我。活到这个岁数了，我知道自己有几斤几两。"他一声叹息，"你们也许认为这些是智慧的表达，我却感到深深的忧虑。不客气地说，网络上'发明'的一些'新词汇'，有的简直就是垃圾，把我们的优秀语言和文字糟践得一塌糊涂。"

我们的科长很开放，很包容，也乐意接受新事物。没想到，他对网络文化有这么强烈的排斥情绪。

我们面面相觑，不知道怎么回应。

我自恃属于资深公务员，也认为自己的文化底蕴与科长有一拼，首先披挂上阵，"语重心长"地说："科长，我说的您老人家别不爱听。现在有一句使用频率最高的成语，叫'与时俱进'。网络是一场颠覆性的革命，而网络用语就是与时俱进的生动表现。如果我们总是怀着抵触排斥的心理，这个社会还怎么进步？按您的观点，我们现在写文章还应该'之乎者也'呢。"

科长对我的"宏论"嗤之以鼻："哼，你以为我们的文化在与时俱进吗？依我看，是在倒退。我们的方块字曾经以一顶十，内涵丰富，极具感情色彩。先哲们以《大学》《中庸》《论语》《孟子》《易经》《道德经》《尚书》《诗经》《礼记》《左传》等为支柱构建起的思想体系，支撑了中华民族五千年的灿烂文化。五四运动之后，文言文逐渐被新潮的白话文所替代，源远流长内涵深厚的国学渐渐离我们远去。你们都是上过大学的，有谁能写得出闪耀着智慧光芒先秦诸子文章，写得出优美的、内涵丰富的唐诗宋词和明清小说？"

小水深有感触地说："是啊是啊。假定随便有一个十九世纪的'童生'在今天复活，其文学功底、其诗词曲赋、其经典掌故，都足以让当今的古文学博士汗颜！更甭说我们这些半瓶子醋了。"

我气急败坏地说："小水，你到底是哪头的？打你的'酱油'去！"

白洁说："人家小水说的并没错啊，他说的是'假定'，事实上这种'假定'已不复存在。我倒觉得，科长大叔的担忧不是没有道理。不，是很有道理。"

小林接过话头说："我想起一个故事，很能说明问题。一位才子为了显摆自己古文底子深厚，给女友抄了一首著名诗篇献上：'关关雎鸠，在河之洲。窈窕淑女，君子好逑。参差荇菜，左右流之。窈窕淑女，寤寐求之……'没想到女友从此见他目眦欲裂，恨不能啖其肉、饮其血。后来，还是女友的朋友告诉他，说他写'君子好逑'的流氓诗侮辱她……"

小林的这个故事很搞笑，不过我们没笑，反而在心底深处涌上了一层悲哀。

我的同事们一个个"反水"，我陷于孤军作战的被动局面。

我仍然不服气地争辩道："总不能要求'草根'都成为国学大师吧。现在不是讲文化多元化吗？我们完全可以把源远流长内涵深厚的国学留给专家学者去研究，用开放的心态，让'草根民意'借网出海，表达对公共事件关注和以自己的方式表达意见。"

小林、小水、白洁立场不坚定，回过头来对我的说法表示认可。

只有科长依然不屑，轻轻哼了一声："似是而非。"

正说着，副局长"红版图"背着双手，迈着四方步进来，笑容可掬地问："嗨，讨论什么呢？这么热闹。"

听了我们的汇报，"红版图"手一挥说："我说你们啊，纯属杞人忧天，吃饱了撑的。讨论这些有什么意义吗？"

小林小声嘀咕了一句："对没有文化的人来说，纯属对牛弹琴！"

"红版图"回过头问："林子，嘀咕什么呢？"

我说："林子说，您是有文化的人，说话一语中的。"

除科长外，我的同事们不约而同地冲我翻白眼。

"红版图"得意地说："要不然我怎么能当局长呢。看问题高屋建瓴，是一个领导者的基本素质。"

小林又嘀咕了一句："没看出来！"

"红版图"说："林子，有话大声说，嘀嘀咕咕的，一点儿也不光明正大。"

我赶紧说："林子说，他早看出来了。"

"红版图"笑了，笑得很灿烂，吩咐我们说："该干什么干什么吧，不要讨论这些无聊的问题了。"

"红版图"仍旧背着手，迈着四方步出去了。忘记了到我们办公室来要做什么"指示"了。

我们并没有觉得这是个无聊的问题，但是已经没有继续讨论的心情了。

项目论证

"红版图"迈着矫健的步伐登进门，脸上洋溢着蒙娜丽莎般的笑容，我们知道，当这种迷人的笑脸呈现在我们面前的时候，我们痛苦的历程也就即将启动了。

科长笑脸相迎。当然，他的笑脸与副局座的笑脸不可同日而语。没等科长说话，小林首先发话了："局座，大驾光临，有失远迎。您有什么指示，打个电话我们过去就行了，您亲自上门，弄得我们怪不好意思的。"

"红版图"说："林子，甭跟我来这个虚套子，你心里一定在想，我老阎'亲自'登门准没好事儿。"

一语道破天机，小林讪笑着退下。

科长给"红版图"沏杯茶说："阎局，请坐。""红版图"说："坐就不坐了，说两句话就走。曹老板给市里报了份《项目建议书》，市长指示由我们局承办，这项任务非你老郑莫属啊。"说着，把手里的一沓材料递给科长。科长问："什么项目？""红版图"说："你看看就知道了。"

说完，"红版图"哼着"我能想到最浪漫的事，就是和你一起慢慢变老，一路上收藏点点滴滴的欢笑……"走了。

曹老板在我们这儿算得上大名鼎鼎，原来是我市最大一家国有公司的总经理，后来"政策性"破产，曹老板收购了破产公司，摇身一变又成了市上最大的民营企业。"红版图"曾任破产清算领导小组的副组长，我和小林荣幸地成为成员，并在破产清算中建立了不朽功勋（小林定义为"帮凶"）。曹老板跟市长称兄道弟，关系像铜墙铁壁般牢不可破。曹老板的事儿，也就是市长的事儿；跟曹老板过不去，就是跟市长过不去；跟市长过不去，就是跟市政府过不去；跟市政府过不去，就是跟自己过不去。我们深知这里的利害关系，"红版图"把这个光荣而艰巨的事情交给我们科来办，真是狼子野心，何其毒也。

科长认真看了《项目建议书》，倒抽了一口冷气，接着脸上呈现出三九严寒何所惧的表情，极为愤怒地把《项目建议书》甩在桌子上，冷冷地说："这个破项目还好意思往上报！"

我们翻看了那册装帧很精美的《项目建议书》，与科长所见略同。上报这个项目不仅要脸皮厚，还要有大无畏的精神和百折不挠的勇气。国家正在实施节能减排政策，对规模以下、不符合循环经济的"两高一资"项目进行严格控制。曹老板的这个项目恰恰在国家政策严格控制的范围之内。

小水迷茫地发问："曹老板看起来是个很精明的人啊，那么多好项目不报，怎么弱智到上报这样一个项目？就算曹老板对国家政策不太了解，市长应该知道啊，明明已经撞了政策'红线'，怎么还会交办呢？"

我说："不是曹老板弱智，是你弱智。正因为国家政策的严格限制，大家都被'红线'挡住了，他才有操作空间啊。这个项目门槛低、建设周期短、销路好、来钱快，建起来就赚钱，开一年就能收回全部投资。国家政策阳光普照，也有照不到的犄角旮晃。等到政策的阳光真正光临时，他已经赚得盆满钵满了。"

白洁嘴张成了"O"型："还有这么赚钱的?!"

小林冷笑道："这算什么，比这更夸张的还有的是。"

科长说："这是个原则问题，我们就算是看家狗吧，也要把这道门把住。"

小水积极响应说："就是，坚决把住!"

我说："请诸位不要忘了，我们负责的是审查，审批权限在上级。审查说好听一点是让你把第一道关口，说难听点就是履行个程序。就算咱们否定了这个项目，还有专家论证呢，照样可以对你否定之否定。"

科长坚决地说："不管他，我们就出具否定意见。张章，你再认真看看，拟个审查意见。"

小林不屑地说："纯属螳臂当车，蚍蜉撼树!"

科长说："说什么呢你?"

小林闭嘴。

我们科的审查意见报上去后，"红版图"又一次"亲自"登门造访了。他说认真看了我们的审查意见，想跟我们交流一下看法。没等科长开口，我越俎代庖地说你是领导你决定，还交流什么呀。

"红版图"说领导的意见也要从群众中来呀。他从政治的高度、拉动区域经济发展的角度谈了他的认识，他说："科学发展观的第一要务就是发展，发展才是硬道理，要坚持用发展的办法解决前进中的问题。"

科长说："科学发展观的基本要求是全面协调可持续，不是片面的、不计代价的、竭泽而渔式的发展。"

"红版图"说："我们是欠发达地区，要承认区域经济发展是

170

不平衡的，机械地理解国家政策不是科学发展观的态度。"

科长说："阎局，你是领导，你认为这个项目还有争论的必要吗？"

"有必要，完全有必要！"小林插话说："污染一些算什么呀，比赚钱还重要吗？况且，咱们赚的也是血汗钱。浪费一点儿资源有什么了不起，咱们国家地大物博，不在乎咱们这一星半点的。"

"红版图"指着小林："什么意思，会不会说人话！"

小林阴阳怪气地说："我又不是'人'，哪里会说什么'人话'！"他把"人"字咬得很重。

"放肆！""红版图"大吼一声，拂袖而去，留下一个怒气冲冲的背影。

"小林，够汉子！不过，以后有你的好果子吃了。"小水说。

"哼，没什么了不起的，大不了老子不伺候了。"小林冷笑道。

科长可能想骂小林两句，不知为什么没骂出口，手搭在小林肩上使劲按了按。

一周后，局办公室通知我们科派人参加项目论证会，小林自告奋勇地说他去参加。科长说还是算了吧，你那张嘴没个把门的，还是张章跟我去吧。

论证会准时召开，签完字后发了一个文件袋。正式开会时，我才发现里面有一个鼓鼓的装满人民币的信封。我想，按常例，厚度应该是不一样的。

会议在"友好而热烈"的气氛中召开。我们科长介绍了项目情况和审查意见后，专家们发言了。

首先发言的是位秃脑门的专家："从国家宏观经济政策来看，节能减排、循环经济是大势所趋。就我市经济来说，转型是必然的，但是需要一个过程，这个过程也许很快，也许很漫长。转型需要资金作支撑，没有资金的支撑，就是水中望月雾里看花。从这个意义上来说，暂时的环境污染换来长治久安，何乐而不为呢？"

紧接着发言的是位儒雅的专家："是的，任何事物都有两个方面，这就是辩证法嘛。我们要对这个项目进行科学地、理性地、全面地考量，而不是只攻一点不计其余。我认为，这个项目像臭豆腐，闻起来臭，吃起来香。如果仅仅是从部门的利益考虑，害怕承担政策风险，试问，我们市什么时候才能发展起来？"

……

会议发言踊跃，讨论热烈，不同观点不时碰撞出智慧的火花。意见却出奇地一致，认为曹老板的项目立足我市的资源优势，抓住了机遇，有利于拉动我市经济的跨越式发展等等。

曹老板作为项目建设单位，也参加了论证会，他虚心听着专家们讨论，没有发言，满脸桃红柳绿，一派春色。趁专家们发言的间隙，殷勤地倒水、递水果。

科长几次要发言，主持会议的"红版图"视而不见，置之不理。论证会还没有结束，科长默默走出去。我以为科长去了洗手间，等了好久不见回来，出去寻找。会务组的一位工作人员向我招手，说我们科长回去了，把论证费退了回来。他们已经做账了，请我给捎回去。我客气地问，我可以看看签到册吗？工作人员把签到册推到我面前，我拿起笔，把科长和我的名字一笔勾去，然后从文件袋里取出那个信封，拍在工作人员面前，扬长而去。

后来，项目论证通过了，我看到了专家们的签字。字写得很漂亮，却很潦草，认不出来写的是什么。

曹老板的项目如期开工竣工生产了，据说产销两旺，日进斗金。

其人之道

"嘟嘟"小水手机短信提示音响了。小水翻看短信，笑出声来，嘿嘿，真的是人在家中坐，馅饼天上来。请看，香港有家大公司给我发来信息，我的手机号码中了二等奖，奖品是一辆价值三十万元的"丰田"轿车，如果不想提车，可以兑换成二十万现金。小林说，恭喜你啊，快去领奖啊，还等什么呢？小水得意地说，我就那么弱智吗？只要我一联系，就是先预交税款，把税款打去，又会说二等奖变成了一等奖，再增加税款，增加完税款，又是一连串的陷阱。太小儿科了吧？

我说，这个骗子的手法太陈旧了，连小水都哄骗不了，地球人谁还会上当呢？小水说，嗨嗨，张科，请注意你的用语，什么叫"连小水都哄骗不了"啊？咱也是堂堂的大学毕业生，情商智商高人一等的嘛！

小林很客观地说，小水，作为与你朝夕相处、彼此了解到骨子里的同事兼朋友，我不得不说两句实话：第一，这个短信与你的智商匹配程度还是很高的，如果没有央视没完没了聒噪的前车之鉴，估计你现在已经倾家荡产在银行打款了；第二，这么古老的骗术还继续在你身上使用，足见骗子对你有足够的信心。小水说，你这个同志啊，嫉妒心太强了吧，我不就是比你聪明一点儿吗？小林虚心地说，你是比我聪明一点，如果我是猪的话。小水说，你也不用这么谦虚嘛，智商是天生的，改变不了的哦。

我们很为小水的智商难过。

白洁说，我收到了一条更搞笑的。短信是：爸，我的钱包和手机被盗了，我是用朋友的手机给您发的短信，马上给下面这个账号打五千元。后面是一串数字。

听我们念完短信，连科长都不由得笑了。小林说，给回个短信。接过白洁的手机回了一条短信，儿子，你老娘出了车祸，正在医院抢救。快到医院来，晚了就来不及了。短信发过去不久，回复来了：速打路费。小林继续回短信：老爸已经电话给你预定了飞机票，速往飞机场赶。回复：去你妈的！

我说，我这里也有一条短信，很直接，把钱打入一个账号，署名是周娟。小水坏笑着说，这个周娟是你的红颜知己吧，快些打吧。我随手回了一条：已给你的账户汇入一百万，请查收。不到两分钟，回复一条短信，咬牙切齿的：大骗子！

看到怒发冲冠"大骗子"的回复，我们不由得哈哈大笑。白洁笑得很夸张，弯下腰直嚷嚷肚子疼。

科长说，这些骗子，有关部门怎么就不管管。我说，怎么管，管得过来吗？小林说，以后谁要是得罪了我，我就以其人之道还治其人之身。白洁问，怎么治？小林说，以小水为例，把他的手机号码写满大街。我说，那算个啥呀，谁理睬你啊。小林说，在他的手机号码前面写两个字：办证。我说，林子，你这家伙真够损的。小林虚心地说，一般一般，世界第三。

恰在此时，小林的手机响起来。小林接听，客气地问，哪位？对方声音很冲地说，林子，有了新欢就忘了旧友了，老同学的声音都听不出来了？小林尴尬地干笑两声，噢噢，你是周华健吧？对方训斥说，什么周华健，还林依轮呢。小林想了一会儿，亲热地说，妈的，蒋学义。对方满意地说，对嘛，我就说呢，你就是忘了你爹妈，也不会忘了我。小林骂道，放屁！对方亲热地说，

174

我换工作了，原号码作废，用这个新的。又互相问了问近况，便挂机了。小林说，老同学。边说边操作更换了通讯录里的号码。

办公室电话凑热闹似的响起来。科长抓起听筒，什么？中央电视台的？小林吃了海洛因似的跳起来，我来，我来！从科长手中抢过话筒：啊，央视委托你们搞的活动啊？摇号摇到了这个号码。哦，我们是太幸运了，邀请我们参加节目，有大奖？有有有，有时间。要交一笔费用，可以可以，等着吧，很快就汇入你指定的账户了。好好，再联系。

放下听筒，小林满脸诡秘的笑，科长，准备参加央视互动节目吧，有万元大奖等着咱们去拿呢。小水说，你就弱智吧。小林说，你看我怎么以其人之道还治其人之身。

三天后，上午上班不久，电话如约而至，小林抓起电话，还是那个娇滴滴的声音。小林说，我们领导很重视啊，费用当天就汇过去了。什么，没收到？哦，我想想。噢，我想起来了，我接听了你们公司四个电话，汇款的账号不一样，为了保险起见，我每个账号都汇了款，你再查查。什么？当你是傻子？你当然不是傻子，是骗子！我才是大骗子。哈哈哈，说得太对了，赶紧报案去吧。

科长说，林子，太无聊了吧？我说，这些骗子就应该让林子这样的人治治！林子得意洋洋地说，骗我，他们还嫩点！

又过了十来天，小林垂头丧气进了办公室。我说，小林，怎么跟霜打的蔫茄子似的。小林摇摇头说，甭提了，玩了一辈子鹰，反被鹰给啄了眼。科长说，怎么回事？小林痛心疾首地诉说了他的遭遇。

原来，他的那个叫蒋学义的同学出差，想顺路看看老同学，在北京下了飞机买我们市的机票（我们这个城市与他的那个城市尚未通直航），一摸衣兜钱包不翼而飞了，让林子无论如何给他卡里打一万块钱，他回去后立马归还。手机里是蒋学义焦急的声音和机场的嘈杂声。小林很为老同学着急，说学义你甭急，我这就给你汇。他打了出租直接向银行奔去，对出租司机说快，有急事。司机听完他所说的"急事"，提醒了一句，现在骗子多，你最好打个电话核实一下。一句话惊醒梦中人，小林立即给另外一个同学打去电话。同学说扯啥淡呢？我昨天晚上还跟蒋学义一起吼歌吼到半夜，这家伙现在还睡得跟死猪似的。小林于是打道回府，临下车给了司机一百元，说不用找了，留个联系电话，以后还打你的车！

小水得理不饶人地说，实践是检验真理的唯一标准，谁弱智谁智商高，同志们一目了然吧。小林说，我就纳了闷了，他怎么知道我的名字的。我说，现在网上什么查不到？只要肯花钱，个人信息就会源源不断输送到骗子那里。那机场的噪音从哪里来的呢？我说，我估计他给你打电话的时候，电脑里正播放着机场噪音呢。小水说，老同学了，声音也听不出来吗？小林说，这家伙说的"南普话"（南方普通话），我听着都是一个味儿。白洁感叹道，真是费尽心机哦。科长摇摇头，有这么聪明的脑瓜，干些什么不好呢？小水说，干什么也没干这个来钱来得容易，来得快。科长深深叹口气，唉……

正说着，小林的手机响起来了。小林立即换上了一张笑脸，学义啊，我担心汇款太慢，准备亲自给你送去呢，机票已经订好了，现在正往机场赶呢……对方电话马上断了。小林果断地拨了回去，对方手机的提示音为：对方已关机……

妙手著文章

　　局党委办公室下发通知，根据市委关于开展深入学习实践科学发展观的总体部署，要求每人写一篇科学发展观的文章，调研报告、心得体会、演讲稿、论文什么都可以，要求结合工作实际，有创新精神。局党委将组织专家对文章进行评选，优秀文章推荐参加市委组织的评选，市委评选出的优秀文章推荐参加省委组织的评选，只要文章写得好，一直可以推荐到中央。

　　我们科长说，我觉得这个文件符合科学发展观精神，做任何工作都应该结合实际，有创新，否则，就是白白浪费国家资源。小水说，我看这个文件有些问题，写文章文体不限、内容不限、字数不限，什么都不限，如何制定评选标准？白洁说，规定得太具体了，容易把人的思想束缚在一个窠臼里，难以有放射性思维和发散性思维。我说，说是文无定法、法无定论，实际操作起来难度大着呢，不能看到出了这么一份文件，就以为我们局就真的有了新气象了，真的就有了科学发展观的意识了？哼，早着呢。小林说，我严重支持张科的意见，我们还是以传统的方式来应对科学发展观的文章吧。听我的，没错的。

　　小林所说的"传统的方式"，无非就是在网上下载几篇文章，剪裁剪裁、粘贴粘贴、修补修补、拼凑拼凑，敷衍出一篇自己的文章。

　　科长很严肃地说，你们如果以抄袭为主要手段写这篇文章的话，是对科学发展观的最大亵渎，与其这样，不如不写。我告诉你们，要写，就写你们自己对科学发展观的认识，结合实际谈对科学发展观的切实感受。

小林说，科长，您说的没错，但是没错并不一定就是对的。小水插话说，悖论，屁话！小林白了小水一眼，没睬他，继续说，如果按照您的要求写出来的东西，没有理论的高度和深度作支撑，没有与时俱进的词汇作点缀，没有结构格式进行规范，让领导专家如何评价你的文章，领导专家不认可，你的文章写得再好，又有什么价值？

科长说，只要我们以真实为基础，写出真实的感受，真实的思想，真实发生的事情，就不会没有价值。

小水说，科长说得对，即使领导专家不认可，我们写出了自己的真实思想和感受，对我们自身也是一个提高，仅从这点说，就不能说没有价值！

我说，得了，争论到此结束。我们还是集中精力写文章吧，让事实说话。

半月后，我们把写好的文章交给了科长。我写的是一篇调研报告，题目是《用科学发展观的思想解决城市边缘化群体的实际问题》；小水写的是一篇体会，题目是《学习实践科学发展观必须从我做起》；白洁写了一篇很难界定什么文体的文章，题目是《科学发展观——我的人生坐标》；小林正儿八经地写了一篇论文，题目是《学习实践科学发展观，促进我局各项工作又好又快发展》。

科长认真看了我们的文章，做了简短的点评。说我的文章"视角独特，有深度，有分量。"说小水的文章"不事雕琢，真实，自然，生动。"说白洁的文章"热情奔放，充满激情。"说小林的文章"结构严谨，条理清晰，虽然堆砌了一大堆华丽的词藻和概念，却内容空洞，味同嚼蜡，没有个人的见解和感受。"我看了科长的文章，更像一篇工作总结，题目是《紧密联系实际，以人为本，找准切入点，促进我局科学发展》，对局里的工作做了深入的剖析，找出了影响科学发展观的问题和不足，提出了相应的对策，很有针对性。

比较起来，科长对我的文章评价最高，对小林的文章评价最低。小林表现的倒是很大度，对科长说，您的评价我虚心接受，但是您的评价标准代表不了评委。

科长也很大度，说那就等着瞧吧。

等着瞧的结果是：除了小林的文章得到了"高度评价"之外，其他文章统统被"毙"了（包括科长的文章）。专家评委的点评是：科长的文章虽有一定的现实意义，结合了局里的实际，但是观点失之偏颇，不利于局里工作的和谐与稳定；我的文章虽有一定的深度，但是立论欠妥，这样的文章推荐上去，容易引起思想上的混乱，不符合科学发展观的思想；小水的文章虽然朴实，但是过于浅白，缺乏理论高度；白洁的文章可以归纳于演讲稿的范畴，有激情，没深度，没有紧扣科学发展观的主题；小林的文章行文规范，对科学发展观的理解准确，有理论高度，深刻揭示了科学发展观的内涵，很有真知灼见，是一篇不可多得的论文。经评委们审慎评估，推荐参加市委的优秀论文评选。

小林并没有表现出应该表现出的兴高采烈或者扬扬得意。小水说，林子，甭装了，偷着乐呢吧？小林说，乐个屁！他们评上的论文跟我有啥关系。我说，不是你林晓宇的"作品"吗？小林说，署名是我，观点不是我的。小白说，怎么不是你的呢？你的文章上去了，也是咱们科的光荣啊。小林抽了一下鼻子说，光荣个屁，是我林晓宇的耻辱，也是我们科的耻辱。我说，林子，不要自责啦，"天下文章一大抄，看你会抄不会抄"。你抄得好，抄得妙，就是你的水平。科长说，如此庄重、严肃的课题，被你们说的如此庸俗不堪。如果文章这么写的话，哪里还有一点儿科学发展观的影子?!

我说，科长，您搞搞清楚哦，如此庸俗不堪不是"我们"说出来的，是评选出来的。您说，是我们有问题呢? 还是体制机制上出了问题。

科长没有说话，陷入深深思索之中，眼角的皱纹拉了下来，像两个大大的问号。

惊鸿一瞥

我们科长进舞厅了，我们科长居然进舞厅了! 这在我们科不啻于鱼上树、猴下水一样令人震惊。

我们科长嗜茶，嗜酒。喝茶讲究，喝酒不讲究。可是从不涉足舞厅，请他上舞厅，就像让他上断头台，那副痛苦的表情，会使你觉得自己在用世界上最残忍的手段折磨科长，内心充满了犯罪感!

创造让科长进舞厅奇迹的，是他的一位三十年未见面的老同学。当他的那位同学出现在科长面前时，我们突然发现，科长脸上居然升起了灿烂辉煌的太阳，科长脸上居然也可以如此阳光灿烂的。科长隆重地把他的老同学介绍给我们，我们互相交流了一个眼神，内容不言自明。科长也曾经年轻过，也曾经有过月白风清，也曾经有过美好而浪漫的时光。我们从科长老同学已经布满岁月风霜的脸上，依稀可以辨别出她年轻时的风韵，人身上有些东西，岁月是不能剥夺的。

老同学微笑着对科长说，晚上，我们去跳舞，好吗？科长毫不迟疑地说，好！听到这声好，我们简直不敢相信自己的耳朵，科长恪守多年的习惯，在老同学面前就这么不堪一击吗？老同学微笑着说，孩子们，我当年还是你们科长跳舞的辅导员呢。科长显然已经回到了那个年代，轻轻地说，是啊，是啊，想起来还历历在目，惊回首却已恍如隔世。

受科长邀请，我们各自带着自己的伴侣，衣着光鲜地出席科长的舞会。科长难得地穿了一身浅灰色西服，胸前还别了一朵粉色花朵儿。

我们请科长和他的老同学跳舞，科长摆摆手说，你们跳，你们跳，我们说会儿话。我和妻子陪着科长和他的老同学说话儿，茶几上的蜡烛摇曳着，老同学的脸忽明忽暗。老同学说，昔日风流倜傥的才子，如今已是两鬓苍苍。科长亦感叹道，造物弄人，短短的三十年，弹指一挥间，窈窕淑女已随风吹雨打去。老同学说话慢声细语，不疾不徐，像淙淙小溪，叮叮咚咚流淌着，不时地飞珠溅玉。科长则坐立不安，想说些什么，却又不知如何说起。

老同学是个善解人意的人，温婉地笑道，哎，三十年了，你咋还是这样，和女同学在一起就局促不安。都老头老太太了，还有什么话不好说呢？

科长脸上浮现出无限感慨，轻轻问道，你还记得，我们，当年，在一起，跳舞的事儿吗？

老同学说，嗨，那时刚开放，人们的思想还被禁锢着，男男女女搂抱一起跳舞，被有些人看作伤风败俗的事。这怎么会忘呢？

科长身子前倾，对着老同学的眼睛说，那，你是否，还记得，你教我跳舞的情节吗?

老同学说,人啊,真是奇怪的动物,越是禁锢,就越是想尝试。那时找我学跳舞的同学太多了。不过,你给我留下的印象最深刻,因为你总是那么怯懦,却又跃跃欲试,每次都是我主动邀请你,教你跳。

科长的脸红了,轻轻地说,有一次,我,鼓足勇气请你跳舞。我跳得很笨拙,心里很慌乱。你说,不要慌,跟着我的节奏跳。可是,我还是慌,不小心踩了你的脚。你没有生气,还带着我跳。舞曲结束,你回眸看了我一眼,那眼神,勾魂摄魄,似嗔似怨,我无法形容。你还记得你看我的那一眼吗?

老同学认真回忆了一会儿,也就是一分多钟。我坐在旁边,感到这一分钟分外漫长。我知道,就是这一眼,令我们科长魂牵梦绕,至今无法忘怀。老同学轻轻地摇摇头说,对不起,我真的想不起来了。

科长说,你再想想,那天晚上月亮很圆、很大,我手心里尽是汗,你还说,别紧张,越紧张越容易出错儿。其实,我感觉到,你的手,也在微微颤抖。

老同学不出声地笑了,说那个年头,少男少女在一起跳舞,内心那份新奇,那份激动,总是会影响情绪的啊。紧张激动在所难免嘛。

科长说,唉,我至今没有忘记你那回眸看我的那一眼,它已经深深地印在我的脑子里。从此,我再也没进过舞厅。我经常会想起"回眸一笑百媚生",又觉得是侮辱了你,内心很不安。我曾经在心里发誓,我这一辈子,要跳舞,只和你一个人跳!

老同学眼睛里渐渐蓄满眼泪,粼光闪闪。她站起来,伸出右手，老同学，请你跳支舞。科长应声而起，搂住老同学的腰肢旋入舞池。老同学的舞步还是那么轻盈，科长的舞步还是那么笨拙，可是，他们跳得很投入，很忘情，也可以说——很默契。

就为那曾经的回眸，那曾经的惊鸿一瞥，竟然影响了我们科长整整三十年！

双边会晤

小林可怜巴巴地找我，说请我帮他一个天大的大忙，这个忙关系到他母亲的生死存亡，关系到他们林家的千秋伟业，好像我不帮他这个忙，就是杀害他母亲的刽子手，是他们林家的千古罪人。我说除了借钱，什么事儿都好说。小林说，不不不，不是借钱，是请你帮我花钱。我摸摸他的脑袋说，你没烧糊涂吧？怎么说胡话呢，我宁愿相信深夜出太阳，也不愿意相信能花你一分钱！小林涎着脸说，你可能误会了。今天我要和女朋友去未来的丈母娘家，咱这也是大姑娘坐轿头一回（纯属废话），请你和嫂子陪着去，给我壮壮胆，也算是领导对属下的关心爱护嘛。我说，放屁！哪有未来女婿上门让别人陪同的？我和你嫂子可不当电灯泡！小林哭丧着脸说，我这心里直打鼓，你就做一次掮客还不行吗（真不会打比方）?! 这对我来说，是一次至关重要的历史性双边会晤，决定领土归属权问题，你就忍心眼看着我到手的领地又白白失去吗？我长叹一口气说，罢罢罢，就算是狼窝虎穴，我也陪你走一遭了。小林笑道，没那么夸张。

老婆听说这件事儿，像打了兴奋剂似的，高兴得不得了。她说这是积德行善的事儿啊，这个忙怎么能不帮呢？我不以为然，我知道她在想什么，还不就是想看林子给女朋友买些什么东西，满足女人的窥视欲。

小林带着女朋友过来，很潇洒地冲我打了一个手势。我把老婆介绍给林子的女友认识，老婆夸张地说，哟，这就是你常说的林子在网络上追到手的女朋友，真是光彩照人。林子女友略显羞涩地说，大姐说的哪里话。老婆笑道，哪里话，中国话呗。在老婆的参谋下，林子给未来的老丈母娘买了一套高档化妆品，给未来的老丈人买了一只能放影像的MP4。林子说，他爹岁数大，买这个东西不太合适。林子女友杏眼圆睁，说我爸还就喜欢这个东西呢，你以为我爸老古董啊，他也与时俱进呢。算了，不跟你废话。服务员，我们不买了！小林急忙说，买买买，咱买，咱买还不行吗？女友这才赏给她一个媚眼说，这还差不多。进入烟酒糖果超市，我老婆问小林女友，你父亲抽烟喝酒吗？小林女友淡淡地点点头。我偷觑了一眼小林，小林已经面无人色。我赶紧说，林子的殷勤也不能一次献完了，时间常在，何必忙坏。不早了，咱们走吧。小林长长舒了一口气，暗暗冲我作揖。

给我们开门的是林子未来的老泰山。林子老泰山的那张脸令我叹为观止，在他这张脸上，我深刻理解了林子女友为什么会如花似玉，强烈地认识到遗传的伟大。我以一个男人的忌妒心理（忌妒不是女人的专利），想从林子未来老泰山那张精致的脸上找出一丝瑕疵，可是我不得不承认，我失败了。林子女友介绍说，我爸。我爸的美丽令我无比骄傲和自豪（这是我平生第一次听见女儿夸自己的父亲长得好，第一次听见夸男性公民使用"美丽"这个词汇）。小林未来老泰山摸了一把自己的脸说，嗨，俺闺女夸得俺都不好意思了。不过，俺这仪表，的确是中老年妇女追求的对象，俺一般不敢出门，否则，会造成交通拥堵。再说，俺老伴儿也不放心俺一个人出门，害怕遭到中老年妇女的围追堵截。呵，这老头儿，还真是挺有意思的。

小林未来岳母长相也还是不错的，可以用雍容华贵来形容，这是在她独自一人或者与其他女人在一起的时候，当她与小林未来老泰山在一起的时候，就显得平庸了不少。看得出，小林女友家是女人当家，小林未来老岳母毫不掩饰地、肆无忌惮地在小林的脸上进行扫描。据说，老岳母看女婿，越看越心疼。可是，我从小林未来岳母脸上看到的分明是失望。我分析可能是小林脸上波涛汹涌的红痘痘吓着了他未来老岳母，急忙对老婆使了个眼色。俺老婆何等的聪明伶俐，急忙把小林未来岳母拉到卧室，做小林未来岳母的思想政治工作。

小林这家伙还蛮乖巧的，拉上女友钻进厨房，说要为我们奉献他的一手绝活。我呢，陪着小林未来老泰山说话。小林未来老泰山没有泰山那么稳重，挺随和的。尽管我知道他在家里没有决策权，但是话语权还是有一些的。围点打援也是我们事先商量好的对策之一。我是作为小林领导的角色粉墨登场的，自然就负有全面介绍小林的义务。在我三寸不烂之舌的蛊惑之下，小林未来的老泰山终于坚信，他的宝贝女儿与小林就是天造的一对，地设的一双。为了表达他对小林的满意，他说了一句很久以前一部电影里的精彩台词，漂亮的脸蛋儿能长大米吗？

老婆也与小林未来的岳母从卧室出来了，小林未来岳母脸上已经满天的乌云风吹散，眼角眉梢都是喜。我终于松了一口气，大事已定矣。

我实在没想到小林的厨艺会有这么大的提高，用一日千里来形容一点儿也不为过，他为我们奉献了一桌堪称经典的美食。就为这桌美食，我今天跑这一趟就不亏。我老婆尽管努力作出淑女状，筷子还是如疾风暴雨般落在盘子里。看起来，她这个月的减肥成果又付诸东流了。

送我们出门，小林未来岳母喜笑颜开地对小林说，晓宇（好亲切哟），来就来了，还买什么礼物。我都人老珠黄了，还花那冤枉钱做啥！小林媚笑着说，您一点儿也不老。您的气质最适合用这个品牌的化妆品。小林未来老泰山喝了两杯，脸色白里透粉，愈加楚楚动人。他亲切地对小林说，以后小琪（小林女友的名字）如果欺负你，你尽管告诉我！

为了表达对我的感谢，小林未来老泰山送我一个他亲手做的泥塑弥勒佛，神态毕肖，栩栩如生。看来，小林未来老泰山不是绣花枕头，还蛮心灵手巧的。

回到家，我问老婆怎么说动小林未来老岳母的，看起来，那可不是等闲角色。老婆说，你不想想你老婆俺是谁呀，大学期间有名的铁嘴。就凭俺这口吐莲花的本事，哪有攻不破的堡垒！我说，老婆，你不做政工干部真是屈才了。我要为你五体投地了。老婆淡淡地说，投吧。其实，说穿了，也很简单，两句话：一句是投其所好，专挠她的痒处；一句是顺着她说，慢慢引君入瓮。看我还在云里雾中，老婆亲切地拍拍我的肩膀说，老公啊，世界上有些事儿，说是说不明白的，需要去悟。悟，懂了吧！

提高效率的会议

李局长在多次场合表达过对局机关作风和工作效率不满的

话。他曾经痛心疾首地说，就我们这种工作效率，如何拉动全市经济的腾飞，看来，不整顿是不成了！因为局长比较忙，总也顾不上，整顿机关作风的事儿就拖了下来。这天上午下班前，办公室通知，下午召开机关会议，任何人不得请假，手机关闭，或者调至震动状态。小林说，老说整顿，老不整顿，弄得人心里七上八下的，这下终于开始了。科长说，让开会就老老实实地开会，哪儿来的那么多风凉话！

下午一上班，机关会议室坐满了人，大家都不敢迟到。局长最痛恨不遵守时间的人，无论是谁，迟到了局长都会毫不留情地批评。

小水嘀咕说，让我们不能迟到，都过了二十多分钟了，局领导一个还没到呢。我说，领导同志日理万机，不晚一会儿怎么能显示其重要性。等着吧。小林说，我估摸着，今天的这个会恐怕还是个无疾而终的会。白洁问，为什么？小林说，你哪有那么多为什么？科长轻轻咳嗽了一声，我们便住了口。可是，会场依然嘈杂，大家伙好不容易有个扎堆的机会，自然不愿放过。

办公室主任出现了，吹吹麦克风说，李局长中午陪同省局领导，工作还没有谈完，委托我跟大家说一声，晚来一会儿。

大家似乎对局长早来一会儿晚来一会儿并不是太在意，在一起天南地北侃大山，手机铃声此起彼伏地响起来。

又过了大约四十分钟，李局长到了，后面跟着几位副局长，按顺序在主席台就座。李局长显见中午喝酒了，脸色通红。他冲大家作了一个揖说，对不起，对不起，耽搁大家时间了。现在我们就开会。小林小声说，大家的时间不怕耽搁。科长恶狠狠横了他一眼。

局长对着办公室主任说，人都到齐了吧？办公室主任回答，到齐了。局长又问，会场纪律都重申了吧？主任说，重申了重申了。小水低声说，早就十令八申了！局长说，那好，我们现在正式开会。有人小声嘟囔说，开吧开吧，烦死人！

局长说，我们今天会议的议题只有一项，就是如何提高机关工作效率问题。这是一个老问题了，为什么总是……局长手机突然尖锐地叫起来。局长掏出手机看了一眼，对旁边的副局长说，你先主持一下，我接个重要电话。

局长出去了，副局长说，咱们等一下局长。副局长吹了一下漂浮的茶叶，气定神闲地喝茶。于是，会场又开始说话，手机声又在此起彼伏。有的女士嗑起了瓜子，一时间满城风雨。

四十多分钟过去，局长回来，进门又忙着道歉，说对不起对不起，市长的电话，很重要的。也是说如何提高政府工作效率的问题，我顺便把我们今天会议的内容给他做了汇报，他表示很支持，说我们的工作做在了前面。耽误大家的宝贵时间了，咱们现在接着开会。小水小声嘀咕说，大家的时间不宝贵，你的时间才宝贵。我悄声说，小水，注意会议纪律。小林说，我看呐，保准还有事儿，今天的会议开不成。科长小声训斥道，住嘴，听局长说！

局长说，咱们聚精会神开好会。这样，我把手机也关了，就是玉皇大帝来了也不见了。小水说，玉皇大帝来了不见，领导来了就得见。

小水乌鸦嘴。办公室主任进来，对着局长耳语两句。局长站起身，对副局长说，你先主持一下，我去去就来。

副局长还是说，大家哪里也不要去，等局长回来继续开会。

大家三五成群开起小会，讨论得很热闹。大家互相交流社会新闻和一些神奇鬼怪的事儿。将近一个小时过去，局长回来。他皱着眉头说，没办法，省厅的领导指名要我汇报工作，我告诉他我们正在开提高机关效率的会议，省厅领导说很有借鉴作用。我抓紧时间做了汇报，才"脱身"出来。

看起来，局长说了很多话，口渴了，端起面前的太空杯喝了一口茶，茶水已经凉了。他微微皱了一下眉头，这个细节立刻被办公室主任捕捉到了，急忙招呼人换了一杯茶。局长缓缓喝了一口，点起一支烟说，我们现在继续开会，今天的会议议题是如何整顿机关的工作作风，提高机关的工作效率……

会议室的那台座地钟忽然响起来，一声、两声、三声……声声震耳，一共响了六声。局长抬腕看了一眼表说，噢，到点了。不耽误大家下班的时间了。不过，这个会议还是要开的，时间另行通知。

螃蟹满地爬

要过年了，局机关分年货。总务科长通知大家，今年过年大家什么年货也不用买了，准备一包咸盐就可以了。

分的物品果然很丰富，米面油禽蛋鱼虾，花生奶糖葵花籽卫生纸，应有尽有，总务科为大家考虑得很周到。尤其令大家兴奋的是，今年每人还能分得十斤螃蟹。据说是阳澄湖大闸蟹，还刻了字的，我却对此表示怀疑。不管是什么地方的吧，有螃蟹过年，我们都很兴奋。要知道，我们这是内陆城市，除了在高档饭店，螃蟹可是稀罕物儿。

我拉着小林、小水，从总务科拖回年货，办公室里立刻丰富起来。其他东西有包装，按件数分就可以了，唯有螃蟹是散装的，在编织袋里蠢蠢欲动。我感到挺为难的，按照数量分吧，有大有小；按个头搭配分吧，一是搭配起来很困难，二是有公有母，怎么分得均？我说，科长，怎么分，还是由你来定夺吧。

科长正在埋头修改我写的一篇材料，听我说请他定夺，急忙摆摆手说，你们看着分，你们看着分，分剩下的最后一份儿归我。

听科长这么说，我们四人都表现出了令人感激涕零的高风亮节，纷纷表示出先天下之忧而忧，后天下之乐而乐的高尚情操。

我马马虎虎地将螃蟹分成五堆儿，对小林说，林子，你先挑。你现在正是给未来丈母娘献殷勤的关键时刻，我们大家都理解你。小林摆摆手说，不不不，还是小水先来，她的女友最爱吃螃蟹了，小水的女友更需要我们的关怀。小水说，你的好意我心领了，还是白洁先来吧，科里就她一个女士，我们理应表现出怜香惜玉的绅士风度。白洁说，不用你们表现，有我的那位表现就可以了，表现多了我可承受不起啊。我看，还是请张哥来，他平日总是吃苦在前享受在后，过年了，就让他优先一次吧。我说，不行，我还想进步呢，你们连这个机会都不肯给我啊？还是请科长先挑吧。科长说，你们麻烦不麻烦，分个螃蟹，还让来让去的。干脆，抓阄吧，抓住哪堆儿算哪堆儿。

我说，科长，这恐怕不妥吧，我们本来是一个战斗的团队，团结的团队，发扬共产主义风格的团队，这一抓阄，味儿就全变了，好像我们为自己争得下不了台才出此下策的。

科长说，既然大家都这么讲风格，抓抓阄又有什么呢？影响不了我们安定团结的大好局面。小林说，要不，还是科长定，科长说谁哪一堆谁就哪一堆。科长说，哎，谁也不差那一两半两的，还是抓阄吧，看看每个人的手气如何。科长既然这么坚持，大家也就没有什么话好说。我制作了五个纸条，分五份儿，与五堆螃蟹相对应。螃蟹的腿上虽然绑着粗粗的草绳，还是在不停地挣扎，满地爬起来，堆和堆的界限越来越模糊。我急忙拎过几只过境的螃蟹让其归队，说赶紧抓阄吧，否则螃蟹该提出抗议了。

小林说，我最近炒股票，手气特别不好。还是我先抓吧，换换手气。白洁说，你抓了那么漂亮的女朋友，还说手气不好，不能桃花运财运全让你一个人占了。小林说，要不，你先来。白洁说，算了，谁先来都一样。在五堆螃蟹里面，有一堆很差，个头小不说，还有几只不能动的，好像已经死了。除了科长之外，其他人都表现出了紧张情绪，看得出，谁都不愿意抓到有死螃蟹的那堆。我在心里祈祷，千万不要让我抓着。小林手气还真是不好，恰恰抓到了那堆。看到小林抓到，我暗暗松了一口气。小林笑道，命苦不能怨政府，臭手，没办法。不过也好，成全了我发扬风格的美好愿望。可是，我从他的脸上分明看到，他非常失望，甚至是苦涩。大家依次抓完，剩下最后一个阄，科长还没有抓。剩下的那一堆，却是五份中间最好的那一份，母蟹居多，个大肉厚。小水说，科长，你看你，有福之人不用忙，无福之人跑断肠。我给您收起来了。科长接过螃蟹对小林说，林子，你去未来的岳母家是吧？咱俩换换，反正我老伴儿对螃蟹也不感兴趣，嫌吃起来麻烦，还是成全你吧。小林说，这怎么好意思？科长说，算了吧，你就别在我跟前装了。小林立即喜笑颜开地与科长换了。

大家高兴地走了，我留下打扫卫生。发现有一只螃蟹在沙发底下，便用扫帚把扒拉出来，同时扒拉出来的还有最后那张纸条，科长没有打开来看。原来，最后那堆最好的螃蟹，已经被小水抓去了，他主动捡了相对不好的一堆，把最好的一堆留给了科长。我把最后那只螃蟹装进袋子，决定马上去小水那里，把我的螃蟹送给他。

小水不止一次地说过，他的女友最喜欢吃螃蟹了，他的女友最会吃螃蟹了，他最喜欢看着女友吃螃蟹了。

一缕烛光

下班了，我们拥进了电梯。我们的办公室在十八层，小林曾经说，我们算是被打进十八层地狱了！小水却从纯商业的眼光作出注解，十八，要发，很吉利的数字。白洁从政治角度说，依你这么说，九一八可以理解为就要发，那却是中华民族的国耻。科长制止了这场无聊的争吵，说不就是个楼层数字吗，哪有那么多的说法！

前面这段话纯属废话，只说明了一件事儿，我们办公室在十八楼。电梯间站满了人，开始往下运行，楼层数字不断发生变化。下到八层的时候，电梯"咯噔"一下停止了，电梯间的灯也随之熄灭。短暂的沉默之后，人们开始惊恐不安，接着抱怨，接着咒骂。有人说总务科干啥吃的，三天两头停电，把这么多人困在电梯间，属于重大事故。这次一定要弹劾总务科长，摘了老小子的乌纱帽！有的女同胞甚至低声哭泣起来。我们科长说，大家不要慌，不要怕，也不要骂，这解决不了任何问题，这可能是跳闸突然断电，很快就会好的。我这里有一个买给小外孙的生日蜡烛，我们把它点燃。谁有打火机用一下。

小水掏出打火机，打着，火苗跳动着，点燃了科长手中的蜡烛。那是一个很漂亮的蜡烛，圣诞老人造型，红色衣裤、红色尖顶帽，镶嵌着洁白的边儿，洁白的长胡须和眉毛。火苗在尖顶帽上舞蹈，尖顶帽慢慢开始融化。

　　电梯间的人们都不再说话，哭泣的女同胞也收起了眼泪。大家围着这缕火光，它很像黑夜里的火把，能使人心里感到温馨。烛光跳跃着，闪在每个人的脸上，每个人都屏住呼吸，像守护着新生婴儿一样守护着这缕烛光。我看着烛光中一张张熟悉的陌生的和不太熟悉也不太陌生的脸庞，这些脸上都盛开着微笑，在烛光的映照下显得分外圣洁。白洁轻轻地说，真好，真浪漫。我们都知道白洁的话不合时宜，但是没有人反驳她，还向她投去赞许的微笑。这些人里面，有小肚鸡肠的人，有高深莫测的人，有心理阴暗的人，有抑郁寡欢的人，也有成天琢磨着怎么把别人踩在脚底自己往上爬的人，可是在这一瞬间，在这一缕烛光映照下，每个人那么的纯真，那么的阳光，那么的宽容。

　　小林真诚地说，科长，祝您的小外孙生日快乐。大家响应说，祝您的小外孙生日快乐。大家不约而同地唱了起来：祝你生日快乐，祝你生日快乐，祝你生日快乐……

　　这纯洁的光亮，这纯真的歌声，使我的心不再孤单，不再害怕由黑暗带来的恐惧。人的心灵一旦被点亮，就没有任何黑暗可以遮盖。

　　突然，电梯间的灯亮了，蜡烛微弱的光立刻显得微不足道了，歌声一下停止了，转换成人们惊喜的叫声。其实，我们以为停了一个世纪的电梯，不过仅仅停了十分钟，我的手表可以作证。

电梯继续往下运行，电梯门打开了，又关上了。出了电梯的人们汇入了浩浩荡荡的人流，很快便把刚才发生的一幕给忘记了。

我没有忘记，把它记了下来。

沉浮之间

霹雳一声震天响，我们局出了一件大事，我们年轻的、身强力壮的、精力充沛的局长大人那微微凸起的漂亮的肚子里，竟然长了一个肿瘤。

这个瘤子长得真不是时候，市委正在考察干部，我们局长本来有希望再上一个台阶的，据说我们局长已经上了副市长的候选人名单，局长成天春风拂面，步履轻快而富有弹性，这下正应了"否极泰来，乐极生悲"那句话。刚开始，他还没太当回事儿，正是上台阶的关键时刻，怎么让一个莫名其妙的肿块阻挡住匆匆前进的脚步呢？大夫做了切片检查之后，支开他对年轻的妻子说，恐怕是癌症呢，维持着吧，能维持多久就维持多久。看情况，可能超不过三个月。

这个消息风一样传遍了机关大楼，有人欢喜有人愁，局长的死党们神情黯然，思量着另寻高枝。有的人却喜上眉梢，主管我们科的副局长"红版图"精神抖擞，积极主动地安排局里的工作，表现出舍我其谁的英雄本色。当着众人面，脸色凄然，连声叹息，说局长正是年轻有为宏图大展之时，得此绝症，实在可惜。背过脸，却是欣然之色。小林愤愤然地说，瞧这副嘴脸，真恶心！小水也说，变色龙！科长训斥道，闭上你们的臭嘴！

局长刚开始住院的时候，探望的人很多，络绎不绝，局长的病房春色盎然，百花齐放。"红版图"经常往局长病房跑，给局长汇报工作，态度很谦恭的。局长语重心长地说，老阎啊，我们共事一场，也是缘分。看来，我暂时不能工作了，局里的工作，你就先抓起来吧。"红版图"握着局长的手，诚恳地说，李局长，您就放心吧，我一定按照您制定的方针办，把局里的工作抓实抓好抓到位。出了病房，"红版图"啐了一口唾沫，轻蔑地说，哼，还做美梦呢，什么"暂时"，死了你那条心吧。

渐渐，探望局长的人少了，从人如流水马如龙到门前冷落车马稀，再到门可罗雀。局长夫人不能适应这巨大反差，眼泪哗哗的，骂我们局净是些势利小人。局长经过这一病，倒想开了许多，叹口气说，算了，谁也别怨了，人情冷暖，世态炎凉，你能要求别人怎么样呢？再者说，咱们有病，还有国家管着呐，想想那些农民们，他们有个大病小灾，谁管，还不是等死吗。

在局长夫人的骂声中，科长率领我们科的全体同仁探望局长。白洁在瓶子里注满了清水，扔掉了枯萎的花枝，换上了新鲜的花朵，病房里立刻又生机勃勃了。局长夫人略显夸张地请我们坐，给我们削水果。局长要坐起来，科长按住他说，别起来，别起来，躺着吧。局长没听，还是坐起来，科长顺手把枕头塞进他的腰窝。局长深有感触地对我们科长说，老郑啊，这一病，使我想通了许多事儿。人哪，短短的几十年，宛如一枕黄粱，什么权呀，名呀，利呀，子女呀什么的，全是过眼云烟啊。想想过去，名利相争，一个个乌眼鸡似的，你叨我一口，我掐你一下，搞得鲜血淋漓的，还自以为乐趣无穷，现在回过头来一想，真没意思。科长说，局长，好好养病吧，你的病没那么严重。局长轻轻摇摇头说，病在我身上，是什么情况我知道。你们也甭劝我了，既来之则安

195

之，这些日子我已经想明白了。人哪，一旦把这个生命看透彻了，就真的没什么可怕的了。

告辞局长出来，我说，平日里看局长满脸秋风的，今天倒挺亲切的。小水说，我感觉他在参禅。白洁说，其实，我们局长本质是很好的，只不过人在江湖，身不由己。小林不屑地说，什么呀，纯粹是鸟之将死，其鸣也哀，人之将死，其言也善。科长瞪了小林一眼，会不会说话？闭上你的乌鸦嘴！

"红版图"除了积极主动安排局里的工作之外，往市委跑得更勤了。白洁困惑地说，阎局长怎么跟吃了兴奋剂似的，不知疲倦呢？小林说，这还不是和尚头上的虱子——明摆着嘛。白洁说，什么明摆着了？小水同情地说，白洁妹妹，你真纯洁。

日子一天天过去，就在我们渐渐习惯了没有局长的日子，习惯了有个大事小情都请示"红版图"（习惯这个东西真是了不得！）的时候，传来一个令人震惊的消息，我们局长要出院了，要上班了，还是我们的局长。

原来，局长肚子里的瘤子是良性的，局长并没有得什么癌症。局长的瘤子做切片检查，与一位癌症患者的标本弄颠倒了。局长的肿瘤割去后，大夫并没有发现癌细胞，又负责任地做了一次活体检测，才知道阴差阳错。主治医、科主任、副院长、院长等一干负责人，到局长病房负荆请罪。局长听说后，脸色先是灰黄，接着惨白，再接着涌起一片红潮，最后才恢复正常，把医院的领导们吓得不轻。他们清楚地知道，因为他们工作失误，使局长失去了一次升迁的绝好时机，这样的机会一辈子也碰不到几次，院领导真诚地表示愿意赔偿局长的精神损失费。局长长叹了一口气说，命里半升，就甭想争一斗，时耶，命耶。什么精神损失费哟，算了吧，虚惊一场哦！我还可以工作吧？院长说，可以，当然可以！于是，医院免费给局长开了一大包补药，局长就出院重新履行局长职责了。

我们局又恢复了往日的节奏。"红版图"又开始屁颠屁颠出入局长办公室，局长脸上一如既往地挂着和蔼的微笑，只不过，这微笑后面是神圣不可侵犯的威严。小林叹息说，还是得了绝症的那个局长更像个人！

我们都没有说话。

误 会

局长司机大老崔是个大胖子，腆着啤酒肚，爱开玩笑，我们都称他司长，厅局级干部。每逢此时，大老崔就将手指竖在唇间，一本正经地说，嘘，千万不要让局长听见，否则以为俺想篡权呢。小林说，你比局长还高一个级别呢，你为他把握方向路线呢。大老崔说，林子呐，你就好好糟践我大老崔吧。

大老崔擦着车，与小林开着玩笑，突然有人冲着大老崔喊，领导！大老崔转过身，是一位老大爷，满脸沟壑纵横交错，像龟裂的黄土地。大老崔问，老大爷，您找谁啊？老大爷说，就找你啊。大老崔说，找我，我不认识您呀。老大爷说，你是领导，我不找你我找谁！大老崔指着自己的鼻尖说，我，领导？老大爷，您弄错了。老大爷坚定地说，没错，你就是领导。大老崔张开两手说，大爷，我真不是什么领导，我就是一车夫罢了。老大爷说，你就甭哄我了，刚才这位同志还叫您司长呢。

大老崔哭笑不得，求助地指着小林说，您老不信，问问他，他

197

是正经八百的国家公务员。小林严肃地说，老大爷，您说得不错，他的确是司长，正厅级干部呢。大老崔气哼哼地瞪了小林一眼说，好你个林子，你就给我上眼药吧。老大爷说，领导，你就别再推三阻四了，你就听我说两句，就说两句行不行？说完我立马就走。

大老崔无可奈何地说，那好吧，闲着也是闲着，就听您老叨叨两句。老大爷说，俺儿子在小煤矿挖煤，出现透水事故，十五个年轻后生全都没有上来。十五个年轻后生啊，领导！俺找煤老板，这个丧尽天良的黑心贼跑了。俺找煤管局，那里的领导说，那是私人小煤矿，啥证也没有，属于啥非法开采，不归他们管。俺跑了很多地方，大大小小领导见了不知多少，都把俺像皮球一样踢来踢去。俺那个媳妇刚生了孩子，今年的种子到现在还没有下地，俺这一家老小咋活呀！老大爷说着，抑制不住地哭了。小林收起笑脸，同情地说，老大爷，这事儿是不归他管，我给您说个办法，您回去找人写个状子，等市长的车出来，您老就跪在路中央拦车喊冤。

老大爷擦了一把眼泪说，俺知道你们这些当官儿的都官官相护。放着现成的菩萨不拜，你把俺往市长那儿支，俺知道市长坐的是那台乌龟壳！

大老崔突然严肃起来，挺直身子说，老大爷，您说的话我记住了。他沉吟了一下说，您最好还是写个材料来，我想办法给您转上去。小林用崇敬的眼光看着大老崔，大老崔没有一点儿开玩笑的意思。小林庄重地说，老大爷，您今天是遇着好人了。这样吧，好人做到底，送佛上西天，您跟我到办公室，您口述，我帮您写材料，写好了，帮您转上去！

老大爷泪如雨下，哽咽着说，俺那苦命的娃啊，俺今天可找

198

着真正的清官了，事情解决了，你在地底下也能安生了。

正说着，办公室秘书出来喊，大老崔，局长要去省城，准备好了没有？大老崔连忙答应，好了，好了！转回头很首长地对老大爷说，老大爷，您先跟这位林同志上去，我一定负责任地把您的事情反映上去。

小林把老大爷领进办公室，讲了他的遭遇，大家都很气愤。科长指示我说，张章，你出手快，你写，写完我们大家帮助润色。在老大爷字字血、声声泪的控诉声中，我义愤填膺地敲打键盘，一会儿功夫，《十五名矿工惨死，黑心矿主逃遁》的申诉材料问世了。科长认真看过，改了几处。小水看罢击节赞叹道，好！白洁说，给我存个软盘，我有一个同学在省报社会新闻栏目，我给他发个电子邮件过去……

我的杰作经编辑修改后在省报很醒目的位置发表了，并加了编者按。省委书记看到这篇报道，拍案而起，愤怒地说，简直是草菅人命，草菅人命啊！

省委书记发怒了，各厅局委自然不敢怠慢。事故处理雷厉风行，逃跑的煤老板缉拿归案（其实也没跑多远，是和矿难家属们打游击战），死难矿工赔偿金很快到位。

一天清早，大老崔刚拐出机关大楼，忽然被一群人挡住。告状的那位老大爷跪在马路中间，双手高擎着一面"为民做主"的匾额。大老崔顾不得局长坐在车上，停下车，扶起老大爷。顷刻间，道路两边鞭炮齐鸣，大老崔禁不住泪落如雨……

发　小

　　办公室的门轻轻推开了，来人走到科长面前，低声叫道，郑良！科长抬起头，来人有些面熟，却想不起来在哪里见过。来人说，郑良，你真的不认识我了？我是冯鹤天哦。科长模糊的记忆渐渐清晰起来，兴奋地拉住来人的手说，你是鹤天，你真是鹤天！你是从哪里冒出来的？

　　冯鹤天与我们科长是发小，用科长的话说，是光着屁股玩泥巴长大的。后来，科长上了大学，冯鹤天进了一家国营工厂当了工人。说来令人难以置信，俩人同在一个城市，竟然近四十年没有见过面。"人生苦短，转眼百年啊"科长感叹道。

　　看得出，冯鹤天不善言辞，双手插在两腿之间，科长问一句，他答一句，很拘谨。从断断续续的一问一答中，我们了解到，冯鹤天的日子很不好过，他下岗了，在外面摆了个修自行车的摊子，老婆有病，孩子很争气，考上了重点大学。说完这些，冯鹤天便闷头抽烟，劣质烟的烟雾包裹着他，人显得很虚渺。据科长说，冯鹤天小时候很活泼的，上树掏鸟，下河抓鱼，捅马蜂窝，憋老头（蹲着茅坑不拉屎，憋得老头直求情）。我们无法把科长口中的冯鹤天与这个木讷的老汉联系起来，我忽然想起鲁迅《故乡》里的人物闰土，这不就是活生生的闰土吗？

　　下班后，科长招待他的发小吃饭，我们陪同。冯鹤天依然闷着头抽烟。酒菜上来，他吃得拘谨，喝得也拘谨，我们千方百计调动他的积极性，终告失败。饭罢，还剩了一些菜，他看着科长嗫嚅着说，我想打包回去，老伴儿很久没有尝到荤腥了。科长眼睛里有泪光闪烁，叫来服务员，又加了两个菜，与剩余的菜一起打包。

只要是冯鹤天造访，科长总会放下手中的工作陪他聊天。可是，他们中间毕竟相隔了近四十年，留下了一段长长的空白。

科长虽然也不是口若悬河的人，但是面对冯鹤天，却不断找出话题，漫无边际地与发小聊天。我们一般不打搅他们，只是不时地在他们的水杯里添些水。科长视若珍宝的名贵茶叶，在陪着发小聊天中逐渐减少，而他们的话题却随着袅袅的氤氲之气不绝如缕。科长很艰难地作出兴趣盎然的样子，把他们小时候一个个乏味的故事编织得生动有趣，令人神往。我们也适时地配合科长的故事，发出一阵阵会心的笑。

随着冯鹤天造访的次数增加，他们之间的气氛渐渐轻松起来。冯鹤天也能够主动找出一些话题，像春风吹拂后的小草，活泛起来，生动起来。科长也不再停下手头的工作陪他说话，支使我们倒茶给他，边工作，边与他叙旧，一副不把他当外人的样子。我们和他也比较熟了，不再配合他们的话题发笑了，那对我们来说是很痛苦的。

一天，已经过了下班的时间，办公室就我和科长俩人。我在赶写一份材料，科长给我查找有关资料。突然有人敲门，科长说，准是冯鹤天。

果然是他，手里提着一个纸袋，进门后，迅速关上门，看我也在办公室，难为情地笑了，顺手把纸袋放在沙发上。

中央空调吹出冷气，凉飕飕的，冯鹤天的脑门却点缀着亮晶晶的汗珠。他显得心不在焉，科长问他有什么事儿？他说，没有，没什么事儿。科长便不再问，埋头查资料。他坐了一会儿，感到无趣，起身告辞。

科长指着那个纸袋说，把你的东西拿走。他忽然脸红了，吭吭哧哧地说，就两瓶酒，我上大学的儿子给我买的，你……尝尝。科长说，我们之间还用得着这些吗，拎走。冯鹤天说，不是啥稀罕物儿，就两瓶酒。科长看了一眼纸袋中的酒说，我还不知道你吗？你儿子上大学，哪儿来的钱买这么好的酒。听我的话，拿去退了。冯鹤天脸红筋涨地说，你……你就收下吧。科长说，喝了这两瓶酒，会让我永远沉醉不醒！

一个硬要送，一个硬不收，俩人推推搡搡的。突然"砰"的一声脆响，纸袋掉在地上，酒瓶摔得粉碎，酒香四溢。冯鹤天恼怒地看了科长一眼，默默蹲下来把玻璃碴儿捡进纸袋里，摔门而去。

科长怔住了，过了好一会儿才喊，鹤天！却早已不见踪影。

自此之后，冯鹤天再也没来我们办公室。科长几次三番跟我们叨咕说，他怎么就不来了呢？看科长有了心事，我出主意说，那你去看看他呀。科长轻轻摇摇头说，这么大的城市，我到哪里去找他呢？

科长还是听从了我的建议，去找冯鹤天。城市人口虽然多，要用心打听一个人，还是能打听着的，所谓皇天不负有心人。科长终于打听到了冯鹤天的家，快到他家门口时，与他不期而遇。科长准备好了最灿烂的微笑，想和他打招呼，请他到办公室和家里坐坐。冯鹤天看见科长迎面走来，将脸扭向别处，绕开了。科长又去了两次，一次不在家，还有一次明明看见科长了，却如同路人，与科长擦肩而过，竟不理睬。

科长到了办公室还闷闷不乐，站在窗前看着天空悠悠飘过的白云发愣。白洁说，科长大叔，有啥烦心事儿？

科长似乎在问我们，又似乎自言自语地说，人家那么困难，找我，就是把我当成发小，当成故交，肯定有啥事儿求我。唉，我咋就不能主动关心他呢。他给我送酒，也许并没有什么个人目的，就是友情啊。我完全可以折算成钱给他的，怎么把事儿做得这么绝呢？我难道真是一个薄情寡义的人吗？

我说，科长，你绝不是薄情寡义的人，正因为你太善良，太重情义，才和这风气不相容，在别人的眼里成为另类。可是，我们都很佩服您，都很爱您！

我知道我话说得酸，可我是发自内心的尊重。我的同事们也这么认为。

局长谈心

局长在会上说，我们的干部，不能总浮在上面，要深入基层，善于与广大群众交朋友，知道我们的群众在想些什么，我们应该如何为他们创造更好的工作环境，提供更好的服务。

白洁说，我们局长很平易近人，关心群众疾苦。小林阴阳怪气地说，白洁妹妹，局长平易近人近得是年轻女同志，关心的是漂亮妹妹的疾苦。科长说，闭上你的臭嘴，有这么说领导的吗？我说，林子话说得太直白，意思大体是不错的。小水预言家似的说，等着吧，局长该名正言顺地找白洁谈心了。

小水是有名的乌鸦嘴，除了喜事，其他事儿一说一个准儿。小水话未说完，办公室主任踩着话音进来说，于得水，你这家伙，怎么知道李局要找白洁的？大家不由得相视而笑。

局长很客气地请白洁沙发入座，亲自削了一个苹果。局长看来在削水果训练班进行过专业培训，水果刀在他手里飞快旋转，又细又长的果皮覆盖在苹果上，递到白洁手中，苹果依然完整无缺，轻轻一抖，果皮自动脱落，好长一串并无断裂。白洁心中惊叹不已，局长削水果不仅仅是高超的技术，简直就是赏心悦目的艺术！她愈发地佩服局长了。

局长很和蔼地询问白洁的工作生活情况，主动检讨说一天到晚穷忙，对属下关心爱护太少，小白有什么困难的话，可以直接找他。白洁一头雾水，日理万机的李局让自己来，就是为了表达对自己的关心吗？

绕来绕去，局长终于绕到了正题，婉转地问，小白啊，我们这些做领导干部的，要能够经常反思自己。自己脸上的灰尘，往往自己是看不见的，需要群众给照照镜子。小白啊，对我有什么意见，尽管提。他指着自己的耳朵，我这只耳朵刚洗过，所谓洗耳恭听呢。白洁笑道，李局，您真幽默。我对您的意见除了没有意见之外，就什么都没有了。局长说，金无足赤，人无完人，怎么会没有呢？难道也没听其他人议论过什么吗？白洁摇摇头说，没有！局长耐心地说，再想想，不可能没有啊。谁人人前不说人，谁人人后人不说？白洁认真地想了一会儿说，局长，真的没有。局长忍不住了，启发说，比如阎副局长、你们科的郑科长，私下里就没有议论过我？白洁笑了，李局，我可没有做卧底的本事哟。局长语重心长地说，成绩不说跑不了，问题不说不得了。我就是想知道群众对我有什么看法、意见，使自己能够尽快改进。小白啊，你就不能帮帮我吗？白洁说，李局，你难为我呢，我怎么帮你呢？局长摆摆手说，你先去吧。

白洁把与局长谈话的内容竹筒倒豆子，给我们做了全面而细致的汇报，我们全体倒抽了一口冷气。幸亏白洁在逐步成长、逐步成熟（多么可怕的成熟），否则，局长很生气，后果很严重。小林说，白洁妹妹，你打算怎么办？白洁说，到此为止，还能怎么办！小林轻轻摇摇头说，局长肯定还会找你谈心，你要有应对之策。白洁说，不会吧？我说，什么不会。局长谈心，另有玄机。一定要认真对待，决不可掉以轻心。除了科长，我们四个脑袋凑在一起，进行了认真地可行性研究，如此如此，这般这般……

　　果然不出我们所料，两天后，局长又找白洁谈心。这次谈心进展得很顺利，一个小时之后，白洁回来了，喜滋滋地说，我完整地、准确地执行了大家呕心沥血制定出来的方案，李局很满意。

　　一周后，市委组织部考察班子，召开座谈会，请大家提意见，白洁作为群众代表邀请到会。会上，一片歌功颂德之声，人人都是焦裕禄，人人都是孔繁森，人人都是郑培民。组织部部长皱着眉头说，这些都不要说了！能不能来点儿实的！

　　白洁小心翼翼地说，我说两句行吗？组织部长说，请你们来，就是让你们说话的。如果还是赞扬之声，不说也罢。白洁说，我给李局提点儿意见！组织部长期待地看着她，会场一下鸦雀无声。白洁严肃地说，有一次，李局好像喝多了，在办公室电话训人，很激动，声音好大哟，还带脏字儿，吓死人了！真是有损领导干部形象。组织部长用询问的眼光看局长，局长脸红了，说确有其事。有人举报，我们的一个科长利用政府招标的机会私下收受投标单位的钱物，数量不大，性质恶劣。我们在这里治理商业贿赂，自查自纠呢，他还敢顶风作案，我实在控制不了自己的情绪了。他向白洁投去感激的一瞥，继续说，我感谢小白的提醒，作为局里的一把手，在办公场所破口大骂，成何体统？组织部长盯着他说，怎么处理的？局长说，送到纪检委了！组织部长轻轻地拍手，立刻，会场掌声一片……

会后，白洁对我说，张哥，你真是智多星，我实在太佩服你了，你是领导肚子里的蛔虫吗？我苦涩地摇摇头，什么话也说不出来。

衣　钵

办公室秘书科孙科长是个很严肃的老头儿，摇了一辈子笔杆子，头发都摇白了，送走了好几任办公室主任、局长，他却一直没有动窝。他跟我们科长关系很好，我们对他却不太感冒，因为他曾经说过，老郑太放纵他的属下了，简直就是溺爱。严是爱，松是害，这些臭小子们，早晚给他捅个大娄子出来。遗憾的是，孙科长的预言一直未能成真，而且我们科的工作在全局一直名列前茅。我们不得不承认，这里面有孙科长鞭策的功劳。

早晨刚一上班，就听到一个令人震惊的消息，孙科长突发心肌梗塞，死了。科长听到这个消息，眼圈红了，轻轻叹息一声说，人哪，人哪，唉，人这个东西哪。

过了一会儿，办公室主任到我们科，他看不出戚然之色，平静地对我们科长说，老郑啊，老孙去了，要筹备一个遗体告别仪式，抽调两个人帮忙，把张章借给我忙两天。

于是，科长就把我"人这个东西"借给了办公室，我的主要任务是帮助秘书科小王整文字材料。具体地说，小王写孙科的生平，由我来审定。

小王五年前大学毕业，招聘公务员时，携带着在各种媒体发表过的诗歌、小说、散文之类的文章应聘，尽管豆腐块居多，但积累起来数量不少。办公室主任爱才，招至麾下，分到孙科手下当差。

小王平日里与孙科接触最多，按照小林的"牲口在一起时间长了还难舍难分，何况我们这些感情丰富的人精呢"经典理论，他应该对孙科的死最悲恸才是。可是不然，他的表情似喜似哀，隐隐透出挣脱什么的轻松。

阅读了一天的孙科的档案，看得两眼发酸。下班后，小王约我出去吃饭。几杯酒下肚，小王主动说，张科，你是不是觉得我挺冷血的，朝夕相处的科长死了，我无动于衷，还有心情请你喝酒！跟你说实话，昨天晚上刚听到这个消息时，我的眼泪差点儿夺眶而出！接着，我就想放声大笑。跑上大街，对着人群大喊大叫，差点儿被当成神经病抓起来！警察强行制止之后，我才发现自己光着脊梁，手里拿着衣服在挥舞……

从小王的叙述中我才知道，这些年我们的局长、副局长等领导干部，大会小会所作的各类报告、讲话，甚至报刊发表的文章，几乎全部出自小王之手。但是给我们的印象是，这些都是孙科的呕心沥血之作。办公室主任把领导交办的任务交给孙科，免不了交代两句，领导很重视这篇材料，要亲自动手哦。孙科爽快地说，没问题。回到办公室，便把任务转交给小王。小王惟妙惟肖地模仿孙科的口吻，小王啊，这份材料很重要，要得很急，可能要牺牲你的休息时间了，没意见吧？写完先送给我看看。小王心里很有意见，脱口而出却是，没意见！久而久之，这样的对话成了一种固定程式，说者自然，听者也无心。小王的材料写好后，孙科每次都会做些修改，尽管有些修改毫无必要，甚至是画蛇添足之笔。小王的材料越写越好，受到领导的赏识，可是这些与小王毫无关系，孙科声名日盛，成为我们局无可争议的"第一笔杆子"。孙科欣然受之，毫无愧疚之色。讲到这里，小王说，张哥，这些年我辛辛苦苦为他人做嫁衣裳，得不到一丁点儿回报，你说，我窝囊不窝囊！

我理解小王的感受，以前总有块石头在他心头压着，总有条绳索在身上捆着。如今压在心上的石头掀掉了，束缚的绳索挣断了，他一定有中国人民在一九四九年的感觉。

第二天我很早就赶到办公室，因为小王说，孙科的生平他晚上就能写好，请我早一点儿审，别误了事儿。办公楼静悄悄的，只有小王的办公室还亮着灯。我推门而入，小王脑袋枕在沙发椅上，微眯着眼，嘴角叼一支烟，似乎睡着了，又似乎没有，满屋烟雾缭绕。我轻轻打开窗户，忽听他嘀咕了一句，我欲将心托明月，奈何明月照沟渠！

我说，大清早的，发什么感慨呢？小王猛地一哆嗦，说张科啊，你说奇怪不奇怪，老孙走了，没人支使我了，我一下还挺不习惯的……我问，孙科的生平写好了吗？小王指指面前的电脑，没有说话。电脑里是一张孙科的照片，慈祥地微笑着，下方一行黑体字：孙万里同志生平，再往下是一大篇打好的字。最后一句是：孙万里同志安息吧。虽是生平，完全是悼词格式。

我准备拷入软盘，秘书小范进来，很阳光的一张脸，跟我们打招呼，嗨，早晨好！我说，好！小范是半年前招聘到秘书科的硕士，应聘时携带着在各种媒体发表过的诗歌、小说、散文之类，还有两篇挺有分量的论文。学历高，著述颇丰，局招聘办如获至宝招进来，分到秘书科实习。

小王忽然两眼发光，坐直身子，对小范说，小范啊，主任交代了，秘书科的工作暂时由我负责。小范似乎并不在意谁负责秘书科的工作，懒洋洋地说，好哦，祝贺你喽。说完想离开，小王说，你等等，有工作交代给你。小范看着他，眨巴着眼睛。小王亲切的声音里透出威严，说小范啊，明天举行孙科遗体告别仪式，要份生平。这份材料很重要，要得很急，可能要牺牲你的休息时间了，没意见吧？写完送给孙科……啊，不不，先送给我看看。

小王的这番话着实吓我一跳，这口气、这腔调，分明就是孙科生前的声音啊。我不由自主地看了一眼小王电脑里孙科的照片，似乎声音就是从那里发出的。小王果断地、不动声色地关闭了电脑。

科长的绯闻

早晨一上班，小林就神情诡秘地把我拉在一边耳语道，张科，报告你个特大新闻，你听了以后千万不要蹦起来。

我说，搞什么鬼呐，好事不避人，有话就说，有屁快放！

小林急忙捂住我的嘴说，小点声儿。你知道吗，我们科长终于失足了，发展了一个相好的。

我哈哈大笑，声震屋瓦，说，你胡咧咧什么呢，没吃错药吧？

小林脸色骤变，拽住我的衣袖，生拉硬扯地将我拖出办公室，喘了一口粗气说，你还别不信，现在这个世界，什么事都可能发生！接着，他有鼻子有眼地给我描述了科长的绯闻。

科长隔壁有个小寡妇，名叫水仙。名字叫得好，人也长得俊，在锅炉厂工作。锅炉厂破产了，水仙失业在家。水仙的孩子还小，生活没有着落，求科长帮忙。科长很热心，帮她介绍了一份工作，还张罗孩子上学、落实低保等杂事儿。一来二去，俩人便黏糊上了。这件事儿居委会已经传疯了，说科长帮助小寡妇，纯属黄鼠狼给鸡拜年——没安好心！唯独瞒着科长的老伴儿。

我思忖了一会儿说，要说呢，这事儿也是无风不起浪。咱俩知道就行了，要核实清楚，然后对症下药。如果确有其事，一定要将科长从水深火热中拯救出来！

小林很悲壮地点点头说，张科，你说咋办就咋办，反正不能让科长的一世清名毁于一旦！

上午十点，科长对我说，有啥事儿你先招呼一下，我出去一会儿。我努力装出什么也不知道的样子说，科长，有事您尽管去办！

科长前脚刚走，我就对小林使了个眼色，悄悄跟踪在科长后面。

刚下过雨，天气很凉爽。科长走得很快，健步如飞。到了一家店面门口，科长鬼鬼祟祟往后看了一眼（我们的感觉），这一眼把我们吓得不轻，急忙躲在广告牌后面。科长进了店，出来时手里多了一大捧鲜艳夺目的红玫瑰。天啊，我有限的知识告诉我，只有情人之间才送红玫瑰的！我瞬间感到天旋地转，科长果然晚节不保！小林脸上写着怎么样，奇迹发生了吧？我恶狠狠地瞪了小林一眼，用专业特工的口吻说，继续跟踪。小林自作聪明地说，对，不弄个水落石出决不收兵！

一大捧红玫瑰在科长胸前摇曳，分外扎眼，衬托得科长神采飞扬，路人无不侧目。听见有两人议论："这老家伙，人老心不老呢，竟然捧着这玩意儿招摇过市！"另一个说："是啊！现在这个世道，老牛啃嫩草的事多了，见怪不怪啦。我估摸着，这老家伙肯定是个当官儿的，会二奶去呢！"气得我牙根发痒，嘎吱嘎吱直响。小林说，张科，大白天的，你磨什么牙呢。我凶神恶煞地说，想咬人呢。

科长径直走向最容易发生浪漫的场所——街心公园。一个女人撑把粉色遮阳伞，笑吟吟地迎上来，接过科长手中的玫瑰花，亲昵地擦去科长额头的汗珠。

我和小林躲在只有一米多远的大柳树下，眼前发生的一幕看得真真切切。那个叫水仙的女人长得还真不错，俏丽的鼻子，薄嘴唇，丹凤眼，皮肤白皙。看得出，为了与科长约会，经过了精心的化妆。女为悦己者容，我的心里猛然升腾起无限感慨，我们科长大半辈子都在淋漓尽致地演绎着毫不利己、专门利人的精神，从不涉足风月场所，从没有过什么风花雪月。才华横溢的科长，过着苦行僧般的生活。临近退休了，遇到了红颜知己，就算是放纵一回，就算是放浪形骸一次，又有什么可以指责的呢？瞬间，我心底深处对科长的鄙视冰消雪化，代之的是理解。科长老了，他高兴怎么样就让他怎么样吧，我们有什么权利，有什么资格横加干涉呢？

我轻轻拽了拽小林的袖子说，走，我们回去。小林眼睛睁得溜圆，回去，不跟了？我说，要跟你跟，反正我是不跟了。

小林这家伙狗肚子盛不了二两香油，回到办公室，迫不及待地发布了这条爆炸性新闻。小水和白洁显然给惊着了，用探询的眼光向我求证，我阴郁地点点头说，到此为止，谁也不要满世界嚷嚷去！

没想到，他们对科长的艳遇表示出了异乎寻常的理解和宽容。小水说，我们科长还是很有魅力的，说真的，我挺佩服科长的勇敢。白洁说，是啊，那个叫水仙的女人，很有眼光的哟。什么时候带我认识一下，我要当面向她表示我对她的敬意。

正说着，科长一脚迈了进来。真是一鸟入林，百鸟噤声，大家立即埋头做自己的事，只当科长虚无。科长走热了，拿起他的紫砂壶沏茶。对小林说，林子，我这儿有新茶，来一杯？小林皮笑肉不笑地说，不用，我刚沏的。科长对小水说，小水，你不来一杯？小水客气地说，谢谢，不用了不用了。科长说，今儿真是奇怪了，怎么一个个都变成谦谦君子了？我别有用心地说，科长啊，要注意群众的态度呢。科长横了我一眼说，神经！小林不择手段地拍马屁说，科长，玫瑰花好鲜艳啊。宝剑送英雄，玫瑰赠美人，也是一段佳话呢。傻子也听出这话的意思了，何况睿智的科长呢。科长的脸立刻拉下来说，你们，你们跟踪我？我期期艾艾地说，科长，我们是真心关心您，爱护您。科长说，你们不觉得这么做很无聊，很……很卑鄙吗？小水说，科长，其实，我们都很理解你。白洁说，科长，你不要怪张哥，我们都是支持你的。

科长叹口气说，唉，你们呀，瞎琢磨什么呢。水仙还年轻，家境困难，孩子还小，总这样下去也不是个办法。我帮她介绍了发改委的老赵，老赵的老婆没了，人也忠厚，他俩挺般配的，约好今天见面。水仙手捧红玫瑰，老赵手捧粉玫瑰，一来制造点儿情调，二来也不会认错人了。

……

我忽然想起"以小人之心，度君子之腹"那句话。我真诚地向科长检讨说，科长，我错了。但是，我们多么期望能错出一段美丽来啊。

白洁从抽屉里取出一块巧克力，递到科长嘴边说，科长，酒心巧克力，很好吃的。其实，我们真的不愿意让别人议论您。

科长轻轻推开白洁递过来的巧克力，坦荡地说，别人怎么说，怎么议论都可以不去管它，只要问心无愧！

主角与配角

我是我们局公认的"黑笔杆子"（尽管笔杆子早已被键盘所替代），有个重大活动什么的，局长都会点名带上我，我因此学会了摄影、摄像，局里那台数码照相机和摄像机基本上归我使用，我也假公济私，得了不少实惠。我与市报社、电视台的那帮哥们混得挺熟，拍的东西编发率很高，局长多次对我进行口头表扬，以资鼓励，就是提拔遥遥无期。

过年了，局长带队，慰问离退休老干部，我牺牲了休息时间，鞍前马后猛拍一气，挑了几张自己满意的发邮件给报社，市报在显著位置刊登了。上班的第一天，办公室主任把我请进他的办公室，客气地说，张章啊，你拍的那组照片有毛病呢。我说，毛病在何处？办公室主任说，难道你没发现，你把正面都给了接受慰问的老同志了，给局长的是侧面，这是典型的主次不分啊。我张口结舌，办公室主任说，别这那的，要有点儿政治头脑哦。

我心里窝火，这和政治挨得上吗？回到办公室，小林看我灰溜溜的样子，火上浇油地说，你掌握的不是照相机，是领导的形象呢。

局长陪市长下基层搞调研，我扛着摄像机左冲右突，一门心思注意局长的"正面形象"。拍完后素材带送给电视台，等着电视台播发。没等来播发，等来的是电视台新闻部主任的电话，新闻部主任头一句话就是，看你挺机灵的一个人，拍的什么破玩意儿！

我说，怎么啦？新闻部主任毫不客气地说，就知道给你们局长溜须拍马，市长是主角，你不拍市长，总把镜头对着局长扫什么？主次不分，幸亏我审查把关，要不然，你老兄这个娄子捅大了！

局长等着我的杰作呢，等了几天也没等着，再见到我脸色就阴沉下来。对办公室主任说，局里的宣传器材，怎么能让个人想怎么用就怎么用呢？

小林知道我又挨了呲，幸灾乐祸地说，没有金刚钻，就甭揽瓷器活，咋样，拍马屁拍到马蹄子上了吧。

我心里那个郁闷啊。

哪里跌倒还要在哪里爬起来，我就不信我做不好这个业余通讯员。不久，机会来了，局长陪市委书记下乡考察社会主义新农村建设情况，我吸取了上次的教训，把镜头对准市委书记、市长，也没有忘记给局长几个"正面形象"。拍出来后，素材带送给电视台，编发了。看着我拍出来的东西出现在电视屏幕上，特别是最后一句"本台通讯员张章报道"，我心里甭提有多美了。

这一次，局长亲自找我谈话了，很严肃地说，张章啊，你是怎么搞的嘛。我说，怎么了？局长说，你说怎么了？你怎么能让组织部长一闪而过呢？组织部长是市委常委，你这么拍，不是给我上眼药吗？好像我这个局长不把组织部长放在眼里似的。我说，局长，这次活动，我们局是牵头单位，我们局的领导自然应该多出些镜头。局长气呼呼地说，什么该不该的，你怎么主次不分呢？有点儿政治头脑好不好！

从局长办公室出来，我气得破口大骂，真他妈的难伺候！小林阴阳怪气地说，你愿意，你怨谁！小水说，张哥，我告诉你个诀窍，先拍领导，再拍相好，镜头一扫，新闻报道。科长说，你别听他们胡说。镜头这玩意儿你摆弄不了，就不要摆弄了，还是多写点儿实际东西吧。

我认真地把照相机、摄像机擦拭了一遍，交给了办公室主任。看着办公室主任把这些东西收进文件柜，我忍不住鼻子发酸。

深入基层

我们局长热衷于下基层，经常说我们做领导的，要知道梨子的滋味，就要亲口尝一尝，只有深入基层，做到心中有数，才能有效地指导工作。

在局长的带领下，我们一行人浩浩荡荡开进一家国企。这是一家中型企业，效益不是太好，总处于亏损边缘，领导们很少光顾。总经理接到电话通知，受宠若惊，立即安排接待工作，下令打扫卫生，悬挂欢迎标语，派出专车路口迎接，他率领班子成员在大门口恭迎接驾。

上午十时许，一排小轿车鱼贯而至，公司门口鞭炮齐鸣，浓烈的硝烟中，总经理亲自为局长打开车门，紧紧握手。局长矜持地笑笑，与单位的头头脑脑们共同步入会议室。会议桌上鲜花盛开，果品琳琅满目，高档香烟摆放在会议桌上。大家按照桌签入座。总经理照本宣科地汇报工作，从基本情况说起。局长摆摆手说，那些虚套话就不要说了，直奔主题吧。总经理放下讲话稿，讲公司的困境，无非就是资金困难，技术落后，竞争乏力等等。局长说，有什么措施没有。总经理说，有。有人看上了我们公司的技术服务和地理位置，想合作开发新产品。局长说，我手里没钱，但是我可以给你政策。你报个材料上来吧，我尽快给你批！

总经理一个劲地点头，好好好，我们马上就报，马上就报！

正事谈完，局长把总经理叫到小会议室，说还有件小事需要沟通。局长也没有废话，单刀直入地说，他小舅子与公司做生意，公司拖欠了小舅子一百二十万元货款，看能不能给解决了，当然，是在力所能及的情况下。总经理知道，这才是局长今天来的主要目的，诚惶诚恐地说，没问题没问题，这么点儿小事，还劳您局长大驾亲自跑一趟，让你那兄弟带句话就得。这是我们工作的失职啊！总经理立马把财务负责人找来，吩咐开出一百二十万元的现金支票，递给局长。局长没有接支票，笑着说，我就顺便一说，还要看你们公司的具体情况，不着急的。再说，你又不欠我的钱，给我干吗？欠谁的给谁。总经理说，这点儿钱还是有的，我马上派人把支票送去。局长轻轻点点头，不置可否。

中午，公司设宴招待，公司领导班子倾巢出动陪同。局长兴致很高，对公司新开发的项目给予了充分肯定。总经理春风满面，与局长交谈甚欢。局长似乎偶然说起，项目负责人很重要，要有上蹿下跳上天入地的本事，总经理是怎么考虑的。总经理说，早就定了，就是局长您说的那种人，是管理项目的不二人选。至于是谁嘛，总经理卖了个关子，暂时保密。

很快，这个公司的合作项目获得批准。项目负责人就是局长的小舅子，他是公司高薪聘请的专业人员，至于什么专业，没有人能说得清楚。

理 解

朋友介绍他的一个朋友跟我认识。新朋友是山区一个乡的乡长，脸上起了一层皱皮，像常年干旱龟裂的黄土地。朋友介绍我说，我的哥们，骚客，有事儿尽管找他！说完挥挥手拜拜了。乡长舔了舔干裂的嘴唇说，俺知道你哩，大作家呢。我笑笑说，在家坐着的"坐家"。他说，其实，俺过去也喜欢文学，写过几篇散文诗歌啥的，俺叫你老师你不介意吧。我说，介意呢，你就叫我的名字就成了。我知道，他这样曲里拐弯地和我套近乎，肯定有什么事儿请我帮忙。

他是想争取扶贫项目资金，办一个土豆加工公司。我大致浏览了一下他带来的可行性报告，虽不规范，倒还实在，没有狮子大开口。况且，建设社会主义新农村，帮助农民脱贫致富，也是政府义不容辞的责任。我答应带他找主管副局长"红版图"，心想应该没有什么太大的问题。

"红版图"不在办公室，说中午来了一干人，拉到金水湖度假村去了。赶到金水湖度假村，湖边盛开着蘑菇一样的五颜六色的遮阳伞，我们在每个伞下仔细搜索，终于发现了"红版图"，他身着泳装，身边趴着一位穿着三点式泳装的美眉。"红版图"正在认真地、仔细地、小心翼翼地为美眉涂抹防晒霜。背面涂完了，美眉调转身仰面朝天，"红版图"继续涂抹。应当承认，美眉线条相当优美，凹凸有致，的确有勾人魂魄的力量，"红版图"涂抹得小心翼翼。这虽然是一幅难描的画，难吟的诗，但是在这样一个布满阴霾的天气涂抹防晒霜，的确有些夸张了。考虑到要事在身，我不得不破坏这幅美丽的画，这首动人的诗，上前招呼道，阎局长！

"红版图"抬头看见我，笑了，笑得坦然自若，从容镇定，和蔼可亲。他说，"麻秆张"，你也来度假？我笑着说，哪里呀，我可没这福分。我是有事儿找您的。

我把乡长介绍给了"红版图"，简单扼要地介绍了项目的可行性。他们那个乡没有别的资源，就是盛产土豆，品质非常好，但是交通不是太方便，歉收年农民就要饿肚子，丰收年吃不完，就坏掉了，办个土豆加工公司对他们来说是脱贫的最好出路……

没等我说完，"红版图"就挥手制止了我，说，这儿不是说正事的地方，你把可研报告给我留下，我认真看完再说。扶贫资金就那么一点儿，僧多粥少，我这个方丈也为难呢。

我说，阎局长，他们的可研报告我看了，的确符合申请扶贫项目资金的条件，再说……

"红版图"又一次挥手制止了我，微笑着说，你啥也别说了。其实，从刚才你们一出现，我就知道为何而来。建设社会主义新农村，帮助农民脱贫致富，是我们这些头顶乌纱帽的人的责任，我们要对得起这份沉甸甸的责任啊。谁敢亵渎这份责任，我阎志贵首先就不答应。可是，必要的程序还要走啊，该办的，我一定不遗余力！不知道我这么说，你们满意不满意？

乡长已经感动得眼泪夺眶而出了，他使劲地给"红版图"鞠躬，不停地说，阎局长，吃水不忘挖井人，您的大恩大德我们乡的老少爷们祖祖辈辈都不会忘。您放心，我们会把项目建设好，把每一分钱都用在正道上，决不给您老人家抹黑！

美眉已经扑到湖水里了，娇嗔地喊，阎大哥，你快下来嘛（论年龄都能做她爹了，还大哥呢）。"红版图"亲切地拍拍乡长的肩膀说，理解万岁嘛，就冲张章认真负责的工作精神，我这当领导的也应该支持啊。

说完，他走向金水湖，很潇洒地跃进湖水，向着美眉的方向挥波斩浪……

我以为这件事已经结束了，领着乡长回到市里，并请他撮了一顿。乡长非常感激，闪着泪花再三再四请我一定到他们乡去，请我吃胡麻油拌的洋芋擦擦。

大概三个多月之后，一个陌生电话打进我办公室。乡长既熟悉又陌生的声音说，张科，项目扶贫资金下来了！

我大喜。大声说，太好了，你们乡脱贫致富终于有希望了！虽在意料之中，但一旦被证实，仍然抑制不住地高兴。我颇有成就感，也很感激"红版图"，过去我有些看不起他，现在心里隐隐感到内疚。

电话里是沙沙的电流声，好久没说话。我大声说，喂喂喂，你在听吗？电话里终于又传来乡长的声音，声音里浸透了苦涩，说，唉，批是批下来了，可是没有批给我们。我是狗咬猪尿泡——空欢喜一场啊。不过，张老师，我还是很感谢您的。我还请您来我们乡，请您吃洋芋擦擦……

过了许久，我又问道，那批给谁了？乡长说，还有谁呢。人家会攻关啊，又是金钱，又是美色的。咱有啥呢？空耷着两手……

我无语，慢慢放下电话。我还能说些什么呢？

潇洒走一回

金源大酒店离我们办公大楼不远，隔两条马路。晚上坐在办公室，能清楚地看见金源大酒店霓虹灯闪烁，再往下看，是川流不息的人群，再仔细观察一下，就会发现这些人流中有许多熟悉的面孔。在我们这座城市，可能有人不知道政府机关大楼在哪里，说起金源大酒店却是无人不知，无人不晓。能出入金源大酒店的，绝非等闲人物，不是大贵，就是大富，一般老百姓是绝不敢问津的。

我们科五个人，去过金源大酒店的，唯有鄙人，去过两次，都是陪领导。小林和小水毫不掩饰对我的嫉妒，白洁虽然没有那么明显，眼神也透露出渴望的神情，只有科长对此视若无睹，依然慢悠悠地品着他的茶。我在心里暗暗发誓，一定请科长和我的同事们进金源大酒店撮一顿。

我写的一篇中篇小说发表了，得稿费四千余元，终于发了一回狠，当着科长及全体同事的面说：今天晚上，请各位赏光，金源大酒店潇洒走一回！小林说，张科，你咋的了，抢银行了吗？我说，那倒没有，发了一个中篇而已。小水说，那是你的精神产品啊。我说，精神不变物质，要那个精神何用？白洁说，张科，你真伟大。我谦虚地说，有那么一点点儿吧。科长说，你要真有这份心思，还不如把这钱捐给希望工程呐。我说，科长，鄙人今天只讲物质，不讲精神。

下班后，在我的率领下，我们科一行五人浩浩荡荡向金源大酒店进发。原来在我们眼里如同迢迢银河的两条马路，今天看来，也不过举步之劳。

金源大酒店真够有本事的，不知道从哪里挖掘来这么多的美女，一个个灿若梨花，艳如桃李，在这里，才能深刻领会什么叫做秀色可餐。落座后，一位高挑的小姐袅袅婷婷迎上来，双手呈上一本很精美的曲本，我接过来认真看着，白洁轻轻拽我的衣角，意思是曲子不是免费的，是要掏银子的。这我当然知道，既然想潇洒，就不能想那些俗事儿。在小姐葱白一般兰花指的引导下，我很有派地说，民族的就是世界的，给咱来曲《梁祝》。很快，一位长发飘飘的小姐宛若天仙飘到我们餐桌前，提着一把小提琴，亲切地对我们笑笑，顷刻间，如泣如诉的《梁祝》行云流水般地回荡在我们周围。

菜谱上来了，小姐打开请我看那些炫目的图片。我轻轻合上菜谱，以漫不经心的口吻说，一只澳洲龙虾，一条苏眉，五例鱼翅，一条鲍鱼，一瓶水井坊，一瓶干红……暂时就这么多吧。

在小提琴《梁祝》的伴奏下，我们慢慢地吃着、喝着，很优雅、很绅士、很淑女、很贵族，也很有情调。可是，我们总觉得被束缚住了，毫无平时大口喝酒、大块吃肉的痛快淋漓之感。

包间出来一位，跟我们打招呼，很洋气地喊：嗨嗳。原来是扶贫办的副主任，陪上级扶贫办检查工作，在这里用"便餐"。他很热情地建议说，你们吃完喝完抹抹嘴只管走，我一起埋单。科长说，我们是私人请客！副主任说，嗨，分那么清干嘛，反正一只羊也是赶，一群羊也是放！科长正色说，那不行！副主任讪讪地说，那好，你们吃好喝好玩好，失陪了！拱拱手飘然而去。

很快，酒瓶透亮了，菜盘见底了。我潇洒地挥了一下手，小姐，埋单！美丽的小姐托着一个托盘，托盘里放着些糖果，糖果丛中埋着账单，我看一眼，立刻傻眼了，冷汗毫不留情地浸透衣裳。账单的数字是五千二百八十八元！白洁看出端倪，踩了我一脚，从桌下悄悄塞给我一千元……

我沉重地站起身，能听见扶贫办的包间里笑语喧哗。服务小姐们不间断地出出进进，全部是贵得令人咋舌的菜，还有水井坊、茅台、鸡尾酒、威士忌等等中外荟萃饮品，"软中华"整条地输送……

我本来想痛痛快快地潇洒一回，结果还是潇洒不起来。心里隐隐有种低人一等的感觉。

科长阴沉着脸说，只此一回！以后谁也不许再进这个酒店潇洒了。有钱也不行！

我什么也没说过

万里无云，清风拂面，杨柳依依，翠竹青青，湖水碧波荡漾，小林挽着女友的手，心情好得一塌糊涂。金水湖远离城市的尘嚣，迎面走来和背面走去的，都是一对对情侣，紧紧依偎在一起，给这优雅的环境平添了几多浪漫。

女友气质高贵，在小林的眼里，那些迎面走来和背面走去的女孩子，都成了些俗物。他将女友摆放在一块太湖石上，背后是烟波浩渺的湖水，身边是修长的翠竹，女友仿佛就是蒲松龄笔下的女仙。小林举起相机，选择着最佳角度。

镜头里倏然闯入一个堪与女友媲美的女子，梳着高高的发髻，气质如兰，典雅高贵。如果仅仅是个女子倒也罢了，偏偏女子的腰肢上，搂着一位男子的手臂，接着，一位中年男子随着这只手臂闯入镜头。小林定睛一看，不由大吃一惊，这中年男子竟然是我们的李局长。鬼使神差地，小林按下快门，于是，局长和那女子的身影就定格在小林的相机里。

小林心里发慌，因为他知道，挽着局长胳膊的女人，并不是局长夫人。小林想躲避，已经来不及了，完全暴露在局长的目光中，在这种情况下还要装作没看见，显得过于生硬、不自然。正犹豫中，局长已经迎面走来。局长是对他笑了笑，还是只对他点

222

点头，还是旁若无人走过，抑或是笑笑又点点头，小林毫无知觉。他看见的是，局长从他面前走过去，胳膊上挎着一个风姿绰约的女人，而这个女人不是局长的老婆。

女友看他傻呆呆的样子，问他怎么了？

小林说，刚才过去的那个女人，她……

女友杏眼圆睁，娇嗔道，好你个林晓宇，吃着碗里的，还看着锅里的。

小林着急地说，哪里呀？那个女人挽着的，是我们局长！

女友说，局长又怎么了？局长也不能干涉我们谈恋爱。你这么怕局长，是不是干过什么坏事儿，被局长收拾过！

小林气呼呼地说，你，你咋这么笨，还博士呢。那个女人，不是局长的老婆！

女友笑了，说，你管是不是人家的老婆呢？人家有这个业余爱好，碍着你什么事儿了？

小林说，当然碍不着我什么事儿。可是，唉，我恨不得挖去我的两只眼睛……女友睨视了他一眼，至于吗？

还真至于。小林回去后就神情萎靡不振，总是唉声叹气的。我说他，怎么啦，女友被撬了？

小林苦巴着脸说，女友被撬倒也罢了。我说，还有比这更严重的事儿？小林忍不住，趴在我耳朵上讲述了他的苦恼。

我笑了说，林子啊，可喜可贺啊，

小林说，愁死我了，你还拿我开涮。

我说，我涮你干什么？

小林说，那你说我喜从何来？我趴在他的耳边如此这般嘀咕了一番。

小林疑惑地说，这能行吗？

我说，依我说的，保准没错儿。

没多久，局里纷纷扬扬传出局长养情妇的新闻，新闻源头不详，但是大家都相信无风不起浪的道理。人们议论得正热闹，只要局长一露面，议论声立即停止，可是尴尬之色是不能立即消除的，局长想解释什么，却又无从说起。

小林开始挂着照相机招摇过市，到处吹嘘自己的照相技术多么多么好，能与专业摄影师相媲美。

没几天，局长把小林叫进办公室说，林子，听说你的照相技术很不错哦？小林说，哪里，也就一般般啦。

局长说，谦虚过度就是骄傲哦，怎么样，给我来张工作照？

小林说，不胜荣幸之至。

他请局长坐好，选了几个角度，拍了几张工作照。局长说，小林，其实我挺欣赏你的，早就想提拔你了，唉，每次到了关键的时候，总会有些问题冒出来。

小林话中有话地说，局长，你对我的好我心中有数，我林晓宇也是坦坦荡荡的君子，决不会做那些下三滥的勾当。我知道什么事该做，什么事不该做。

局长竟然站起来，握着小林的手说，林子，我了解你，你放心，你的事我记在心里呢。

从局长和那个女人无端闯入小林的镜头以来，小林第一次睡了个好觉。早晨太阳的光辉洒落在他的身上，他也没有醒，脸上浮现出幸福的笑容。

老尚的风采

　　老尚年届六十，老资格的公务员，临近退休，只混了一个主任科员，名义上享受科级待遇，其实芝麻粒大的权力也没有。他人前人后调侃自己乃一介布衣，不理官场之事，落得逍遥自在。话是这么说，他并没有跳出三界外，不在五行中，话里话外透露出对官场的不满和不屑。

　　老尚到我们科闲聊，说起局里组织民主评议领导干部的事儿，老尚说，咱们局长的演技绝对是一流的。科长说，老尚，此话怎讲？老尚说，局长大会小会动员大家给领导干部提意见，你真的提一条试试？不整死你算你命大！我说，老尚，你这就是酸葡萄心理啦。老尚说，甭管什么心理，你搬着手指头加脚趾头算算，哪次搞活动不是一场欺世盗名的演出。我仔细想想，不由出了一身冷汗。

　　局长派我和老尚下基层调研，大街上遇见一个赤身裸体的女人招摇过市，行人纷纷驻足观看。有好事者给公安局打了电话，来了辆警车，把女人带走了。我说，这个女人肯定是精神病。老尚说，我倒觉得她挺可爱的。我说，可爱在何处？老尚说，她很真实，敢于让自己赤裸裸地暴露在光天化日之下。你看看有些官场上的人，一个个拼命为自己涂脂抹粉，打扮得光彩照人，他们敢把自己放到太阳底下晒晒吗？

　　副局长"红版图"喜欢肆无忌惮地糟践国粹，一次给离退休干部开茶话会，会后联欢，他声情并茂地演唱了裘盛戎的名段"包龙图打坐在开封府"，博得了阵阵掌声，只有老尚无动于衷。

"红版图"知道老尚对京剧颇有研究，很谦虚地征求老尚的意见。老尚说，精彩绝伦！"红版图"高兴地笑眯了眼睛。老尚接着说，裘盛戎地下有知，也会惭愧。"红版图"愈发兴奋，脸上的胎记红得盈血，连连说，老尚，过了，过了啊。老尚说，裘盛戎惭愧的是，有人竟然能把他的名段唱出梅兰芳的韵味来！"红版图"的脸一下拉了下来，牙齿咬得咯咯响。

老尚很佩服我们科长，说老郑才华横溢，可惜的是不会撒谎。小林说，诚实是做人的美德啊。老尚说，在官场上，这种美德是最要不得的东西。君不见，学会撒谎步步高升，前途无量。诚实的人任你才高八斗，学富五车，最终姥姥不疼，舅舅不爱。小水对老尚的"宏论"颇不以为然，说，您老以偏概全了！我说，小水，你还别不服气，你举出一个实例来说服我。小林眼朝天想了半天，摇摇头，无语。

局里传达上级文件，老尚眯着眼睛听，不一会儿鼾声如雷。"红版图"拍醒他，不动声色地说，老尚，大家都说过了，你也说说吧。老尚说，这说话也要讲个排排队，分果果。重要领导说话叫做重要指示，次要领导说话叫做重要讲话，再次要的领导讲话叫发表讲话，再再次要的领导说话叫发言，我乃一介布衣，也就是说说吧。"红版图"很有涵养地说，那就说说吧，说说你对文件的认识。老尚口若悬河，引经据典说了很长的一段话。"红版图"没有达到让老尚出丑的目的，违心地说，嗯，说得还不错。老尚说，这话我爱听。每次对我老婆撒谎的时候，我老婆就这么鼓励我。"红版图"气得大骂老尚不知天高地厚。老尚很认真地问，那你告诉我，天有多高，地有多厚？

我们科长说，老尚，咱们不巴结领导，也没必要总给领导添堵啊，你说是不是？老尚不客气地说，所以说，你能混个科长职务，我至今还是一介布衣。我说，老尚心里明白得明镜似的，就是离领导太远了。老尚说，离领导近了，离我自己就远了，就不是我老尚了。老尚自有老尚的风采，桀骜不驯，刚直不阿，质本洁来还洁去。小林说，老尚，不带这么表扬自己的。小水说，人家老尚既有傲气，也有傲骨，令人钦佩。老尚握着小水的手，知我者，于得水也。不过，你可不能学我，学我者死。

科长有一份文件需要"红版图"签发，"红版图"不在办公室，遇到老尚，随口问了一句，阎局去了哪里？老尚肯定地说，在开会。科长难得地开了句玩笑，阎局给你汇报了吗？老尚笑笑，不语。科长果然在会场找到阎局。回过头对老尚说，你真是料事如神。老尚很正经地说，领导就是开会！

老尚去年底得了一场大病，我们去医院看他。科长说，老尚，大难不死，必有后福。老尚说，死也要分级别的，最高层次是不可估量的损失，次高层次是巨大损失，再次高层次是重大损失，再再次高层次是一个损失。我老尚死了，人家就说，尚疯子终于死翘翘了。我说，您老人家可能混不到"损失"的行列了。老尚笑道，领导不待见的人自有其优越性。小水说，有什么优越性？老尚说，我前些天逛到了阎罗殿，阎王对我说，尚疯子，你怎么来了？我说，您老人家让我三更死，我岂能活到五更？阎王大怒，说，你在阳间总是诋毁领导，我们这里岂能留你？小的们，将这厮给我乱棍打出！就这样，我又还阳了！小林说，老尚，你够可以的，鬼都怕！老尚说，我这次把阎王得罪了，下次肯定轻饶不了我。我死的时候，你们要帮我写份报告给阎王爷，就说老尚心里万分尊重领导，之所以混了一个恶名，完全是酸葡萄心理。往往对领导嗤之以鼻的人，恰恰是最想接近而没有办法接近领导的人。当然了，还要多烧些纸钱，给咱打点打点，好歹也给咱弄个股级科级啥的。

年初，老尚正式办理了退休手续，开完座谈会，到我们科进行告别演出，他的眼睛湿润了。科长说，老尚，别这样，咱们都有这一天。以后，你就真的无官一身轻了。老尚说，我不是留恋这官场，是还有一个心愿没有完成。他的心愿我们都知道，老尚曾经给局里提交了一份关于塌陷区危房改造的调研报告，一直没有得到答复，是横亘在他心头的一块巨石。科长说，你放心，我会接着催办的。小林说，我们一定继承您的遗志，把危房改造进行到底。老尚破涕为笑，继承遗志也是要分档次的……我说，算了，您老别再胡说了。老尚说，我正经说话的时候，往往被当成胡说；我胡说的时候，又往往得到领导的赞赏。小水说，尚老，您是一个有良心的人。老尚说，如果我良心泯灭了，在官场就混出头了。

看着老尚远去的背影，科长轻轻说了句，老尚自有老尚的风采，"疯话"连篇，心底坦荡。

翻云覆雨

又一轮年轻干部挂职锻炼开始了，我被派往平安县挂职锻炼，职务是办公室副主任。科长语重心长地说，你这个副科长当的时间够长了，能不能去掉这个副字，就看你这次基层挂职的表现了。我说，您放心，到哪儿也不会给科长您脸上抹黑。科长说，错，我行将就木之人，还害怕谁给我抹黑不成？你要为你自己的前程负责。我嬉笑着说，科长，别说得这么吓人好不好？您永远是我的科长，过去是，现在是，将来也是。科长没好气地说，别要贫嘴了，下去有什么需要解决的问题，给我打个招呼。我说，您的教导我已牢记在心了。

平安县委办公室主任接待了我，很热情地攥住我的手，使劲摇着说，早就盼着你来呢，有你在，我们办公室的工作就好做了。我谦虚地说，主任可别这么说，我才疏学浅，还要向你多学习呢。以后有什么跑腿的事儿，吩咐一声。办公室主任说，哪能让你跑腿呢，你前程无量，能认识你，我可是三生有幸呢。我以为他说的是客套话，微微一笑，不以为意。

谁知，他真的对我毕恭毕敬，好像我不是他的下级，而是他的顶头上司。县委有三辆小轿车，除县委书记的专车外，四个副书记出门就虎视眈眈地盯着这剩下的两辆车。我出去办事就没有了非分之想，远门公交车，近处自行车。有一天，主任很严肃地说，张主任，你是不是对我有什么意见啊？我说，没有啊。他说，那为什么出门不要车。我说，车挺紧张的，我哪有资格啊。主任坚决地说，谁没有车，也不能没有你的车！以后出门，主任就会排除一切干扰，给我派专车。

一晃，三个月过去了，我跟办公室的同志们混得很熟了，他们也不把我当外人。一次陪客人吃完饭，主任约我到他的办公室谈心，说他已经伺候了几任书记了，至今还在主任的位置上没动窝，不是他能力不行，而是上面没人。我同情地说，是啊，上边没人，干得再好谁知道呢？主任紧紧握住我的手，眼泪汪汪地说，知音啊，以后还请你老弟多帮忙呢。我说，我和你同病相怜呢，副职干了快十年了，还转正无望呢，能帮你什么忙？他讳莫如深地说，张主任啊，咱哥俩到了这个分儿上了，你就甭给我玩深沉了，谁不知道，你是省组织部张部长的公子哦。我哈哈大笑，我要是张部长的公子，还能一个副科长干十年？开什么国际玩笑！主任满腹狐疑地说，张部长的公子不是就在你们局，名字就叫张章吗？我说，叫张章的多了，都是张部长的公子啊。主任没再说什么，挥挥手说，你走吧，我要休息一会儿。

自从主任和我推心置腹地谈话之后，情况发生了变化，去小餐厅打饭，大师傅说，张副主任，主任有交代，小餐厅是为副处级以上干部开的，以后吃饭你要自己想办法了。主任安排我去一个自然村搞调研，很远。我习惯地说，哪辆车去？主任说，哦，你知道的，车很紧张，骑车去吧，多跑动跑动、锻炼锻炼没坏处……

省里的首长到平安县考察工作，县委书记陪同。我曾经陪首长钓过鱼，不想让人误会成攀龙附凤，闪在一边。没想到首长眼尖，记性也贼好，主动跟我打招呼，握住我的手说，张才子啊，怎么在这里？县委书记说，他在咱们县挂职锻炼，很有能力的。首长亲切地拍拍我的肩说，好，好，好好锻炼吧。我注意到，主任的脸瞬间变得灰黄。首长离开后，主任拉住我说，张主任啊，你还是不把我当老兄啊。可能首长拍肩，令主任浮想联翩了。我解释说我和首长仅仅在一起钓过一天鱼，其他什么关系也没有的。主任似笑非笑地说，你啊，你啊，城府太深……

从此，我又恢复了小餐厅就餐，乘专车的待遇。我一推辞，主任就作出翻脸的样子，说我还是把他当外人，我只好恭敬不如从命。从心底来说，我还是喜欢养尊处优的。

挂职锻炼期快结束的时候，科长率领全体同事来看望我，我招呼同事们到县城一家酒店吃饭。科长问我挂职锻炼的体会，我说平安县里不平安啊。小林说，你这家伙，就善于故弄玄虚。我说，你听我说完，看是不是故弄玄虚。平安县正在搞一个西瓜产业化工程，要求农民家家户户种西瓜。这个地方干旱少雨，黄胶泥土，特别容易板结。有的农民不愿意，就偷着种了胡麻等作物，胡麻苗出来了，县政府下令全部给犁掉了。看着豆芽菜似的西瓜秧，农民痛心疾首，怨声载道。科长脸色很凝重，沉吟了一下说，你写份材料给我。小林咬牙切齿地骂，简直是法西斯！小水忧心忡忡地说，就算是种成了，卖给谁呢？白洁说，中央不是三令五申说种什么由农民自己做主吗？我说，如果现在改正，还来得及补种秋作物，否则，农民真的就欲哭无泪了！

就在我要离开平安县时，省委直接下了通报批评的文件，县委书记、县长受到了政纪处分，县里出了问题，市里领导自然也没面子，纪律处分接踵而至。县委组织分析谁是"害群之马"，我自然是头号"犯罪嫌疑人"。主任找我核实，我如实作了交代。主任暴跳如雷，对我破口大骂，横飞的唾液疾风暴雨般溅到我脸上，你……你以为你有后台就可以有恃无恐了……别以为我们治不了你！你要为你的所作所为付出代价……

主任一点儿也没有吓唬我的意思，平安县委对我挂职锻炼的鉴定充分说明了这一点。鉴定说我没有组织观念，不顾全大局，背后搞小动作，品德差，不堪重用……

煮熟的鸭子又飞了，十拿九稳的升迁又落空了。科长拍着我的肩膀说，对不起啊，是我耽误了你！我说，科长您千万别这么说，是我自己愿意的，跟您没关系。小林说，一个破科级有什么意思，以后咱哥们发达了，提拔你当大官。我笑着说，那我就等着了。小水说，张科，我认为你经受了一次灵魂的洗礼，我敬佩你。白洁说，如果我以前对你是敬佩的话，现在简直就是崇拜了。

在同事们的安慰下，我终于释然了。

开门纳谏

市委专门下发文件，开展一次群众有奖评议市委、市政府各机关的作风活动。市报发头条，刊载评议表。在规定的时间内，评议结果将在市报公布，并以摇号的方式，抽取一、二、三等奖，届时由公证处现场公证。市委美其名曰，开门纳谏。

我们局对这次活动非常重视，局长召集副科级以上干部会议，讲了这次开门纳谏的重要意义。局长说，这次公开评议不采取网络的形式，以市委纠风办收到的评议表为依据。涉及到局机关在社会的形象问题，希望大家在思想上给予高度重视，顾全大局，发动亲朋好友积极参与，把好事做好。

科长向大家传达了会议精神。白洁说，真是新气象啊，开门纳谏，体现了我市开明的民主作风。小林冷笑道，什么新气象，又是一场游戏而已。白洁说，面向社会评议，怎么是游戏呢？小水说，好我的白洁妹妹哎，你琢磨琢磨，局长讲的发动亲朋好友参与是什么意思？科长咳嗽一声说，你们不要曲解局长的意思！我说，曲解不曲解，且听下回分解。正讨论得热闹，办公室打来电话，说局长有指示，市报周五刊载评议表，以科室为单位购买，以补助的形式报销。注意填表时不要出现相同的笔体。小林说，怎么样，莫谓此言不谬也。科长叹口气，无言。

我们局能想到的，其他局委也能想到，周五的报纸一下火暴

232

起来，洛阳纸贵，报社总编的脸笑得跟花朵儿似的。

我们科每个人摊派了三十份填写评议表的任务，规定时间之前，基本完成任务。为了不给局机关的形象抹黑，我们进行认真地审理，结果发现，我们的那些亲朋好友，还是有许多不给面子的。

小林的一个亲戚在评议表上说，求求你们了，别再玩这些虚头巴脑的事儿了行不行？想拿咱老百姓当猴耍，门都没有……我怀疑，小林这家伙做了反面工作。

小水的表哥填表说，局机关的作风早就该整顿了！上次我找阎副局长办事，他哪有一点儿人民公仆的样子？鼻孔朝天，哼哼哈哈的，真让人恶心……我相信小水没有授意，但是他把这样的评议表收回来，也说明了他的一种态度。

白洁的同学评议比较平和，说局机关有新气象，从局领导的坐骑上可窥一斑，局领导经常深入群众，高档酒店总能看见他们不知疲惫的身影……不知道白洁的这位同学是干什么的，怎么对我们局领导的行踪这么清楚……嗨，白洁呀白洁，这样的评议表你怎么也能带来呢？

小林翻出了我收集来的一张评议表，看字体像我的一个铁哥们儿的，这家伙的评议颇具文采：乌纱虽小法力大，清正廉明嘴边挂；左手金钱哗哗响，右手红颜笑哈哈，平步登上凌霄殿，玉皇大帝也服咱……看着这龙飞凤舞的字，我似乎看到我那铁哥们儿嘴角流露出的嘲讽……

整理完成评议表后，我请示科长怎么办，科长叹口气，把那几分特别刺眼的挑了出来，还有一些对局机关提出中肯批评的，也不符合局里的精神。科长说，正反两方面的意见都要有，就这样吧！

评议结果是，我们局机关的作风是良好，在所有局委中排名第七。局长对这个结果并不满意，他的目标是优，排名进三甲。虽然局长不满意，我们的工资表上仍然多出了两百元的书报补助。

击鼓传花

局机关组织中秋节联欢活动。局团委表演了几个节目，有歌有舞有小品有相声，领导看得满脸严肃。也难怪，平日电视里歌舞小品相声多得数不清，偶尔还有这个大腕那个巨星的公款赞助演出，把同志们胃口吊高了，自然兴趣索然了。办公室主任果断地终止了演出，提出模仿央视"幸运52"，娱乐无极限互动，这一提案立即得到领导赞同和全体同志的积极响应。

游戏内容很新潮，形式却很传统——击鼓传花。一大束鲜花随着鼓点传递，传到谁鼓点终止，谁就表演一个节目，小林和白洁自告奋勇承担击鼓和出题的重任。

小林开始击鼓，颤巍巍的鲜花迅速传递，鼓点终止，鲜花传到"红版图"手中（其实是有意为之）。白洁说，阎局，唱支歌吧，我点歌名。"红版图"笑着说，行啊，你可不要故意难为我，当心给你小鞋穿。白洁说，请阎局唱支《两只蝴蝶》。"红版图"开口就唱：两只老虎，两只老虎，跑得快，跑得快，一只没有尾巴，一只没有耳朵，真奇怪。他模仿着老虎的动作，挤眉弄眼，唱得很是天真烂漫，底下笑声大作，笑得"红版图"莫名其妙，白洁笑得上气不接下气地说，阎局，你怎么连蝴蝶和老虎都分不清了？"红版图"拍拍脑门说，听错了，听错了，也怨我会的歌曲太多，一不小心就弄混了。《两只蝴蝶》我会唱的，准确地说应该是《梁祝》嘛。接着，又拿腔捏调地唱：蝴蝶双双飞……局长说，你们就甭难为老阎了。老阎啊，别丢人现眼啦，给大家鞠个躬算了。白洁说，谁让他不与时俱进。

第二轮鲜花传到办公室主任手中，办公室主任笑吟吟地站到台前说，唱什么？报上名来，来者不拒。主任经常陪领导光顾卡拉 OK 厅，会唱的歌自然很多。白洁说，不唱歌，知识问答。办公室主任说，小菜一碟！白洁说，第一道题，请问，酒是谁发明的。主任说，李白啊。你们这些年轻人，要多学些历史知识呢。岂不闻李白诗曰，天子呼来不上船，自称臣是酒中仙。小林说，主任的历史底蕴真深厚，小生佩服！白洁忍住笑继续说，问你一个专业问题吧，做秘书的要领是什么？主任显然对此颇有心得，不慌不忙地说：第一，要注意节奏，比如精彩之处加括号（此处可能有掌声），让领导停顿一下；第二，要学会用错别字，比如把"赤裸裸"写成"赤落落"，否则领导一不小心念成"吃果果"，不是故意给领导难堪吗？笑声猛然响起，又猛地止住。我注意到，局长的脸色铁青。主任也意识到自己得意忘形了，犯了大忌，恼怒地瞪了白洁一眼，回到座位。

气氛有些尴尬，小林笑着说，继续，咱们继续来。这一轮鲜花传到了局长手里，已经"东风无力百花残"了。局长站起来说，小白啊，你可不能再出那些促狭的题目来难为我。白洁说，不出题了，这次是猜词秀。猜词秀需要有配合，局长美丽的女秘书义不容辞做了局长的搭档。白洁出的第一个词语是"团队精神"。秘书一手牵着小林，一手搂着白洁，动作夸张。折腾了好一会儿，局长恍然大悟状，给出的答案是"狼狈为奸"！笑声迭起，刚才沉闷的气氛一扫而空。白洁给出的第二个词语是"心有灵犀"，秘书

235

指指自己的心，又指指局长，用虚拟的动作把俩人连在一起。局长这次问答得很坚决，"第三者插足"！小林忍住笑说，基本正确吧。白洁接下来写的词语是"沐猴而冠"，看局长屡屡猜错，白洁提示说，这是一个成语。这个词语比较容易用肢体语言表述，秘书表演得很到位，做猴子上蹿下跳状，然后做出戴帽子的动作。局长思考了一会儿说，"搔首弄姿"。笑声起，秘书脸色绯红。白洁继续提示说，不对，继续猜，和孙悟空有关。秘书反复做着摘帽戴帽的动作，局长果断地说出答案："冠冕堂皇"！

笑声鼎沸，同志们为局长报以热烈的掌声。

数字的学问

已届年末，局里压倒一切的任务就是总结。总结看起来是个技术活儿，结构上无非是全年干了哪些工作，取得了哪些成绩，存在哪些不足，如何安排来年的工作等等，表达的内容无非是局里的改革与发展、与时俱进、实践科学发展观、解放思想、真抓实干、实事求是、注重创新、开拓进取、和谐社会等等。但是，如果您真的把做总结当成技术工种，那您对总结就是大不敬了，起码是对总结缺乏认识了。总结对资深笔杆子来说，不仅是门技术，还是门艺术。在总结里，要妙笔生花突出局里改革与发展的新成就，一笔带过存在的问题与不足，大手笔、大胸襟、大气魄地安排来年的工作，至于是不是能够做到，就不是咱们这些公务员操心的事了。总结最最关键的是要有数字作支撑，最典型的用语是，截至某年某月某日，各项经济指标达到多少，比上年增加多少，增长了多少个百分点等。就像咱们李局长说的，一切用数字说话!

　　我们科就肩负着为局长总结报告提供数字的光荣使命。科长把这个光荣而艰巨的使命交给了我，语重心长地说："要认真负责，好好表现，按时完成任务。"认真负责我理解，按时完成任务我也理解，就是中间那句"好好表现"不太理解，核实个数字嘛，需要表现什么?!

　　各种报表早就报了上来，我所要做的，就是对报表的数字进行核对，有疑问的数字要进一步核实。对数字要进行横向和纵向对比，有比较，才有鉴别嘛。通过比较，我发现了一些问题，比方说吧，据我所知，上年度全市没有大的固定资产投资项目，而固定资产投资增长了23.53%，受经济危机的影响，出口量减少，上报的数字却增长了12.12%。

　　我为自己认真负责的态度所感动，不免自鸣得意，我真是有一双善于发现问题的眼睛啊！同时也很纳闷，这些问题稍加分析就能发现，并不需要多高的智商和专业知识，为什么那么多关口、那么多人层层把关就发现不了呢？噢，对了，缺少认真负责的态度。想到这些，便生出了些许委屈，像我这样优秀的公务员得不到提拔，那还有谁能得到提拔呢。我想起科长说的"好好表现"的话，潜台词原来在这里呢。

　　我觉得有必要下到相关单位和部门核实一下。科长说："去吧，这才是认真负责的态度。"小林却阴阳怪气地说："张科，你恐怕是要做无用功了，说不定还适得其反呢。"小水说："你这家伙老是给同志们的积极性泼凉水，我看呐，你就是嫉妒心作怪，人家张科表现好了，就挡住了你向上的阶梯。"小林长叹一口气："你呀，以小人之心度君子之腹。"白洁说："人家张科没啥不对的，要想知道梨子的滋味，就要亲口尝一尝，没有调查就没有发言权嘛。"小林老气横秋地说："不听老人言，吃亏在眼前。咱们骑驴看唱本——走着瞧吧。"我冷笑道："走着瞧就走着瞧!"

经过深入相关单位和部门仔细调查核实，数字果然有很大水分，问题在于层层加码。各企业、各有关部门将数字报到了县区政府，县区领导审查后对结果极为不满，GDP居然比上年度减少了（其实，各企业和部门在上报数字时，为了"好看"一些，已经做了"技术处理"），这怎么行呢，年初计划GDP增长目标是8%，如果仅仅是8%，那就说明任务完成的不够好，于是，就变成了12%、20%不等，这些数据上报到我们局，统计出来的GDP增长率就成了15.25%。

调查回来后，我把调查结果向科长做了详尽的汇报，心中油然升腾起巨大的成就感和自豪感，并对各县区数字层层加码的行为表示了极大的鄙视和愤慨。科长表扬我说："好，很好，数字一定要真实，否则，贻害无穷。"

小林对我进行了无情的打击，说："嗨，给你个鸡毛你就当令箭了。数字这个东西，是要为人服务的，你这些所谓真实的数字，是给咱们局、咱们局长脸上抹黑呢，你知道不知道?"

小水说："林子，你怎么总是危言耸听啊。数字是客观存在，是科学，不容任何的主观臆断，是多少就是多少，怎么能糊弄人呢。"

小林对小水的愚顽不化嗤之以鼻："说你不成熟你还不服气，上面说要讲政治，你怎么就一点儿政治头脑都没有呢?"

白洁很是不解地问："小水哥说得对，数字本来就是一门科学嘛，跟政治挨得上吗?"

小林说："跟你们说话真费劲。什么叫政治经济学，就是政治和经济连在一起的学问，经济靠什么来体现，不就是数字吗？"

科长笑道："小林，你可真能瞎掰，你这是偷换概念。人家白洁说的没错，数字本质就是科学，科学的本质就是真实。"

小林心平气和地说："科长，其实您心里比谁都明白，只不过不愿意污染同志们纯洁的心灵罢了。社会就是一个大染缸，在这个大染缸里生活的人，有谁能够出污泥而不染呢？不错，数字本身是科学，可是实际上，人们早已经把科学变成了艺术，因为只有艺术才可以夸张和虚构。更可笑的是，还有的人把这门科学变成了魔术，随心所欲变化无穷，令你眼花缭乱。您说，这是不是一种客观存在。"

科长自知理亏，但并不服气，争辩说："存在的不一定就是合理的。"

小林继续乘胜追击："您说的不对。存在的就是合理的，起码有其合理存在的土壤和条件。"

科长在小林犀利的攻击下哑口无言。

我对小林的这些说辞并不服气，可是心里不得不承认这厮说的有道理。这些年来，历任局长大人的报告 GDP 都以高过 15% 的速度增长，如此推算下来，全市的 GDP 应该是当前统计数据的若干倍，可是，有谁去追究其真实性呢。我所看到的是，数字成了各级领导表功的工具，向上攀登的阶梯，在这些辉煌的数字里，干部队伍茁壮成长，科级一茬茬升到了县处级，县处级一茬茬升到了厅局级。实际上呢，很多得到提拔的领导留下的是一个烂摊子，后任并不负责收拾残局，而是重新开辟一番新的事业。陈陈相因，薪火相传，我们的领导对数字情有独钟，形成了习惯，丑陋被虚假的数字粉饰后，变得光彩照人。

"张科，发什么呆呢，把自己整得跟哲学家似的？"小林打断了我的思考。我同时为自己的思考惊出了一身冷汗。

"科长，您说，我该怎么上报？"我在小林游说下动摇了。

科长果断地挥了一下手："据实上报，不管别人怎么样，我们还是要讲一个实事求是的精神。"

小林忧心忡忡地说："这些数字报上去，是要受到批评的。"

科长说："鱼和熊掌不能兼得，顾不得了。在虚假和真实之间，我们选择真实！"

核实结果上报后，果然不出所料，主管我们的副局长"红版图"亲自找我谈话了。

"红版图"满脸堆笑，我很不习惯他的笑，比较起来，他生气的样子更让我心里踏实。

"红版图"亲自给我斟茶，对我认真负责的工作态度表示肯定，给予了高度评价。我知道，这些前言过后，肯定会出现"但是"的转折句。果然不出所料，"红版图"的"但是"出现了。他说"虽然你在这次核对数字上是尽心尽力的，做了很多工作，但是效果并不是很好啊。"

我说："我向毛主席保证，我核对的数字是经得住审查的。"

"红版图"循循善诱地说："这我相信，不过嘛"他又一次使用了转折句，"你想想，这些数据会给领导的工作造成多大被动，它影响的不仅仅是我们一个局，还影响了全市甚至全省的形象。"

我说："怎么会呢？我倒觉得，我们上报的数字是真实的，对上级领导的决策就会提供最有效的帮助，不仅不会影响局里的形象，反而会对咱们局的形象有所提升。"

"红版图"轻轻摇摇头："不那么简单吧？你横向看看，其他市局的数字都在芝麻开花节节高，我们却是负增长，能交代过去吗?"他的话与小林如出一辙，"这不仅是个数据问题，还是个政治问题呢，你还年轻，要学会从政治的高度看问题啊。"

我虚心地说："阎局，我这人最缺少的就是政治头脑，要不然怎么总也不进步呢? 您说，我该怎么做?"

"红版图"胸有成竹地说："重新上报数字，各种经济指标一定要有不同程度的增长，GDP的增长不能低于去年的增长水平。"

去年GDP的增长为17%，也就是说，今年最低也要达到18%以上，经过我的核实，今年GDP是负增长。天啊，这不啻于地球到月球上的距离，就是乘火箭也无法达到。妈的，谁能编谁去编，反正我不干!

我破釜沉舟地说："阎局，本人才疏学浅，又是个猪脑子，求你饶了我，另请高明吧。"

说完，不管"红版图"如何惊诧，起身扬长而去。

我们科的同事们对我如此的高风亮节表示了严重钦佩，包括林晓宇同志。

正所谓离了张屠夫，不吃带毛猪。离了我，人家的数字照样新鲜出炉，咱们局长大人报告GDP增长率为19.57%，有整有零，其他各项经济指标均有程度不同的增长。

年终局里"评先"，我们科推选了我，我自知表现不好，没有按照领导的意图完成任务，对科长说把我推上去也得刷下来，还是另选他人吧，别浪费了这个指标。科长坚决地说，就你了!

让我大跌眼镜的是，我不仅被评为我们局里的先进，还被推选为市里的先进。小林后来告诉我，你这家伙，因祸得福啊，在局里的民主测评中，你的人气指数很高啊，是咱们局最高的!

醉话副职

　　临近春节，主管我们科的副局长"红版图"招待我们吃饭，选择在我们市最有名的金源大酒店。小林给我使了一个眼色，我立即心领神会，今天的主攻方向就是"红版图"。我带头给他敬酒，接着是小林、小水和白洁。"红版图"来者不拒，一杯接一杯，两腮桃花颤巍巍盛开，很是和蔼可亲，一直喝到癫狂状态，大放厥词。小水说"红版图"的话荒诞不经！小林却说，很有意思，应当记录下来。在小林的鼓噪下，我如实记下了他的醉话，未做任何修饰。

　　鲁迅先生有篇文章，题目是《我们怎样做父亲》。我对如何做父亲没甚心得，自知盖不过鲁迅先生的那篇文章。但是我对如何做副职颇有些体会，今天在座的都是自己人，我也不瞒你们，愿意把自己的成果拿出来和你们分享。啥？你们说这还是成果？当然是喽，要不然在险恶的仕途上，怎么能任凭风浪起，稳坐钓鱼台呢？告诉你们，这里面学问大了去了。说起来么，全靠悟性。小林，你看你嘴撅得跟鞋帮子似的，不服气是咋的？小水，你说啥？我故弄玄虚？你们还真甭激我，今天酒场上没有外人，我就给你们说个一二三出来。

　　我是副职，人家喊我阎局。虽然约定俗成去掉了那个"副"字，不过我告诉你们，名义上那个"副"字可以省略，心里可是万万省略不得的，千万要记住自己是副职。你能吃两碗干饭，只能吃一碗，因为咱们局长只吃一碗半，你吃两碗，不是想找不自在吗？家有千口，主事一人，不要老想着表现自己，一定要以局长的意见马首是瞻。

老郑，不是我说你，上次李局交给你们科办理曹老板的项目，这对你是个多好的机会？可是你硬顶着不办，还说人家项目高污染、高能耗，撞了政策的红线。结果怎么样？人家项目不是照样通过论证，照样开起来了吗？你挡得住吗？明知不可为而为之，不是勇敢，而是愚蠢。你当了大半辈子科长没动窝，你分析过原因吗？听说你的同学在省里做高官，这些资源怎么就不知道利用呢？什么，你说你有你的原则？现在这个社会，原则是最要不得的东西。老郑啊，让我说你什么好呢，你真是个老天真啊。

张章，我还得说说你。上次我主持咱们市国有企业破产工作时，人家曹老板收购了破产企业。虽然公司净资产有八千多万元，只作价了不到二百万元，曹老板有优先购买权。你咋说的你还记得不？你说造成了国有资产流失，还说没有照顾到员工利益！什么叫国有资产流失，摆在那儿不动才叫流失，你没看到吗？资产国有的时候，半死不活地都亏钱，私有化后，人家开得轰隆隆的！你甭给我撇嘴，我知道你不服。再说员工利益，把公司卖给他们，他们有那么多钱吗？能买得起吗！你说曹老板的钱是哪里来的？你管人家哪里来的！学过政治经济学了没有？社会资源总量是不变的，变的是流动方向，今天流到你的口袋里，明天流到我的口袋里。如此而已！曹老板这么做，也是为社会稳定作贡献，为上级分忧解难。用你那聪明绝顶的脑瓜想想吧，如果没有上面的首肯，他能收购成功吗？你这人，就是清高自傲，要学会从政治高度认识问题，明白不？

做副职的，一定要学会摆正自己的位置，说是个人有分工，各负其责。可是你要随时提醒自己，谁给你分的工，你的权力是谁给的？难道真的天真到以为权力是人民给的不成？局长给你分工，让你分管一个方面的工作，那是信任你，你自个儿千万不要忘乎所以了，不知道老大贵姓了，啥事儿都擅自做主。

小水，我也得敲打敲打你。我知道，你在局里很有人脉，上上下下都说你于得水为人正派。可是，你想过没？为什么大家对你交口称赞，而你一直得不到提拔呢？说到底，就是让老郑给传染的！什么，科长是你的偶像？算了吧，我看你是中毒太深。你还记得不？那次让你参与企业改制工作，你在会上说什么按规定首先要解决拖欠员工工资的问题，人家李局已经明确要在改制资金中划出一块，给国资委金主任配备小车。看起来好像是两码事儿，风马牛不相及，其实是一件事，就看你怎么去平衡。解决拖欠员工工资的钱是从哪儿来的？土地出让金得来的嘛。土地是谁的，国家的，谁代表国家，当然是国资委，国资委谁当家，自然是主任嘛。这个理论框架够结实吧？令我费解的是，这么浅显的道理你怎么就悟不透呢?员工的工资已经拖欠了，再多欠几个月有什么打紧？这次改制为私有企业，拖欠员工的工资可以转换成股份嘛。不是常说员工是企业的主人吗？有了产权纽带自然而然就成了主人。你说是不是？可你是咋做的？出让土地所得的资金要给员工补发工资！金主任的小轿车还坐不坐了？金主任公务多繁忙啊，你好意思让人家坐着那辆老掉牙的本田跑来跑去的？要理解局长的良苦用心，小轿车一定要先到位。把人家金主任伺候好了，嘴巴稍微倾斜一下，多少辆小轿车出不来！幸亏李局及时对此事进行了干预，要不然啊，你小水的这个错误就犯大了！噢，你说职工不满意咋办？这事儿还用局长操心吗？我们副职不就是干这些事的嘛。我跟你说，有了成绩，那是局长领导有方，副职的作用是微不足道的，出了麻烦事儿，做副职的要能顶上去，出现错误，那是咱们水平差，首先要深刻反省自己，不要想局长应该负什么领导责任！

你们问我是咋做的？说出来让你们长长见识。首先你要学会尊重领导。不是有句话说用户永远是对的吗？在咱这儿，李局永远是对的。李局让提意见，那是逗你玩儿。你要是当真了，八成是脑子进水了！忘了没？上次会议上，李局发动大家对局里的工作提意见，就有人不知趣，说什么管理混乱啦，不按程序办事啦，黑箱操作啦等等。你们发现没，李局当时的笑比哭还难看？这不是当着和尚骂秃子吗？过后怎么样？那个不知趣的家伙还不是灰溜溜地滚蛋了！"水至清则无鱼"，规则、制度的空隙有多大，留给权力行使的空间就有多大。我当时也很严肃地给李局提了意见，李局听了我的意见立马多云转晴。为啥？我提的是好意见呗。我说，李局，我对你有意见，忍了很久了，今天必须说出来！要不非把我憋死不可。你干起工作来就没日没夜，呕心沥血，一点儿都不顾惜自个儿的身体。全局上上下下对你不要命的工作作风早就议论纷纷了，有的干部哭着给我说，让我劝劝你，咱们局离不开你。我知道劝也白劝，可我还是要说，这是群众的呼声！身体是革命的本钱，你却说为了革命不怕舍本钱！我很严肃地给你说，这话不对！列宁还说了，不会休息就是不会工作。我是直脾气，有啥说啥，不管你高兴不高兴，希望你认真考虑我的意见。李局当时表现得就很虚心嘛。

白洁，你说什么，说我这是拍马屁，让你们作呕。姑娘家家的，说这话多难听。看你是个女同志，我不和你计较。小林，你说什么？作呕，把我作为你们的偶像还差不多。李局说我政治上成熟，咋不说你们成熟呢？什么叫成熟？紧跟领导不放松就是成熟，跟局长顶牛，最后吃亏的肯定是你自己。孙悟空挺日能的是吧？顶头上司唐僧的紧箍咒一念，还不是服服帖帖的！

咱当副职的，不要有自己的思想，正职的思想就是咱的思想。局长有的时候客气一下，这事儿请谁谁谁酌办，你可千万别酌办。你真的拍板了，局长就有可能给你推翻了，费事儿不说，还惹得局长不高兴，得不偿失。当然，副职当的时间长了，有的时候也会闹点小笑话。上次李局陪上级领导去歌舞厅潇洒，唱完卡拉OK仍然意犹未尽，又挑了几个如花似玉的小姐开房娱乐。你们是知道的，李局在这方面的精神头是很足的。我可不敢和局长享受同等待遇，在楼下的沙发上等。一直等到东方发白，李局才陪着客人睡眼惺忪地下来。我虽然一夜没怎么合眼，但在局长面前不敢有丝毫懈怠。小姐这个时候递过单子，我接过账单，不假思索地在上面写道：请李局批示！小姐抿着嘴看着我笑，我还以为对我有意思呢。心想，有意思也得先对局长有意思啊，咋能对我呢，这不是给我上眼药吗？小姐还对我笑，说，先生，您真是太有意思啦，把账单杵到我面前，我这才回过味儿来。

说到这儿，我想起一个小故事，讲给你们听。说小和尚跟着老和尚学剃头，开始用冬瓜模拟人头练习，练习过程中，有人喊小和尚办事，小和尚随手将剃刀扎在冬瓜上，久而久之，成了习惯。小和尚终于出师，第一次给真人剃头，剃到半截，听到有人喊，顺手将剃刀"啪"地一声……这就是习惯的力量！这个故事与我遇到的事儿是不是有异曲同工之妙呢？我不知道。反正这次该我拍板做把主了。结完账，又豪爽地给了小姐一百元小费，反正是开发票的，羊毛出在羊身上。

我随时都在想着如何突出局长的中心地位，咱们要学会把自己隐藏在阴影里，让探照灯围着局长转。你们说让我也站在探照灯下亮亮相？不不不，那可是十分危险的事情，傻子才冒这个险呢。一次，局长接待客人，我想，局长是主人，自然应该在中心的位置。可是，不知咋回事，会议开始后，局长的名字却到了靠边的位置。看到这个情况，立马激出了我一身冷汗。虽说天气渐冷，我的衬衣却湿透了。过后，局长脸色不对，满脸秋风，我心里像揣了个兔子，惴惴不安。想跟局长解释，转了几圈磨不知道该咋说。就为这，害得我夜里老被噩梦惊醒，好几次被老婆踹到床下，还犯了恐慌症，见了局长就心慌，血压增高手冰凉。不到两个月，掉了好几斤肉。张章，你这家伙竟然还阴阳怪气地说，阎局，犯相思病了吧！你可真是"帘卷西风，人比黄花瘦"哦。气得我恨不得甩你一巴掌！直到有一天，和办公室主任闲聊，说到这码事，办公室主任才说，那天的席位牌是李局挪的。那天来的人职务虽然和局长平级，但都握有实权，是管官的官。局长表示谦虚，把自己的席位牌放在了靠边的位置。办公室主任当时想跟我解释，一忙就给忙忘了。听了这话，我的腋下像长了翅膀，轻松得要飞起来！

　　你们问我想不想当一把手？废话！孙子才不想当呢。我也是人，心理也有不平衡的时候，论水平、论能力，我在谁人之下？我不就是少了一点儿机会吗？当然，这事儿只能在心里想，千万不能说出来，让局长看出你有篡权的野心，你离倒霉的日子也就不远了！你们是我的手下，我知道你们的为人，才给你们说这些掏心窝子的话。你们说，刘备那个老小子厉害不？一个编草席的，争得三分天下有其一。在没成事之前，还不是装出一份窝囊废样儿？跟曹操喝酒，曹操说天下英雄，唯使君与操耳。一下说破刘备的心事儿，惊得老小子筷子都拿不住，掉在地上。幸亏一个惊雷，才掩饰了过去。否则的话，他的小命就玩完儿了。我现在做副职，就是要胆战心惊，小心翼翼，如履薄冰，如临深渊。一旦咱做了正职，哼哼，那就天马行空，独来独往了。想怎么决策就怎么决策，怎么过瘾怎么来。谁敢跟咱找刺，没他的好果子吃！

我们关系不错，才给你们说了这些不该说的话。你们受受教育就行啦，可别满世界嚷嚷去。

哦，好像有人来了，嘘……

阴　谋

办公室秘书科代科长小王往我们科跑得越来越勤了，每次来总带点儿小意思，几包烟往桌上一甩，豪气地说，哥们，抽着玩儿去！往白洁手心塞几块巧克力，亲切地说，白洁妹妹，新产品，免费试尝。我们都是高智商的人，自然知道天下没有免费午餐的道理。在他没有说明之前，我们暂且把糖衣先吃掉，炮弹撇在一边。终于，小王沉不住气了，说请我们吃饭，有事儿请哥们帮忙。

酒菜上来，小王频频举杯，十分殷勤。我说，王代科长，你铺垫得差不多了吧？什么事儿，说吧。小王话未出口双泪流，说过去上面有孙科压着，好不容易把孙科熬倒了，我想总该上一个台阶了吧？代科长的新鲜劲儿还没过去呢，就有人来接科长的位置了，到了我还是大头科员一个。我真比窦娥还冤啊！小水说，话不能这么说吧，咱张科论能力、论资历、论群众基础哪样不比你强，现在不还是个副科级吗？我说，说王代科长呢，别拿我说事儿。白洁问，是谁要抢你的这个位置啊？小王咬牙切齿地说，还有谁，局长秘书那个骚狐狸呗。白洁用筷子敲桌面说，抗议！小王急忙说，我没有歧视女人的意思。白洁妹妹玉洁冰清，堪称女人中的楷模，岂是那女人比得了的？小林说，一个二级科室，就算你当了科长，充其量不过是个副科级别，至于吗？我说，至于，万丈高楼平地起的道理你不懂吗？

说了半天，还是没有进入正题。小王说，你们不要站着说话不腰疼，倒是帮我拿个主意呀。我说，正经主意呢，我们倒有一些。不过，从你的情况来看，正经主意恐怕起不到正经作用，说不定还会适得其反。小王说，那你说怎么办，难道我就任人宰割不成？我说，你甭着急啊。正经主意出不了，坏点子、歪点子说不定就歪打正着了呢。看在你贿赂我们这么长时间的面子上，这事儿林子帮你办了，他是出歪招、损招的专家！小林急扯白脸地喊，合着就你们出的都是正经主意，我一出就是歪招、损招。我拍拍小林的肩，很首长地说，发挥一下你的专长吧，这个任务非你莫属哦。小林瞪我一眼说，小王贿赂的是我们大家，又不是我一个人，凭什么损失我一个人的脑细胞。我说，就这么定了，不要辜负同志们的希望噢，我们就等待你的胜利消息了。

我们吃完拍拍屁股走人了。小林虽然十二分的不情愿，在小王再三请求下，还是被迫进入密室策划去了。谈话中，小王无意中说出他掌握有局长受贿的证据。小林拍案而起说，现在正是治理商业贿赂的关键时期，算你小子有福。

小王说，福从何来？小林在小王耳边，如此这般密谋一番，小王边听边频频点头，笑得花朵儿似的。

没多久，市反贪局、监察局同时收到匿名举报信，举报李显龙局长利用职务之便，收受贿赂的问题。举报信信誓旦旦，说得有鼻子有眼，并列举了时间、地点、具体金额、当时的环境、还有什么人在场、说了些什么话等等，不由人不信。反贪局、监察局经过认真研究，认为决不是空穴来风，向市委作了汇报。市委书记坚决地说，查，查他个水落石出！

联合调查组很快进驻我们局。局长那几天表面上看镇定自若，安之若素，与平日没什么两样，实际上外松内紧，制定了好几套应急方案，其中两套值得一说，一是攻守同盟，二是调虎离山。局长经过认真排查，认为小王难脱干系，安排小王外出旅游。

调查组逐个找当事人谈话，一个个装傻充愣，一问三不知。尽管有时间、有地点、有名有姓，但是挡不住人家铁嘴钢牙，死不认账。调查组手里又没有过硬的证据，颇有老虎吃天——无处下口之感。据了解，这件事秘书科代科长小王了解内情，他们决定把小王召回来，打开缺口。

旅游行程尚未结束，小王接到调查组的电话，匆匆返回。调查组找他谈话，先是政策攻心，然后切入正题，最后给吃定心丸，说他们会绝对保证证人的安全，包括身心安全和政治安全。小王笑了，说用不着保密，我是党员，向组织汇报情况是我的义务，最晚后天把材料交到你们手里。调查组长大喜过望说，好好，此案办成，给你记一功！

看小王进入调查组驻地，局长心里恐慌起来。他知道有些事儿小王知道得很清楚，只要他出面作证，就是铁证，他李显龙就会在这条小小的阴沟里翻船。可就在这节骨眼，还刚刚讨论过由秘书接替他科长职位的议案。他拍拍自己的脑袋，真他妈的昏了头了！

就在局长惶惶不可终日的时候，调查组却悄无声息地撤了。

过了些日子，正式调查结论出来了。调查组组长与局长很熟，亲自找局长谈话，说有人举报，组织必须调查，履行程序，这也是对干部负责任嘛。现在结论出来了，满天的乌云风吹散，你放下包袱，该怎么工作还怎么工作，组织上还是信任你的。末了透露，秘书科小王的材料对调查结论起到了关键性作用。他的材料对检举信反映的问题逐一进行了反击，举报信所列举的时间、地点、见证人等等，他都在场，他证明，那个阶段，局长或忙于工作，或下基层指导工作，所谓接受贿赂，纯属子虚乌有。李局长是个勤政廉政，不可多得的好干部、好领导。小王的材料很有力度，很有说服力，调查组一一进行了核实，认为小王的材料可信度更高。

调查组召开了机关干部大会，公布了调查结果，说经过认真调查核实，反映李显龙同志问题的举报信纯属无中生有，李显龙同志政治上是过硬的，经济上是清白的。会议郑重为李局长消除影响，恢复名誉。

会后不久，小王去掉了那个"代"字，正式任命为秘书科科长，并兼办公室副主任，加了括号，正科级待遇。

我是谁

科长派我出差，去的城市是著名的旅行胜地，又恰逢夏末秋初，天气不冷不热，正是旅游的好季节。在同事们嫉妒的眼光中，我假借公出之名，单枪匹马开赴旅游第一线。

枫叶红得醉人，三三两两的游人悠闲地做指点江山状，我很诗情画意地想起毛泽东同志的那首词"……看万山红遍，层林尽染，漫江碧透，百舸争流，鹰击长空，鱼翔浅底……"我眼前缓缓展开的不就是这样一幅画卷吗？从这幅画卷中，缓缓过来一位美眉，径直走到我的面前。我心里扑通扑通乱跳，心想一段艳遇将从此开始。美眉未言先笑，问我"仙人跳"怎么走，我迷迷糊糊指了一下路，美眉娉娉婷婷飘然而去，翩若惊鸿。恍惚间，感到自己身体某个部位被动了一下，并没在意。

到宾馆之后，才发现背包里面的公文包不翼而飞了，里面有银行卡，有身份证，有手机，还有些散碎银两。公事还没办呢，却遭此洗劫，心情沮丧到极点。怀着一线希望，给我的手机打电话，传出的信息是对方已关机。幸亏宾馆的长途电话已开通，急忙给办公室打了一个电话，接电话的是小林，说外面的花花世界令你神魂颠倒了吧，怎么想起给家里打电话了？我气急败坏地陈述了事情的经过，小林一点儿同情心也没有，哈哈大笑道，看你还敢想入非非！没几日，汇款单寄到，我心中默念着"破财免灾"的四字箴言，兴冲冲到指定的邮局取款。邮局小女孩儿态度很亲切，接过汇款单后点钱，一连点了两遍，我看得清清楚楚，没错儿。小女儿伸出细腻的小手说，拿来吧。我说，不是已经给你了吗？女孩儿说，身份证啊。我这才想起我已经是没有身份的人了，恨恨地骂，这个美眉，一点儿职业道德也不讲，钱你拿走，把身份证给咱留下啊。没有身份证，看着钱也拿不到手，心里那个郁闷啊。暗暗发誓，再也不到这个城市来了，风景再好也不来了！

没办法，还得给家里打电话，这次接电话的是小水，习惯性地问，哪位？我没好气地说，我也不知道我是哪位！小水笑了，张科啊，又被哪个美眉围追堵截了？我说，废话少说，赶紧给我寄份身份证明来，否则我就沦落街头了！

特快专递很快就寄到了，我从心底对这种快捷的邮递方式叫好。墨绿色的邮递专车下来一位小伙儿，扫描了我一眼说，你是张章。我笑道，有假包换。小伙儿说，好吧，请出示身份证。我说，在你的特快专递里呢。小伙儿笑着说，先生，您真会开玩笑。我说，我没有开玩笑。小伙儿耸耸肩，那我就爱莫能助了，我们要为客户负责，你不能证明你是张章，我凭什么相信你？我还想做深入解释，小伙儿没有耐心听，摆摆手说，等您有了身份证明，再到邮局取吧。再见了。墨绿色的邮递专车屁股后面冒出一缕轻烟，很快跑得没有踪影了。

　　宾馆服务员笑吟吟地对我说，先生，您的押金用完了，您要是继续住，就再交押金，不住呢，就抓紧时间退房，过了中午十二点，是按全天收费的。我一边收拾行装，一边想办法，看来还得给家里打电话，派专人把我这个大活人接回去。电话传来忙音，电话已经不通了。问总台，人家说我钱已用完，长途停了。

　　看看街上熙熙攘攘的人流，我的心里分外孤独，首先想到的是，怎么解决吃住行的问题。天渐渐晚了，华灯初上，我仍然踯躅在街头。左思右想了半天，只得先在候车室凑合一夜了，天大的事明天再说。候车室人声鼎沸，汽笛长鸣。我蜷缩在一角，满腹惆怅。迷迷糊糊中，被人粗暴地踢醒。是车站公安巡逻，要看我的身份证件和车票，我什么也没有，公安同志没怎么难为我，把我清除出车站了事。

　　这时大概也就凌晨四五点钟的光景，拂晓的风吹在身上颇有些寒意。车站广场的灯光发出惨白的光芒，我在广场来来回回地走。我这人真是不可救药了，已然落魄到如此地步了，脑袋里却还蹦出"无可奈何花落去，似曾相识燕归来"的句子。

天终于大亮了，我也蜕变成了流浪大军中的一分子了。我打开行囊，把自己换洗衣服和杂七杂八的东西摊开，用纸板竖起一块牌子，说用这些东西换一张回我所在城市的一张车票。围观的人挺多，却并没有人真正愿意买。广场协警员看见我无照经营，大喝一声，证件！我凄然地说，没有，你们遣返我吧。协警把我带进派出所，我如实陈述了事情经过。派出所所长打电话进行核实，证明了我所言非虚，便送我一张救济票。救济票是没有座位的，我站了二十多个小时。我真的很感谢那位姓孙的大学生，因为他的死，废除了几十年的收容制度，否则，我的遭遇可能和他一样悲惨……

　　同事们热情欢迎我归队。看到我胡子拉碴，憔悴不堪的样子，白洁心疼地说，张科，你怎么变成了这样，我们都快认不出你是谁了。

　　我说，我也不知道我是谁了。

只为一个爱字

　　一天下午，百无聊赖之中，我们谈起永恒的话题——爱情。我们各自坦白了自己的爱情经历：科长的爱情属于传统型，虽说自由恋爱，婚前却连手都没有摸过（科长语）；我的爱情属于务实型的，双方感觉不错，便草草结束单身生活（可我感觉生活得很幸福）；小水的爱情是浪漫型的，月白风清，惊天地、泣鬼神；小林则属于开放型的，大胆而热烈，认识的方式也是那么时尚。白洁的爱情我们不清楚，她也很少谈，可是我们看得出来，她已经深深沉浸在幸福之中不能自拔了。小林说，我们都讲了自己的爱情史，你是我们办公室绝无仅有的女士，应该让我们分享你的爱情啊。白洁笑道，爱情是自私的，不能分享的。小林说，呸，说错了，你就说说你的那位是怎么把你勾引到手的吧。小水笑道，林子，你狗嘴里吐不出象牙！我笑着说，白洁啊，如果不涉及到隐私，你就满足一下大家的好奇心吧。白洁莞尔一笑说，其实也没啥好说的，是他的求爱方式打动了我。

白洁是在大学图书馆和他认识的。一次，白洁去晚了，图书馆座无虚席。白洁正在犹豫要不要回去，看见一个男孩子冲她招手，请她坐在他事先占的座位上（后来，发展成为白洁未婚夫的男孩子主动交代，他早已注意到她了，此举属于处心积虑）。男孩子很内向，不善言辞，但是能准确知道白洁需要什么，有时白洁忘记带读书卡片，他就不动声色地把卡片推到她眼前，有时白洁忘记带笔，他就不动声色地将笔摆在她面前，总是那么恰到好处，一点儿也不做作。渐渐，他们熟悉了，再往后，白洁被惯出了惰性，经常忘带这忘带那的，好在男孩子从来没有令她失望过。

读完书出去，他会买些小食品，比如瓜子、奶糖、巧克力什么的，默默递给白洁，白洁什么也不说，接过来默默地吃，他一直将白洁送到宿舍楼门前，看着她上楼，然后离去。

有的时候，他们也会在林荫小道的长条椅上小憩，两人海阔天空地聊天。说聊天不太准确，往往是白洁滔滔不绝地说，男孩子静静地听，听得津津有味，眼光中星光闪烁。

有一天，白洁表情很沉郁，坐在长条椅上一言不发，把男孩子吓得够呛，问她，你怎么啦？白洁不作声，看着脚下的青草黯然神伤。过了好一会儿，才抬起头对男孩子说，我们宿舍的小黄有男朋友了。男孩子奇怪地说，那又怎么了？白洁说，现在就剩我了，形单影只，你不感到我很可怜吗？男孩子想说什么，脸涨得通红，却没说出来。白洁问，你相信缘分不？不等男孩子回答，她接着说，不管你相信不相信，反正我信。

男孩子愣愣地看着白洁，白洁抬眼看他，他却做贼似的把目光游移开。玫瑰色的晚霞照在林荫小道上，他们的心里有了别样的感觉。

白洁像往常一样进入图书馆看书，对面却没有了男孩子的身影，这是从没有过的。白洁给他占了座位，可是直到图书馆关门，他也没有来，像突然蒸发了一样。白洁心神恍惚，一个字也看不下去。第二天，他还没有来。第三天，依然没有来。白洁感到度日如年，有生以来第一次感受到思念一个人的滋味。

第四天太阳刚冒红，突然接到他的电话，她的眼睛潮湿了，轻轻地说，你，这些天你跑到哪儿去了。

男孩子兴奋地说，你知道吗？我现在在西藏，在布达拉宫，这里的太阳好红好大哦。

白洁问，你到那里干什么去了？

男孩子说，我要站在世界最高处，对全世界的人说一句话。

白洁说，你神经啊，跑到西藏，就为说一句话？

男孩子的声音很清晰，仿佛就在身边，大声说，是的！我先回答你前几天的问题，你问我相不相信缘分，我告诉你，我相信！

白洁说，就这些？

男孩子说，不，还有最重要的一句，就是，我—爱—你！声音很大，很激动，白洁似乎听见千山万壑的回音：我—爱—你—我—爱—你……

白洁的眼泪滚滚而下……

听完白洁的故事，我们久久没有说话。忽然，小水轻轻地说，好美啊，美得像童话故事。

以毒攻毒

办公室秘书科王科长近两三天到我们科来的次数明显增多，进来不多言不多语，总是耷拉个脑袋，唉声叹气的，一副萎靡不振的样子。小水说："王科，你已经干上科长了，而且加了正科级的括号，正所谓春风得意马蹄疾。咱们科长干了快一辈子了还是个科长，咱们张科至今还在副科的位置上雪拥蓝关马不前，林子想当科长把眼睛都想蓝了，至今连个科长的影子都没见着，你还摆这个哭丧脸作甚？向同志们示威是咋的？"

我说："你想讽刺王科长就讽刺两句，没人拦着你，不要拿我们说事儿。"

小林捂住胸口："故作痛苦状，哎呀，我的心已经裂成了碎片，谁这么残忍，还要在我的心窝子上捅刀子啊。"

白洁吃吃笑道："甭那么夸张嘛。把你裂成碎片的心掏出来让我们欣赏一下，看有没有办法帮你补一下。"

小水一手遮住耳朵，做凝神倾听状："安静，我真的听见了林子心脏碎裂的声音了，像是玻璃被火烤炸的声响，劈里啪啦的。"

科长过来说："你们这些人，总是唯恐天下不乱。也不问问人家小王有什么心事，怎么去帮帮人家，一个个的戏弄人倒是一把好手。"

小林说："科长，您可别被这家伙的表面现象所蒙蔽，他心里不定怎么得意呢，故意装出愁眉苦脸的样子刺激我们。"

王科长从兜里掏出一盒"熊猫"香烟，往小林小水嘴里各插了一支，又变戏法似的掏出一把巧克力塞到白洁手心。这才开口说话："先把你们的嘴堵住，糟践人也得有个时间有个尺度吧。"

小林抽了一口烟，徐徐吐出，阴阳怪气地说："哟，当官和不当官就是不一样呀，烟的档次立马高了好几个层次哎。嗨，王科，你这是招待烟还是受贿烟?"

王科长恨恨地说："林晓宇，算你狠。"

小水说："吃人家的嘴短，拿人家的手软，说吧，又有什么事儿需要我们帮忙了?"

王科长说："真是仕途艰险啊，重重陷阱，步步机关。芝麻粒大的一点儿事儿，转眼就变得比西瓜还大。"

科长说："小王，你发的这些感慨与你的年龄不符哟。说说吧，遇到什么棘手的事儿了。"

听完王科长的叙述，我们才明白他说的一点儿也没错，比喻得也很贴切。就是一件芝麻大的事儿，硬是整得比西瓜还大。

王代科长正式转正当了科长之后，工作积极性空前高涨，总想让领导见识到自己的能力和水平。就在上个星期五，他在整理文件时，发现局长已经签发过的文件上有一句话说得不是很准确，但是意思还是能看得懂的，属于可改可不改的范畴。王科长认为政府部门发出的文件，应当在逻辑上更严密一些，语义表达上更通畅和准确一些，顺手拿起笔，在那句话上勾勾画画了一番，并对自己严谨认真的工作态度给予了高度评价。办公室主任看到了这份文件，问是谁修改了? 王科长很是自豪地说我呀。主任什么也没说，看了他一眼。他以为主任是赞赏他，没怎么在意。后来回忆起来，才悟到主任看他的那一眼很有内容，很有深意。

主任对小王年纪轻轻就当了科长心里很是不平衡，虽然还在他的手下，但是级职上与他平起平坐，这毛头小子，凭啥？及至看到小王当了科长后完全没有了以前的谦卑，更是愤愤不平。本来，这件事情的处理很简单，完全可以内部消化的，或者按照他修改后的底稿打印下发，就那么一句话，领导根本不会在意的，或者就当他的修改纯属吃饱了撑的，还按局长签发过的原稿打印下发。主任没有这样做，而是把这份文件送给局长看，别有用心地说，局长，这是您签发过的文件，王亚明在这上面做了一些修改，请您过目。局长一听勃然大怒，这个王亚明还知不知道自己吃几碗干饭！谁给他的权力，竟敢修改我签发过的文件！主任弯下腰，对着局长的耳朵说，这个王亚明，才当了几天科长，眼睛就长到脑瓜顶上去了，"骄傲"二字在他身上表现得尤其突出。我再三给他交代，修改领导看过的材料，一定要征求领导的意见，他就是当做耳边风。局长说，他不是水平高吗？你告诉他，我让贤，请他来当这个局长好了！主任说，局长，您别生气，不值。您指示，该怎么处理？局长冷笑道，怎么处理，他不是水平高吗，喜欢写写画画吗，很好，撤了他科长职务，调到总务科，让他去打扫卫生，我看他能把地扫出花儿来！

主任回去对王科长说，小王啊，局长要他签发过的那份文件，说要再看看，我拿给了他。他看了你修改过的地方，说改得不错呢，还说你是个人才，发现得太晚了。好好干，小伙子，前途无量！

王科长听了主任传达局长的话，心里特兴奋，小脸憋得通红，激动得能听见自己心脏怦怦剧烈跳动的声音。他不禁为自己果断修改的那句话而得意，颇有"莫道前路无知己，天下谁人不识君"的自负。有的时候，领导的一句话可以让你上天堂，也可以让你下地狱。他认为自己已经是局长的人了，接办公室主任的班近在咫尺，唾手可得！

很快，他就从天堂跌到地狱。他发现，这两天办公室的人见了他眼光躲躲闪闪的似乎有什么难言之隐，平素和他很要好的同事也不再有事没事找他汇报工作了，见他过来绕道走，实在绕不开就低头匆匆而过，他主动跟人家打招呼，人家只是用鼻孔哼一声作答。怪哉，这些人是咋啦，吃错药了？就算一个吃错药，总不能个个都吃错药吧。终于在下班的路上，堵住了一个平时很要好的同事，一定要请人家吃饭，同事四顾无人，方才和他进了饭馆，他这才知道了事情的原委。原来，人家在背后磨刀霍霍，就要对他进行血淋淋的杀戮了！主任已经和总务科长就他的安排问题交换过几次意见了，因为没有合适岗位才未下文件。

听完王科长如泣如诉的陈述，一时间大家反而不知道说什么好了，也为刚才的冷嘲热讽感到内疚。

小林首先打破沉默说："你打算怎么办，坐以待毙？"王科长说："我不是任人宰割的羔羊。就算是只鸡，砍掉脑袋还要蹬几下爪子呐！"

白洁说："王科，不要说得那么血腥好不好。"

王科长说："我们就生活在这个血腥的环境里，怎能避开？"

小水说："你呀，又要遇到一个坎了，这个破科长当得真够累的！你说你，臭显摆个啥，局长已经签发的文件，你还改它作甚？唉，你真是木匠戴枷——自作自受。我们只能对你的处境表示最最最真切的同情。"

王科长说："我就改了一句话，而且那句话的语法的确有错误。"

小林说："就一句话？改一个字都是大不敬。"

王科长说："现在再说这些还顶个屁用！我要的是主意，是行动！"

我说："现在文件还没有下，也不是没有操作空间。不过嘛，还是有点儿小麻烦。"

王科长说："张科，你有什么办法赶紧说啊，不要卖关子了。"

我说："王科，你不是不知道，我的高质量的脑细胞是非常非常昂贵的，为了帮你渡过难关，要损失我多少脑细胞哟。"

王科长双手抱拳说："如果能帮我能度过此劫，我王亚明此生绝不会忘记你的大恩大德。"

一直没说话的科长插话说："你可不要出馊主意，偷鸡不成反倒蚀把米。"

我笑着指着自己的脑袋对科长说："科长，您看看这是什么？脑袋！脑袋里装满了什么？智慧！"

我把王科长拉到一旁，如此如此，这般这般，面授机宜。

王科长依计而行。

一星期过去了，王科长依然是王科长；两个星期过去了，王科长还是王科长。看来，王科长这个位置又稳如泰山了。

小林虚心向我求教，张科，你使用了什么法子，帮助这小子转危为安的？我说，要说也很简单，四个字，以毒攻毒，如此而已。小林说，愿闻其详。我端起茶杯喝水，像刚发现似的：哟，没茶叶了。小林赶紧拿出自己的茶叶，给我沏上茶，做了一个请的手势说，张科，请喝茶。我摆足了架子，小林小水围着我团团转，作出一副求知若渴的样子。

这事儿说破了很简单，简单的会令政治家们愤怒。我给小林出的计策是，第一，赶紧写份检讨，不要怕给自己头上扣屎盆子，要在"灵魂深处爆发革命"。第二，准备一份厚礼，拜访主管我们科的副局长"红版图"（办公室属局长亲自管），由他出山向局长陈说利害，重点是调走了王科长，办公室就缺少了制衡监督机制，主任就可以一手遮天了，说不定会在某种程度上架空局长，即权力底下开小差。局长完全可以利用他们之间的矛盾，在上面操控，威恩并施，鹬蚌相争，渔翁得利，最终坐收渔利的除了局长还能是谁？第三，找几个心腹，匿名给局长的邮箱发电子邮件，对王科明贬暗褒，主要说王科对下级太苛刻，把局长的话奉若神明，只要局长一句话，就算是半夜，也得从被窝里给揪起来！秘书们在他手下苦不堪言。对主任明褒暗贬，说人家主任就宽容多了，真正的人性化管理，非常理解年轻人的特点和需求，上班上网、迟到几分钟是常有的事儿，人家主任说了，上网可以锻炼人脑子的灵敏度，捕捉大量的信息，对工作有益，上班迟到几分钟是同志们工作太劳累了，咱们做领导的不理解还有谁理解呢？在他的关爱下，同志们感受到了春天般的温暖。

计策进展得基本顺利。说"基本顺利"，是游说"红版图"时遇到了点阻力。"红版图"说干部任免是局长分管的范围，他插手此事有瓜田李下之嫌，自己也快到退二线的年龄了，多一事不如少一事。后来，还是在王科长厚礼的诱惑下，勉为其难地充当了说客。"红版图"游说是主攻，其他两条是策应。就这样，局长终于被拿下。

白洁评价道，好阴险噢。科长说，够损的。小水不以为然地

262

说，不就是个破科长嘛，值得费这个牛劲吗？只有小林表示赞赏，说有创意，严重钦佩！

风平浪静之后，王科长正式请我们赴了一次宴，我在酒宴上喝高了，说了些什么已经毫无印象。小水后来告诉我说，我大骂自己不是个东西。

雨夜邂逅

我要是准时下班就赶不上这场雨了。快下班的时候，科长对我说，李局吩咐的那份调研报告明天早晨就要，你辛苦一下吧。我说，心苦命也苦。小林挤眉弄眼地说，这是给你锻炼的机会呢，你可要珍惜。我说，要不，这个机会让给你？小林说，我是道德高尚的人啊，见困难就上，见机会就让的。拜拜。

办公室一下静了下来。我心无旁骛，专心致志地修改那份调研报告。报告已经写得差不多了，最后润色而已。当我抬起头来的时候，天已经黑了，下起雨来，很大。幸好我备有雨伞，撑着走出门去。

今天出租车生意分外火爆，几乎没有一辆空车驶过。除了偶尔有一辆出租车驶过之外，街面上冷清而寂寥，往日的喧闹被倾斜的雨鞭子抽打得落荒而逃。

雨点抽打在雨伞上砰砰响，我顶风冒雨疾步前行，期望能碰见一辆空驶的出租车。可是，我失望了，空驶的出租车比熊猫都珍贵。

我忽然看见路边的电话亭里，一个女孩子在避雨。电话被人拆走了，门也没了，三面玻璃墙幕空间很狭小，女孩子使劲往里缩，可是面积就那么大，风雨肆无忌惮地扫在她的身上。

女孩子穿的吊带裙已经被雨水淋透，曲线毕露。她的身子在簌簌发抖，显得楚楚可怜。

我的脑子里冒出许多问号，一个女孩子，这么晚了，独自跑出来干什么？为什么不打电话让家里人来接？

我忽然升腾起英雄救美的情怀。

我走过去对她说，小姐，需要我的帮助吗？我感到我说得很得体，很绅士，我为自己的情操而感动。

女孩子被吓着了似的大声说，你，你想干什么？

我说，没别的意思，你看，雨这么大，我送你回家吧？

她的眼睛死死盯着我，有恐惧，也有愤怒，盯得我心里发毛。我努力调整自己的面部表情，想给她一个最灿烂的笑，想给她安全感。

我说，咱俩同撑一把雨伞，告诉我你家在哪里？

我希望看见她眼睛里感动的泪水，因为我自己都被自己感动了。可是我失望了，她不但一点儿也不感动，反而圆睁双眼，大声对我呵斥道，你，你，离我远点儿，要不然，我打 110 了！

我听话地倒退两步说，也好，你打 110 吧，我在这儿等着你。110 来了，我就走。

女孩子突然哀哀地哭了，说大哥，你放过我吧，我手机丢了，我身上什么也没有。我不能跟你走，我还是姑娘呢。

我已经笑不出来了，叹口气说，小妹妹，你可能误会我了。要不，我把伞借给你，你赶紧回家吧。你一个单身女孩子，又是这鬼天气，很危险呢。

她惊慌地说，不，不，我不要你的伞，你快走吧，求求你了！

我还想说点什么，忽然看见她咬咬牙，猛地撞开我，毅然决然地冲进风雨之中。

风雨茫茫，昏暗的路灯下，留下了惊慌失措的背影，还有不断溅起的雨花。

她的警惕，她的恐惧，她的愤怒，她的惊慌失措，让我的心情很凄然，很苍茫，也很悲凉。

雨下得那么大，她会不会着凉？会不会真的遇到坏人。她像一片叶子在大雨中瑟瑟发抖，她那凛然不可侵犯和楚楚可怜的神情，不断交替在我脑子里闪回。

几乎一夜无眠。第二天早晨，天晴了，瓦蓝瓦蓝的，昨天的种种不快都随风吹雨打而离去，我的心情释然了，接着好得一塌糊涂。

小林看见我惊呼道，张科，你以为你戴两个黑眼圈，就是国宝了？

我说，说什么呢，我是一夜无眠啊。

小林说，你是为革命事业废寝忘食呢，还是为伊消得人憔悴？

我说，我啊，纯属听评书落泪，替古人担忧啊。

我简略陈述了雨夜遭遇。

白洁说，那个小女子真是有眼无珠。像咱张科这样一等一的人才不投怀送抱倒也罢了，怎么还把人家的好心当成别有用心呢。

小水叹息道，唉，张科怜香惜玉的美丽情怀硬是让人家美眉给无情践踏了，"多情反被无情恼"，可惜啊可惜。

我深表赞许地说，小水，你是我的知音啊，我和你有同感。

小林说，看你们说得热闹，把张科夸得一朵花儿似的。说不定那个小女子现在也在对她的同事们吹牛呢，说昨天晚上遇到一只色狼，她临危不惧，机智勇敢地摆脱色狼的魔爪。她的同事们说不定正在为她的英勇赞不绝口呢。

科长忽然大声说，别说了，你们觉得这很有意思吗？我感到很悲哀，真的，很悲哀！

看牙记

难得浮生半日闲。我忙里偷闲地写一部新构思的题为《有病乱投医》的中篇，为我笔下的人物如醉如痴，就在我完全进入状态之际，忽然有吱吱啦啦的噪音在耳边响起，扭头寻找噪音来源，发现小林捂着腮帮子痛苦地呻吟。我愤怒地说，林子，叫唤什么呢，钱包被盗了，还是女友被撬了！小林乌拉乌拉说着什么。我没理他，继续写作。噪音愈加刺耳，颇有"出师未捷身先死，常使英雄泪满襟"的气势。看来，今天我的写作计划是泡汤了，我关闭电脑，深情款款地走到小林身边，猛地搬开他捂在腮帮子上的手说，干什么呢，鬼哭狼嚎的，还让不让人活了！说完这话我就后悔了，因为我清楚地看见，小林的腮帮子凸起一座小山丘。我转而用尽可能温和的口吻问，你这是被谁强暴了？小林龇牙咧嘴含混不清地说，牙……牙疼。这家伙，我问的是过程，他回答的却是结果。我说，牙疼就去看啊，穷叫唤什么！小林乌拉乌拉地说了一句话，好像是说风雨中这点痛算什么?！为了弥补我对他粗暴态度的愧疚，我说，行啦，算我倒霉，陪你走一遭吧。

仿佛一夜之间，雨后春笋般冒出许多诊所，我牵着小林，细心地扫了一圈大街，发现了一家牙科诊所。门脸很小，口气很大，名字叫：全球牙得康诊所。还有一句广告语：问天下牙有几许，看神医手段如何？

进入诊所，似乎进入卫生间，不，远不如我们办公大楼的卫生间整洁，是那股味儿颇为相似。诊所坐一位络腮胡子大汉，那把大胡子像茂密的丛林。他脸上绽开微笑，招呼我们说，二位，看牙的吧。我点点头，心里说，不看牙到这里干鸟。之所以想起这句话，是因为我联想到将板斧抡得虎虎生风的黑旋风李逵李大哥。

诊所更像机械修理部，锤、钳、锉、改锥等器具一应俱全。络腮胡子对我们进行了一番仔细打量后，对我说，兄弟，你哪颗牙有毛病？我说，我的牙齿很坚固，嚼铁如泥，是他牙有毛病。络腮胡子转向小林，挪开他捂在腮帮子上的手，出其不意地扭住小林的嘴，把嘴捏成一个"O"型。小林惨叫一声，没了人声。络腮胡子笑了笑说，嗨，小兄弟，这点儿疼都忍受不了，还怎么干大事呢。我忍不住提醒他说，老大，你这是诊所，不是刑房！

络腮胡子没有跟我一般见识，认真观赏了小林的口腔之后，很严肃地问小林，你的牙有什么毛病？小林支支吾吾说不出话，我代替他说，可能是虫牙，也有可能是火牙。络腮胡子惊讶地睁大眼睛说，内行呀，兄弟。你不开诊所，抹杀了你这个人啊。我故作谦虚状，哪里，皮毛而已。他接着问，还疼吗？我说，牙疼不是病，疼起来要了命！络腮胡子赞许地点点头，说得透彻！然后开了张单子，说交钱吧。我问，多少钱？他说，先交300吧。小林没带钱，我颤颤抖抖掏出300元，递到他蒲扇般的大手里。

接过钱，络腮胡子茂盛的胡子忽地奓开，愈发显出黑旋风的风采。他捡起改锥，往小林嘴里填塞黄乎乎的棉球，塞得小林的腮帮子愈加鼓胀起来，整个脸没了人形。在他的治疗过程中，小林一直杀猪般嚎叫不止。我听得心胆俱裂。终于熬到治疗结束，我小心翼翼地问络腮胡子，老大，您杀过猪吧？络腮胡子很大度，不在意我问话的无理，很诚实地回答，猪倒没杀过，给猪瞧过病。不瞒你老弟说，当初俺在乡下给猪看病，再捣蛋的猪，一见到俺就尿！

　　络腮胡子又拿起锤子和锉刀，准备给小林做进一步的治疗，小林吓得脸色惨白，趴在桌上不起来，浑身筛糠般颤抖，嘴里怪叫。络腮胡子笑笑说，他说什么呢？我翻译说，他说你让他死吧，他宁死也不治了！络腮胡子说，真没劲儿，俺的手段还没真正使出来呢，他就不行了！

　　扶起柔软的面条儿一样的小林，我对络腮胡子说，结账吧。他趴在桌子上认真写着，计算着，然后递给我一张清单。他写的字像飞驰而过的疾风暴雨，我一个字也没看懂，结尾的阿拉伯数字看得清清楚楚，558.68元。我吓了一跳，说老大，您没算错吧？络腮胡子和颜悦色地说，怎么会错呢？俺是一笔一笔仔细核对过的，就诊费还是优惠价呢。我说，就那些棉球能值这么多钱？络腮胡子一副大人不计小人过的神情，耐心地解释说，俺这里是明码标价，童叟无欺的。你知道那些棉球是从哪里来的？进口的！漂洋过海几万里，空运费、税收、人工费用等等，你算算，值不值这些钱？我算不过来，还想争辩几句，小林已经受不了了，对着我叽里呱啦直叫唤，我听明白了他的意思，说赶紧给钱离开这个鬼地方吧，我一分钟也不想待了！我又给了络腮胡子260元，说不用找了。络腮胡子严肃地说，那怎么行？一是一二是二嘛。俺们做大夫的，最重要的就是医德啊。他从抽屉里取出1.32元零钱，很郑重地递到我手里。

络腮胡子很有礼貌地把我们送到门口，亲切地说，欢迎再次光临！小林很清晰地嘀咕了一句，你去死吧！

……

回到办公室，我把看牙的经过告诉了同事们，没想到他们见怪不怪。小水说，你就知足吧，能囫囵个儿回来已经是万幸了。白洁说，这些黑诊所也没人管管？小水说，管？怎么管，"野火烧不尽，春风吹又生！"

第二天清晨，小林忍受着剧痛，以一不怕苦，二不怕死的大无畏精神，修改了"全球牙得康"诊所的广告语，只改了三个字，变成"问天下命有几条，看兽医手段如何？"

仙人球开花

科长小心翼翼地从塑料袋里捧出一个花盆，那是一个什么花盆啊，黑黑的，斑驳地点缀着许多污渍。科长平素是个爱整洁的人，今天怎么搬来这么一个肮脏东西来污染办公室的环境？

小林戏谑地说，科长，您这是聚宝盆吧，从哪里淘换来的？我说，古董啊，科长，你什么时候加入此行的？小水说，什么古董，科长您是从垃圾堆捡来的吧？科长笑着说，还是小水有眼光，的确是从垃圾堆捡来的！白洁不解地问，科长大叔，您什么不好捡，捡这么个脏兮兮的东西干什么？科长说，我和它有缘啊。路过住宅小区，看到它倒在垃圾箱前，近前一瞧，仙人球还活着呢。这也是条生命啊，我就把它捡回来了。

我们这才发现，花盆里还有一颗鸽子蛋大小的仙人球，病病快快的，要死不活的样子。

我不屑地说，科长，我们这个世界每天要诞生多少生命，又有多少生命在消失，您管得过来吗？科长认真地说，远的咱管不了，也无法管。你们说，为啥这颗仙人球偏偏让我看见。你们别看它不会说话，它也是有思想，有感情的，它在向我呼救呢，我能忍心不管吗？

面对这样可爱又天真的科长，我们还有什么可说的呢？

就在我们说话的时候，白洁已经把花盆搬到卫生间进行了彻底清洗，仿佛给它穿上了新装，红光锃亮。

第二天，小水带来一只漂亮的花盆，将仙人球移进去。小水说，昨天我对女友讲了科长救仙人球的故事，我们小倩说，科长的爱心惊天地、泣鬼神哎，吩咐我无论如何也要献一份爱心。小林带来了花肥，默默无言地为仙人球施肥。白洁用喷壶为仙人球浇水。做完这一切，我把花盆搬到阳台，让它接受阳光的沐浴。

仙人球在我们的精心呵护下，茁壮地成长起来。没多久，小水的花盆就已经无法容身了，我们又换了一个大的。

仙人球金黄色的刺完全舒展开来，锋芒毕露，球体翠绿，看起来生机勃勃。

仙人球已然成了我们办公室的一员，我们看着它，心里充溢着幸福。它也给我们惹了一场麻烦。

办公室秘书科王科长一脚迈了进来，裤脚被仙人球锋利的刺刮了一道口子。王科长气愤地踢了一脚花盆说，把这玩意儿摆在地当中干嘛，害人呀！小林话中有话地说，你拿它治什么气，你的眼睛长在脑门盖了，怨谁！在王科长还是小王的时候，小林帮助他策划了一个阴谋，才使他顺利地成为王科长；在他科长的位置受到严重威胁的时候，又是我帮他度过了难关。看他气急败坏的样子，小林就没好气。

王科长显然听出了小林的弦外之音，没有接茬，就事论事地说，我的脚面也没有长眼睛啊。你们说，我的裤子咋办？小林说，咋办个屁！我们科长说了，仙人球也是有思想、有感情的。世界上没有无缘无故的爱，也没有无缘无故的恨。它怎么不扎别人，专扎你呢，可见你也不是什么好人。

王科长气得发抖，指着我们说，你们，你们还讲不讲理！小水接过话说，不就裤子刮了个口子吗，值得这么如丧考妣的。我火上浇油地说，就不讲理了，你能怎么着吧！王科长气得满脸通红，青筋暴涨，嘴唇乱颤，说不出话来。科长说，是咱们的仙人球把人家的裤子给刮破了，你们倒还有理了。小王啊，你这条裤子多少钱，我赔给你。

科长这么一说，王科长反而不好意思了说，郑科，我也不是想让你们赔裤子，秋菊打官司——要的是一个理儿。他满腔仇恨地扫了我们一眼，转身离去。

白洁首先醒悟过来，说王科干什么来了，怎么啥也不说就走了呢。我说，管他呢。小林笑道，这老小子被我们PK的一天都会不自在，这厮是木匠戴枷——自作自受！科长说，你们就留点儿口德吧。

仙人球真是有灵性的，似乎知道了我们对它的关爱，努力地、不知疲倦地成长着。在我们为它换了三个花盆之后，才满意地停止了扩张。一天早晨，白洁为它浇水时，忽然发现它的顶端裂开了一个小喇叭。白洁欣喜地叫，哎哟，你们快来看，花蕾！我们全体凑上前去，观赏这个小喇叭形状的东西。小水说，不会是花蕾吧？据说仙人球是不会开花的。小林说，据说是靠不住的，也许奇迹就会在它的身上发生呢。我说，它在以这种方式报答科长呢。没听说过吗，只要有爱心，石头都会开出花儿来！科长说，像花蕾，真的像，我就知道，它不会辜负我们对它的关爱。

奇迹真的发生了，小喇叭越吹越大，终于开出花儿来，火红的花朵儿颤巍巍的，昂首怒放，与浑身是刺的球体形成和谐的对立统一。

仙人球开花的奇迹风靡我们机关大楼，一时间参观的人络绎不绝，人们无不啧啧称奇。连平时很少走动的局长也端着口杯，到我们办公室观赏，局长不错眼珠地看了好一会儿，抬起头对科长说，郑科啊，美的东西不能独享哦，是不是放在大门厅让更多的人观赏啊？一向大方豪爽的科长作难了，摸着后脑勺说，这……局长笑笑说，不愿意就算了，跟你开玩笑呢。

省里花卉协会组织花卉展，在我们的撺掇下，科长把仙人球送去参展。仙人球也真是争气，一举夺得花卉展金奖。很多花卉爱好者慕名前来参观，其他搔首弄姿的名贵花种反而被冷落了。很多人在这棵硕大无朋的、开着娇艳花朵儿的仙人球前留影纪念。有个港商看见这棵仙人球，腿挪不动了，眼珠子也不会动了。他提出要用十万元的天价购买，科长毫不犹豫地拒绝了。有人说科长死心眼儿，放着到手的钱都不知道挣。科长说，它是我们的孩子，你们谁愿意用自己的孩子换钱呢。

花卉展结束后，科长召集我们开科务会，郑重提出把仙人球摆在大门厅，我们心里虽然很不愿意，可是看见科长不容置疑的眼光，知道反对也无济于事，便投了赞成票。

开着娇艳花朵儿的仙人球在大门厅迎接着来来往往的人流，成为我们局一道亮丽的风景。

水门事件

这场"水灾"在我们局可以说是史无前例的。

办公室、会议室、走廊、洗手间、储藏室，到处是清亮亮、白茫茫的一片。

机关全体紧急动员，投入"抗洪救灾"当中。

我和小水一组，他撮水，我拎水。他边撮水边随口吟了一句诗："一片汪洋都不见，知向谁边？"

科长正撅着屁股用簸箕把水撮进塑料桶，然后由小林拎进洗手间。听见小水不顾时间和场合乱显摆，直起腰狠狠剜了他一眼。

小林幸灾乐祸地笑道："知向谁边？洗手间！"

白洁用拖把拖着已经清完水的地方，笑着接了一句："小水哥引用的诗词不好，应该用李白的'飞流直下三千尺，疑是银河落九天。'"

我瞄了科长一眼说："干活，少废话！"

"你们倒是很有闲情逸致啊！""红版图"的话音进来。

科长说："阎局，来啦。你看，乱糟糟的，连个坐处也没有。"

"红版图"板着脸："何止是你们办公室乱糟糟的，全机关都乱套了。真是'针鼻大的窟窿斗大的风'啊！"

小林腆着脸凑上前去："到底是领导，真是'飞机上挂暖壶——高水平'。"

"红版图"警惕地看着小林："林子，你什么意思？"

小林一脸的无辜："佩服领导啊，还能有什么意思？"

小水笑道："马屁终于拍到马蹄子上了！"

我火上浇油地说："还让马炮了一蹶子。"

"红版图"愈加愤怒了："放肆！"

科长不能再保持沉默了："张章小林小水，闭上你们的臭嘴，听阎局指示。"

"红版图"说："指示个屁！一大清早，整得人焦头烂额。"

小林慢悠悠地说："您的指示怎么可能是个屁呢？"

"红版图"气得冲着小林翻白眼。

白洁笑道："不就是昨天下午停水，忘记关洗手间的水龙头嘛，值得焦头烂额吗？"

"红版图"不会对白洁疾言厉色，他和风细雨地解释道："小白呀，你以为就是一个简简单单的忘关水龙头的问题吗？"

白洁纳闷地说："那还有多复杂？"

"红版图"高深莫测地摆摆头："这涉及到了一个作风问题，一个责任心问题，一个管理问题。细节决定成败，如果我们做领导干部的，不认真关注这些细节、不去认真解决这样一件一件的小事，最终将会失掉了人民的信任。"

小林鼓掌道："精辟，高屋建瓴，深刻！"

小水对着小林说："我看你就是个屁精！"

我说："喂喂喂，别再给咱局长添堵了。阎局，您正式给我们做指示吧。"

"红版图"说："看来，你们办公室的水清理的差不多了。"

我心里骂，废话！嘴上一本正经地说："报告局长，我们一共清理出了一百九十五桶半水，科长擦了三十五次汗，有可能导致腰肌劳损。我新买的皮鞋灌进水，对质量有较大的影响，皮鞋价格四百三十元。报告完毕！"

小水抗议道："我们损失了，为啥不报告。"

小林说："我相信领导的眼睛是雪亮的。"

科长疲惫地摆摆手："你们还嫌不够乱是怎的？听你们的还是听局长的！"

"红版图"舒了一口气说："李局认为这件事儿不能就这样放过去了，要调查摸排，一定查清楚到底是谁拧开水龙头没有关，追究责任，借此整顿机关作风。"

科长有畏难情绪："洗手间是公共场所，人来人往的，又没有安装摄像头，怎么查，如何追究啊？"

"红版图"说："所以啊，才摸排呢。你们科认真排查一下，谁昨天下午去了洗手间，尤其是停水期间，这样可以缩小范围。李局说了，只要工作做到位了，就不怕查不出来。世界上怕就怕'认真'二字，共产党就最讲认真。"

说完，"红版图"匆匆离去，"亲自"到其他科室传达局长的指示去了。

我说："如此劳师动众，简直可笑之极。"

小水说："咱们局不是有严格的岗位责任制吗？按照谁主管谁负责的原则，这事儿应当由总务科来管，用得着局长大人亲自挂帅，副局长身先士卒吗？"

小林说："小水，幼稚了不是？这里面，弯弯绕大着呢。甭小看这一个简单的'水门事件'，它检验的是局领导的管控能力，中层干部的领悟能力，咱们这些公务员的执行能力。说追究是个形式，关键是看机关干部对领导指示持什么态度。"

白洁"相当"困惑地说："态度？态度就那么重要吗？"

我说："当然，态度决定一切嘛。作为机关干部，态度就是生产力，态度就是向上的阶梯！"

白洁摇摇头："搞不懂，太玄了。"

科长敲敲桌子："林子，把水拎出去倒掉。你们，把办公室整理一下。"

因"红版图"的造访，我们善后工作还没有最后完成。很快，办公室恢复了本来面目，地面因为被水浸泡过，显得尤其干净。屋子里凉飕飕的，很舒服，很惬意。

我们把身体放在椅子上，调整出最舒适的坐姿。疲劳一点一点从筋骨间逸出之后，科长咳嗽一声："咱们研究落实一下局领导的指示吧？"

我说："有什么好落实的？领导要的是个态度，不是结果。"

科长不解地说："没有结果，何来态度？"

小林说："郑科，您老在机关快一辈子了，这事儿能认得真吗？"

科长并没有在意小林的不敬，礼贤下士地问："依你们说，该怎么办？"

我说："林子说得对，糊弄一下就成了。办这种事儿林子是专家，就交给他办吧，保准万无一失。"

小林摆着双手道："麻烦事儿为什么总是我？好事儿怎么想不到我。"

小水说："你肚子里的坏水多啊。咱们总不能埋没人才吧。"

科长默许了我们的安排。

林子胡乱编排了昨天下午我们科每个人的日程，详细到了分秒。有一点是肯定的，停水之后我们科没有一个人去过洗手间。这肯定不符合事实，因为我就去过，方便完后洗手，才发现龙头没水。是不是关闭了水龙头，确实想不起来了。

　　显然，局领导对机关雷厉风行的作风感到满意，但是结果却使他们感到为难。好在领导们的智商高，很快就作出了处理决定。洗手间的管辖权在总务科，按照权利和责任对等的原则，总务科理应承担管理不到位的责任。总务科长丝毫没有透过的意思，很快作出了处理决定，解聘负责洗手间当班的保洁员。据说，当班保洁员家庭很困难，丈夫出了车祸，被一辆车撞成残废瘫在床上，司机逃逸，儿子高三，面临高考，家徒四壁，就靠着她的那点儿微薄的收入维持生活呢。

　　就在处理通知下达后的第三天，办公室主任亲自到我们办公室，收回了文件，说保洁员可以继续留下工作了。我问："局领导发善心了？咱们党的政策历来是惩前毖后，治病救人，哪能把人一棍子打死呢？科学发展观的核心是'以人为本'，这才真正体现了以人为本的态度嘛。"主任不以为然地说："哪里啊，'罪魁祸首'坦白交待了，自然就没有她什么事儿了。"白洁问："罪魁祸首，谁？之前为什么不站出来！"小林说："良心才发现呗。"主任似笑非笑："装，你们就好好的装，啊。如此精湛的表演，不进军影视圈，简直是抹杀了人才！"

　　科长大感不解："喂喂喂，你把话说清楚了，他们装什么了装？"

　　主任惊诧地反问："于得水主动找阎局坦白，说他临下班的时候去了洗手间，拧开水龙头，没有水，忘记关了。"

　　我们虽然对小水没有事前承认颇有微词，但是同时又为他勇于承担责任感到骄傲。科长说："知错能改，善莫大焉。哦，局里打算如何处理小水呢。"

　　科长说："李局的意思，扣发当月奖金，通报批评。"

小林说："太重了，我们不服。"

小水说："算了算了。干错了事就应该承担责任，我为我没有在事前承认感到羞愧。"

主任前脚刚走，一个不容置疑的事实电光石火般划过我的脑际，发生"水门事件"的那天下午，小水外出办事，直到下班也没有再进过办公室……

丽人行

"红版图"迈着四方步踱到我们办公室。他准备去庐山开会，要在我们科带一个随从。庐山我们都想去的，可是与"红版图"一道又是我们所不愿意的。"红版图"巡视了一遭问，哎，你们谁陪我去。我们急忙埋头工作，很专心致志的样子，好像有多么繁忙似的。科长说，科里就这么几个人，你说让谁去谁就去。"红版图"笑笑，道出了真实意图，那就让小白跟我去吧。

我像被蝎子蜇了似的跳起来说，阎局，咱们局可是有一条不成文的规矩，一般情况下，不安排一男一女出差。我知道我的话站不住脚，这条不成文的规矩针对的是一般工作人员，并不针对局级干部，李局就经常带着年轻的女秘书东奔西走，这是其一。其二是指"一般情况"，如果是"二般情况"就另当别论了。人家"红版图"不愧是当领导的，很有涵养，慢条斯理地喝了一口茶，反问我说，你怎么知道就两个人出差呢？

我无言以对。

"红版图"说，没有调查就没有发言权哦，麻秆张。办公室秘书科小王也一起去的。他不再与我废话，转身离去。

"红版图"前脚离开,小林就满腹忧愁地叹息道,哎哎,咱们的白洁妹妹难逃一劫啊。白洁笑道,你说什么呢,没那么夸张吧?我说,一只羔羊在两只饿狼血盆大口之下,能有什么好结果呢。小水也说,白洁妹妹,小心使得万年船,你要时刻牢记"人面兽心"这句成语,这是前人智慧的结晶哦。白洁做出可怜兮兮的样子说,那我该怎么办,从你们中间选个护花使者带在身边?科长笑着说,小白,甭听他们吓唬,他们都是些吃不到葡萄就说葡萄酸的主儿。白洁天真地说,科长大叔,您看我是酸葡萄吗?

白洁出差的日子里,我们一直为她担心,每天都打她手机,千叮咛万嘱咐,让她提高警惕,随时抵抗一切来犯之敌。白洁每次都说,你们放心吧,我很好,很愉快,没人把我怎么样。手机自费,没事儿就别打电话了。渐渐,电话就少了。

半个月之后,白洁出差归来,深有感触地说,你们告诫的是金玉良言,我时刻警钟长鸣,才没有导致一失足而成千古恨。

她讲述了出差期间发生的故事。

王科长平日里挺严肃,其实很有幽默感。他讲了一个赵本山PK周星驰的段子。其中有这样几句:

周星驰:其实我就是美貌与智慧并重,英雄与侠义的化身,改变社会风气,风靡万千少女,刺激电影市场,提高年轻人内涵,玉树临风,风度翩翩的整蛊专家,我名叫星星,英文名叫XINGXING!赵本山:走过南闯过北,火车道上压过腿。长江黄河喝过水,还跟傻子亲过嘴。春风吹,战鼓擂,赵老大我怕过谁呀?!……周星驰:傻瓜,大家都是自己人么,我对赵大哥你的景仰之心,有如滔滔江水绵绵不绝,又有如黄河泛滥,一发不可收拾……赵本山:小驰子,这我可得说你两句了,你整天喝狼酒迈犬步，唱情歌儿走山路，梳着失恋的头型，赶着多情的脚步，长了一双捡破烂儿的眼珠子还总寻找爱情的雨露呐……

在王科长绘声绘色地讲述和手舞足蹈的表演中，白洁笑得直嚷肚子疼。

"红版图"的幽默元素少一些，却很有亲和力，对白洁说话慢声细语的，好像说话声音大一点儿会吓着她似的。他还有一个习惯性动作，拍白洁的肩膀，每次在肩膀上停留的时间不会少于五秒。三人中白洁最年轻，职务最低，而白洁却受到了最无微不至的关爱。白洁口渴了，一罐可乐恰到好处地放在她的面前。女人带的东西多，白洁却总是空着两手。甚至她想方便了，一沓手纸不动声色地塞进她的手心。当然，"红版图"自己是不屑动手的，总是支配小王为白洁干这干那。王科长很有眼色，不用阎副局长开口，一个眼色就能心领神会，而且做得非常自然，一点儿也不让白洁感到尴尬。

在这种氛围中，白洁自然感到很轻松，乐不思蜀。她说，王科长就像开心果，和他在一起，任何烦恼和忧愁都会烟消云散。阎局像保姆，什么事儿都想在前面，做在前面，和他在一起，什么心也不用操。

白洁的评价令"红版图"和王科长很受用。

虽然如此，白洁还是没有被冲昏头脑，时刻牢记着我们的谆谆教导，与两人保持着一定的距离。只不过这个"一定"不太好掌握，既要让他们自我感觉良好，又不至于想入非非，为了这个"一定"，白洁损失了不少脑细胞。

现在的会议大同小异，会议费收得贼高，其实也就一半天的会，大多数时间都是游山玩水，会议组织者把业余活动安排得丰富多彩。酒宴过后，舞会便拉开序幕。王科长抢先一步请白洁唱卡拉OK，俩人声情并茂地唱了一曲《夫妻双双把家还》，唱罢回到座位，"红版图"脸色很难看，版图红得像要滴血。

舞曲又响起来，白洁主动邀请"红版图"跳舞。"红版图"立即眉开眼笑，搂着白洁柔韧的腰肢旋入舞池。"红版图"很诚恳地在白洁耳边说，小白，你要警惕小王呢。别看他年龄不大，很阴险，他能当上这个科长，是靠耍手段、搞阴谋诡计上来的。你看他在人面前挺厚道的样子，转过身就会捣鼓你。我这么说是出于对你的关心和爱护，人心叵测，你要多长个心眼儿。

白洁什么也没说，像吃了一只苍蝇。

舞会结束，"红版图"回房间看电视，王科长请白洁到咖啡厅喝咖啡。王科长在咖啡中放了块方塘，用钢勺轻轻搅动，边搅边说，小白，以后不要叫我王科长了，显得多生分。白洁问，那我叫你什么？王科长说，叫我亚明就可以了。白洁说，吓死我我也不敢呐。王科长推心置腹地说，小白，你要注意阁局，这家伙表面上正人君子，满肚子男盗女娼。他去年去了一趟深圳，回来总往专治性病的小诊所跑，据说越治越重，后来还是借出差的机会在外地化名治愈的。他自以为人不知鬼不觉，其实他忘了，若要人不知，除非己莫为！他还有经济问题，告他的举报信有一抽屉，早晚……

白洁忽然感到肚子里翻江倒海，颇有"惊涛拍岸，卷起千堆雪"的架势，呕吐的欲望越来越强烈。她站起来说，王科，我累了，想休息了。王科长拉住她的手说，好好，咱不说他了，换个话题吧？白洁轻轻挣脱他的手，笑着说，是不是想表达你对我的爱慕之情？王科长响亮地笑起来，小白妹妹，冰雪聪明，我想什么你怎么知道的，难道真是心有灵犀一点通？白洁直截了当地说，你下句可能想说，恨不相逢未娶时？王科长笑得愈加响亮，小白，快人快语，痛快！这正是我想说的话。白洁嘲讽地说，回去先和你老婆把婚离了，再来和我谈情说爱！说完不再理他，飘然而去。

恰在此时，手机响了，是"红版图"的，让去他的房间，有事和她谈。这么晚了，还能有什么事儿？白洁犹豫了一下，决定还是去，是福不是祸，是祸躲不过。就算是狼窝虎穴，也要闯它一闯了。她心里猛然涌起"风萧萧兮易水寒，壮士一去兮不复还"的悲壮情怀。

"红版图"是穿着睡衣为白洁开门的，这让白洁颇感意外，她没想到他会如此的肆无忌惮。"红版图"请白洁坐在沙发上，亲切地说，知道你和小王出去，怕你受到伤害，不放心，所以打电话请你来。白洁单刀直入地说，阎局，我是个小女子，心灵很脆弱。您是我尊重的领导，可不能伤害我。"红版图"坐在沙发扶手上，自然而然地将手搭在白洁的肩上，亲密无间地说，怎么会呢？小白啊，人生在世，草木一秋。年华易逝，转眼万事成空。人啊，想开了，想透了，也就那么回事儿。你说呢？灯光迷离，"红版图"的脸很暧昧。白洁将身子矮了一下，摆脱了"红版图"的手，站起身来，严肃地说，阎局，我尊重你，但是我不能容忍你。这么晚了，你穿着睡衣接待一个女孩子，合适吗？你是不是有把手放在女孩子肩上的习惯，我已经隐忍了很久了，我要告诉你，你的这个习惯我不习惯！想解决你的生理需求，好办，招个"鸡"来啊。说完，也不管"红版图"什么反应，转身离去。

白洁原以为，从此没有她的好日子过了，没想到俩人像什么事儿也没有发生过一样，自然得不能再自然了。王科长还给她讲搞笑的段子，"红版图"一如既往地和蔼，对她关爱有加。

听完白洁的讲述，小水说，白洁妹妹，你行，女中豪杰！小林说，你要注意呢，这俩家伙表面上不动声色，其实心里已经嫉恨你了，有机会就会报复的。我说，不管他，兵来将挡，水来土掩，有我们在你身边，就会粉碎他的任何阴谋诡计！科长说，你们哪，不要把人心想得都那么坏。小白啊，这对你未必不是一件好事呢，生活就是这样啊。见识见识，有见才有识啊。

白洁说，原来我以为，就我一小女子，像株小草，很微弱，很渺小。现在我不这么认为了，我可以自豪地说，跟有些人比起来，我很伟大，很高尚！

我们认为白洁说得很有道理，不，简直就是真理。

流 星

这些日子以来，小水偷偷摸摸写着什么，一边写，一边忍俊不禁地窃笑。我说："小水，傻笑什么，神经啊。"

小林说："可能吃了喜鹊屁了！"

白洁说："小水哥，有什么喜事儿说出来，让我们也高兴高兴。"

小水收敛起笑容说："没有没有，笑着玩儿呢。"

我走过去，看他写了些什么东西，原来是糟践小林的。小水不辞辛劳地收集了小林平日做的那些糗事儿破事儿令人啼笑皆非的事儿，敷衍成一个个小段子，起名叫"笑林广记"（笑林是小林的谐音），读来倒也妙趣横生。我高声朗读，众人皆叫好，小林也忍不住笑了："好你个小水，看你这家伙挺阳光的，心理原来这么阴暗啊，喜欢窥视人家的隐私，服你了。要不人家咋说咬人的狗不露齿呢。”

白洁说：“这些都是你在光天化日之下干的勾当，哪里谈得上是隐私，公开发表都没有问题。”

我拍案叫绝：“好主意，就这么定了！”随即找来信封邮票，把小段子打印出来，给某通俗刊物寄去。

我们只当是个玩笑，过后就忘记了。不久，一张绿色汇款单放到小水的办公桌上，人民币一百五十元，地址是某通俗刊物。小水大喜过望，说写着玩的，还玩出了人民币。他把稿费全部用来买了那一期的刊物，见人就发，还写上请某某某指正等字样，恭恭敬敬地签上自己的名字。小林说：“小水，不简单啊，靠我林子出名了啊。你可真是不鸣则已，一鸣惊人，不飞则已，一飞冲天哦。”

小水洋洋得意地说：“那是。”

我说：“哎，说你胖，你还喘上了。你请我指正的时候忘了，我在刊物发表文章的时候，你在哪里呢？”

小水文绉绉地说：“好汉不提当年勇。岂不闻‘青出于蓝而胜于蓝，冰取于水而寒于水’乎？”

科长语重心长地说：“小水啊，不要忘乎所以呀，翘尾巴总是不好的。”

小水说：“没有，我就是要灭灭他们的嚣张气焰。”

周末，我们相约郊游。芳草青青，蓝天白云，湖水翠绿，桃花盛开，姹紫嫣红。小水不禁文思泉涌，当即将蓬勃而出的句子记在食品包装纸上，题目是《游春散记》，共三组。一记春光无限；二记爱情永恒；三记亲情友情地久天长。这次我们没有人为之击节赞叹，给的评语或是痴人说梦，或是酸文假醋，或是狗屁不通，最好听的评语是无病呻吟。虽然我们对他进行了最猛烈的抨击和最残酷的打击，但是小水抗击打的能力非常强，情绪一点儿也没受影响。他很理解地说："我知道你们嫉妒我。你们看着吧，我会让你们吃一惊的。"

果然令我们吃了一惊。小水先是把文章发到一家文学网站，这家网站正在开展《春之韵》征文活动，小水的《游春散记》一举夺得一等奖，得奖金二百元。接着，又把文章投给国内很有名气的一家纯文学刊物，没多久就收到了散发着油墨清香的杂志，竟然还是散文头条！又过了些日子，一百八十元稿费驾到。小水这家伙简直对自己佩服得五体投地了，颇有范进中举的风采，不过我们没有人出面扇他一巴掌。小水请我们科全体同仁吃饭，手之舞之，足之蹈之，全没了平日的稳重。我心里暗暗吃惊，名利这个东西真是了不得，能令人发疯，能使懦弱者变成勇夫，能令自卑者变得目空一切！小水给自己敬了几杯酒说："我必须衷心地对你们说声谢谢！没有你们残酷的打击，我就不会有今天的成就；没有你们的轻蔑嘲讽，我就不会变得如此坚强；没有你们的嫉妒，我就不会如此的清醒……"

我说："于得水，你还有多少排比句都说出来吧，免得埋没了你的文采！我要告诉你的是，你别真的以为你这滴水已经变成冰了，还差的远呢。三九严寒还没有到呢，更严峻的考验还在后面。"

小水醉眼蒙眬地说："张科，我可不可以把你的这些话理解为寒风苦雨呢？你放心，我小水会迎着疾风暴雨前进，争取新的辉煌……"

从此，小水有了一个绰号：寒水。取自：冰取于水而寒于水之意。

小水的辉煌如期而至。

一位同事的父亲去世，给我们发了讣告。同事的父亲是我们局的老干部，退休多年了。机关领导换了一茬又一茬，已经没有多少人能想得起来了。小水对科长说，这两天如果没有别的事儿，我想帮助料理料理后事。科长点头应允。小水向来讲义气，又认真负责，将同事父亲的后事安排得很妥帖，同事感动得给小水磕了一个响头，还对小水讲了他父亲波澜壮阔的一生，创作的激情在小水心头澎湃，颇有"惊涛拍岸，卷起千堆雪"的气势。

　　葬礼那天，我们科全体出动。小水在葬礼议程中加了一项内容，就是由他朗读一首新创作的诗歌，并征得了单位和同事的同意。哀乐声中，小水低沉的声音响起，如泣如诉，悲婉凄凉，感人肺腑，哭泣声随着小水的朗读响起。葬礼效果出奇的好。哀乐停，悼诗毕，小水还没有从悲痛中解脱出来，掏出打火机，要烧掉他呕心沥血之作。同事眼疾手快，一把夺下。我从同事手中要来悼念诗篇，一字未改，寄给了国内最有名气的诗刊。

　　不久，诗刊全文发表了小水的诗。小水可能真的把我们的讽刺当成了动力，笔名就叫：寒水。小林惊奇地倒抽一口冷气，连声说："不得了，不得了，小水真的不得了了。这诗刊，乃大雅之堂，许多专业诗人，都难得在上一展尊颜，咱小水的作品竟然打了头条！这不仅是小水的光荣，也是咱全局、全市文学界的光荣。"

　　我心里也在暗暗称奇，表面上却不以为然地说："小林，你别让人这么恶心好不好。你睁开眼睛看看，现在正常人还有几个写诗的？你再到书店瞧瞧，各种诗集浩如烟海，名家大腕风云际会，就小水这么一篇破诗，至于把你激动成这般模样！"

　　白洁说："张科，我现在有些理解了，什么叫吃不到葡萄就说葡萄酸了。"

286

小水倒没说什么，嘴角挂着冷笑，似乎根本不屑于回击我的话。

通过这般折腾，小水声名鹊起，俨然成为我们局、我们市一颗冉冉升起的文曲星。报纸报道，电视台采访，市作家协会主动吸收他为会员，并准备推荐担任理事。小水的脚上像装了弹簧，一蹦三跳往前走。他甚至在考虑，是否应该弃政从文，进入专业作家的行列。

小水愈加勤奋地写作。小说、散文、诗歌、报告文学，连篇累牍，文章投向四面八方，每篇文章都有一段作者简介，说他的文章曾经在什么刊物上发表过，得了什么奖等等。但是，这些编辑们有眼不识金镶玉（小水语录），除了有两篇散文在某文学网站发表，人气指数寥寥之外，发往纸质媒体的全部泥牛入海无消息。时间一长，小水自己先气馁了，怀疑前面是不是做了一场梦。

我语重心长地对他说："噩梦醒来是早晨。沉下心来，做好自己的事儿。文学，别太当回事儿，偶尔为之，有感而发，说不定就是佳作。追名逐利，心态浮躁，即使瞎猫碰上死耗子，也是毫无意义的。于无声处听惊雷啊！"

名人文集出笼记

小水的《游春散记》等几篇散文被慧眼识珠的"伯乐"给发现了，寄来一份表格，说小水的散文已被《中华百年隽永散文选》选中。这个喜讯太过突然，使一向自信的小水变得有些不自信起来，捧着那张表格翻来覆去看个不停。

小林说，你这家伙，一张破纸片，还翻来覆去看个没完了？小水把表格递给小林说，林子，你帮我分析分析，我有点犯晕。

小林看了一眼说，小水，你要有点自知之明哦，如果你那篇破文章能入选百年隽永散文的话，那咱们灿烂的中华文化就一钱不值了。我说，小林，何必提到如此高度，我估计，不过就是个玩笑而已。白洁说，白纸黑字，怎么可能是玩笑？科长接过表格看了看，很客观地说，我看这事儿不太靠谱。小水啊，我没有贬低你作品的意思，你那篇散文我看过，依我看，离百年隽永散文还是有很大差距的。我替小水打抱不平，说，科长，您这么说有失公允，哪里有很大差距？不过是地球到火星的差距而已。

小水很是虚怀若谷，不在意我对他的抨击，谦虚地说，我也有些狐疑，不敢轻易高兴。不过我想啊，编辑们选稿的角度不同，也许人家就看中了我的这篇散文呢。你瞧，后面还有"中国散文家协会"的大红印章呢。我说，据我有限的知识，还没听说过咱们国家有啥劳什子中国散文家协会，现在电脑制作印章就是小菜一碟。要说这些家伙慧眼识珠，就是专门识像你这样的鱼目。

小水没有反驳，睁着纯真的眼睛看着我们，很是令人怜惜。

浪费了我们不少高质量的脑细胞之后，一致认定这是一个圈套。

小林说，既然是圈套，我们不妨请君入瓮。小水迷茫地问，什么请君入瓮？小林说，你按照要求填写表格，再另附纸介绍你的创作情况。我说，何必多此一举？小林说，我们要帮助小水成名，出人头地。白洁说，明明知道是骗局，还奋不顾身往里跳，愚不可及。科长说，林子，得了吧，把心思用到工作上好不好？我说，他的那点心思用到工作上，我们可就大祸临头了！白洁说，张哥，太夸张了！

很快，小水的表格填完了，创作简历也写完了。小林阅后毫不客气地进行了修改，改得丝毫没有了小水的影子。他将很多叱咤文坛作家的作品移花接木到小水身上，小水立马著作等身，金光四射，晃得人睁不开眼。小水抗议道，林子，不允许你糟践我！小林说，怎么是糟践你，是包装你，美化你。我说，你写也得写得策略一点儿，把这么多的名家名作安在小水头上，人家能看不出来吗？小林说，他们如果能看出来，说明还不是完全不学无术。

小林不理睬我们的提醒，寄出了小水的入选表格和"创作简历"。

几天后，一封约稿信飘然而至。这次没有说入选百年隽永散文之类的话，题头恭恭敬敬写着"于得水老师台鉴"，说看了他的创作简历，认为把他与其他作家的作品混在一起出版实是对他的不恭。经出版社编辑们认真研究讨论，决定给他出一套文集，邀请著名评论家作序，如果宣传到位，有可能向"诺贝尔文学奖"发起冲击。请"于得水老师"务必尽快整理出文稿清样，发到指定的电子信箱，他们将全力以赴，为"于得水老师"策划出尽善尽美的包装方案。

小水傻眼了，不知道这场戏还是不是继续演下去。小林越俎代庖地说，开弓没有回头箭，继续逗他们玩儿。科长从做人要厚道的角度说，这不道德吧？我说，没啥不道德的，如今谈道德太幼稚。白洁从经济角度说，我看，适可而止吧，你没看他们所列的出版费、包装费之类的天文数字吗？小林说，我倒真想看着咱们小水怎样向"诺贝尔文学奖"冲击呢。他在电脑上劈里啪啦打了一页纸，扔到我们面前，原来是向我们几位摊派应缴资金数额的清单。白洁睁大眼睛说，你还真的给汇款啊。小林极其认真地说，不是真的还是假的。我说，我反对，你脑子没进水吧？明知是陷阱还要往里跳！小水、白洁也同仇敌忾表示坚决反对，诋毁小林脑残、弱智等等。科长没有说话，很是不屑的神情。小林一意孤行，说，算我借款，最多两天完璧归赵。我说，两天？你除非去偷去抢。小水说，林子，你可别当真，玩出火来，把自己给焚烧了。小林冷笑道，死了张屠夫，不吃带毛猪。你们等着瞧吧！

小林真的疯了，竟然从他女友手中把准备结婚的钱"骗"了出来，通过银行汇了出去。随后，给那家出版社打了电话，说款已汇出，请查询。对方到当地银行一查，果然有款汇入，不禁喜出望外，夸"于得水老师"讲信誉，以后可以建立长期合作关系云云。小林说，出书的事儿就拜托了。对方说，我们是国家出版局注册的正规单位，不用担心的啦。小林说，我希望明天能在信箱看到样稿。我想，小林故意给人家出难题呢。没想到对方竟然毫不迟疑地答应了，没有问题，绝对没有问题。

真的没有问题。第二天，小水的信箱收到了《于得水文集》样稿（真是神速，令人叹为观止）。样稿的设计不敢恭维，很卡通。出版社没有失言，前面有人写了一篇三千字左右的"序言"。写序言的家伙估计也不怎么的，不敢用真名实姓，化名"匕首"。肯定是从鲁迅先生"杂文是匕首、是投枪"那段名言中剽窃来的。说他与"于得水"先生是多年的老朋友了，于得水先生著作等身，堪与鲁迅、茅盾、巴金、钱钟书媲美。还说经中国作家协会推荐，"于得水"先生的文集已入围"诺贝尔文学奖"（宇宙飞船的速度也不过如此），中国最伟大的文学家即将诞生！还回忆了"于得水先生"小时候的故事，说他出身于书香门第，三岁会吟百首唐诗宋词元曲，九岁精通四书五经，十二岁在国家顶级刊物发表文章。还说"于得水"先生淡泊名利，默默耕耘，这次被他们的诚意所打动，才勉强同意出版文集，不啻为中国文坛的一大幸事！

小水看得脸热心跳。且不说"文集"中的文章与他毫不沾边，就是为他作序的"老朋友"也闻所未闻。小水对着小林大吼，林子，你到底安的什么心？你杀了我吧！小林说，人家捧你又不是踩你，你出名的机会到了！小水说，捧人也没有这么捧法，不把人捧死绝不罢手！白洁说，小水的"老朋友"高估了小水的承受能力。我说，这家伙，还真是"匕首"，想把咱们小水"凌迟"呢。

小水痛心疾首地说，林子，你汇了多少钱，我出了。无论如何，不能让"文集"出版，我于得水丢不起这人！小林说，木已成舟，晚了！你等着吧，你的大作就要隆重"出锅"了！小水气得捶胸顿足，大骂小林吃饱了撑的，把他往火坑里推，他这辈子就要生活在水深火热之中了！科长也说，林子，你这个玩笑开过火了。小林说，各位有所不知，样稿设计和评论是人家早就做好的，换个名字而已，就在等君入瓮了。反正他们已经见到了钱，已不可能让他们吐出来，你再不满意也没有奈何了。我狐疑地说，林子，既然你如此明白，咋还飞蛾投火呢？再者说，你这家伙在我们的眼里是典型的吝啬鬼葛朗台形象，这次为何如此豪爽，你还是我们认识的林晓宇吗？小林说，为朋友两肋插刀才是我的形象，你应当把你的双目刮了再来看我林晓宇。

小水深深陷入惊恐不安之中，日渐消瘦下来。

好在他的惊恐不安没有维持多久就释怀了。

小水的大作没有像小林预计的那样隆重"出锅"，而是接二连三地收到了催款信，说一切准备工作均已就绪，资金却莫名其妙地消失了，希望"于得水老师"尽快汇款。我相当困惑，问小林是怎么回事？小林不屑地把催款信扔进垃圾筐说，游戏结束了。小水说，到底咋回事儿？小林说，很简单。我给他们打了一个时间差，汇款有二十四小时在途时间，我在汇款单做了可撤销背书。

对方能看到汇款，二十四小时内取不出来。我在此期间，撤销了汇款，他们这些馋猫只能闻到鱼的腥气，而不能真正吃到鱼。

我评价说，林子，你真够坏的。

小林懒洋洋地说，连坏人都害怕的人，我很难定义是好人还是坏人。唉，事后想想，挺没意思的。

小水说，不，我倒觉得挺有意思。

小林眯着眼睛看他，若有所思地笑着。像是又在酝酿什么新的阴谋诡计。

礼品的负担

不知道从什么时候起，我们办公室形成了一个规矩，不管谁出差，归来必须给每人带个小礼品，可以根据个人特点送，也可以相同，完全取决于出差人的兴趣。这个规矩怎么形成的已经无从考证，习惯一旦成自然，再想改变就相当的困难了。

我们科出差机会多，每个人收到礼品的机会自然也就多。

科长是个务实派，带的礼物以食品居多。一次从天津出差归来，给我们每人带来一个包装盒滚满油渍的十八里街的大麻花，嘎嘣脆，我们咀嚼的声音排山倒海、惊天动地，隔壁办公室以为我们在上演武侠片，纷纷跑过来一探究竟。结果，更多的人参加了咀嚼大麻花大合唱。十八里街的大麻花很快零落成泥碾做粉，齿间自有香如故。

小水比较浪漫，从上海归来，给我们每人带来一个生日蜡烛，造型很奇特，有圣诞老人的，有小木屋的，有双心相连的，有丘比特持箭的等等。我们不忍心点燃这些蜡烛，觉得那是一件很残忍的事，摆在博古架当工艺品欣赏。他送我的是一对白发皓首的老夫妻，两人恩爱地坐在沙发上，老妇人织毛衣，老先生手持烟斗，看膝盖上的报纸。我老婆很喜欢，说我们以后能这样多好。我家的小狗也喜欢，经常趴在博古架上目不转睛地看。不幸的是，一次它不小心给拨拉到地上，摔得四分五裂，我老婆气得一天没给它吃饭。它也意识到了自己所犯错误的严重性，呜噜呜噜卧伏在地，一副痛心疾首、真心悔过的样子。

　　小林这家伙比较小气，但是很能讨人欢欣。譬如：给科长带的礼品一般是当地最好的茶叶，虽然只有一两；给我带的是一本向往已久的书，虽然是盗版的；给小水带得最多的是工艺品，虽然是地摊上买的；给白洁带的往往是巧克力；虽然是人家促销时配送的。为了不挫伤他送礼的积极性，我们虽然对他礼品的出处心知肚明，但是从来没有人不知趣到当面戳穿，总是作出很高兴的样子，附带几句廉价的表扬。

　　我这人大大咧咧的，不会送礼，看上什么买什么。有的时候买的礼品完全一样，有的时候买的礼品又完全不对路。我知道白洁爱吃北京的冰糖葫芦，一次上飞机前买了十支，装入塑料袋放进旅行箱里。回来打开一看，塑料袋破了，冰糖化了，我刚穿了一次的西装，前襟沾了一大片黏糊糊的红色冰糖液体。本指望白洁收到冰糖葫芦会回赠两句感激的话，没想到她咬了一口，就"噗"地一下吐了出来，皱着眉头问，张科，从哪儿买的，这么难吃？我说，不会啊，这可是最正宗的北京冰糖葫芦了。我咬了一颗，的确太难吃了，而且是一种非常熟悉的味道。我忽然想起来，我带的香皂牙膏等盥洗用品，就放在冰糖葫芦旁边！还有一次，给科长带了一件仿古花瓶，钱不多，很漂亮。乘飞机打包托运，取到货时已成碎片。我花了两天的功夫，用乳胶粘了起来。科长不忍心责备我，装作高兴地说，好，这只花瓶世界上绝对独一无二，可以作为遗产留给后代子孙。

我们采购礼品时，从不考虑价格，什么小摆件、小挂件、钥匙串、木手链等等，都可以作礼品的。买礼品时，眼前便晃动着同事们收到礼品高兴的样子，幸福的感觉便会水一样从心底蔓延开来。

不知道从哪一天起，我们开始考虑礼品的价格了。别人送的礼品会在心中估个价，记在心里，下次出差带回的礼品价格只能高不能低。如果某次自己买的礼品价位低了，就会觉得占了人家的便宜，会很长时间心里不爽。没有人说破，大家都心照不宣，我们都是聪明人啊，聪明人讲就是心领神会。渐渐地，出差送礼品已经不能给我们带来精神上的愉悦，反而成了物质和精神上的双重负担。我们穿梭于琳琅满目的商品之间，不住地盘算着该给谁买些什么，价位多高，并要求售货员将价格打在商品包装盒上。至于实用性、纪念性等等，已经退而其次了。连自己都感到庸俗，可是，我们就是生活在这个庸俗的世界之中啊。

因为礼品问题，原来出差踊跃的我们，变成了谦谦君子，互相礼让。

我去四川宜宾出差，那里是酒的故乡。我咬咬牙，给科长带回两瓶精装"五粮液"，科长默默收下，什么也没说。

快下班的时候，科长忽然宣布，今天晚上我请客，你们谁都不准请假。吃饭时，科长打开我送给他的"五粮液"，给我们每人斟了一杯，白洁也没有放过。他端起杯子说，来，尝尝味道怎么样？

小林和小水一饮而尽，咂咂嘴说，好，正宗。白洁嘴唇沾了一些，说了一句废话，清香型的。我知道科长醉翁之意不在酒，没说话，等科长下文。

科长说，我怎么感到这酒里有股苦涩味儿呢？这两瓶酒，是张章一个月的工资啊，我喝了能成仙上天吗？孩子们哪，出差带回个小礼品，可以增进我们之间的友谊，促进我们的团结，感受到我们这个集体里有家的温馨。可是，礼品一旦变成了礼物，送礼进行攀比，就变了味儿，它不仅吞噬我们的金钱，还会腐蚀我们的灵魂！

我们没有觉得科长是在危言耸听。我开始在心里盘算，下次出差，得给礼品定个标准了，每人不能超过二十元。

突出政治

省委宣传部方部长到我们市巡视，市委一干领导全程陪同。方部长忽然提出要来我们局看看，并说他有个老同学在我们局当科长。我们局长问，您老同学叫什么名字。方部长答，郑良。局长哦了一声，无语。

我们科长见到当了大官的老同学并没有多少兴奋，而是表现出宠辱不惊，平淡如水，波澜不兴的大家风范。倒是方部长显得更热情一些，回忆与我们科长共同度过的大学时光。那时还叫小方的同学睡下铺，郑良同学睡上铺。小方是班里的团支部书记，郑良同学是学习委员。

一晃，二十五六年过去了，郑良同学在科长的位置上基本没挪过窝，而小方同学却扶摇直上，从一方诸侯当到了主管全省舆论的总管，省委常委，副部级干部，与我们科长中间隔开了迢迢银河路。

方部长不愧是掌管全省舆论的，口才出众，滔滔不绝，谈笑风生，妙语连珠。我们科长静静地听他说，显得有些心不在焉，忍不住低下头看表。这个细微的动作被方部长捕捉到了，马上问，老郑，你有事儿？科长说，没，没什么事儿。方部长也看了一眼表说，都听我穷白话了，到吃饭的时间了。老同学，一块儿吃饭，我请客！

方部长来也匆匆，去也匆匆，吃完饭就开拔了。我们科长却成了局机关干部茶余饭后的谈资。

我们"相当"困惑地问过科长，老同学飞黄腾达了，看来关系还不一般，对您怎么一点儿也不关照？科长说，路是自己走出来的，干嘛要别人关照？小林说，科长，按说呢，您与方部长是从一个起点出发的，差距怎么拉得这么大呢？其实，这也是我们想问的问题，我们专注的目光盯着科长，等待他的回答。科长看实在躲不过去了，叹口气说，是咱没有政治头脑啊。

大学期间，郑良同学是学习尖子，与教授接触颇多，教授也很器重他。郑良同学有个大毛病，就是不喜欢政治学习。每逢政治学习，不是请假，就是中途溜号，作为班干部，影响自然不是很好，团支部书记小方同学找他谈心，推心置腹地说，政治是什么，政治是统帅、是灵魂，是一切经济工作的生命线，你以为你学习好就行了？告诉你吧，不关心政治的人，是没有前途的。郑良同学不以为然，反驳说，这个社会需要政治家，也需要经济学家、科学家，光讲政治，能把国家建设得繁荣富强吗？小方同学见郑良同学是榆木疙瘩脑袋——不开窍，苦笑了一下说，唉，你呀，碰两次壁就知道了。

大学毕业后，郑良同志和小方同志同时分到市政府机关工作，小方同志做了市委书记的秘书，郑良同志分到我们局工作。那个时候，他们都很年轻，风华正茂，满腔热血，以天下兴亡为己任。俩人都很忙，方秘书整天陪着书记到处跑，忙得脚后跟冒烟儿。体力上的消耗还容易恢复，更重要的是精神上的，他要认真琢磨书记的想法、书记的思路、书记的行为习惯、书记的爱好，以及书记的一切一切（当然，隐私除外），只有这样，才能当好书记的秘书，做好书记的服务员。他做得很出色，书记对他相当满意。郑良同志也很忙，忙着下基层，了解情况，他把自己了解的情况写成调研报告或者论文，发到有关刊物或者上报到决策机关。全市最大的官就是市委书记了，而方秘书又负责着书记的日常琐事，所以，方秘书就经常在市委机关刊物《政策与研究》以及书记的办公桌上看见郑良同志的大作，今天一个什么什么之我见，明天一个什么什么的问题与对策。方秘书深深叹息一声，把郑良同志呕心沥血之作放在一边，不再理会。

市委书记很快升迁了，临走前把方秘书提拔成了市委秘书长，正处级干部。方秘书长在这个职位上干得得心应手，如鱼得水。就是在他任秘书长期间，提议郑良同志担任副科长乃至科长。可是，郑良同志显然不谙此道玄妙之处，工作干得虽然出色，官当得却是一塌糊涂。方秘书长多次开导，郑科长油盐不进。很快，方秘书长升迁到省委担任副秘书长，临走之前，与郑科长有过一次朋友间的谈话。方秘书长说，老郑啊，你政治上还不成熟，要在仕途上发展，不是靠你今天一个对策，明天一个调研，后天一篇论文就能解决的。政治利益永远高于一切。郑科长摇摇头说，也不尽然吧？现在不是讲以经济建设为中心吗？什么是中心，中心就是一切工作的立脚点和着眼点，政治也得为经济建设服务吧。

方秘书长说，妇孺之见！政治是上层建筑，永远高于经济之上，在我们这个以"官本位"为主导的国家，更是如此。你已经迈上了仕途，如果你继续漠视政治，我告诉你，你的起点也就是终点！

果然被方秘书长不幸而言中，科长从此雪拥蓝关马不前。虽然每一届领导对科长的评价都很高，但是没有一届领导提出给科长升职。科长似乎对升职不升职的并不在乎，任凭风浪起，稳坐钓鱼台。

据说，省委常委、省委宣传部方部长曾经有把我们科长调到省城的动议，先安排在文化单位干个一年半载的，提拔成正处级，然后找个轻闲的地方，做个调研员什么的，也算是对老同学的一片心意。这是很多临近退休干部梦寐以求的大好事，我们科长却毫不犹豫地拒绝了。他对方部长说，我不愿意在任何人的荫庇下生活。我这样就挺好，生活得很舒心，如果接受了你的安排，我就不好了，生活不舒心了。方部长对他这个老同学的了解入木三分，莞尔一笑，话头就此打住。

小水评价科长说，我们科长，活得自在，活得潇洒，活出了很多人没有的精气神儿。小林说，我们科长，是一个真正大写的人！白洁说，我认为我们科长更像父亲，在教我们怎样做人。我说，科长其实是个很本色的人，他的本色令我们很多人相形见绌。科长笑笑说，你们甭给我戴那么多高帽子，我就是我，一个我行我素的小老百姓而已。

赐　教

小水翻看着一张过期的报纸，感叹地说，反腐反腐，怎么越反越腐呢？一个小小的县级交通局局长，竟然贪污了一个多亿。看来，这家伙项上吃饭的家伙难保。小林说，也是啊，现在有点权势的家伙们，在腐败的道路上真够"英勇无畏"的，前仆后继，生生不息。我说，也不能全怪这些贪官污吏们。人的本性就是贪婪的，环境又放大了这种本性。白洁说，恐怕也不仅仅是环境的问题吧？清者自清，浊者自浊。不是还有很多领导干部依然两袖清风，一尘不染吗？小林说，有是有，凤毛麟角啊。小水说，林子，你太过悲观了。小林说，我不是悲观，是清醒。科长加入讨论说，我真的想不通呢。钱财这个东西，生不带来，死不带去，何必贪得无厌。这个县还是国家级的贫困县，他怎么就忍心！我说，科长，您可不能用君子之心，度小人之腹。这些人，哪里还有良心？科长摇摇头，一个多亿，摞起来有一人高，他这一辈子充其量也就用去上面薄薄的几百张，为此断送了性命，何苦呢?！小水说，他家的茅台酒、中华烟堆积如山，成天泡在娱乐场所，声色犬马，还包养情妇，腐败得够彻底的。

我们正说得热闹，副局长"红版图"背着手踱进来，笑容可掬地说，呵，讨论什么呢，这么热烈？

小水把手中的报纸递给他，说，您看看，你们领导干部队伍中的"典型"。"红版图"说，小水，你这么说话可不对哟，什么叫"你们领导干部队伍"，咱们都是一个战壕里的战友，都在为党的事业工作，只不过分工不同而已。小林笑道，还是局座境界高。

看完那篇通讯，"红版图"轻蔑地笑了笑，不置可否。小林说，您老人家有何评论？"红版图"说，评论谈不上，一点感想而已。首先，应当说，从这个事件里可以看出咱们党、咱们国家反腐倡廉的决心，教育意义毋庸置疑；其次，在整个案件的侦破过程中，公安局、检察院抽丝剥茧，步步深入，最终挖出了这只蛀虫，也算忠于职守。不过嘛，这个交通局长显然还不够老练，尚未达到炉火纯青的程度，离"典型"相差甚远。

小水困惑不解地问，怎么不够"典型"？"红版图"抿了口科长给他泡的茶，微微一笑，说，你想啊，施工队伍来送礼，竟然提着茅台酒、中华烟，太招摇，太原始了！这就告诉左邻右舍，有人送礼来啦。

我说，送礼还这么多门道啊？"红版图"说，那当然啦，事事留心皆学问嘛。现在时兴的是送金卡、送现金。体积小，还不易被发现。

小林请教说，他总不会是因为送礼太招摇翻的车吧？"红版图"说，那肯定不是，只不过是一个小小的疏漏而已。小水说，如此肆无忌惮地敛财，检察院早就把他纳入侦查对象了，天网恢恢，疏而不漏。"红版图"说，什么疏而不漏啊，稀疏怎么能不漏呢？而且漏的往往是大鱼。白洁说，那您说这家伙为什么会落网呢。

"红版图"亲切地拍着白洁的肩膀说，很简单啊，他只顾自己发财，不知道给自己搭建平台，还是太嫩了。小林说，莫非把他贪的钱分一部分给保护伞？"红版图"说，非也，这么做不仅太俗，还招致领导反感。我诚恳地问，那既不俗领导又不反感的平台应当如何搭建呢？"红版图"白了我一眼，说，这哪有什么一定之规，投其所好罢了。我说，愿闻其详。"红版图"斜视了我一眼说，比如：领导喜欢涂抹两笔，你就送他几幅名人字画；领导喜欢赏石，你就不惜成本给他送几块石头；领导喜欢收藏，你就给他淘些古玩之类的。

我糊涂了，困惑不解地问，您刚才不是还说，送烟酒太招摇了吗？您这又是石头又是字画又是古玩的，就不招摇了吗？

"红版图"摆摆手，诲人不倦地说，这你就不懂了。烟酒这些东西，虽然值不了多少钱，价格在那里明摆着呢，积少成多，也是受贿的一个组成部分。字画啦、石头啦、古董啦什么的，说起来是无价之宝，还有增值潜力，查起来却无法定价，想想，"无价"，不就是没有价吗？没有价格怎么会有罪？

小水说，如果碰到既不喜欢字画、石头，也不喜欢收藏的领导干部呢？如何把他拿下？

"红版图"笑吟吟地说，是人，都有特点，或者说弱点，只要你找对切入点，就没有攻不破的堡垒。比如说，你小水有朝一日当上了领导干部，人家知道你喜欢写点东西，神不知鬼不觉地把你散乱在各个报纸、杂志、网络上的文章收集起来，给你出了一本文集。当散发着油墨清香的书摆在你面前，你能不心存感激吗！再比如你老郑，"红版图"瞥了一眼我们科长继续说，如果你的孩子没考上大学，高不成低不就，人家和你老伴儿叨咕好了，忽然在一天早晨向你宣布，孩子到大洋彼岸留学的所有手续都办好了，你还能无动于衷吗？这样的例子太多了，咱们很多领导干部，上任之初信誓旦旦，一定要两袖清风，结果怎么样，照样被斩落马下！

白洁睁大美丽的眼睛，如听天方夜谭，说，照您这么说，凡是人都有弱点，凡有弱点就能找到突破口，凡能找到突破口就能拿下，那还有清官吗？

"红版图"说，如今的领导干部，不好干啊，防不胜防。你以为他们愿意腐败啊，情势所逼，他们也很无奈。小林不知高低地结合了实际说，阎局，这么说，你也很无奈了？"红版图"对小林的"冒犯"表现得很大度：我们这些当领导的，就是在刀尖上过日子呢，成天小心翼翼，如临深渊，如履薄冰。哎，理解万岁吧。我说，这我就搞不懂了，既然当官这么危险，为什么人人趋之若鹜，奋不顾身呢。

"红版图"高深莫测地瞟了我一眼，似乎不屑回答。就在此时，"红版图"的手机响了。他笑了笑说，今天就聊到这儿吧，以后有机会咱们再接着聊。小林似笑非笑地说，听阎局一席话，胜读十年书啊。"红版图"没说话，亲切地拍拍小林的肩膀，离开了。

看着"红版图"离去的背影，我心里有股说不出的滋味儿。

小水干涩地笑笑，感慨地说，我说起来还是受过高等教育的人，实际上对社会太缺乏认识了。

科长说，缺少一点认识好，少一分认识，少一分烦恼，多一分宁静。

权力的魅力

按照市委的统一安排，局里决定拿出三个科长职务公开竞聘。小林摩拳擦掌，跃跃欲试，一副舍我其谁之势。他甚至开始研究担任哪个科的科长比较合适这样深层次的问题了。我说，林子，别高兴得太早了，应聘条件还没有下发呢，只怕落个狗咬猪尿泡——空欢喜。小水说，就一个破科长，看把你兴奋的！小林赤裸裸地说，权力就是男人的伟哥。白洁扫了他一眼，权力能让男人发疯。我说，也不尽然，比如说我吧，早已心如止水，波澜不兴。小林轻蔑地说，别假惺惺了，你心里怎么想的，能瞒过谁？盼星星盼月亮，只盼深山出太阳，好不容易盼到了这个机会，你能轻易放弃？只不过你这厮颇有城府，"含情欲说宫中事，鹦鹉前头不敢言"而已。小水火上浇油地说，张科，被说中心事了吧。在这一点，人家林子就比你强，你是又想当婊子，又要立牌坊。科长听不下去了，接过话头说，你们干嘛呀，我希望你们都凭自己的实力去参加竞争，与其在这里坐而论道，不如起而行之。

我被小林和小水奚落一番，脸上烧乎乎的，凭感觉我就知道，猴子的屁股是什么颜色，我的脸就是什么颜色。

白洁说，我就不明白了，你们平日里一个个愤世嫉俗的，大骂官场黑暗。一个破科长的职务，就原形毕露了。小林说，男人当官，才能真正体现出男人的雄风。君不见动物界争夺王位之战，争到"王位"，就能得到想要的一切，美眷、美食，一呼百诺，虽说高处不胜寒，但是，那君临天下的感觉，怎么不令人心驰神往，趋之若鹜。白洁说，在争夺王位之战中，充满了血腥。被打败的前任"大王"，将会被驱逐出群体，独自舔着自己伤痕累累的躯体，孤独地死去。小林说，那它也曾经辉煌过。有过一次辉煌，此生无悔。小水说，一个破科长，谈得上什么辉煌不辉煌，别恶心人啦。小林很大度地说，小水呀，我理解你，完全理解。一般来说，对自己没有信心的人，总是会用诋毁他人的方式寻求某些心理平衡。

小水气得口吐白沫，差点儿昏厥过去。

竞聘会轰轰烈烈召开了。红彤彤的横幅映得人眼花缭乱，桌上摆放的鲜花香气袭人。局长亲自担任了评审组组长，评委们一个个正襟危坐，对竞聘者进行提问。

我很为自己又想当婊子，又要立牌坊的行为感到可耻（这同时说明我还没有修炼到家，仍有官场上最要不得的"羞耻之心"）。实际上，我根本按捺不住想当科长的强烈愿望，下了一番苦功写了竞聘书，自认为写得"相当"精彩。面对评委的提问，新名词、新观点、新思想、新思路、新思维喷涌而出，说得评委们的脑袋鸡啄米似的点个不停。其实，说心里话，有些新词汇我自己也没弄明白到底是啥意思，却把评委们哄得一愣一愣的。我对自己的表现不是一般的满意，而是"相当"的满意，自认为竞聘一个科长职位比三个指头捏田螺——十拿九稳还要高一个层次——十拿十稳。

看了后面竞聘者的表现，我才真正理解了"山外有山，天外有天"的深刻含义。比方说吧，社会发展科有个家伙，平日连囫囵话都说不全，木讷得令人心生怜悯，大家给他起了个绰号"木头"。如今"木头"登上了竞聘台，像突然变了一个人，满脸潮红，激动得豪情万丈，讲起话来如长江之水滔滔不绝，不时地飞珠溅玉。他总结自己的工作如数家珍，一桩桩、一件件，无不闪耀着智慧的光芒。谈到竞聘的岗位更是成竹在胸，有现状分析、有对策措施、有宏伟规划。听了他的竞聘演说，会令任何一个人深切感受到，这样的人如果不能升职，将是我们局的一个重大损失，是对人才的极大摧残！

小林这家伙的表现就更不得了了。他仿佛不是竞聘科长职务的，而本身就是科长，那份自信、那份睿智、那份锐气，令人叹为观止。这家伙简直是个天才的演说家，太能造势了，将全场的气氛调动得极其热烈，不时激起阵阵掌声。他未来工作规划做得宏伟大气，鼓舞人心。既有前瞻性，又有胆量、有气势、有创意。目标明确，思路清晰，策略正确，措施得力，令在座的无不耳目一新。真是"好马出在腿上，好人出在嘴上"啊。实在是精彩的无与伦比。听了他的演说，不由不令人扼腕叹息，这样的人才做一个小小的科长，实在是太屈才了！

竞聘会召开得很成功，用我们局长的话说，这次竞聘会是我们局实践科学发展观的具体措施，是改革发展带来的新气象，给局里的有志者们提供了一个展示才华的平台。竞聘会组织的既有条不紊、有板有眼，又轰轰烈烈，有声有色。

小水对局长的话颇不以为然，说，不过是一场作秀大表演而已，值得拔到如此高度吗？白洁说，我还真没看出来，咱们张科和小林还有如此高超的表演天赋，真是令人刮目相看。特别是张科，还说自己心如止水，波澜不兴呢。我看你是心如潮涌，波涛汹涌。我知道自己表演的太过，想反驳又找不出恰当的理由，嘟嘟囔囔地说，燕雀安知鸿鹄之志……

不久，局里下发了任命文件。我、小林、"木头"和大家普遍看好的竞聘者榜上无名。任命的人中有两位参加了竞聘，表现实在不敢恭维，一点儿也不认真不说，简直就把竞聘当成了儿戏，还有一位压根儿就没有参加竞聘。小林勃然大怒说，这不是拿人当猴耍嘛！小水幸灾乐祸地说，不把你当猴耍，怎能露出你那可爱的红屁股呢？我虽然心里的愤怒不亚于小林，但是咱比他"成熟"，比他有"城府"啊。我装作很大度地说，不就一个破科长吗，值得这么大动肝火吗？真的竞聘上了科长，整天的勾心斗角让人穷于应付，有啥好的。塞翁失马焉知非福？科长说，还是人家张章看得开，拿得起放得下。林子，学着点。小林不服气地说，科长，您要透过现象看本质呢，其实，他心里比我还要失落，只不过比我善于伪装而已。就凭这一点，他就具备了当官的最重要的素质。白洁说，一个破科长，在干部序列里算个啥呀，何必庸人自扰。小水说，就是，连个屁都算不上，就当个屁放了。科长摆摆手说，此事到此为止，谁也不准再提了。

我心里还是很悲哀。悲哀的不是没有竞聘上科长，而是木偶似的被人家玩弄于股掌之上，自己还浑然不觉，还小丑般地在舞台上尽情地表演着。结果是表演得越卖力，就越显得幼稚可笑。

局长摔了一跤

我们局对卫生间进行了装修改造，地面重新铺设了漂亮的瓷砖，整个卫生间立马显得高了几个档次。小林说，人靠衣裳马靠鞍，厕所就靠铺瓷砖。小水说，你说什么呀，现在时髦的说法是卫生间革命。随着人们生活水平的提高，不能只讲究"入口"的色香味形，更要注重"出口"的方便和舒适。我说，要知道梨子的味道，就要亲口尝一尝，我们先去试用一下如何？小林说，不可，局长先试用，然后是副局长、科长、副科长，最后我们才能入内，排排队，分果果。白洁说，林子，怎么什么话一到你的嘴里，就那么难听！

卫生间革命的结果，革出了一场严重事故。也怪保洁员把地面擦洗得太干净，镜面一样光滑，他的初衷可能是给领导留下一个好印象，没想到事与愿违。局长小解完毕，边系裤子便往外走，没留神脚下一滑，"哧溜"往前滑出一米开外，平衡没有掌握好，"吧唧"，重重摔倒在地。这一跤摔得不轻，紧急送往医院，大夫认真看了片子之后，得出一个结论，胳膊肘骨头间有道小裂缝（估计是局长在落地的一刹那，胳膊肘先着地，起个缓冲作用）。

很快，局长公伤的消息传遍了我们局的各个角落，舆论哗然。"红版图"非常重视，亲自主持召开了局务会。会议决定成立"8·12事故调查小组"，阎志贵（即主管我们的副局长"红版图"）同志任组长，办公室主任任副组长，主持日常工作，其他相关科室负责人任成员。

事故调查的组织机构健全之后，雷厉风行地开展了调查工作。调查组的同志本着对工作高度负责的精神，对现场进行了细致的勘测，并以大无畏的精神，冒着被摔伤的风险，做了模拟试验。经过对瓷砖的摩擦系数、水渍对摩擦系数的影响、每平方厘米的受力面积、灯光的亮度以及其他环境的影响，作出了调查结论。从客观方面分析，主要原因是：瓷砖系光面的，摩擦系数小；瓷砖表面积水，进一步降低了摩擦系数；卫生间灯光昏暗，影响了局长对环境的判断；局长个子高，脚小，受力不均。从主观上分析，主要是局长的全部精力都在考虑工作，无暇顾及脚下。原因有了，责任单位和责任人也就昭然若揭了。瓷砖是总务科订购的，应负主要责任，总务科长自然就是第一责任人；施工是后勤科负责的，地面不平整，造成积水，应负次要责任；地面积水没有清理干净，保洁工作归办公室，办公室主任负连带责任。调查组经过深入讨论，作出了初步处理决定：总务科科长作出深刻检查，给予行政记过一次，扣发科长津贴半年；总务科长作出书面检查，给予通报批评，扣发科长津贴三个月；办公室主任给予口头批评，扣发主任津贴一个月；保洁员负直接责任，予以辞退。

受到处分的科长和主任没有申诉，心悦诚服地接受了组织的处理，表现出闻过则喜的高尚品格。总务科科长对自己所犯的错误感到痛心疾首，寝食难安，经过几个昼夜的痛苦反思，一周之后，交出了呕心沥血写出的检查。检查写了三万多字，从政治的高度、从影响到全市经济建设的深度、从世界观的广度，剖析了自己的灵魂，深刻认识到所犯错误的严重性。"红版图"对总务科科长的检查相当满意，当着很多人的面说，知错能改，善莫大焉。我们不会因为他犯了这样一次错误就影响对他的使用。

总务科长以实际行动改正自己的错误。他经过深入的市场考察，给局里上报了一份关于瓷砖市场的调研报告。他在报告中对国内市场的瓷砖进行了认真的对比，特别从抗滑度、美观度、饱和度等几个方面指出了与国外瓷砖的差距。报告资料翔实，论据充分。根据调研结果，郑重建议，从意大利进口瓷砖，彻底解决瓷砖质量不过关的问题。

报告送交到"红版图"，他批示，拟同意，请李局长决定。考虑到事关重大，他亲自前往医院，详细汇报了处理结果及整改措施。

"红版图"在局务会上传达了局长的指示，局长对此事的处理很满意，认为措施很到位，指示要抓紧实施。局长虽然摔了一跤，但是表现非常大度，说同志们是无心之过，不要再深究了。局长还高屋建瓴地指出，我们做任何工作都要善于举一反三，要以这件事为切入点，在全局开展一次深入的爱岗敬业教育，增强广大干部的责任感，促进全局工作再上一个新台阶。

为了确保卫生间改造工程万无一失，"红版图"率领总务科长、后勤科长、办公室主任亲自去意大利考察，考察时间不算太长，仅一个月而已，顺便对欧洲八国连带考察了一遍。归来后谈考察感受，考察队员们印象最深的是荷兰阿姆斯特丹的红灯区，说，嘁，人家那真叫一个解放！

半年之后，我们局卫生间又一次装修改造完成。同志们普遍有终于解放了的感觉，因为在此期间，我们局的卫生间全部封闭，想方便，就要借用其他局的卫生间，麻烦不说，还总遭人家的白眼……

秋风无语

办公室坐的时间长了，人特别容易疲惫。

小水说，办公室是最禁锢人心灵的地方，它压抑了你的个性，没有浪漫，没有诗意。我真的很羡慕王小波笔下那只"特立独行的猪"，它是自由的，浪漫的。

白洁说，那你去做鲁迅先生笔下的狂人好了，去呼吸自由的空气，去大声呐喊。

小林说，小水说出了办公室的通病。卡夫卡说过，"表面上我在办公室里令人满意地尽到了职责，不过并非我分内的职责。"他还说，"如果我晚上写了什么好东西的话，第二天在办公室就会忧心如焚，完成不了任何事情。"在别人看来，做公务员是很惬意的事情，风刮不着，雨淋不着，可是，有多少人能理解我们的孤独和寂寞、焦虑和痛苦呢？

我说，你们别把自己整得跟哲学家似的，多看看外面的世界吧，还有多少劳动人民生活在水深火热之中呢。

科长说，我听出来了，小水和小林在用这种方式给我提意见呢。小水和小林急忙申辩说，没有，绝对没……科长举手制止了他们，继续说，我觉得，张章的话很有道理，这样吧，最近也没有什么当紧事儿，你们就去深入社会，对你们感兴趣的话题进行调研。交一篇调研报告上来，报告做得好，可以推荐给市委市政府，为领导决策提供一些参考。

我们为科长的英明决策而欢呼。同时，为科长一直是科长而愤愤不平。

经过认真磋商，我们决定调研街头小商小贩的生存状态。

已近仲秋，南方可能还穿着短袖衬衣呢，我们这里已经朔风四起、树叶飘零了。就在我们上班的路上，流动着一些小商小贩们。街头行人寥寥，小商贩们向行人兜售水果。我们注意到，其中有一个四十多岁的中年妇女，皮肤很粗糙，背上背着孩子，脚下放只篮子，篮子里是北方很少见的荔枝，显然是从别的商贩手里贩来的。她背上的孩子小脸冻得通红，看见路人走过就笑。中年妇女小声叫卖，荔枝，新鲜的，广州空运来的。

忽然，街上一阵骚动，有人喊，城管来了！商贩们立即作鸟兽散，动作娴熟而利落。她背着孩子，慢了一步，被城管撵上，飞起一脚，踢翻了她手里的篮子，鲜红的荔枝散落一地。城管没有停止前行的脚步，皮鞋从荔枝上匆匆碾过，接着去追赶其他人。她一下匍匐在地，捡拾散落的荔枝，眼泪不住地流淌着。

荔枝四处散落开来，她跪在地上捡着，背上的孩子不哭也不闹，一道亮晶晶的涎水飞流直下，落进她的脖子里。有路人经过，漫不经心地踩在荔枝上，荔枝汁液喷出，像鲜红的血液。

篮子里的荔枝充其量也就十公斤，加上破损和其他损失，挣到手的钱是微乎其微的。今天看起来血本无归了。

白洁蹲在地上，帮助那位中年妇女捡荔枝。中年妇女感激地看她一眼，什么也没说。小林和小水也想上去帮助捡，我说算了，我们就从她开始调查，先别让她认出我们来，以后慢慢接近，看看能不能挖掘些新东西出来。荔枝捡完了，中年妇女捧出一捧要送给白洁，白洁摆摆手拒绝了。

小水说，你可以少接受几个，不要拒绝别人的好意。白洁说，我不忍心。声音有些哽咽。

连着观察了三天，中年妇女风雨无阻地出现在摊位前，我们注意到，她每天只卖一篮，卖完就收摊。白洁走近她，买了她一斤荔枝，她已经认不出白洁了。白洁用手摸着她背上孩子的脸蛋说，真可爱。她幽幽叹口气说，可爱个啥哟，讨债鬼哦。

小林凑上来说，大嫂，我们可以和你谈谈吗？

她立即警惕起来，紧张地说，谈什么？我可没啥好说的。我小本经营，挣不了几个钱的。

我说，您别误会，我们就是想了解一下你的生活情况，没有其他意思。

她不安地说，我明天不来了，肯定不来了！她可能属于无证经营一类，与城管员打游击，以为我们采访她，就是为了打击她。

小水说，大嫂，你别紧张，我们绝对不想打扰你做生意，就是想做个调研。

她可能不明白"调研"是什么意思，急忙收拾东西，做离开状。

这时凑过来几个买东西的人，七嘴八舌地说，你们这些记者，纯属吃饱了撑得没事干，就会拿小老百姓开刀。人家凭辛苦挣几个小钱你们倒盯上了，对那些贪官污吏咋就不敢曝光呢？

白洁争辩说，我们不是记者，是公务员，没别的意思，就是想了解他们真正的生活是什么样的。

围观的人横扫一大片地说，公务员？公务员有几个好东西！

还有人说，这还用了解吗，都在眼皮子底下摆着呢。现在这些当官儿的，眼窝子都瞎了。

中年妇女听说我们是公务员，愈加惊恐不安起来。我明白她已是惊弓之鸟，再说什么也无用，加之围观的人不明就里，火上浇油，继续待下去，只会适得其反，便摆摆手说，行了，今天就这样吧，撤。

临走前，小林说了画蛇添足的一句话，大嫂，你别担心，明天我们会再来。

我埋怨小林说，得，你的这句话，大嫂会误解成威胁，明天她不会再出现了。

果然，不但那位大嫂没有出现，其他小商小贩也不见了，可能流动到其他地方打游击去了吧？

我们为自己的做法懊悔不已。

由我执笔写了一篇调查报告，标题是《流动商贩生存状况调查》。科长认真看完报告，在手里掂量着说，你们注意到了已经被边缘化的群体，很好。像这些群体还有很多，比如民工群体、拾荒群体、乞讨群体等等，他们生活在阳光照不到的地方，他们生活得小心翼翼，胆战心惊。这个社会如果继续漠视他们，就有可能造成社会的不稳定。弱势群体在一定的时候，一定的条件下，会转化成强势的。人活着就要吃饭，连吃饭都成了问题，还有什么不可以做的！你们说，我是不是杞人忧天了？

我以少有的严肃说，科长，您绝对不是杞人忧天，而是忧国忧民，良苦用心，我们非常理解。可是，说到底，这不是我们能解决得了的，还是把属于上帝的交给上帝，把属于恺撒的归还恺撒吧。

香烟散尽

后勤科的老周特别爱串办公室，为此没少挨他们科长的训。可人家老周脾气忒好，你训你的，我照串不误，时间久了，他们科长也没脾气了，反正是快退休的人了，你能奈他何！

老周是个老机关了，年近六旬，当了一辈子大头兵，什么也没混上。机关混个一官半职非常重要，除了潜在的利益不说，就是工资，也比无职无权的高出一大截。老周对自己的处境很不满意，颇有破罐子破摔的意味。

说起来，老周是个很不错的老头儿，对人很和气，甚至是谦恭。他顶着一个亮晶晶的脑袋，顶部寸草不生，四周长着月牙形茅草，愈加显得颓废。小林曾经建议他，像人家葛优似的，干脆剃个秃瓢得了，也省得引起同志们心理恐慌。看到他荒芜的脑袋，容易引起赤地千里、哀鸿遍野的联想。

老周笑笑说，还是让它保持自然风貌吧，没有我的荒山秃岭，怎么能显出你们的秀丽山川呢。

同事们戏称他"地方支援中央"。还有同事说他"聪明绝顶"。不管大家如何戏谑，老周都能坦然面对，一笑了之。老周的烟瘾特别大，牙齿熏得焦黄。烟瘾大，还经常忘记"带烟"，于是，就顺理成章地串办公室"借烟"。他"借烟"不是整盒整条地借，而是只"借"一支。烟酒不分家，这一"借"，也就随之灰飞烟灭了。时间久了，便有人捉弄他，只要他一进人家的办公室，就会有人说，老周，又借烟呢？好借好还，再借不难。老周不以为然地说，会还的，零借整还。有人本来还有烟，故意把烟放进抽屉

313

里，桌上摆个空烟盒，拿给老周看，说，老周，真不巧，刚抽完！老周明知道人家在忽悠他，也不好说什么，讪讪离开。

相形之下，我们科的氛围就宽松得多，大度得多。我们科抽烟的人不多，就小林和小水两人，也是偶尔为之。老周一进我们办公室，他们就会主动奉献一支烟，老周接过，拿着烟缸，踱到阳台上抽。科长说，就在这儿抽吧。老周说，我要为下一代负责啊。他说的"下一代"，专指白洁。有时候小林开玩笑说，老周，又来"借"烟啊。老周拍拍自己的秃脑门尴尬地说，是哩。你看看我这记性，人老了，忘性比记性好哦。

科长批评小林说，不要再讽刺人家老周了，他绝对不是因为吝啬才"借烟"的。他其实心里很苦闷的，眼看一辈子就这么过去了，他就是借机会到各科室走一走，和大伙儿聊聊天，排解心中的郁闷。通过"借烟"，还能增进友谊，了解更多的信息。你们想想，平时谁家有个大事小情的，老周不是都在鼎力相助吗。

科长专门买了一条烟给小林，说我不抽烟，给老周敬烟不太自然，放你这儿给他抽。小林有些难为情，说科长，这多不合适。科长瞪他一眼说，我知道你的财政情况，就甭跟我假惺惺了。

"抽"惯的嘴，跑惯的腿，因为我们的大度，老周到我们办公室串门子的积极性越来越高，我们也像迎接贵宾一样接待他，给他敬烟，奉上好茶。老周抽完烟，捧起斟好的茶水，和我们天南海北神聊一通，然后满意离去。

忽然有一天，老周神情很阴郁。小林敬上一支烟后关切地问，老周，怎么啦，晚上让老婆踹到床下了？老周这次没去阳台，缓缓吐出一口烟说，唉，昨天在医院做了体检，大夫说我肺部有块阴影。并说绝不能再抽烟了，说再抽就是饮鸩止渴。小水从关心老周身体的角度说，老周啊，我看你还是听大夫的话，把烟戒了吧。白洁从经济的角度说，是啊，抽烟百害而无一利，省下烟钱，干些什么不好呢？我从更高的层次劝解说，是啊，老周，抽烟得肺癌的几率，要高出不抽烟的人好几倍呢。你能忍心自己的生命，随着袅袅的烟雾而消失吗？

老周打破了自己只"借"一支烟的法则，伸手从小林的烟盒里又取出一支，点燃，把自己罩在浓浓的烟雾中。我们再看老周，已然水中望月雾里看花了。等到烟开雾散，老周摸着头顶的不毛之地，英勇无畏地说，我老周，一辈子就这么点儿嗜好，让我戒烟，那是万万不能。生命不息，抽烟不止！

科长说话了，老周，想抽就抽吧，以后，还到我们办公室来，我们欢迎你来吞云吐雾，没有你制造的烟雾，我们还怪不习惯呢。

老周紧紧握着科长的手说，知我者，郑科长也。

老周离去后，我们埋怨科长说，您这不是为老周好，而是在害他！科长长叹一口气说，你们不懂啊。老周这么多年以来，一直郁郁不得志，他是在靠烟来麻痹自己，求得心灵上暂时的宽慰。抽烟对他来说，已不仅仅是嗜好，而是生活中唯一的享受，如果连这唯一的享受也被剥夺了，他活着还有个什么劲儿呢。

我们感到心里很压抑，什么也没说。过后，老周来了，我们照样敬烟献茶，谁也不提他肺部有阴影这档子事儿。

不久，老周退休手续正式办下来了，后勤科为他召开了欢送会。散会之后，我们办公室的门被轻轻推开了，老周哼着很老的《革命者永远是年轻》走进来，他的脸色很正常，没看出有多少沮丧。像首长接见一样，逐个与我们握手。小林取出香烟说，老周，来一支。老周摆摆手，从提包里取出四条烟，送给小林和小水每人两条，两人拒绝不收。老周说，收下吧，其他科室我都送过了。我说过，我是零借整还的，你们不能让我做个言而无信的人吧。科长说，既然给你们，就收下吧，老周这是在告别演出呢。

老周的眼圈突然红了，扭过脸揉了一下，自言自语地说，嗨，这话咋说的，屋子里怎么还能迷了眼呢？

老周退休后，就不到机关来了。刚开始，我们还有些不习惯，时间长了，也就淡然了。很久以后的一天，科长忽然提起老周说，也不知道老周怎么样了，他肺部那块阴影到底是什么东西？

爱情试验

白洁戴着耳机听电脑里的歌，微眯着眼，如痴如醉。小水说，白洁妹妹，听什么呢，这么痴迷？白洁莞尔一笑，取下耳机，一首熟悉的歌曲飘然而至："我能想到最浪漫的事，就是和你一起慢慢变老，一路上收藏点点滴滴的欢笑，留到以后坐着摇椅慢慢聊；我能想到最浪漫的事，就是和你一起慢慢变老，直到我们老的哪儿也去不了，你还依然把我当成手心里的宝……"我得承认，这首《最浪漫的事》的确有非常强的穿透力，会让人为之动容，沉醉在歌曲营造的浪漫氛围之中。一曲结束，小林忽然发问，你们说，这个世界上究竟有没有纯粹的爱情？小水说，纯粹的爱情是没有的。但是我相信有浪漫的爱情。我说，浪漫是暂时的，随着时间的流逝烟消云散。所谓爱情，一定是和财富、地位相匹配的，鲁迅先生说过，焦大是绝不会爱林妹妹的。

小水说，爱情就是爱情，没有那么多的附加条件。比如，司马相如与卓文君，他们为了爱情可以舍弃一切，甘愿沦落为引车卖浆者流；再比如苏东坡与他的妻子至死不渝的爱情。他背诵起苏东坡的词：十年生死两茫茫，不思量，自难忘。千里孤坟，无处话凄凉。纵使相逢应不识，尘满面，鬓如霜。夜来幽梦忽还乡，小轩窗，正梳妆。相顾无言，唯有泪千行。料得年年断肠处，明月夜，短松冈。

小林耻笑说，于得水先生，你醒醒吧，现在可是二十一世纪了，你怎么还相信这些卿卿我我的东西呢？

我说，小水，要是在二十年前，我会为苏东坡先生这首怀念亡妻的词潸然泪下。现在我感到的是可笑，甚至悲哀。

小水说，不管你们信不信，反正我信。

我说，要不然，我们做个爱情试验吧，检验检验现在的美眉，究竟喜欢什么样的男人。

白洁说，好伟大的创意哦。张科，你说怎么试验，我做见证人。

我说，这很简单，我们在网上发征婚的帖子。小水做一个有情有义的纯情男子；小林扮大款；我呢，就做一回局长吧。看谁收到的回复最多。

科长说，张章，你这可是馊主意，是在欺骗人家的感情，是很不道德的。

我不以为然地说，科长大人，别那么夸张好不好，网络是个虚拟空间，谈不上什么欺骗不欺骗、道德不道德，我们只是做个游戏而已。

我们临时注册了一个邮箱，在一个交友网站每人发了一个帖子（当然，名字是虚构的）。

小水发的帖子：钟青，男，28岁，博士。本人曾因奋不顾身抢救落水儿童被授予见义勇为先进个人。自愿放弃大城市优越的生活和工作条件，到西部某地做了一名志愿者。我爱好文学，出版过诗歌集、散文集，向往美好而浪漫的爱情，愿意寻求一位志同道合、心地善良的姑娘为伴侣，地区、职业不限。有信必复。

我发的帖子：管祢，男，45岁，专科生，离异，有一男孩。本人现任某省会城市某局局长（副厅级），月收入8000元，有180平方米住房一套，私家车一辆，存款若干（涉及个人隐私，不便透露）。欲寻觅25岁以下（若条件合适，可放宽至28岁）、大学以上学历、美丽大方的女友为伴。有意者可将个人照片和简历发到我的电子邮箱，恕不接待来访。

小林的帖子：蔡辅，男，50岁，初中生（没有读完），有三次婚史，留下一男二女三个孩子，孩子均已成家。本人现任某集团公司的董事会主席，麾下有十家公司，其中一家上市公司。有别墅15套，资产30亿，私人飞机一架。本人曾经坐过两次牢（我必须诚实地让未来的老婆知道这一点）。欲寻求22岁以下的漂亮美眉做伴侣，学历不限。不接待任何来信来访，有意者可与我的私人律师联系。私人律师的电子邮箱是pnmshl@126.com。

小林口头传达了他电子信箱的含义，即"骗你没商量"的汉语拼音打头字母。我们相视而笑，约定试验的时间是一个星期。一个星期之后，我们在白洁的见证下，打开了各自的邮箱。

首先打开了我的邮箱，收到应征邮件120封，其中年龄最大的30岁，最小的20岁。许多应征者发来照片，有清纯型的，有古典型的，有温柔贤淑型的，也有狂野型的，看得我眼花缭乱，目不暇接。我一目十行地浏览着信件：有的对我的职务非常感兴趣，直截了当地问我是否还有升迁的可能；有的含蓄地问我这个局长还有那些潜在利益，对亲属能提供多大范围的帮助；也有人对我 45 岁就担任了副厅级局长表示钦佩，羞羞答答地表示愿意做我的好后勤，让我一心一意在仕途上高歌猛进。最令我感动的邮件是一个名牌大学的硕士发来的，她说并不在乎我是不是什么局长，而是对我正值中年、事业有成的时候单身一人表示深深的同情。说我长此下去，将会造成心理上和生理上的双重痛苦，她愿意为减轻我的痛苦作出牺牲……

浏览完这些照片和邮件，我忍不住蠢蠢欲动。如果不是有老婆这碗酒垫底，我真有可能醉眠花丛中了。反过来一想，又感到了深深的失落，这些邮件并不是发给我的，而是发给那个叫"管祢"的副厅级局长的。唉，还是当官好啊……

小水说，你这点儿邮件算什么，先看我的吧。小林说，还是留个悬念吧，先看看我这个大老板的！白洁说，行，就先看"蔡辅"的。

小林的邮箱的邮件已经满了，过了截止期仍在源源不断地飞来，收到的邮件 580 件。这些女性中竟然以博士、硕士队伍为主。其实，人家"蔡辅"老板并没有对学历作出硬性规定。在这支由知识女性组成的浩浩荡荡的大军中，有学文学的，有学历史的，有学经济的，有学法律的，有学外语的，还有学生物的……发来的照片很多带着硕士、博士的方帽，个个文质彬彬，家庭背景和个人修养都是一流的。他们在电子邮件里表述的都差不多，说很钦佩"蔡辅"先生，从监狱出来能够不自甘堕落，只有初中的底子而能自强不息，同时对他的诚实表示欣赏，依靠自己的智慧，打拼出了自己的事业。她们一往情深地表示说，她们并不在乎他有多少财富，而是看中了他不向命运屈服的性格。她们可以用自己所学到的知识，帮助他成就更大的事业，为他铺就一条走向新的辉煌之路……她们同时还表示，学历不是问题，年龄不是障碍。

看了小林的邮件，我心里的气就不打一处来。现在的女孩子怎么了，怎么眼睛里只剩下钱了！难道金钱就是人生成功的唯一象征吗？小林刚开始看得兴高采烈的，很向往地说，我要真是"蔡辅"就好了。看了一会儿，兴趣大减，说，铜臭气熏死人，这些美眉也不怕臭！唉，他们也真是可怜，高学历，低智商！白洁说，气死我啦，气死我啦，这些臭女人，真不给咱女人争气！

我说，看看争气的女人吧。小水，打开你的电子邮箱。小水说，你们要做好思想准备，我估计来信起码1000封以上。小林说，但愿如此。白洁说，"钟青"先生接到的电子邮件肯定是最多的，这样的纯情男子，那个妹妹能不动心呢。

说话间，小水的邮箱已经打开，令我们大吃一惊的是，竟然连一封应征的邮件也没有。小水的脸色很难看，我们衷心希望小水邮箱里的美眉姹紫嫣红，百花齐放，争妍斗奇，春色满园，面对荒芜成沙漠的邮箱，我们非常失落。白洁忽然说，咱们到网站看看，有没有跟帖的。

小水帖子的回帖还真是不少，几乎全部是口诛笔伐。我们越看越气，用义愤填膺来形容一点儿也不过分。回帖最客气的话是，看你的帖子很感动，但是从人道主义的角度出发，我还是想奉劝你一句，去看看心理医生吧，这对你很重要。比较中性的回帖是，我在怀疑你是不是这个社会的年轻人，你说你是个博士，读书读傻了吧。你要找一个志同道合的，像你这样的傻子，已属凤毛麟角了，到哪儿找去！不过，还是祝你成功。还有的回帖就相当难听了，有的说，你发什么神经啊，就你这样的，谁跟了你，倒了八辈子霉。有的说，你又是救人，又是志愿者，太高尚了吧，高尚的没人敢高攀了，跟着你这样"高尚"的人，还能有什么安全感。有的说，什么浪漫的爱情啊，光有浪漫的爱情，跟着你喝西北风去呀！有的说，文学是个什么东东，你还把它当成荣耀啊，真该让幼儿园孩子给你上堂社会关系课。更有甚者说，说的什么昏话呢，有神经病吧？先把精神病治好之后再发帖子，像你这样的，就该打一辈子光棍……

看完了这些回帖，我们很久没有说话，心里堵得慌。好像过了一个世纪，白洁轻轻地说，好在，这只不过是一场游戏。小林说，不，这不仅仅是游戏。我默默关闭电脑说，同志们，游戏结束了。小水说，我们再也不玩这种游戏了。科长说，孩子们，游戏是结束了，可是生活没有结束，它还在继续。我们不能游戏生活，游戏人生。如果你把生活变成一场游戏，那你的这一生将永远不会得到真正意义上的快乐！

科长这是典型的说教，可是我们并没有感觉到这是在说教。我们从心底认为，这是一个经历过岁月沧桑的老人对生活深切的感悟，是语重心长的教诲。

发言稿

国庆节前夕，局里组织大家到九寨沟旅游。为了避免长假旅游高峰，早早就作出了安排，提前四天就开拔了。临近节日，办公室的人已经寥寥无几。局长九月三十号要参加市委组织的座谈会，办公室主任给他买了十月一号三张机票（包括局长的妻子和女儿），开完座谈会之后，直接飞抵九寨沟，与大部队会师，任何时候，大部队都不能没有领袖。

就在局长参加会议的前一天，发生了一件事，本来会上没有局长发言的，不知道为什么市委书记心血来潮，说请李局长代表各局委做个发言。这件事儿很突然，办公室主任、秘书科一干人全部都走了。局长气得跳脚骂娘，怎么搞得嘛，出去玩儿也不知道安排个人值班。

他忽然想到了副局长"红版图"，他没有随大部队出发，九寨沟他去过无数次了，这次公而忘私地主动提出留下来盘踞在革命根据地了。"红版图"也是笔杆子出身，写份发言稿应该没有什么问题。局长拍着副局长阎志贵同志的肩膀说，老阎啊，家里人都走完了，看来得麻烦你这个大笔杆子一次了。后天要开座谈会有我的发言，今天晚上你就辛苦一下，明天一早给我，有困难吗？"红版图"胸有成竹地说，局长，您放心，明早八点准时把发言稿送您手里。

"红版图"之所以这么有把握，是因为他还想到了一个人，就是在下。我之所以脱离革命队伍，原因是老婆放假比较晚，我得等她。"红版图"把我电召到他的办公室说，李局要参加庆祝十一的座谈会，代表各局委发言。你是咱们局有名的快手，今天晚上就辛苦一下，写个发言稿，我相信这对你来说是小菜一碟。要写得有文采、有激情，还要客观全面准确。明天早晨七点钟交给我，没问题吧？他接着又意味深长地说，张章，其实，我很看好你哟。我本想严词拒绝，这又不是我的本职工作，凭啥？再者说，我已经答应陪老婆去老丈母娘家了，我那老岳父和我很投缘，不把我灌得分不清天南地北决不会收兵。她女儿曾经义正词严地批评过他，可是他并不理会，同样义正词严地回答，不喝酒的男人还叫男人吗？弄得俺老婆没脾气。转念一想，我很痛快地答应了

322

说，阎局，没有问题。虽然我个人也有事儿要办，但是个人的事再大也是小事，局里的事再小也是大事，更何况涉及到我们局的水平和名誉问题呢。我的这番表白，感动得"红版图"差点儿落下不轻弹的男儿泪。

我这么痛快地答应他，是因为我想起了一个人，保洁员曹凡。曹凡是局办公室从劳务市场招进来的，小伙子高中毕业没考大学（家境贫寒），直接进城打工来了，他想一边打工挣钱，一边学习，等攒够了钱，圆自己的大学梦。他最爱哼唱二十世纪八十年代的一首歌曲："没有花香，没有树高，我是一棵无人知道的小草……"他乡音很重，卷舌音，"小草"唱成"小草儿"，大家都叫他"草儿"。

找到保洁员休息间，曹凡正捧着一本教材在读，见我进来，站起来笑吟吟地说，张科，大驾光临，有何贵干？我说，我是无事不登三宝殿，今天有事儿求到你了。曹凡说，你堂堂国家公务员，咱是农民工，风马牛不相及哦。你的一个"求"字，让我受宠若惊哦。我说，草儿，今天这事儿还真的非你莫属了。曹凡说，荣幸至极，诚惶诚恐，但讲无妨，洗耳恭听。我说，少说两句成语吧，显得你多有学问似的。曹凡说，没办法，脑子里装得太多，一不小心就雨后春笋般地往外冒。我说，好啦，说正事儿吧，国庆座谈会上李局有个发言，代表各局委的，要有高度、深度，还要口语化，有趣味，麻烦你给写一下。曹凡似笑非笑地说，你是有名的笔杆子，你咋不写？我说，不瞒兄弟你说，今天我要与老岳父亲切会晤，免不了一场鏖战，我那老岳父收拾女婿很有一手的，我得做好不醉不归的准备。曹凡说，你看，好不容易有个长假，俺也得休息休息啊。鲁迅先生说过，无端地剥夺别人的时间，无异于谋财害命的。

我掏出一百元人民币塞进曹凡手中说，不能让你白劳动，这点儿钱算你的加班费了。草儿推辞说，这多不好意思，好像俺想跟你索要好处费似的。我说，应该的，应该的，付出劳动就应该得到回报。草儿绽开笑脸说，那我就勉为其难一回喽，什么时候要啊。我说，明天早晨六点钟吧。草儿说，算了，就这么篇东西，哪里用得了那么长时间，今天晚上七点钟以前，我送到你家里去。我把办公室的钥匙给了他，说，草儿，就用我的电脑吧。

我还在睡梦中，老婆拧着我的耳朵大吼，懒猪，快起床！我揉揉眼睛坐起来，脑袋还昏昏沉沉的，看到老婆满腔怒火的神情，才慢慢清醒过来，想起昨晚曾经与老岳父对饮来着。酒酣耳热之际，好像岳父大人摸着我的头顶叫我小兄弟，我搂着岳父大人的肩膀眼泪汪汪地喊大哥。后来发生了什么，就一概不知了，一直到老婆拧着我的耳朵把我叫醒，中间是一大段空白。我不好意思地说，老婆，昨天晚上我可能喝多了一点点吧？老婆杏眼圆睁，颇具母夜叉孙二娘的风采，毫不讲语言美，大声叱咤道，放你的鸟屁！还一点点儿，喝得连你自己是谁都不知道了。人家草儿来给你送发言稿，你硬拽住人家不撒手，要和人家干两杯。还说你要是当局长了，就提拔人家草儿做办公室主任。呸，你也不撒泡尿照照，你长着当局长的脑袋了吗……

在老婆大人的责骂声中，我猛然想起今天早晨七点钟"红版图"要的发言稿，一看表，已经六点四十了。我一跃而起，匆匆穿好衣服，不顾老婆以最恶毒的语言对我吃早餐的善意提醒，抓起草儿送来的打印得整整齐齐的发言稿，直奔"红版图"的办公室。

"红版图"正在办公室恭候我，见我蓬头垢面，眼睛里布满血丝，很关切地说，张章啊，熬夜了吧？辛苦了，早点儿回去休息吧。我诚恳地说，这点儿辛苦还不是应该的吗。你们这些当领导的，哪个不是夜以继日地工作，说过一声苦吗？其实，我说这话，也是为了发泄内心对领导们整夜泡歌厅的不满，心理很阴暗的。"红版图"愣是没有听出来，一巴掌重重拍在我的肩上，深情地说，如果我们的干部都像你一样理解领导，支持领导的工作，我们这些当领导的工作就好做多了。我掏出一百元的发票，请他签字报销，他很痛快地签了，边签边说，张章，有机会，我一定向李局推荐你，让你走上更重要的工作岗位。"红版图"这类话我听得多了，早已不再当真。我关心的只是我付给草儿的一百元钱的劳务费而已。

　　局长开完座谈会归来，兴奋得满脸红光。对"红版图"说，老阎啊，你可真是大手笔，宝刀不老啊。我的发言，受到了市委书记、市长和与会领导的高度评价。你真是给咱局长了面子啊。"红版图"谦虚地说，哪里啊，时间长不动笔了，生疏了，还请局长多多指教呢。

　　"红版图"对我说，你的发言稿写得很不错。可是，我怎么觉得文风变了，花里胡哨的东西多了，缺少深度了。

　　这家伙，看问题就是这么一针见血。我打着哈哈说，这种会议，要什么深度啊，说得热闹，听得高兴就行了呗。

　　"红版图"点点头，你说得有一定道理，可是我总觉得哪里有些不对劲儿。

金玉良言

当了五年正科级的李光辉，接到市委组织部的通知，让他去一家负债累累的国有企业任总经理。虽然是一个濒临破产的企业，但是级别不低，正处级。李光辉很激动，接到通知的当天，邀请了我们一帮狐朋狗友到金源大酒店一展风采。这帮狐朋狗友中，有我、小林和小水。

我们端起酒杯，祝李光辉同志到那个濒临倒闭的企业后大刀阔斧，治理整顿，改革积弊，大展雄风，争取三年内杀回市委，再上一个新台阶。李光辉一改往日的谦卑，踌躇满志地说，这么多年来，兄弟我一直夹着尾巴做人，今天终于熬到了深山出太阳！我的计划是，一年扭亏为盈，两年成为利税大户，三年上市融资。兄弟我渴望有一番作为，也坚信会有一番作为。希望各位兄弟帮我策划一番，通过什么方式才能达到胜利的彼岸。

小水端起酒杯，先干了一杯说，于得水祝贺光辉兄如鱼得水。这杯酒是给光辉兄赔罪的，先干为敬。

李光辉笑着说，小水没喝就醉了，你罪从何来？

小水说，那兄弟我就直言不讳了。我认为你的那个一年一大步，三年展宏图的计划未免不太靠谱，你头脑已经开始发昏了，先给你浇一盆冷水。你要明白，你要去的企业负债累累，处于破产边缘。工作千头万绪，复杂多变，不确定因素很多，要做好吃苦受累的准备，千万不可好高骛远。你当了这个企业的一把手之后，应该做得是如何打通国内外市场，延长产品链，输入资金，保证正常生产，稳定职工队伍，节本降耗……你的计划虽然很宏伟，但它是海市蜃楼，看起来很美，其实只不过是虚幻的影子。我劝你还是从实际出发，多做调查研究，大处着眼，小处着手，一步一个脚印地踏踏实实来，做好打持久战的准备……

在小水滔滔不绝的演说中，李光辉的脸色越来越难看，阴云密布，一点儿光辉也没有了。我见势头不好，果断地打断了小水滔滔不绝的演说，于得水同志，够了，闭上你的乌鸦嘴。你这纯属腐儒之见，按照你的蜗牛计划，咱光辉兄只怕是要干到满头白发，终老南山了。

小水不服气地争辩道，不，我还没有说完，我的意思是，光辉兄到了这个企业，必须从基层抓起，从基础抓起，从基本功抓起。夯实基础、深入基层，苦练基本功……

我毫不客气地又一次打断他的话，你要弄明白，现在是什么时代了，企业已经从滚动式发展走到了聚集式发展了，各种资源的大整合、优化配置已是大势所趋，成为推动企业发展最重要的力量。光辉兄必须从这个高度来思考问题，必须在近期出成绩，出效果，引起轰动，最好搞出一个什么效应来，才有可能尽快上台阶……

李光辉斟满酒，双手捧给我说，老兄高见，在下愿闻其详，请不吝赐教。

我接过酒，一饮而尽，仔细品味了一下，绝对正宗的"五粮液"。我继续说，目前你最重要的工作是，第一，与最大的债权人银行进行谈判，明确告诉他们，想全额收回贷款无异于痴人说梦！让他们放弃部分债权，越多越好。否则，公司破产，他们将会血本无归，而且还可能承担相应的行政责任。对那些掌握实权的家伙要采取两手准备，一方面大恩大惠拉拢腐蚀，一方面哭穷骂娘要点儿小流氓。银行债权作了坏账处理之后，公司的资产负债率自然就降低了，你就可以申请新的贷款，只要现金流恢复正常，全盘皆活。第二，对公司的资产、土地进行评估，寻求国内外合作伙伴。这对你是至关重要的一步，要调动各方面的资源。市委、市政府对招商引资是大力鼓励的，你尽可以放心大胆地去做，出点儿轨也无大碍，打政策擦边球，一定要把握住罪与非罪的界限。这一步做成功了，你老兄就是大大的功臣，想留在企业当老板，任你呼风唤雨，想继续走仕途，向上的阶梯已经搭好了，你尽管上就是！

李光辉兴奋地连饮三杯，拍着我的肩膀说，醍醐灌顶，醍醐灌顶啊。真是听君一席话，胜读十年书。张兄，兄弟我赴任之后，一定请你做我的业余狗头军师。

他忽然注意到小林还没有发表高见，与小林碰了一杯酒说，林子，平时就你肚子里的坏水多，今天怎么一言不发了。

小林说，我出的是歪招，难登大雅之堂的。

李光辉说，相信我的辨别能力，歪招往往能歪打正着呢。

小林自动"罚"了自己一杯酒，不客气地说，那我就不吝"赐"教了。

小林深思熟虑地说，你要去的公司矛盾成山，问题成山，社会形象极差，职工情绪极不稳定。正因为如此，才给了你施展自己才华的空间。你知道市委市政府目前最头疼的是什么事儿吗？不错，就是稳定，稳定是压倒一切的大局。公司职工已经几个月发不出工资了，经常在市政府门前静坐，市政府被搅得六神无主，身心俱惫。你老兄到任之后，不要急着召开什么职工大会，职工在大会上发起难来，不好招架的。你要制订一个类似于"总经理接待日""职工谈心会"的计划出来，每周最少一次，听听职工怎么说，要作出耐心倾听的样子，对损害职工利益的行为要表示出极大的愤慨。对特别困难的职工，从自己口袋里掏出五十、六十的给他们，眼睛里最好含着泪花。小意思打动人心，有上这么一两例，你李总就会声名鹊起。作为一把手的你，这些小钱根本不用你说话，自然有人会帮你"处理"的。

我知道你们公司有一台"奥迪"轿车，过去总是压在老总屁股底下，职工心里很不愤的，你一定要汲取这个教训，上下班最好乘公交车，和职工们说说笑笑，开一些无伤大雅的玩笑。抽出一些时间，到困难职工家里嘘寒问暖，送几袋米面，几斤香油，让广大职工知道，你心里时刻装着他们！有句话怎么说来着，金杯银杯不如老百姓的口碑。有了口碑，什么事儿都好办了。

你还要准备一个笔记本，红色封面的，没事的时候，往上面写点儿东西。比方说吧，慰问职工回来，你就写：今天慰问退休老职工，他们为公司辛辛苦苦工作了一辈子，本该安享晚年了，可是他们的生活依然很清苦。我不由得流泪了，这是我们党员干部的耻辱啊……为了他们，我就算是少活几年又有什么关系……类似这些东西，一定要感情真挚，最好达到催人泪下的程度。

除了周末，尽量少去大酒店吃饭。可以请最基层的职工和你共进晚餐，喝低档白酒，说两句粗话也无妨。让职工感到，你就生活在他们中间。同时，还可以了解到究竟哪个是害群之马，为你将来的治理整顿埋下伏笔。

说了这么多，是树立你在职工中的高大形象，我们姑且把它称为形象工程吧。

除了形象工程之外，还有一个印象工程。领导那里不可不跑，银行、税务等关键部门的工作不可不做。要经常在他们的眼前晃荡（要适可而止，把握好度），混个脸熟，让他们认识你是何许人也。当然，最重要的工作不能放在工作时间去做，也不要放在办公室去做。要在夜深人静的时候，悄悄地行动，打枪的不要。你是聪明人，个中缘由，不说自明，这是获得领导支持和相关部门帮助的重要环节，万万不可掉以轻心。

形象工程是非常重要的，但是不能做了就做了，一定要让媒体知道。不能主动与媒体接触，而是要曲径通幽，让职工自动反映到媒体，必须自然，不能露出任何人工雕琢的痕迹。媒体找到你时，一定要矜持，装作老大不情愿的样子。这时候，自然会有人来介绍的。别人介绍时，你要做出日理万机的样子，说有什么急事儿等着处理。离去时，一定要把红色封面的笔记本"遗落"在办公桌上，"遗落"的时候最好是摊开着的……哈哈，到了那个时候，你老兄就是对着窗户吹喇叭——名声在外了，自然会有人雪中送炭，也会有人锦上添花，鲜花着锦，烈火烹油，想不火都由不得你了……

小林显然喝高了，说到这里猛地止住，站起来直奔卫生间。

我们都听呆了。

好一会儿，小水才说，小林这家伙，真够阴险的，竟然这么会做表面文章。

李光辉说，我知道小林跟着你们局长跑了一个阶段，学了不少东西。今天看来，还真长学问，令我受益匪浅。

我说，他也就是一个口头革命派，真把他放到那个位置上，他还是他，他说的这些，我估计他自己都不会做。

李光辉很快赴任了，据说干得还不错。不知道他采用了我们中间哪一位的"金玉良言"，也可能都用了，也可能都没有用，人家本身就有一套治厂方略。

谣 言

　　在一次聚会上，与"红版图"私交甚密的一位官员把他拉在一边耳语道，阎局，你们局的李局长就要下台了。"红版图"拼命掩饰着内心的激动说，真的？消息来源可靠吗？密友说，绝对，市委已经作出决定了，就等着开常委会了。

　　"红版图"说，为什么？

　　密友说，除了经济问题，还有什么事儿能把官员拉下马的！

　　"红版图"兴奋地说，他妈的，我早知道会有这一天……这家伙，在局里大权独揽，为所欲为，一手遮天，广大干部早就议论纷纷了，他要再不下台，真是天理难容了。

　　密友说，哎哎，话不能这样说吧，据说，你跟他配合得还不错嘛，鞍前马后的，对人家的指示是理解的执行，不理解的也执行，在执行中加深理解。我没说错吧？

　　"红版图"说，什么呀，我这是工作艺术。与狼共舞，就要适应狼的特性；与狐狸周旋，就要比狐狸更狡猾。其实，就他那点子水平，我根本就没有放在眼里。

　　"红版图"把科长和我叫到他的办公室谈话。他很客气地请我们坐，亲自给我们泡茶。

　　我说，阎局，您别这么客气，您的客气我们很不适应。您有什么事儿就直接吩咐吧。

　　"红版图"说，看你说的，没什么事儿就不能找你们随便坐坐，聊聊天吗？

　　科长说，阎局，你怎么有心情找我们闲聊呢，有什么喜事了吧。

"红版图"慢悠悠喝了一口茶说，什么喜事哟，说起来，都是些糟心的事儿。你们是我主管的科室，人家都说你俩是我的死党，你们说，我心里有事儿不找死党念叨念叨，还能找谁呢？

我说，阎局，看您的气色，不像是有什么糟心事的样子呀。

"红版图"说，咳，有什么事儿非要表现出来给人添堵吗？每逢大事有静气，这是做领导的基本素质啊。

科长说，什么糟心事儿啊。说来听听，我们也许能为你排忧解难呢。

"红版图"忧心忡忡地说，还是老郑理解我。说起来，还不是工作上的事儿吗？你们也看到了，局里当前的工作简直就是乌烟瘴气，经济上的问题也很大，群情激愤，社会影响极差，已经到了非整顿不可的地步了……对此，我……我真的是心急如焚……可是，我也是有心无力啊。李局这个人你们都了解，是听不得不同意见的……

我说，局座，您刚刚不是还说，每逢大事有静气吗，怎么这就沉不住气了？

科长瞪我一眼，甭废话，听阎局说！

"红版图"很大度，一副大人不见小人怪的样子，呵呵，张章，你倒是会用子之矛，攻子之盾哦。其实，你这是偷换概念。

科长说，阎局，您找我们来，有什么事儿要我们办，只管吩咐就是了。

我说，对对，您说吧，我们赴汤蹈火，万死不辞。

"红版图"笑了，他一笑，左边脸上的版图就支离破碎，我就会为祖国山河惨遭蹂躏而痛心疾首。他深思熟虑地说，不用你们赴汤，也不用蹈火，更不要万死，只是要你们的一点儿责任感……要改变局里的混乱局面，必须对班子进行调整……具体地说，要对一把手进行调整……这话我只能对你俩说……我想，局里的情况，必须让市委知道，而且越详细越好……

就算我和科长是猪脑子，也听出"红版图"话里蕴含的意思了。

我说，阎局，这是你们领导之间的事儿，就不要把我们这些小老百姓搅和进去了吧。

"红版图"严肃地说，你这么说话我就不爱听，这怎么仅仅是领导之间的事儿呢？我们局是市委市政府很重要的职能部门，代表着政府形象呢，不是哪个人的家天下！我们吃着国家的俸禄，就应该对它负责，更别说我们还是堂堂正正的共产党员……在原则问题上，我们一定要站稳立场。当然，反映问题也要实事求是。局里这两年来问题不少，甚至可以说很严重，这都是有目共睹的事实嘛……如果需要过硬的材料，我倒是可以提供一些的……

科长不客气地说，既然如此，你可以直接找市委反映嘛，何必脱裤子放屁——多一道手续？

"红版图"叹口气，说，唉，投鼠忌器啊……我们是同僚，我直接去反映，容易造成误会……好像我和他有什么个人恩怨似的……我都这么大岁数了，早已对仕途心灰意懒了。在这个时候，再让人家认为我有政治野心，我个人名誉事小，为此影响工作大局我于心不忍呐……我对你们一百个放心，才说这些掏心窝子的话的……

科长不动声色地说，阎局，我们知道了。你给我们一些考虑的时间。

"红版图"说，好吧。不过，时间不要拖得太久哦……

出了"红版图"办公室，我愤愤不平地说，哼，他想打倒政敌，利用我们做炮灰，世界上竟然还有如此卑鄙下作的行径！这家伙，肯定听到什么风声了，按捺不住地想跳出来。

科长说，是啊是啊，他的信息来源很广，政治嗅觉也是极其灵敏的，所谓春江水暖鸭先知嘛。

我说，既然如此，科长，那我就弄不明白了，您为啥不直接顶回去，还考虑什么？您老人家光明磊落，刚直不阿，什么时候也学会和稀泥了！

科长说，不用你拍我的马屁！你懂什么，这叫韬光养晦，也叫缓兵之计，出了这个门，这事儿也就结束了，一风吹。

我很不解地说，他肯定要问的，你怎么答复。

科长说，催得紧了就敷衍他，顾左右而言他。一个字——拖。

我说，看起来，"红版图"很急呢，他不会让我们拖的。

科长说，这终究不是什么光明正大的事儿，想拖的话理由很多啦。有些事情就是怕拖，一而再，再而衰，衰而竭，最终不了了之。

我说，科长，没看出来，您也会这一套？

科长苦笑了一下，什么也没说。我看得出，他的苦笑里有很深的悲哀。

就在我们为如何应付"红版图"而绞尽脑汁时，事情悄然发生了变化。

三天之后，"红版图"再次把科长和我"请"进他的办公室问，上次给你们说的事儿你们办了没有？

科长说，还没有，你答应提供给我们的过硬材料还没提供呢。

"红版图"如释重负，长长吁了一口气，说，我交代你们的事儿到此为止吧，别再找了。

我说，局座，这可不是您的风格，怎么能半途而废呢。这些天来，消耗了我们多少脑细胞啊。为了完成您的任务，我们真的是夜不能眠，食不甘味，呕心沥血，卧薪尝胆，殚精竭虑，夙兴夜寐，忍辱负重，早已把个人的安危生死置之度外……一想到您的重托，我们的心里就感受到了春风般的温暖，就充满了……

科长实在忍不住了，果断地打断了我过于矫揉造作的表演，说，听你的还是听阎局的！

"红版图"踱着步，不住地搓手，咬牙，似乎在进行激烈的思想斗争。他终于坐到椅子上，头枕椅背，微眯着眼，慢悠悠地说，这两天我认真进行了反思。其实，李局这个人还是很不错的，有魄力，有能力，敢抓敢管。特别是像我们局的这种情况，没有李局铁腕还真震不住……一把手也有一把手的难处，不当家不知柴米贵哦……现在看来，我过去的担心多余了……好啦，不说了，这事儿就此打住，谁也不准再提了！

我的眼睛瞪得肯定是正常情况下的三倍，我不敢相信，我面前的"红版图"就是三天前的"红版图"。

实际情况是，人家李显龙局长的确有过"走"的动议，但不是"下台"，而是怀胎十月——要生（升）了。省厅将他列为本次提拔的人选之一，眼看着生米煮成熟饭了，却突然黄了。政治上的事儿，很难说的。

局长召集机关全体干部开会，在会上说，最近一个阶段，局里谣言满天飞，传播者津津乐道，似乎我李显龙已经陷入万劫不复之地了……有的人已经杀气腾腾了，大有炸平庐山，停止地球转动之势（毛泽东语）……我今天把话撂这儿，你想乘势而上，可以，但是要光明正大地竞争，若要耍阴谋，搞诡计，最终必将玩火自焚……

局长话音刚落，"红版图"就接着说，我也说两句……局长的话既警钟长鸣，又语重心长……我们局里就是有些野心家、阴谋家，唯恐天下不乱。局长没有点名，是给你们留面子，是谁谁心里明白……我也想劝告某些人一句，千万不要搬起石头砸了自己的脚……

维权遭遇

白洁飘飘然进了办公室，我们的眼睛为之一亮。小林由衷地赞叹：春天来了！白洁穿一件湖蓝色裙子，下摆点缀着白色的水波纹，衬托的白洁出水芙蓉般纯洁靓丽。白洁得意地旋转了一下身子，笑着说，怎么样？我谦虚地说，你应该征求女同胞的意见，男人对穿着一贯是粗枝大叶的。白洁说，不不，男人是用欣赏的眼光看女人着装，女人则是用妒忌的眼光看女人的装扮。小水说，真精辟。小林说，且慢，白洁妹妹，我怎么觉得你的这件裙子有些毛病呢？我说，林子，你就甭煞风景了好不好。小林说，如鲠在喉，不吐不快。白洁说，但说无妨。小林指着裙子的下摆说，那个白色的圆点太扎眼了，与整体风格很不协调。白洁低头一瞧，脸色立即沉了下来。原来，裙子下摆有个破洞，露出了白色衬裙。科长安慰说，小白，没有关系的，去换一下，明显的瑕疵，店主不会不承认的。小林也说，对，现在正在搞诚信活动，我们还可以据此提出索赔！白洁说，索赔就算了，能给换就谢天谢地了。我自告奋勇地说，白洁，我陪你去！

售货员是个胖乎乎的中年妇女，满头绽开金黄色的卷发，乍一看，以为是金毛狮王，十分恐怖。白洁胆子真够大的，竟敢跑到这儿买东西，女人的爱美之心真是可以战胜一切恐惧的。

白洁小心翼翼地对"金毛狮王"说，大姐，我昨天在您这儿买了条裙子，有个破洞，麻烦您给换一下。"金毛狮王"鼻孔朝天，根本没有搭理的意思。我敲了敲收款台说，喂，和你说话呢。"金毛狮王"怒目圆睁，威风凛凛地呵斥道，喂什么喂，你妈的小名叫"喂"吗？我是个有教养的人，知道自己错了，闻过即改，彬彬有礼地说，对不起，小姐。"金毛狮王"愈加怒不可遏地喝道，嘴巴放干净点儿，谁是"小姐"？白洁急忙给我使了一个眼色，和颜悦色地对"金毛狮王"说，大姐，麻烦您给我们换件裙子。"金毛狮王"这才接过包装得整整齐齐的裙子，没好气地问，怎么了？白洁指着那个破洞说，喏，这儿有个洞。"金毛狮王"两眼朝天说，是从我们柜台买的吗？白洁掏出电脑小票说，您看，千真万确。"金毛狮王"认真研究了一番小票，怀疑地看了我们俩一眼说，怎么证明这个破洞买的时候就有呢？我说，我证明。"金毛狮王"不屑地说，你证明个屁！谁能证明你们之间的关系。我客气地说，这位女士，请您自重，不要随便伤害别人。"金毛狮王"唾液横飞地说，我就伤害你们了，能怎么着吧。哼，你们这种人，我见得多了。分明是你抽烟烫了一个洞，返回来讹我们，告诉你，没门儿！白洁气得嘴唇发抖，说，你……你……侮辱人格！我说，甭给她废话，找他们经理说话！就在我们转身离开时，"金毛狮王"在背后喊，哎哎。我以为她害怕了，决定放她一马，人非圣贤，孰能无过？转过身站定，看她怎么说。"金毛狮王"很恳切地劝告说，你们要找的层次太低了，我建议你们最好去找国务院！

我气急败坏地拉着白洁就走，似乎感觉到"金毛狮王"的得意之色。

经理的素质的确比"金毛狮王"高，很客气地接待了我们，对我们的遭遇表示了由衷的同情。但是，当我们提出退款或者换货的时候，他沉吟一下说，看得出，你们是有文化、有素质的人，我相信你们说的是真的。但是，商场有商场的规矩，当时你们应该看好货再付款的，现在来找，又无法证明这个洞是买的时候就有的，我们怎么给你换呢。我说，经理，我们总不会制造出一个破洞来找你们的麻烦吧？经理笑着说，我相信你们不会有意制造这样一个洞。他把"有意"两个字说得很重，我们自然听得懂他的弦外之音。白洁说，经理，我的确只穿了一次，这个洞原本就存在的。经理笑着说，我相信，我相信，但是我爱莫能助，我们商厦一天要卖出很多套这个款式的裙装，没发现过一套有问题的，我不能破这个例，希望你们理解。我说，依你说，我们就只能自认倒霉了？经理很潇洒地耸耸肩，站起身来，作出送客的姿态。我说，经理，我们要到消协投诉你！经理并没有被我吓住，说，悉听尊便！

市消协有几个人正在甩扑克，兴致正高，我很不忍心扰乱他们的兴致，但是看到白洁那张疲惫不堪的脸庞，又不得不鼓起勇气上前打招呼。其中一个年长一些的扫了我们一眼问，什么事儿？白洁急忙上前作了汇报。看在白洁靓丽的面子上，他们意犹未尽地放下手中扑克，年长的那位把我们领进了他的办公室，原来是投诉科的科长。听了我们的诉说，科长对商家不讲诚信的行为表示了愤慨，同时对我们的要求也表示出了为难。他说，我们消协人手少，消费者投诉很多，忙不过来（我心里说，忙不过来还有时间甩扑克），这种事每天不知道要遇到多少例，你们自己想办法解决吧。我说，如果我们自己能解决，还跑来找你们干嘛？科长摊开双手说，我也没有请你们来呀。我强忍住火气说，科长，你成心抬杠不是？科长脾气很好，不卑不亢地说，我整天忙得屁打脚后跟，哪有闲情逸致和你抬杠。白洁拦住我对科长说，大叔，这条裙子两千三百块呢，对我个人损失实在太大了，请您帮帮我吧。科长摸着下巴说，唉，你们说买来就有破洞，证据不足啊。我看，你去找个地方补一下，现在织补的技术很高的，不认真看是看不出来的。我说，你们就是这么处理消费者投诉的吗？科长说，那怎么处理，你教教我。白洁看出解决问题无望了，将我拉了出来。

　　我说，这事儿就这么算了？白洁说，还能怎么样！我试探着说，要不，咱们去找商厦的上级主管部门？白洁摇摇头说，算了，找到国务院也没有用的，破财免灾吧，就当被小偷偷去了吧。我说，真阿Q。白洁说，阿Q是剂良药，能治百病呢。

　　上班的时候，白洁的脸色已经平和多了，好像根本没有发生过这档子事儿。小水说，白洁妹妹，裙子换了吧？怎么不穿呢，和你的气质很相配呢。白洁苦笑着摇摇头。小水说，没换成？我说，换个屁！将换裙子的经过讲了一遍。小林笑着说，你们俩啊，真是笨蛋一箩筐！我说，怎么说话哪，你不笨，你换给我看看？小林说，看来真得要让你们开开眼了，白洁妹妹，把裙子给我。白洁说，算了，我认倒霉了。小水说，你就让林子拿去试试呗。我也怂恿说，小白，把裙子给他，让他见识见识也好。

　　四十分钟后，小林回来了（往返路程大约需要半个小时），把装有裙子的纸袋递给白洁。我说，怎么样，碰了一鼻子灰吧？小林说，那是你，看好了，还是不是原来那件！白洁仔细检查了一遍，欣喜地说，真的哎，破洞不见了哎。我满腹狐疑地说，林子，不是你自己又买了一套吧？你这人就是喜欢打肿脸充胖子。林子说，我就是想买，你得给银子啊。想想也是，小林口袋里什么时候有超过一百元钱的时候？我迫不及待地问，那你是怎么换的？小林将烟叼在嘴角，我赶紧给他点燃。小林徐徐吐出一缕轻烟，讲了事情的经过。

他径直奔到"金毛狮王"摊位前，恶狠狠地把裙装甩在柜台上，破口大骂，什么玩意儿，竟然骗到老子头上了！"金毛狮王"说，谁骗你了？小林打开裙子说，看看，破了这么大的一个洞，竟然还明目张胆地销售，还诚信呢，屁！小林一嚷嚷，立刻围拢过来一群人，小林愈加义愤填膺地声讨起商家来。"金毛狮王"说，大哥，有什么话不能好好说吗？小林说，好好说个屁，看见你我心里的火就不打一处来！"金毛狮王"低声下气地说，你听我说两句好不好。小林圆睁双眼，大声呵斥道，事实俱在，还想狡辩吗？"金毛狮王"终于忍不住原形毕露，厉声说，你再胡搅蛮缠，我叫保安了！小林说，好，太好了，你叫吧，正好让大家看看你们蛮横的嘴脸！围观的人可能有过类似遭遇的，纷纷对小林进行声援，谴责商家见利忘义的行为。吵嚷声终于引来经理，经理听说后，立即命令"金毛狮王"说，给这位先生换一套。"金毛狮王"为难地说，这……经理说，什么这个那个的，让你换你就换，我们宁肯遭受经济损失，也不能让信誉受到一点儿影响，诚信是我们的根本啊。小林说，换一套就算完了？我往返的时间、耗费的精力就不算了？经理亲哥俩似的拍着小林的肩膀说，兄弟，就算给我个面子，好不。他递给小林一张名片说，山不转水转，以后有什么事儿尽管来找我。小林很首长地说，好吧，看你的面子，我就不追究了。不过，你们一定要注意自己的形象呢。经理说，您说得对，您说得太对了，我们一定注意。他接过"金毛狮王"新换的裙装，递到小林手里说，小兄弟，回去弟妹穿着不合适尽管来换。经理亲自把小林送到门外，热情地说，欢迎常来，欢迎常来！

听完小林的讲述，小水说，真有意思。白洁若有所思地说，是吗？科长说，慢慢品味，真的很有些意思呢。

雨天送礼人

窗外的雨像受丈夫虐待的女人的眼泪一样流淌着，伴随着如诉如泣的雨声，这个氛围很容易产生悲剧灵感。我专心致志地写一篇小说，写到"在那个风雨如晦的夜晚，她低声啜泣着，埋怨老天爷的不公……"

"砰砰"，有人敲门，小心翼翼的。

我沉浸在自己小说的氛围里，没有听见。"啪啪"，敲门声大了一些，终于把我拉回了现实世界。

我以为是同事，大声说，想进就进，装什么文明人儿。

一个瘦骨伶仃的人裹挟着风雨挤进门来，轻飘飘的，似乎脚下爬满了蚂蚁不忍心去踩。

我说，你找谁？

他温和地笑笑，将水淋淋的雨伞放在墙角，轻声细语地说，找你啊。

我说，我不认识你啊。

他笑得愈加灿烂如花，我认识你啊，李局长。

哦，我忘记交代了，局长正好外出开会，交代我写一篇调研报告，为了给我创造一个能专心致志写作的空间，让我用他的电脑，就这样，我堂而皇之地坐在了局长的宝座上。写完局长的调研报告之后，假公济私地写起了小说。

我说，你误会了，我可不是什么局长。

他诡秘地笑着说，您就甭谦虚了，您看您，天庭饱满，地阁方圆，浓眉大眼，仪表堂堂，您如果不是局长，谁还配当局长呢？

来客把手里拎着的袋子轻轻放在茶几下面，毫不见外地用纸杯给自己倒了一杯水，很自然地把我水杯里的水添满，然后才坐在沙发上。他真是瘦得可怜，活像沙发上立了根竹竿。他掏出一盒"软中华"，弹出一支，不由分说地递给我，我还没来得及作出任何反应，笔直的火苗已经在我的面前。我被动地点燃，抽了两口便按灭了。

他微微笑着，上上下下打量着我，像打量稀有动物似的，打量得我心里直发毛。打量许久，才深有感触地说，都是父母所生，差别咋就这么大呢？我说，我的长相没吓着你吧？他说，怎么没有？的确吓着我了。我说，不好意思，我不是有意长成这样的。他很认真地说，我说您怎么这么面熟呢，像陌生的老熟人，您长得太像领导了！我说，我自己长什么样我自己最清楚，你让我无地自容了。

我说，你不是专门来夸我长相来的吧？瘦竹竿略显羞涩地说，李局，我知道您很忙，不忍心打扰您，可是这事儿非您莫属。我说，我告诉过你，我不是局长，只是个普通的办事员。他说，李局长，您真会开玩笑。

瘦竹竿是一家私营企业主，想申请一笔技术改造拨款。市政府有文件，规定凡属高科技项目，不分企业性质，均可获得财政支持。我说，局长开会去了，很忙，你过些天再来吧。他说，是啊，局长不忙谁忙呢，李局长，您就别再隐瞒身份了，您是我们市大名鼎鼎的人物，如雷贯耳，我经常在电视上看到您的光辉形象呢。我说，我在给局长写报告呢，你说的事我帮不了你，局长开会，过两天就回来了，两天后你再来。现在你就别打扰我了，算我求你。他喟叹道，局长亲自动手写报告，真是不易啊。我说，我真的不是局长，怎么说你才能相信呢？他狡黠地笑着说，我认定了，您就是局长，局长的座位不是任何人都可以坐的。

瘦竹竿一支烟抽完，站起来说，李局，您忙，我就不占用您的时间了。他来到我身边，迅速丢下一个信封说，不成敬意，万望笑纳。

没等我回过神来，瘦竹竿已无影无踪，幽灵般地消失了。

我的精力再也集中不起来了，看着茶几边的袋子和桌上的信封犯了难。想想，还是找我的同事们讨教吧。回到自己的办公室，小林笑着说，局长大人视察工作来了，哟，还提着慰问品呢。我说，我都快愁死了，你们可要帮帮我！

听了我的诉说，我的同事们笑得前仰后合，颇有幸灾乐祸的意味。小水说，管他呢，先看看是些什么东西。袋子里有两条"软中华"，两瓶"水井坊"，四筒极品毛尖。小林羡慕地说，真丰富，真大方。白洁说，又不是送给你的，你感叹个什么劲儿。小林说，酒和茶叶归科长，这烟么，我们就打土豪分田地了。科长训斥说，想什么呢，这些东西，好吃难消化，哪里来还回到哪里去。小林说，信封里的东西我们就不动了，太危险。烟酒茶不分家，又是不义之财，取之何妨？科长大怒，混账话！马上把东西给我拎走。我惴惴不安地问，拎到哪儿去？科长说，废话，自然拎回局长办公室了。我说，局长回来我怎么说？科长说，不等局长回来，送礼人就来了！

果然不出科长所料，回到局长办公室不多一会儿，门就震响了，这次不是小心翼翼，而是理直气壮的声音：嘡嘡嘡。

没等我说请进，门就推开了，瘦竹竿如入无人之境，绷着脸拎起纸袋，径直走到我的面前，说，给你的信封呢？

我急忙把鼓囊囊信封递给他，心里多少有些遗憾，也没看看里面装了多少钱。

瘦竹竿转身往外走，走到门口回过头来说，不是局长，坐在局长的座位上干嘛，充什么大头蒜！我冲他怒吼，你以为老子愿意坐吗？他蔑视地看我一眼，彬彬有礼地说，也不撒泡尿照照镜子看看你的长相，哪点儿像局长！

还没有等到我想出有力反击的话，他把门摔得"嘭"的一声巨响，怒气冲冲地走了。

雨还在不紧不慢地下着。

体验民情

市委书记到我们局搞调研，调研结束后，书记在总结会上说："过去我们常说，干部和群众是鱼水关系。可是，请同志们扪心自问，现在还是鱼水关系吗？依我看，是油水关系，我们就是漂浮在水面上的油。我们这些做领导的，每天忙于事务性的工作，下基层少了，与广大群众见面少了。我想问问诸位，你们多长时间没有乘过公交车了？自己到菜市场买过菜吗？知道农民工的生存状态吗？因此啊，我建议，与其坐而论道，不如起而行之。今天我们就出去走走，逛逛，也算是一次深入群众了解民情吧。"

李局长说："书记的话语重心长，如雷贯耳，发人深思。可是，书记您是我们这座城市的主宰，您上街去，肯定会被市民认出来，有人就会拦住您，找您反映情况，如果遇到访民，您对他提出的问题解决也不是，不解决也不是，影响您在群众中的崇高形象。更严重的是，街上鱼龙混杂，您的安全难以得到保障啊。"

咱们局长的担心不是没有道理，我们这座城市的市报、电视台，几乎每天的头条新闻都是书记的，他已经成了透明人，一举一动都暴露在众目睽睽之下。

书记说："我是共产党的书记，共产党的书记害怕与群众近距离接触，还是共产党的书记吗？"

书记说得如此义正词严，大家不好再劝。

"红版图"以我不下地狱谁下地狱的大无畏精神站出来，说："书记，要不这样吧，我给公安局打个招呼，派几位便衣警察保护您。"

书记挥挥手说："你们啊，不要庸人自扰了，我就不相信群众会对我的安全构成威胁。要真是那样的话，我也该滚下台了。"

李局长以舍我其谁的姿态说："我陪您？"

书记说："你？算了吧。老阎，还有你，张章，"他指了指我，"愿不愿意陪我？"

我们自然不敢说不愿意。

我们一行三人在阳光明媚的街道上行走，并没人认出书记。迎面走过来一位中年妇女，书记微笑着，主动伸出手，亲切地说："你好啊，逛街呢？"中年妇女惊愕地看了书记一眼，说："你认识我吗？""红版图"惊讶地说："你没认出来，这是咱们的市委书记啊。"中年妇女冷漠地说："没认出来。"头也不回地自顾自走了。

书记看着中年妇女的背影，轻轻摇摇头。

我们上了一辆公交车，正是高峰期，挤挤挨挨的。书记不小心踩了一位年轻人一脚，年轻人豹眼圆睁，破口骂道："你他妈的眼瞎了！"书记很有涵养地说："年轻人，出口伤人不好哦。"年轻人说："我就出口伤人了？咋的！你他妈踩了我还有理了？""红版图"大声呵斥道："放肆！睁大你的眼睛瞧瞧，这是我们的市委书记！"书记很有风度地说："书记也是人民的一员嘛。"年轻人立即换了一张笑脸，说："书记啊，失敬失敬。"倏然脸色一变："熊样吧，哄谁呢？书记高级轿车不坐，挤公交？"我说："他真是市委书记，体验民情呢。"年轻人鼻孔里重重哼了一声，狠狠推了我一把，说："给老子滚一边去。少给老子拉大旗做虎皮！也不撒泡尿照照，哪点像书记。"我一下被推到身后一个女人怀里，女人发出一声尖叫。我浑身的血一下涌上脑门，冲上去要和他动手，年轻人岿然不动，双手交叉抱在胸前，冷笑着，轻蔑地看着我。书记拉住我，制止了我的冲动。这小伙子五大三粗的，真动起手来，无异于以卵击石。一车人看着我们争吵，没有一个人站出来说话，只当我们无形。

两站后我们下车了。"红版图"愤愤地说："现在的年轻人，真没素质。"我说："就是，跟吃了枪药似的。"书记没有说话，脸色很凝重。

街上走了一会儿，书记的脸色渐渐恢复平静，领导式的笑容又爬到他的脸上。人家终究是做领导的，能在最短的时间调整自己的情绪，不服还真不行。

我们来到"春蕾"菜市场，这个菜市场是书记的政绩工程之一，是我们这座城市最大的现代化菜市场。"春蕾"这个名字就是书记起的，也是他亲笔写的，他的得意之笔。

　　走到一家菜摊前，卖菜的是位四十多岁的女人，笑容可掬地迎上来问："老板，买点什么？"书记说："你好，你在这里卖菜多长时间了，生意好做吗？"卖菜大嫂不耐烦地说："你买就买，不买就走开，问这些干啥？""红版图"说："大嫂，他是咱们市委书记，搞调研呢。"卖菜大嫂白了"红版图"一眼，说："看你满脸褶子，还喊俺大嫂！你们调研到别处调去，别在这儿影响俺做生意。"其实，这个时候买菜的人很少，影响不了什么生意。我说："大嫂，书记是体验民情的，有什么难处可以给他说说，看能不能帮你解决。"卖菜大嫂说："真的？"书记庄重地点点头。卖菜大嫂说："那好，买我几斤菜吧。"书记很失望，扭头对"红版图"说："老阎，买两斤西红柿吧。"卖菜大嫂利索地称好西红柿，"红版图"递给她十元钱，她找回八元。"红版图"随手将八元钱扔进旁边的垃圾桶。卖菜大嫂满脸惊诧之色，羡慕地说："老板，您真有钱！""红版图"醒过神来，又把西红柿扔了进去。看着两手都空了，急忙俯下身去翻垃圾桶……

　　书记也忍不住笑了，说："老阎啊，算了，别丢人现眼了。""红版图"直起腰，看着两只脏兮兮的手，傻傻地笑着。一旁的菜贩子们"轰"地一声笑翻了。我们再待下去显然是自找没趣，便匆匆离开了。背后听卖菜大嫂说："现在的骗子真多，就这傻样儿，还敢冒充市委书记……"

　　我们来到一个建筑工地。"红版图"说："书记，您等等，我去把他们经理叫来。"书记说："叫经理还叫深入群众吗？随便找个民工聊聊。"正好，一个汉子推着一车砖过来了。书记迎上去，笑着说："小伙子，歇歇，咱们聊聊。"汉子瞪了书记一眼，说："说得轻松，聊聊，谁给工钱!""红版图"掏出一百元大票递上，说："可以了吧。"汉子立刻眉开眼笑，说："可以，可以，太可以了!"他把砖卸下，带我们来到一个僻静处，说："聊什么?"书记说："你老家在哪里?"汉子说："河南。"书记问："活累吗?"汉子鼓着眼睛说："废话! 不累咋能挣到钱!"书记到底是书记，很大度，没在意汉子的态度，接着问："老板有没有拖欠工钱?"汉子立刻警惕起来，说："你问这做啥?"我说："明告诉你吧，这是咱市委书记，微服私访呢。如果老板拖欠你的工钱，我们负责给你讨。"汉子慌乱地说："没有，没有，老板对俺可好呢，从不拖欠工钱。"从他的表情看，明显是在说谎。"红版图"说："小伙子，别怕，照实说，我们给你做主。"忽然听见有人高喊："小孙，你小子死到哪儿去了?"随之，一个长相凶巴巴的汉子出现了。汉子站起来说："俺走了。工地等砖呢。"他走到凶巴巴的汉子跟前，指着我们说："他们骗俺说那个人是市委书记，问俺有没有拖欠工钱，俺啥都没跟他们说。"凶巴巴的汉子拍着他的肩膀说："做得对，现在的骗子多，是要防着点!"他俩明显不避讳我们，说的话一字不漏全部灌进我们的耳朵。

书记深深叹口气，说："回去!"

天色渐渐晚了，走到大街上，一个浓妆艳抹的女人对着书记笑。书记挺纳闷，喃喃自语道，这个女人我认识吗? 正疑惑间，女人已经来到我们身边，小声嘀咕说："三位老板，要小姐吗? 我们这里新进了几个，包你们满意。"书记虎着脸，训斥道："你不知道这是违法的吗!"女人说："装什么正经啊。你这种人俺见的多了。如果是你一个人，早就跟俺走了!"说完，不再理我们，又迎上一个人拉生意。

书记终于不再平静了，愤怒地说："乱弹琴，真是乱弹琴！"

我没听明白，书记是说那个女人乱弹琴呢，还是说他治下的这个城市乱弹琴，或者说今天的调研是乱弹琴。

典　型

市委组织部青干科的副科长姓焦，专门抓典型的，市委的"鬼才"们给他起了一个外号——"焦点"。焦副科长脾气好，别人这样叫也不生气，说，干我们这种工作，就是要善于抓焦点。焦副科长为抓典型，屁股基本脱离了与椅子的亲密接触，整天游走在全市各机关部门及基层单位，小水说他是：游如宛龙，翩若惊鸿。

这天下午，焦副科长游荡到我们办公室，我笑着打招呼，又来抓谁的焦点啊？焦副科长说，烦闷时听候喜鹊来唱枝头，喜鹊来也。科长站起来说，欢迎欢迎，你到哪个部门，哪个部门就有喜讯，你就是报喜鸟哦。小林笑嘻嘻地问，焦科，大驾光临，是不是来我们科挖掘典型呵？焦副科长说，然也。市委年底之前要表彰一批精神文明先进分子，树立典型，推动全市精神文明建设。据说，你们科有个叫于得水的同志就很不错，部长派我下来摸摸情况。

科长说，于得水同志是很不错，出去办事儿了，要不，把他叫回来？

焦副科长急切地说，还废什么话呀，赶紧的！

我立即打小水的手机，让他即刻返回。小水说事情还没办妥呢。我说放下以后再说。他问什么事儿这么着急。我说甭废话，回来就知道了。

小水风尘仆仆赶回来，见焦副科长在，抓抓后脑勺，有些腼腆地笑了，说，焦科，这么急三火四地把我找回来，有什么最高指示？

焦副科长说，你也不用紧张，我们随便聊聊。

小水笑了，不做亏心事，不怕鬼敲门，我紧张什么？

焦副科长说，做好事有时候也紧张呢。市委要抓一批精神文明的典型，我们听了你的事迹，很感人的，想树你做典型呢。

小水果然有点儿紧张了，说，焦科，你可别在我身上瞎耽误工夫，我真的没有什么典型事迹。

焦副科长皱了下眉头，说，上次四川发大水，你一次捐了三千元钱，是直接捐给灾区的，据说还影响了你们科的荣誉。直到灾区反馈回来表扬信，大家才知道，你为什么这么做？

小水愣了愣说，有这事儿吗？

啊？焦副科长很是惊讶，流露出尴尬的神情。

科长急了，插话说，小水，你怎么不实事求是呢，当初你不是把捐款交到科里，后来遇到阻力才改为直接捐给灾区的吗？

焦副科长奇怪地说，怎么，献爱心还有阻力？

小林说，他的捐款数超过了局领导甚至市领导，人家不愿意，小水死脑筋，一定要捐，才有了这么档子事儿。

焦副科长大呼，荒唐！

小水迷惘地问，我荒唐吗？

焦副科长说，当然不是你。你给我说说，你为什么要一次性捐这么多，据我们了解，你的经济情况并不是很好哦。

小水答，不为什么。

焦副科长追问，不为什么是为什么？

小水说，如果一定要回答为什么，就为受灾地区是我的家乡。给自己家里一点儿钱，尽些绵薄之力，有什么可说的呢？

焦副科长仰天大笑，说，说得朴实，说得好，说得感人！

我心里有些不解，心里说，小水这话说得忒没"高度"，如果不是从家乡，而是从国家、人民的角度来谈，不是更有"亮点"吗？

听说，本不该你去扶贫，你主动代替别人去了。你扶贫的那个乡，全村老乡们为你送行，漫山遍野的红布条是为你挥舞的。焦副科长继续抓他的"素材"，看来，他是有备而来。

小水眼睛忽然湿润了，擦拭了一下眼睛说，老乡们对我太好了，我一辈子都不会忘记。

科长把小水和他的女友下乡扶贫的事儿原原本本地陈述了一遍。我和小林又在旁边补充完善。我相信，如果把我们的话如实记录下来，将会是一篇催人泪下的抒情散文。

焦副科长被感动得泪水涟涟，频频拭着眼睛，连连说，太感人了，实在太感人了。

小水说，焦科，有两点我必须作出解释：第一，并不是我觉悟高，主动代替白洁下乡扶贫，主要原因是我的女友要下乡，她的一个肾移植给了她的继母，我不放心她才要求下乡的；第二，老乡们主要为我女友送行，而不是我，我在乡下并没有做什么事儿。

我说，小水，谦虚固然是做人的美德，但是也要适可而止，谦虚过度就是虚伪了。

小水说，我说的都是实话，没有谦虚，更没有过度谦虚。

焦副科长说，好了，不要纠缠这些细枝末节的事儿了。小水啊，你继续说吧。

小水说，好像……好像没什么可说的了。

小林说，什么好像没什么可说的了，汶川大地震，你跑到灾区做志愿者，以实际行动支援灾区，是咱们市唯一自费赶赴现场的志愿者，我们都为你骄傲呢。

小水说，到灾区的志愿者多去了，相比在地震中死去的人，我们够幸运的了，有什么可喧的？再者说，我还被评选为支援灾区的模范。焦科，你就不要把我放在炉子上烤了，我怕烤焦了，烤成"焦点"了。

我果断地说，小水，你就不要再推三阻四了，就这么定了！

焦副科长狠狠拍了一下小水的肩膀说，好好，很好，非常之好，你就等待胜利的喜讯吧。

大约过了一个月左右，市委宣传部给局里打来电话，局办公室又把电话打到我们科，说让于得水同志参加全市"精神文明先进个人表彰大会"，先进个人要做演讲，并说于得水同志已上报推荐为全省精神文明先进典型，等待省委审批，如果没有大的出入，问题应该不大。

我们科很重视这件事儿，科长说，小水的光荣不仅仅是他个人的光荣，也是我们全科、全局乃至全市的光荣。我说，通过媒体连篇累牍地鼓吹，小水有可能成为明星。白洁说，我们为小水哥感到骄傲！小林说，小水啊，你要注意呢，千万不要被荣誉冲昏头脑。小水笑笑，去了市委。

一个多小时后，小水回来了，他说先去了组织部青干科，焦

352

副科长接待了他，并亲自陪同他去了宣传部。宣传部对这次活动很重视，将"秀才"们写好的演讲稿拿给小水看。小水认真看完，困惑地说，说的是我吗？我没说过这么多"闪光"的语言，也没有那么多"高尚"的想法。

焦副科长问，你给灾区人民捐款三千元是不是事实？

小水点点头，是。

焦副科长继续问，那你代替白洁下乡扶贫，老乡悄悄送你们吃的，全村人给你们送行，是不是真的？

小水再次点点头，是真的。

焦副科长再继续问，你自费赶赴灾区做志愿者是不是确有其事？

小水又一次点点头，确有其事。

焦副科长笑着说，这不就结了。基本事实没有出入，已经反映出了你的思想境界，是你自己没有意识到而已。人家张保和创造了一段民谣，"决不掉链子"，我告诉你啊，于得水，在这个时候，你可决不能掉链子。市委、省委对这次活动很重视，这对你是一个机会呢，不是每个人都有这样的机会。

小水不知道焦副科长说得对还是不对，有点儿犯傻。便又回到办公室，虚心向我们讨教。

我们的一致意见是，焦副科长说得一点儿没错，这对小水绝对是个难得的机会，一定要珍惜。我们认真研究了演讲材料，的确很感人，切入点很准确，文采斐然，很口语化，高度、深度都有了。连我们这些与小水朝夕相处的同事们都被打动了，打动听众还有什么问题？宣传部的这些秀才们，也不是吃干饭的，写的东西很够意思。

小水一言不发，低头沉思着什么。

精神文明表彰大会开得很隆重，省委组织部、宣传部部长亲自参加了大会，市委书记做了热情洋溢的讲话。安排小水第一个演讲，他没有按照宣传部准备的演讲稿讲，说他认真考虑过，宁可不当这个典型，也不能在心灵里留下一丝阴影，怎么做的就怎么做的，怎么想的就怎么想的。他的演讲很平淡，没有演讲稿的文采，也就没有了感人的力量。但是，他讲得很真诚，他的演讲，使我照见了自己心中的污垢。

小水的演讲出人意料地获得了热烈的掌声，但是推荐为全省精神文明先进个人的报告却没有批下来，也没有说明不批的理由。

于是，一场轰轰烈烈之后，一切旋即归于平静。

焦副科长惋惜地说，这个于得水啊！

科长说，你们看看小水的眼睛，纯净得像一汪清泉，这样的眼睛里能容得下杂质存在吗？

好大一场雨

今年的雨水特别多，我们这个如饥似渴的北方小城在雨水的冲刷下，万物峥嵘，欣欣向荣。

雨水不断打在玻璃窗上。方局长依然昏迷着，他的昏迷顽强不屈，似乎在和死神较劲。"大夫一周前就说他不行了，可是他还活着，他的生命力真顽强！"方局长的妻子说着，不停地流着眼泪，像打在窗户上的雨水。

准确地说，方局长应称为"原方局长"，已经退休多年。方局长曾经是我们科长的科长，对我们科长有知遇之恩。科长提起方局长的当年就会唏嘘不已，说曾经那么生龙活虎的一个人，转眼之间，就老迈衰弱如此。他带着我们探望他的老上级，尽管他的老上级十次有八次是在昏迷状态。

方局长身上插满了管子，这些管子说明了他各个器官已经不能独立自主地工作了，可是，他的思维还是清楚的，这从他清醒之后的眼神中可以看出来。他清醒的时间不是很长，每当他清醒的时候，妻子就抓紧时间向他汇报谁谁谁来探望过他，他轻轻点头，并不说话，眼睛里有一丝淡淡的失望。更多的时候，他的眼光缓缓扫过病房摆放的绚丽鲜花，定格在窗外的大雨里。听着方局长的妻子述说，科长动情地说："方局长喜欢天浴，年轻的时候，每逢下大雨，他总是带着我们冲进大雨中，扯开嗓门对着天空吼叫。我想，他现在多么想再冲进大雨里，闻闻雨水的味道，倾听大雨的声音，尽情享受大雨带给他的快乐啊。"

可能是科长与方局长妻子的说话惊醒了方局长，他竟然醒了过来，两腮浮现出病态的红晕。

妻子说："老方啊，刚才李局长来看你了，那是他送来的鲜花。"

方局长的眼光在李局长送来的鲜花前略作停留，亮了一下，旋即又闪现出一丝不满足。他的眼睛从我们身上掠过，对守在身边的科长说："小郑啊，你来就来了。这些孩子们有他们的世界，就不要再让他们来了，啊。"白洁说："方局，我们愿意陪您，您是我们尊敬的领导，也是我们尊敬的长辈。"我说："小白说出了我们共同的心声。"

方局长微微笑了一下，笑得很吃力，他眼光转向窗外，幽幽地看着倾泻而下的大雨愣神。

科长说："老领导，您在想什么，能告诉我吗？"

方局长轻轻地说："我刚才做了一个梦，我踩着一片洁白的云朵在天空飘荡，头顶晴空万里，脚下却大雨如注，白茫茫的一片。你们还是年轻时的样子，在大雨中呼喊。我想下去和你们在一起天浴，脚轻飘飘，怎么也下不去，我大声叫你，你不理我。"

科长说："等您病好了，我们还淋天浴，呼吸新鲜空气。"

方局长困难地摇摇头说："你甭安慰我了……我的人生旅程该结束了。唉，人啊……怎么说老……就老了，说死……就要死了呐。"

小林说："方局长，您千万别这么说。大夫说了，您的生命力很顽强，您的生命旅程还长着呢。"

方局长理解地看了小林一眼，没有说话。

科长说："老领导，您还有什么想办的事儿，跟我说，我去办。"他转过脸，一道亮光闪过。

方局长的眼睛渐渐失去了光彩，闭上眼睛不再说话，满脸疲惫之色。不知道是睡着了还是又昏迷了过去。

第二天下午，我和科长赶到医院，方局长妻子说："老方昏迷的时间越来越长，清醒的时间越来越短，可是总也咽不下最后一口气。大夫说他好像在等谁，问他，他只摇头，不说话。"

雨停了，一缕斜阳射进来，照在方局长憔悴不堪的脸上，像一张画废了揉成一团又展开的铅笔画儿，令人心痛。

市委书记带着市长等一干人来了，带了一大堆慰问品，还有一个硕大无朋的花篮。方局长的妻子趴在他的耳边说："市委书记来看你了。"奇迹就在这一刻发生了，方局长忽然睁开眼睛，使劲伸出枯瘦的手，市委书记上前握住他的手，亲切地说："老方，安心养病吧，市委、市政府没有忘记您。"

方局长大张着口，却一句话也说不出来了，脸涨得通红，豆大的泪珠渗进他眼角深深的皱纹里。

当天晚上，方局长咽下了最后一口气，他走得很坦然，很满足。我的心里很酸楚。

雨又下起来了，烟朦胧，水朦胧，白茫茫的，把我们这座城市变成了一片汪洋。

记忆深处

市委宣传部组织了一个写作班子，编写一本《群星灿烂》的书，属于人物传记性的，报告文学的形式，写作对象定位在本市工作过的、正厅级以上领导干部。市委书记说，我们现在的大好局面，是他们为我们奠定了基础，我们不应该忘记他们的历史功绩。我有幸被抽调进了写作班子。

写作班子的负责人是市委宣传部部长，他给我指定的采访对象是省人大欧阳副主任，已经退休多年，体弱多病，记忆力严重衰退。我感到完成任务的困难很大，请求部长换一个采访对象。部长说，你先去省档案馆，调出欧阳副主席的档案，熟悉一下情况再说。

说起来，我和欧阳副主任还有过一面之缘，在他临近离休那年，我找过他，因为一个官司的事。我的一位朋友，真名实姓地举报顶头上司利用手中的权力，以接近白送的价格，为他的亲友滥批用地，从中谋取好处。举报的结果是：顶头上司以诬陷罪将我的朋友告上法庭，中级法院枉法判决，判我的朋友诬陷罪成立，

357

判刑两年。我去看望朋友，他已憔悴得不成样子。我劝他算了，何必呢？他说决不放弃，一定要干到底！我为他的气节所感动，便将他反映的问题和所遭受的不公正待遇汇报给了欧阳副主任，要求省人大启动司法监督程序，依法纠正冤案。欧阳副主任听了我的诉说，拍案而起，正义凛然地说，清平世界，朗朗乾坤，岂能容忍这些害群之马败坏我们党的形象！他让我回去，说一定负责任地将这个案子监管到底！

欧阳副主任果然说到做到，不久，省人大执法监督小组便开进了我们市，对此案进行了检查，很快真相大白。朋友的顶头上司被撤职，法院院长记大过一次，我的朋友无罪释放，冤案昭雪。那个时候还没有国家赔偿一说，尽管如此，我的朋友已经是感激涕零了。

因为这件事儿，我对欧阳副主任很有好感，像他这样富有正义感、敢碰硬的领导干部已经不多了。及至翻阅完欧阳副主任的档案后，更有信心了，欧阳副主任的经历丰富，命运多舛，简直就是一部波澜壮阔中国近代史的缩影。

迈进欧阳副主任的家，看到迎面走来的欧阳副主任，我的心里却充满酸楚。他颤巍巍的，表情木讷，在老伴的搀扶下在沙发入座。我做了自我介绍，特别提到他临近离休那年曾经找过他，并说了那个案子的事儿。我相信，这件案子对他来说，应该是记忆深刻的，是他履行人大副主任职责的华彩重章。我说得很动感情，他却一点儿反应也没有，喃喃地说："有过这事儿吗？想不起来了……"他老伴用纸巾轻轻擦去他嘴角流出的涎水，过意不去地说："您不要多心，他就是这样，老年痴呆。很多老朋友、老同事来了他都不认识了，还走丢了好几次，吓得我现在寸步不敢离……"面对木讷的欧阳副主任，过去那个神采奕奕、大义凛然的欧阳副主任不断在我眼前闪现，暗自感叹不已。

我把采访欧阳副主任的情况向宣传部部长作了汇报，宣传部长沉吟了一下说："这样吧，你采访一下和他共过事的同志，结合他的档案材料，把文章写出来。"我说："文章是要本人亲自审阅的，我担心，以他目前的状况，还能审阅吗？"宣传部长说："写出来后送他一份，权当安慰吧，毕竟他是当事人。"

我很快写出了欧阳副主任的生平经历，又一次进了他的家门。他还是没有认出我，他的老伴提醒说："小张前些日子还来过的。"他摇摇头说："不认识。"我取出书稿给他，请他提出修改意见。看到打印的整整齐齐的书稿，他的眼睛亮了，很清楚地说："好好，我一定认真看，提出意见。"

我对他说的提出意见不抱任何希望，只不过走个形式，以示尊重而已。

我把书稿交给宣传部长，说："任务完成，交差。"宣传部长显然也没有把欧阳副主任提出修改意见当回事儿，说："我找人校审一下，如果没有大的问题，你的撰稿任务就算完成了。"

就在我逐渐将此事从记忆中抹去的时候，接到欧阳副主任反馈的信息。他提的意见很详细、很具体，甚至对一些细节问题都一丝不苟。比如：他指出，他应该是研究生学历，而不是书稿中的大专学历（他在中央党校研究生班进修过一年多）；升任处长的时间应该从任命文件发下之日起计算，书稿中晚了两个月；他担任副厅长期间，曾经有一个阶段是没有厅长的，由他主持全盘工作，实际履行的是厅长的职责；他应该是省人大第一副主任，而不仅仅是副主任……

他的审阅很认真，很仔细，校对出书稿二十多处错误和不准确之处。这哪里是老年痴呆症患者，简直就是一个治学严谨、思维清晰的老学究！

　　我惊呆了，这还是我见过的那个木讷的近乎呆滞的欧阳副主任吗？我对欧阳副主任指出的问题一一进行求证，竟然没有一处是错的。

　　《群星灿烂》成书了，宣传部决定召开一个盛大发布会。拟定聘请人员名单时，我讲述了欧阳副主任的情况，说他身体不好，走路都需要人搀扶，可以把礼品送去，不必来参加会议了。宣传部长说："请不请是我们对老干部的态度问题，能不能来由老干部根据身体情况自己决定。不管怎么样，欧阳副主任还是要请的，他毕竟是从我们市出去的高级领导干部。"市委办公室主任说："来宾的名单要定下来，我们布置会场要摆桌签，安排讲话，会后还要安排就餐，如果定下来的来宾临时来不了，会给我们的工作造成很大被动。"宣传部长摆摆手，坚决地说："宁肯我们麻烦一些，也不能让老干部寒心，这是个政治形象问题。"

　　会议如期召开。事实证明，宣传部长高瞻远瞩，所聘请的干部纷纷到了。我担心来不了的欧阳副主任在会议开始前的五分钟赶到，在两个工作人员的搀扶下，颤巍巍地向主席台走去，脚步蹒跚，弱不禁风。我很担心，他的这种状态是否会坚持到会议结束？可是，就在他迈上主席台的一刹那，腰板突然挺得笔直，气宇轩昂，精神焕发，神采奕奕，哪里还像一个疾病缠身、老年痴呆症患者?！

　　我不由得暗自称奇，太奇妙了……

是好汉你站出来

局机关召开全体干部大会，局长激烈地批评了机关个别人化公为私、小偷小摸的行为，说这实质上是一种靠山吃山、靠水吃水的恶俗文化。此风不刹，将会极大腐蚀我们的思想，败坏公务员的形象！

会议不久，局长亲自光临我们办公室，问我们对他讲话的反应。科长说："此风不可长，你的提醒很及时，我们都很支持。"

局长摇摇头说："也不尽然吧，反对的大有人在！"

我说："局长，您可不能出这些题目考我们的智商，再傻的人，也不会明目张胆地反对，除非他自己就是个贼。"

局长说："反对的人可能还就是你们这些文人。"

我说："局长，您这么说可不公平，您本身就是文人，咱们可不能文人相轻哦。"

局长说："今天早晨，我邮箱里有一封信，很短，写的是，'自称盗贼的无须防，得其反倒是好人；自称正人君子的必须防，得其反倒是盗贼。'这不是对着我昨天的讲话来的嘛。"

我笑着说："你也没查查是谁发到你的邮箱里的?"

局长说："怎么没查，是一个很陌生的邮箱。看来这家伙就是我们机关的，敢作敢当嘛，怕什么！"

"谁说的，有胆量的你站出来，是好汉的你站出来。"小林很夸张地表示出他的愤怒，明目张胆地拍局长的马屁。

局长向小林投去欣赏的一瞥。

我说："那个家伙的确有水平，他引用的是鲁迅先生的话。"

说完，我就后悔了，我不应该在局长面前卖弄自己的知识。幸好，局长宽宏大量，没有计较。他不相信地问："这话真是鲁迅说的，鲁迅能说出这样的混账话？这纯粹是颠倒黑白，混淆是非嘛。"

科长解释说："这话的确是鲁迅说的。鲁迅先生不仅是伟大的作家，还是伟大的思想家、政治家。他这句话针对的是那些满口仁义道德，满肚子男盗女娼的伪君子，要历史地、辩证地去理解这句话的意思。"

局长说："什么历史地辩证地去理解？难道偷东西的不是贼，不偷东西的反而是贼了吗？不是混账话是什么！"

白洁说："局长，算了，给你发邮件的人不敢公开站出来，说明他的心里有鬼，跟他生气犯不着。"

局长的气渐渐小了，不再计较鲁迅曾经说过的"混账话。"

小水说："刚才小林也讲了一句名言，你们怎么没听出来?"

我说："我也算得上学贯中西的人了，怎么就没听出小林说出什么名言来?"

小林说："你也好意思说学贯中西，一代斗士的名言愣是没听出来，可悲可叹。"

小水说："刚才小林讲的'有胆量的你站出来，是好汉的你站出来'就是一句名言。"

"谁的名言，出自何处?"我问。

"闻一多的，出自《最后一次演讲》。讲完之后，就被国民党特务打了黑枪，饮弹而亡。"小水说。

局长对名言不感兴趣，拂袖而去。

……

一周后，我们在办公室埋头忙自己的工作，门推开了，局长难得地哼着《浑身是胆雄赳赳》走进办公室，他的气色很好，满面红光，首长接见似的向大家问好，看起来，鲁迅先生的话已经被他抛到九霄云外。

科长笑着说："局座，从你上次讲话之后，咱机关作风真是改进不少呢。"

局长说："我们党的政策是惩前毖后，治病救人嘛。针鼻大的窟窿斗大的风，小事不抓，就会埋下大隐患。"

局长走到小林面前站住了，笑眯眯地说："小林，你说呢?"。小林突然歇斯底里大发作，对着局长喊叫："有什么了不起的，大丈夫敢作敢当，邮件是我发的，怎么样吧? 要杀要剐悉听尊便，我豁出去了!"

我不知道该怎么形容局长当时的表情，呆若木鸡? 大惊失色? 出乎意料? 反正脸色很难看。我在心底暗暗佩服小林：好样的，真丈夫也! 白洁在那一刻对小林的崇拜之情溢于言表，如果不是各有所爱，白洁肯定会义无反顾地爱上小林的。

科长首先反应过来，厉声斥责道："林晓宇，闭嘴，胡说什么!"

局长气急败坏甩手而去。

小水担心地说："小林，你英雄则英雄矣，但是，局长很生气，你做英雄的后果很严重啊。"

小林猛地拍了下桌子："老子不怕，大不了辞职。此地不留爷，自有留爷处!"

我站起来说："就是，不怕，他要敢报复你，哥们陪你一起辞职!"

科长说："你就甭跟着火上浇油了，事情还没坏到那个程度。"

不知道科长怎么给局长做的工作，最终，这件事儿不了了之了。据说，小林在给局长担任秘书的那些日子里，掌握了局长的一些经济问题，局长不敢轻举妄动，小不忍则乱大谋。正好科长来说情，便给了科长一个面子，借机下台。

从此，小林在局机关树立了血性男儿的光辉形象，美眉们成了他的"粉丝"。

红杏出墙

小水最近行为很诡秘，我们都为他捏着一把汗。

据小水的女友小倩向我们科长举报，她已经很长时间没有见到小水了，连小水长得什么模样都快忘记了。奇怪的是，小水每天上班来也匆匆，去也匆匆，身上经常飘过若隐若现的花香。白洁对花香很敏感，语重心长的劝小水说："小水哥，你是名花有主的人了，可别再赶着给别的女孩子献殷勤哦。"小水暧昧地笑了一下，并不解释，这更加深了我们对他的怀疑。

女友终于掌握了小水"红杏出墙"的确凿证据，她并没有直接找小水摊牌，趁小水外出之机找到我们科长，拿出她用手机偷拍的照片。照片上的女孩子的确很漂亮，眯着眼睛看着小水，脸上洋溢着幸福的表情。小水手中捧着一大捧娇艳欲滴的鲜花，脸上挂着略显羞涩、腼腆的笑容。小水的女友哭着对科长说："科长大叔，我知道小水是鬼迷心窍，我现在真的离不开他了，您一定要帮帮我。"科长拍拍小水女友的肩膀说："你放心，我就不信这个于得水色胆包天，还反了他了！"

小水女友离开后，我义愤填膺地说："我们不能眼看着小水就这么'堕落'下去，要采取有效手段，让他迷途知返！"

小林说："我看呐，就当没有这回事儿，顺其自然。古语说得好'劝赌不劝嫖'，话糙理不糙啊。"

白洁说："你这么说话我就不爱听！这对人家小倩太不公平了！再说，小水哥也不是这样的人啊，这里面恐怕别的有什么原因吧。"

小林谦虚地说："还能有什么原因？我们这些臭男人，哪个不是吃着锅里的，看着碗里的。喜新厌旧是男人的本性，喜新不厌旧那就是品德高尚。"

我说："别用你的道德水准来评判男人，那是你自己。"

科长说："行啦，别争来争去的啦。你们最近多注意一下小水，看看他和那个女孩子到底发展到了什么程度再说吧。"

一个周末，我们发现（可以解释为我们处心积虑地发现）小水和一个女孩子在茶室喝茶，我们悄无声息地坐在旁边的桌子，光线很暗，背对着小水，却对那个女孩子的一举一动、一颦一笑看得清清楚楚。她比手机拍下的照片生动许多，更加风姿绰约，真的很迷人。一缕茶香在两人之间袅袅飘起，女孩子看小水的眼光很特别。小水很健谈，我们很少见小水这样滔滔不绝，这样诙谐幽默，一会儿让女孩子心驰神往，一会儿又让女孩子开怀大笑，也不顾及旁边都有些什么人。

小林几次按捺不住，想冲过去，揭露这家伙的丑恶嘴脸，都被我严厉的目光制止了。他们终于站起身来要走了，小水突然变戏法似的拿出一枝香气袭人的杏花递给女孩子，好像是刚从树上折下来的，很温柔地对女孩子说："祝你生日快乐，明年我还陪你过生日！"女孩子在杏花的映照下，愈加光彩照人。

我忽然想起一句诗：花开堪折直须折，莫待花落空折枝。我在心底对自己进行了无情的鞭笞，真他妈的无聊，不可救药。可是，我的心里很明白，小水和那个女孩子已经好到一定的层次了，小水已经对这朵才开的花"直须折"了，不会给自己留下"空折枝"的遗憾。

我的心情很沉闷，我在心底为小水的女友叹息。看得出，小林和白洁和我的心情一样。

我说："看起来，小水这家伙红杏出墙已经是铁板钉钉的事儿了，现在劝他迷途知返无疑是痴人说梦，看来，只能顺其自然了。"

白洁说："可是，小倩咋办，人家可是一片真心托明月啊。"

小林说："可惜的是奈何明月照沟渠。"

我们把侦察到的情况向科长作了汇报，科长脸色阴沉的能滴出水来。从此，我们对小水就没有过好脸色，同仇敌忾。我们科长本来是个很大度的人，也变得小肚鸡肠了，处心积虑地给小水穿小鞋。小水很快便察觉到势头不对，很无辜地对天长叹："天啊，我到底做错什么了，你们这么对我！"

我们用白多黑少的眼睛剜他。小水求助科长："科长，您怎么也变了，和他们一起变着法儿欺负我。"

科长冷冷地说："别人欺负你，你知道难受了，你欺负别人，咋就不想想人家难受不难受？"

小水疑惑地问："我欺负谁了？"

我鄙夷地说："别装蒜了，是男人，就敢作敢当，这样只会让我们更加看不起你！"

小水脸涨得通红，一句话也说不出来。我心里隐隐有些不忍，但想到他做的事，便硬下心肠，不再理他。

小水依然没有改变，来也匆匆，去也匆匆。他的女友还在跟踪他，发现他与那个女孩子的接触越来越频繁，每次见面，手里总捧着花，有时一大捧，有时几枝，有时仅仅是一枝。小水的女友还趁小水不在时到我们办公室来，祥林嫂似的向我们倾诉苦水。她噙着泪说："他跟我好了这么长时间了，从来没有这么浪漫过。"我们不再表示愤慨，表示了深深的同情和理解。我们开始说小水的坏话，说些天下何处无芳草的废话劝她，让她慢慢接受这个事实。渐渐，小水的女友不来了。我们也接受了小水的"红杏出墙"，不再提起，生活似乎又恢复了往日的平静。

一天早晨，小水突然对我们说："我的一个朋友去世了，请你们务必参加她的葬礼。"

我们都很奇怪，有请客的，有请人帮忙的，哪有请人参加葬礼的。看我们默不作声，小水执拗地说："今天这个葬礼你们一定得参加！"

科长看了一眼小水期待的目光说："好吧，我们去参加小水朋友的葬礼。"

出门不远，看到小水的女友远远等着，她什么话也没说，跟在小水身后。路过花店，小水走进去，很大方地买了一大捧鲜花出来，是金黄的和洁白的菊花。我的心不由得沉了一下。

葬礼上，首先映入我们眼帘的，是女孩子的照片，还是那么风姿绰约，眯着眼睛看着大家，脸上洋溢着幸福的表情。像框围着黑纱，却围不住扑面而来的青春魅力。

女孩子的父亲拉着科长的手说："我的孩子走了，她走得很安详，很快乐。她得了白血病，这次是复发，大夫说她最多只有三个月的时间了。她认识了小水，是小水让她多活了半年，是小水弥补了她心中的缺憾，让她带着美丽的梦想走的。"

科长脸上没有什么表情，眼圈却红了。

女孩子的父亲拉着小水女友说："孩子，让你受委屈了，请你原谅小水，好吗？"

小水女友的眼泪夺眶而出，扑在女孩父亲的怀里，呜咽着："别说了，您就是我的爸爸……"

女孩子在静静地注视着这一切，脸上洋溢着幸福的表情。

想有个情人

写下这个题目，我也挺难为情的，我和老婆结婚十余载，"爱情结晶"都明白恋爱咋回事儿了，我还在想入非非。说起来，都是我同事们闹的。他们一天在我耳边聒噪的，就是婚姻生活多么多么乏味，婚外恋多么多么刺激。小林说："是男人，就应该有情人，外面彩旗飘飘，家里红旗不倒，那才是水平。"我说："得了吧，就算我有那贼心，也没那贼胆，有了贼胆，也没有贼实力。又没有人对我'潜规则'。"小林说："你呀，没有充分认识到自己的实力，你就是个极品男人，正是'招蜂惹蝶'的时候，稍微用些心，就有斩获，哪里用得着'潜规则'来增强实力。"

小水说："是啊，是啊，没听别人说吗？家里的老婆是菜，外面的女人是钙；天天吃饭就菜，适当也要补钙；男人四十开外，切莫忘记补钙；吃菜身体健康，补钙心情愉快。"

我大笑道："小水啊，你怎么也不学好？从那里淘来这些乱七八糟的东西？"小水谦虚地说："仅供参考，仅供参考。"

白洁没有参加我们的讨论，独自坐在窗前，托着腮，目光痴痴的，对着天边悠悠飘过的白云发愣。我说："小白，发什么愣呢。"

白洁梦幻般地说："春天到了，百花盛开，正是谈恋爱的季节啊。"

小林笑着说："白洁妹妹，好像去年你就这么说过，一年了，还这么说，一年四个季节呐，难道只有春天才能谈恋爱吗?"

白洁说："喊，你真笨。只有春天，我们的心灵才能苏醒，鼓荡着春风，催生出多少浪漫情怀。"

在他们的蛊惑下，我真的想有个情人了。下班了，却不想回家，独自踯躅在灯红酒绿的街头，天空飘着蒙蒙细雨，润湿了我的头发，一对对红男绿女与我擦肩而过。弄得我心里乱糟糟的，我幻想着，如果有个情人在这个时候和我挽着手，靠在我的肩头，慢慢走过这条悠长的街道，是件多么惬意的事儿。我的心里开起了杂货铺，油盐酱醋统统被打翻了，七荤八素，五味杂陈。想我那老婆，说起来也是个正儿八经的本科生，婚前一副小鸟依人的可人样儿，婚后原形毕露，发生了翻天覆地的变化，小鸟转眼间变成了老母鸡，成天就是柴米油盐酱醋茶，甚是没有情趣。这且不说，还和那些最俗气的女人一样，总是有意无意地拿我和别的男人比，越比，比得我越没了自信，没了尊严。前几天，我的一篇论文获奖，得奖金五百元，回去一分不少交给她，本想得到她两句廉价的表扬，起码说一句："俺老公还是有本事的。"没成想她接过钱说："就这么几张啊，有啥可得瑟的! 还不够人家吃顿饭的。"气得我啊，真想甩她一巴掌。终了，还是浮现出奴颜婢膝的假笑说"老婆指教得对，俺老婆就是有一双透过现象看本质的慧眼……"

找情人，找谁呢？眼前滑过几个颇有姿色的女人。"小精灵"蛮可爱的，是外贸公司的白领，在一次酒会上认识的，常给我打电话，说些中英文混杂的"混账话"，她曾经流露过，真想找个成熟的男朋友啊，宁肯不要名分，宁肯倒贴钱，不在乎天长地久，只要曾经拥有，只要惊心动魄地爱一回……

　　"小精灵"的环境很嘈杂，笑语喧哗，我的电话令她很无奈，她应付我说："我有个重要应酬，不和你说了，过后给你打过去。挂了啊。"没容我说话，电话一阵忙音。

　　机关办公室的小叶很文静，喜欢文学，现在的女孩子，喜欢文学的已经像恐龙一样珍贵了。大家亲切地叫她"小叶子"。她对我很有好感，看我的眼神总是温柔似水，小鸟依人的样子（特像我婚前的老婆），弄得我心驰神往的，我挺佩服我自己的定力，经受住了好多次考验。

　　小叶子的声音很温柔，说："张哥您怎么想起打电话给我了？"我说："没事，挺闷的，想找个人聊聊，就想起你了。我最近看了你写的一篇随笔……"小叶子很果断地打断了我的话，让我酝酿的一大段抒情语言生生卡在嗓子眼儿里。小叶子的声音依然很温柔："对不起，我和他在大连旅游呢，有事儿等我回去再聊，好吗？"她根本没有征求我意见的意思，自顾自挂了电话。这个小叶子，啥时候有了个"他"啊，现在的女孩子，谈恋爱像闪电，快得令你猝不及防。

　　还有几个在我看来有可能发展成为情人的女孩子或者女人，电话打过去，好像我会把她们怎么着了，约定好了似的推三阻四，弄得我好不容易酿造起来的浪漫情怀慢慢地暗淡下去，最后只剩下失望。

嗨，索性到卡厅潇洒潇洒，让自己放浪形骸一次，说不定会有艳遇什么的。正胡思乱想，肩膀被人重重拍了一巴掌，本想发怒，转脸一看，不得不转怒为"喜"。老婆横眉竖目看着我，我将最后一点想潇洒的愿望立刻抛到九霄云外。我讪笑着说："老婆，你怎么找到这儿来了？"

老婆说："下班不回家，瞎转悠什么呢？看你那色迷迷的样子，恶心死人了。街上女孩子多，青春靓丽，可是你看人家谁用正眼瞧你一下？也就是过过眼瘾罢了。"

我低声下气地说："看你说的，我怎么会是那种人呢？就算是有那贼心，也没那贼胆不是？"

老婆冷笑着说："哼哼，你就别给我装模作样的了。我还不知道你，给你点颜色你就想开染房，给你点阳光你就想灿烂。"

被老婆说中心事，自知不是她的对手，急忙高挂免战牌，无耻地吹捧说："啥事儿都瞒不过你，俺老婆是谁呀？福尔摩斯见你都要喊声师傅呢。"

老婆说："甭贫了。再见不着你，我就直奔电视台播寻人启事了。还不快回家！"

乖乖跟老婆回家。老婆进屋，一下将灯全拉亮了，照得我眼睛发花。桌子中间摆着一个大蛋糕，桌上立着红葡萄酒，五颜六色的菜肴摆了一桌子。我困惑地问老婆："这是……"老婆白了我一眼说："你傻呀，今天是你的生日。"没等老婆反应过来，我猛地把她抱在怀里，紧紧地，长时间地……老婆在我的怀里，微微眯着眼，不说话，胸脯一起一伏……

不知过了多久，飘来女儿的声音："爸、妈，不带这样儿的，少儿不宜……"

竞争的诀窍

我们的魏副局长死了，死得颇有英雄气概。他负责接待外地友邻单位考察团，这些家伙一个个都是酒桶，把在场的其他副局长、科长纷纷斩落马下，唯有魏副局长不顾自己患有心脏病的身体，奋战到底，带着胜利者的微笑，送走了客人，然后倒在沙发上睡去，再也没有醒来。

魏副局长死后，便空出了一个副局长的位置。李局去了一趟市委，回来后乐滋滋地宣布："书记说了，这次副局长不调入了，就在咱们局内部产生。"

李局走群众路线，搞了一次民意调查。他说："一个伯乐相马的水平再高，也有看走眼的时候；无数个伯乐来相马，就一定会选出千里驹！"

民意调查的结果，我们科长的支持率遥遥领先，第二名办公室陈主任与之相差甚远。这个结果有些出乎局长意外，但是他并没有表示出他的意外，很大度地说："民主集中制是我们党的一贯作风，我们尊重群众的意见。"

李局的话很耐人寻味。民主只不过是个形式，最终还得集中到他局长这儿来。给了你民主的形式，就是给足了你面子，至于怎么决定，当然得由他说了算。聪明人当然懂得如何解读局长的话。

论资历、论能力、论水平、论业绩，早都该轮到我们科长了。市长、市委书记、省厅厅长，还有副省长、省组织部部长，都曾经是我们科长的同事或下级。他有很好的关系，在关系就是生产力的今天，这玩意儿显得尤为重要。可是我们科长好像从来没有意识到他有这么好的资源。他服务过的几位局长都无一例外地对他说："郑科，你放心，我会对你妥善安排的。"每逢局长这么说，我们科长都是一笑了之，并不放在心上。局长换了一茬又一茬，升迁时似乎不约而同地忘记了曾经的许诺，都提拔了并不出色的人，唯有我们科长，钉子似的钉在科长的位置上纹丝不动。眼看着黑丝熬成了白发，挺直的腰板也有些佝偻了。他的支持率虽然高，但是岁数在那里摆着呢，这是个不可逾越的硬杠杠。一句话，没戏！

　　办公室陈主任就不同了，他是李局的"死党"。李局长上任没多久，他就摸清了局长喜欢下象棋。他本来爱下围棋，曾经说过下围棋才是大智慧，象棋是什么玩意儿，摆地摊儿罢了。局长爱下象棋，情况就不一样了，陈主任开始潜心钻研棋谱，进步神速，除了局长之外，很快打遍局机关无敌手了。就是局长，赢他也很费把子力气，眼看着局长就要输了，偏偏主任出现了昏招，被局长抓个正着，然后顺势拿下。陈主任心服口服地说，局长棋高一着，不服不行啊。

　　就是在与局长下棋的过程中，陈主任把局长的家庭情况摸得一清二楚。局长可以说家庭美满幸福，唯一的缺憾就是他的女儿。局长女儿有先天性心脏病，二尖瓣狭窄，学习成绩也不好，眼看初中毕业，重点高中录取无望。陈主任老婆是大夫，把局长女儿接到她管的病房，请来北京的专家给局长女儿做了手术，夫妻两人轮换伺候，嘘寒问暖，关怀备至，不知道的还以为是他们的亲生女儿呢。出院后，陈主任马不停蹄地跑局长女儿上高中的事儿，终于和本地最著名的重点高中校长达成交换条件，校长录取局长女儿入学，主任负责安排校长儿子工作。局长老婆和女儿很感激陈主任，局长女儿甚至叫陈主任"干爸"。有老婆强劲的枕边风和女儿的和风细雨，早把局长吹醉了，再加上陈主任的工作干得的确很出色。综合各方面的因素，我们一致断定：副局长的位置非陈主任莫属。陈主任也脚下装了弹簧似的，走起路来一蹦三跳，充满了青春活力。

两个月之后，副局长的任命文件下来了，不是我们期望的郑科长，也不是我们预料中的陈主任，而是大家并不看好的社会发展科的科长唐志远，让我们这些预测大师们大跌眼镜。这个唐科长，论资历、能力，都差一大截子呢，还心高气傲，与局长关系连一般也谈不上，甚至可以说很恶劣，好几次顶撞局长，弄得局长很没面子，我们曾经断言，他这个科长的位置也岌岌可危。

科长批评我们说："不要以小人之心，度君子之腹，李局这是'举贤不避仇'。"在事实面前，我们唯唯诺诺，对局长刮目相看。

唐科长成为唐副局长不久，小林得到内部情报，说唐科长成为唐副局长另有隐情。在一次和亲朋好友们纵酒之后，唐副局长说出了他之所以成为唐副局长的秘密。

李局的歌喉一般，却爱去歌厅吼两嗓子，认识了歌厅小姐小桃。小桃长得靓，歌声清亮，服务也很到位，李局每次去都点小桃陪唱，陪了一个阶段的唱，就陪上床了。小桃不愿意总在歌厅陪唱，局长就给她租了一套住房，养了起来，两人过着甜蜜幸福的生活。

唐科长也爱去歌厅，他不唱歌，喜欢找小姐陪聊，当然，搂搂抱抱在所难免。一次与一位小姐温存之后，小姐告诉他有个姐妹被一位当官的包养了，言谈之下，不无羡慕之情。唐科长起初也没太在意，时间久了，听出点儿名堂来，细问之下，断定就是李局长。他不由一阵欣喜，对小姐说你要是想继续干下去，这事儿可不敢再说了，对你很不利。打听到李局的"世外桃源"，唐科长偷拍下了局长和小桃出双入对的画面，还录了音。然后找到小桃，说李局已被"双规"，公安局很快就要找到她，除了对她的罚款之外，还要判刑。小桃没见过大世面，吓得六神无主。唐科长拿出两万元钱给她，让她立即到别的城市去发展，越远越好。小桃千恩万谢，被唐科长送上了火车。

就在局长准备上报推荐陈主任任副局长的材料时，唐科长敲响了局长办公室的门，把一摞照片和录音放在局长面前，如实汇报了小桃已经离开本市的事情。

局长翻看着照片，脸上红一阵白一阵，颜色甚是难看。很快，平静下来，抬眼看了唐科长一眼，面无表情地说："知道了，你走吧。"

听完小林的讲述，我们感到难以置信。我说："管他真假，谁也不许再提了。"

大家都不再说话，办公室死一般沉寂。

身世之谜

省长助理在市委书记的陪同下，到我们局视察工作，这是他担任省长助理后第一次在我们局公开亮相。

他是从中央某部派下来挂职锻炼的。在此之前，他的身世已经传得满城风雨了，比较一致的说法是，他是开国元勋某首长的孙子，属于"红色贵族"。首长有好几个孙子，他最小，走上仕途的就他一个，前途无量，省委书记、省长都要对他礼让三分。

省长助理很平易近人，一点儿也看不出纨绔子弟的骄奢之气。视察完工作，省长助理没有发表宏论，说了几句很平实的话，便在众人的簇拥下，进入酒店就餐。"众人"之中，本来是有我们科长的一席之地的，科长对我说："你替我参加吧，多个露脸的机会，给助理留个好印象哟。"

对着丰盛的酒席，省长助理笑着说："太奢侈了。别说我们还不富裕，就是经济发展到了一定程度，也用不着这么铺张吧？"

市委书记说："既然准备好了，不吃也是浪费，请入席吧。"

省长助理站立不动，坚持说："把这些华而不实的东西都撤了，否则我就自己找地方喂脑袋了。"

市委书记对局长挥挥手："听助理的，把这些东西撤了，越简单越好。"

就餐时，市委书记对省长助理说："你保留了老一代革命家艰苦朴素的作风，我们很钦佩。真是革命家风代代相传啊。"

省长助理笑道："我也很钦佩老一代革命家艰苦奋斗的作风。不过，有一点我要声明一下，我不是出身于什么高干家庭，我的父母是普通得不能再普通的农民，不识什么字，我是在穷乡僻壤长大的苦孩子……"

局长说："在那样家庭背景中能走出来，并且取得辉煌成就，真了不起，这足以说明你的聪慧和过人之处。"

省长助理说："哪里呀。我小时候并不聪明，学习成绩总落在后面。我的父母都快对我失去信心了，差点儿就让我辍学放牛了。"

"红版图"笑容可掬地说："真是伟大的谦虚。这话打死我也不信！不聪慧能得到博士学位吗？还是双博士……"

可能这话吹捧得痕迹过于明显，市委书记瞪了"红版图"一眼，"红版图"知趣地闭了嘴。

省长助理并不在意，扫了众人一眼说："我厌倦了那种贫困的生活，也不甘心一辈子在牛背上度过。还有，就是我小学老师的一句话深深刺痛了我，她说我要能走出去，除非石头开花！从此我激励自己发奋学习，终于考上了我理想中的大学。"

局长说："嗨，你那个老师真是有眼无珠！差点儿扼杀了一个国家栋梁。"

省长助理摇摇头说："你不懂啊。我们老师是最了解我的人，我那个时候特别顽皮，老师知道像我这样的人，正面教育是起不了什么作用的，必须用非常手段，刺激我麻木自尊的神经，她的目标达到了。前年，我回家乡，去看望我的老师，可惜的是，她已经离开这个世界了，连我表示感谢的机会也没有给我留。在很长一个阶段，我还在误解她、怨恨她，甚至有羞辱她的想法……"

省长助理的眼睛湿润了，有泪花在闪烁。

"对不起，助理，我也误解了你的老师。"局长以少有的诚挚说。

"苟富贵，毋相忘。这正反映了你伟大人格的一面。"市委书记感叹地说。

大家都听出来市委书记仍然是在奉承，可是并没有觉得有什么不妥。

一大盆面条端上来了，省长助理操起碗筷说："过去的事，不说也罢。可是，我们永远也不应该忘记。来，吃饭。"

大家默默吃饭，不再说话，只有咀嚼的声音。这是我吃得最沉闷的一顿饭，也是吃得最有意义的一顿饭。

吃完饭，省长助理站起来说："有件事我必须再重申一次，有人风传我是高干子弟，有什么背景。我在这里正本清源，我什么背景也没有，就是一个农民的儿子，来自社会最底层，就是为普通老百姓服务的，大家有什么事需要我服务的，尽管来找我。"

我把省长助理的话讲给办公室的同志们听，毫不掩饰自己的感动。小林冷笑道："好我的张哥哥，你也是见过世面的人，怎么还这么天真。你真的相信他说的话？现在这些当官的，那个不会作秀，至于把你感动成这样？

我说："我看不像作秀。"

小水说："并不是每个当官的都会作秀。我相信省长助理的话，即便真的是作秀，我也宁愿相信。"

白洁说："能真诚打动人的话，就一定是真的。我钦佩省长助理，发自内心的。"

科长对小林说："不要总戴着有色眼镜看这个世界。这个世界还是美好的东西多。尽管确实有很多丑陋的东西，但是不能因此就不相信美好。"

小林还想说什么，但张了张嘴什么也没说。

虽然省长助理郑重地进行了正本清源，但是并没有多少人相信。有人说省长助理这么说是怕留下纨绔子弟的名声；还有的说省长助理这一招很高明，在笼络人心。如果真的如他所说是农民的儿子，没有任何背景，能这么年轻就爬上这么高的位置吗？

议论纷纷的结果是省长助理的身世愈加神秘，愈加扑朔迷离了。

浪漫的情人节

早晨上班，白洁的脸色很庄严。看她的脸色，我们就知道她又受到了男友的欺负，或者说，她欺负男友未遂。

小林不知好歹，凑上前去，满脸堆笑地说："白洁妹妹，俺妹夫欺负你啦？告诉我，哥哥替你做主！"

白洁愤怒地说："甭跟我提他，谁再提他我跟谁没完！"

小水说："怎么啦，怎么啦，看你这怒发冲冠的样子，我们都是你的娘家人。有啥事儿不给娘家人说给谁说呐，我们总不能眼看着你被别人欺负啊。"

我笑着说："你们啊，就别火上浇油了。谁敢欺负咱们白洁啊，她不欺负别人就算烧高香了。"

白洁瞪了我一眼，气呼呼地说："亏我平日把你当作大哥呢，关键时候，你就胳膊肘往外拐。"

科长笑了，拍着白洁的肩膀说："年轻人嘛，偶尔犯一次混也是可以原谅的。有句名言，年轻人犯错，上帝都会原谅的。上帝都会原谅，你还不能原谅吗？"

科长说话，白洁不好硬顶，嘟嘟囔囔地说："我又不是上帝。"

小林说："这话是咋说的，你不就是妹夫的上帝吗？"

白洁怒火中烧地说："上帝个屁！当初追我的时候，说得天花乱坠，多情种子贾宝玉似的，还专门跑到西藏表达爱慕之情。追到手了，就不珍惜了，全然不当回事了。你们这些臭男人，都是一个德行！"

小林碰了一鼻子灰，臊眉搭眼闪开了。拿起拖把拖地，好像他多么勤快似的，我们分明听到他心脏撕扯成碎片的哧哧啦啦的响声。

我恍然大悟："哦，昨天是情人节，妹夫没有陪你过吧？今天罚他补上。"

白洁可能觉得自己太过蛮横无理，长长吁出一口气说："不要再说什么情人节不情人节了。这是洋节，咱消受不起啊。"

她掏出手机扔到办公桌上："看看他给我发的短信。"

小水说："我们能看吗？这涉及到你们的隐私啊。"

白洁说："看吧看吧，奇文共欣赏，也让你们认清他的嘴脸。"

除了科长之外，我们围在一起看白洁和她男友互发的短信。

白洁真是用心良苦。她咬定青山不放松地启发男友的情商，男友却是榆木疙瘩脑袋死不开窍。

白洁的短信："亲爱的，明天是什么日子？"字里行间，甜得发腻。男友回短信："什么日子，二月十四号啊。你过糊涂了吧。"白洁短信："我没糊涂，是你糊涂了。二月十四号是什么日子？"有了剑拔弩张的意味。男友还是浑然不觉："二月十四号就是二月十四号，还能是什么日子？"白洁短信："猪脑子，好好想想。"白洁已经忍无可忍了。男友回短信："啊，我想起来了。"白洁短信："想起来就好。什么日子？"男友短信："明天是星期六，晴天。"白洁短信："混蛋！你没看见满街都是玫瑰花吗？"她已经顾不得淑女的风度了。男友短信："太夸张了吧，我怎么没看见？"白洁终于歇斯底里大爆发："你要是死了，就一定是笨死的。不理你了，不准你再来找我！"

短信到此戛然而止。

我笑着说："这家伙，真不够浪漫。简直就是一只呆头鹅。"

小林的状态已经调整过来了，笑嘻嘻地说："千万别说呆头鹅，这么说太抬举他了，那是人家梁山伯的专利。后来，人家还化成蝴蝶翩翩飞呢，多浪漫啊。"

小水轻轻唱道："亲爱的，你慢些飞，当心前面带刺的玫瑰……"

科长说："好了，别贫了。小白啊，后来他又找你了吗？"

白洁说："不找我还少生些闲气。昨天早晨，他给我打电话，说在人民广场等我，不见不散。人家主动约我，我也不能太小气了，就去了……"

以下是白洁的陈述。

白洁想，人民广场的对面，就是本市最大的珠宝城。这家伙，准备用实际行动来弥补自己的过失了。白洁满心欢喜，只要有个态度就行，至于白金钻戒什么的，还是算了吧，消费不起啊。

远远地，看见男友伸长脖子四处张望，看见白洁走过来，立即眉开眼笑。白洁原想他手里会有一捧玫瑰什么的，看他手里空空如也，隐隐有些失望，随之也就释然了。就看他后面的表现了。

白洁决定不再矜持，不再淑女。她忽然明白了一个道理，从矜持到蛮横、从淑女到泼妇，没有万里长征那么遥远，男人的油盐不进迅速缩短了这个距离。白洁绽放出蒙娜丽莎般迷人的微笑，温柔地对男友说："亲爱的，今天是世界上最浪漫的节日，你有什么表示啊？"男友含情脉脉地看着白洁说："我这么优秀的一个大活人给了你，还要什么表示呀？"白洁已经决定不再生气，愈加柔情似水："今天是情人节哎，对面就是珠宝城，我们进去看看吧。"男友很爽快："好吧，看看就看看。"

珠宝城各种首饰琳琅满目，白洁在白金首饰柜台前不动了，对站在一边的男友说："你看，这条项链怎么样，是不是跟我的气质很相配呢？"就算是榆木疙瘩，也明白是什么意思了。男友无奈地将看天花板的眼睛收回来，专注地端详着白洁看好的那款项链，许久之后长叹一声："唉，谁让我的女友天生丽质呢，什么样的首饰对你来说都相形见绌呀。"售货小姐在一旁笑笑说："你的女友吧？"男友自豪地说："那当然！"售货小姐很内行地建议说："这款项链卖得很火，跟你女友的气质很相配呢。今天是情人节，正是你表现的时候。"白洁微笑着对售货小姐点点头，风情万种地看着男友。男友挠了挠后脑勺说："这款项链怎么能配得上她？任何饰物戴在她的身上都无异于画蛇添足！"

从珠宝城出来，白洁恨得牙根发痒，一路上都在构思如何启发男友冥顽不化的脑袋。看到铺天盖地的玫瑰花，她轻轻唱道："我早已为你种下，九百九十九朵玫瑰……"男友倒是心有灵犀，笑眯眯地说："想要我送你玫瑰了吧？"白洁笑而不语，眼睛里的含糖量相当高。男友一本正经地说："再美丽的玫瑰也有凋谢的时候，而你，就是我心中永不凋谢的玫瑰……"

没等男友说完，白洁气得扭头就走，如果不是在车水马龙的大街上，白洁的香拳肯定会急风暴雨般落到男友的身上。

男友紧跑几步跟上白洁，并不气馁，观察白洁气得发绿的脸，小心翼翼地说："要不，我们去喝杯咖啡怎么样？"白洁已经走得筋疲力尽了，心想罢了，碰到这样的呆子，认命吧。随着男友去了一家咖啡屋。俩人进了咖啡屋，已经人满为患，男友如释重负地说："太乱了，一点情调也没有。要不然这样吧，到我宿舍，我给你煮蓝山咖啡，我煮咖啡的手艺，那叫一个绝……"

白洁再也不能保持矜持、保持淑女了，大声吼道："够了，闭上你的乌鸦嘴！"

听完白洁的陈述，我们不由哑然而笑。小林说："咱这妹夫，够水平。"小水说："有性格。"我说："绝了！"科长说："实在。"

办公室有人敲门，打断了我们的评论。快递公司的一位先生手捧一大捧红玫瑰，同时还递过来一个精美的首饰盒，说："送给白洁小姐的。"

玫瑰映照得白洁愈加靓丽，那条白金项链与她的气质真的很相配。

就怕认真

财务科出纳小宁走进我们办公室。今年机关工资上调，大家补发了一笔钱。小宁来，可能又有什么好事了。

我们夸张地对小宁表示了热烈的欢迎。小林说："喜鹊叫，小宁到。小宁，你就是我们心中最红最红的红太阳，你的到来，让我们感到无比温暖，无比亲切！"

小宁白了他一眼说："别肉麻了，恶心死了，留着你的赞歌唱给你的那位听吧！"

小水说："是不是又要给我们发钱了？"

小宁说："美死你。这次不是发钱，是收钱。"

一听说是往外掏钱，大家立即不吭声了，各自埋头做自己的事儿，只当小宁虚无。小宁站在地中央，尴尬地左顾右盼。

科长站起来说："甭理他们。什么事儿跟我说。"

小宁把几封挂号信交给科长说："上次给离退休人员发慰问金，本来没有尾数的，不知道怎么搞的，电脑出现了故障，每人

383

多发了 2 元钱。你们科一共有 4 名离退休人员、2 名长期休病假人员，需要追回来。"

科长接过挂号信说："知道了，忙你的去吧。"

财务科的工作很认真，挂号信已经贴好了邮票，《收款通知单》也打印好了。内容很简单："XX 同志，给您发的慰问金多支付 2 元，请接到本通知的 7 天之内，退回局财务科。"

我不禁哑然失笑："扯淡！"

小林说："又扯什么淡了？"

我说："追讨 2 元钱，要花 2.5 元的邮票，1 元的信封，0.5 元的打字纸，还不算人工费用，真搞不懂他们这些整天算账的人这个账是怎么算的。"

小水慢条斯理地说："话不能这么说，这是一种态度，一种严谨、认真、负责任的工作态度。"

小林说："屁！发慰问金都是个整数，你们谁见过发慰问金发到 2 元零头上的？但凡长点脑子，就不会犯这么低级的错误。还好意思往回收！"

白洁从技术层面进行了诠释："多发的 2 元钱，如果不收回来，账就做不平了。"

我冷笑着说："那是他们自己的错，就应该为自己的错误承担责任，而不应该把责任转嫁到离退休的干部身上。我甚至敢断定，大部分离退休干部都没有发现慰问袋里多出 2 元钱。"

小水说："要说也是。难道财务科的人长了个猪脑子？"

科长敲敲桌子说："议论议论是可以的，不要进行人身攻击。"

小林："本来嘛，就是猪脑子，猪得厉害！"

白洁善解人意地说："你们也别站着说话不腰疼。搞财务的人，讲究的就是丁是丁，卯是卯。知错能改，善莫大焉。"

小林痛苦地说："白洁妹妹，你杀了我吧。我真受不了了！这么荒唐的事儿，你还说善莫大焉！"

小水笑道："小林，未必你也是猪脑子？人家白洁这是幽默，高层次的幽默。"

小林茫然地说："我怎么没有听出来？"

哄然大笑。笑得小林摸着后脑勺不知所然，笑得白洁脸色绯红手舞足蹈。

我指着白洁说："所谓高处不胜寒。小林智商有问题，你就别玩这么高深的幽默了。"

白洁认真地说："我没有开玩笑。"

连科长都忍不住笑了。

小水忍住笑说："算了，我们就别把纯洁得像一张白纸的白洁妹妹往沟里带了。现在我作总结，这件事儿用两个字形容：荒唐。用六个字形容：真他妈的荒唐！"

我高屋建瓴地说："其实，这事儿要说荒唐也真够荒唐的，要说不荒唐也不荒唐。马克思的政治经济学说有这样一个理论，社会资源总量是不变的，变的是流动的方向，也就是说从我的口袋里流到了你的口袋，钱还是那么多钱，既不会多也不会少。我们用邮票、投递挂号信，是为邮局作贡献；我们用信封、用打印纸，是为造纸厂作贡献。所有这些，最终还是为国家增加了税收。也算是殊途同归了。"

白洁翘起兰花指捂住自己因吃惊而张大的嘴巴："张哥，什么事儿你都能找出理论依据，我越来越佩服你了。"

我不知道自己是什么表情，相信一定是得意之色溢于言表。

小林愤怒地说："我警告你，不要用这套似是而非的理论来污染我们的白洁妹妹。"

小水冷笑说："高论！怪不得我们的国有企业专门跟钱过不去，大把大把地烧钱，亏损就像无底洞；怪不得我们一些领导干部敢于理直气壮地贪污受贿，原来有这样一条理论在支撑着呢！"

科长一语中的："悖论！照你这么说，浪费不但无罪，反而有功了？如果是你自己的企业，这样的傻事你们干不干？"

我无言以对。心里说，我又不是傻子。

变幻的身份

小林有个大学同学，经常来找小林，一来二去，我们都很熟悉了。据小林讲，他的这个同学很有艺术细胞，是个戏曲爱好者，崇拜梅兰芳、张君秋等老艺术家，他说那是天籁之音，可惜的是现在越来越衰落了。他为此感到忧心忡忡，颇有以振兴国粹艺术为己任的雄心壮志。

第一次见到小林的这位同学时，他两腮嫣红，牙齿洁白，双眼顾盼生辉。小林介绍说："我的上下铺兄弟，胡旦。"小水笑道："挺秀气的人，咋叫了这么个名字。"

小林说："哦，他大名胡凤山，喜欢唱旦角，大家都叫他胡旦。"

胡旦嗲声嗲气地说："不要这么说人家嘛，人家都不好意思的啦。"

我感到中午吃过的饭往上涌，想呕吐。

白洁说："我也特喜欢梅兰芳、张君秋的唱腔耶。"

胡旦兴奋地说："哎哟哟，知音耶。我给你们来一段听听？"不等我们有所表示，开口便唱："苏三离了洪洞县，枷身来到大街前，未等开言我心好惨……"他唱得很投入，眼角眉梢都是情。

科长制止说："你唱得是不错，但这里不是唱戏的舞台，还是忍忍吧。"

胡旦白了科长一眼没有说话。稍顷，取出一盒女士抽的"摩尔"烟，挨个给我们敬烟，我们摆手拒绝了。他自己点燃一支，翘起兰花指抽起来，姿势很优雅。他似乎用了女士用的香水，随着袅袅烟气一个劲儿地往我们鼻孔里钻。

终于忍到胡旦扭动着柔软的腰肢袅袅婷婷离去。我不客气地对小林说："贵同学是男人还是女人？"

小林说："一个字，帅，两个字，帅呆！"

白洁说："我怎么没有发现有什么帅的，挺大的一个老爷们，怎么贱兮兮的。"

小林说："你是不会欣赏哦。我的这位同学，举手投足之间，风月无限呢。"

小水说："你就别恶心我们啦。一个字，贱；两个字，犯贱。"

科长说："行了，背后议论人有意思吗！"

胡旦很久没有找小林了，我偶然提起说："你那个叫胡旦的同学现在干嘛呢？"小林说："我也很久没见了。"

正说着，一个不速之客闯了进来。

我一下跳起来，厉声道："谁让你进来的，快出去！"

来人大叫："林晓宇，是我啊。"

我们不相信站在面前的就是胡旦。下巴的胡子扎煞着，头发乱得像鸟巢，缀满了无数个口袋的衣裤脏兮兮的，穿一双踢死牛的登山鞋，背着一个已经看不清底色的背包，一股酸臭味儿扑面而来。

小林惊呼："胡旦？天啊，你从哪里流浪回来？"

胡旦"嗵"的一声将背包扔在地中央，粗声大气地说："我现在不叫胡旦了，别人都叫我'胡驴'"。

我说："你不唱男旦了？"

胡驴摆摆手说："不唱了。人家都说我唱男旦唱得男不男女不女的，女朋友说我没有男子汉气魄。"

小水说："你的这个称谓太不雅了。"

胡驴使劲拍了小水一巴掌，大声说："小兄弟啊，你落伍了。我和志同道合的'驴友'登山呢，登山最能体现男子汉的气魄了。"

他掏出烟，不管我们抽不抽，每人办公桌上扔了一支，包括白洁。是那种粗制滥造的雪茄。

科长说："小伙子，办公室不要大声喧哗。"

胡驴照样高声大嗓门地说："你没有发现，办公室阴气太重吗？"他恶狠狠抽了一口烟，辛辣的雪茄伴着酸臭味在办公室弥漫开来。

白洁皱着眉头打开窗户。

胡驴口渴了，抓起白洁的茶杯咕嘟嘟把一杯茶水喝得精光。白洁气得脸色通红，隐忍着没有发作。

胡驴说："各位有没有兴趣加入我们'驴友'队伍，办公室的空气太沉闷了，你们真应该到大自然去呼吸呼吸新鲜空气！"

看我们对此毫无兴趣，胡驴摇摇头说："我走了，还有'驴友'等着我呢。"

胡驴刚离开，白洁就拿起茶杯，气呼呼地扔进垃圾桶。

我对小林说："这还是你那个唱男旦的同学吗?"

小林说："一个字，酷；两个字，酷毙。"

白洁说："哪里是酷，简直就是粗野、没教养!"

小水说："一个字，野；两个字，狂野。"

我们一时还无法适应从胡旦到胡驴的转变。胡驴后来又来找过小林几次，我们慢慢适应了，似乎胡旦已经成了遥远的过去。就在我们好不容易熟悉了"胡驴"的时候，他又变了。

大概半年之后，胡驴又来找小林，一身黑色西装，头发油光锃亮，夹一个精致的皮包。小林说："胡驴，不登山了?"

胡驴笑了笑，拍着小林的肩膀说："老同学，我现在才发现，过去干的那些事儿都是小儿科。现在是经济社会，挣钱才是第一位的。我和朋友合伙开了一家公司，员工们都叫我胡总。"

小水说："不叫胡驴了?"

胡总说："小兄弟，要跟上时代潮流呀。"他从皮包里掏出一条中华烟，每个办公桌上扔了一盒，豪爽地说："抽着玩儿。"

楼下响起汽车喇叭声。胡总抱歉地说："我还有个商务谈判，走了。改天请你们吃海鲜。"

小林纳闷地说："这家伙原来是最看不起商人的，说无商不奸，浑身都是铜臭味，现在怎么乐此不疲了?"

我说："嗨，落伍了不是? 贵同学这是与时俱进呐。"

小水说："一个字，俗；两个字，极俗；四个字，俗不可耐!"

小林摇摇头，不再为他的同学辩护。

科长说："只要靠自己的劳动吃饭，就是光荣的。"

又有很长时间没有见胡总的影子了，刚开始我们还念叨着他承诺的海鲜，时间一长就忘记了。就在他逐渐从我们的记忆中消退的时候，他又一次令我们猝不及防地出现了。这一次不是出现在办公室里，而是在电视屏幕上。市里召开招商引资大会，胡总赫然出现在主席台上，他发福多了，胖了一圈。播音员介绍，参加这次大会的市领导有：招商局副局长胡凤山……

会后，电视台记者有个采访胡副局长的画面，记者问："胡副局长，您是这次招商引资工作的主要发起人，请您谈谈自己的看法好吗？"胡副局长笑容可掬地说："招商引资工作是振兴我市经济的头等大事，我们的一切工作都要围绕经济工作运行……"他伸手捋捋自己一丝不乱的头发，不自觉地翘起兰花指，胡旦风采依稀可辨。

看完电视，我给小林打去一个电话："贵同学公司开得好好的，怎么又混进官场了？"

小林没好气地说："甭提他了！钱烧得呗。他说钱挣得再多，也只能显富，不能显贵。要想即富且贵，只有当官。他到处行贿，出手阔绰，终于如愿以偿。"

放下电话，我心里一下回不过味儿来，胡旦、胡驴、胡总、胡副局长不断在我眼前闪回，我不知道哪一个才是真正的胡凤山。我觉得那个胡旦、胡驴要更真实一些，因而也就更可爱一些。

谆谆教导

省厅副厅长来我们局视察工作，他就要退下来了。李局说："不要给人家造成人走茶凉的感觉，隆重接待。"局长此言一出，忙坏了办公室，又是安排打扫卫生，又是安排会议室，又是安排酒宴。

副厅长当了大半辈子副厅长，之所以当了这么久，据说跟他的文化水平不高有很大关系。文化水平低一点儿也没什么，他却又爱附庸风雅，做报告喜欢用成语。他顾不上休息，就给我们做报告，洋洋洒洒时间很长，最后说："我现在虽然日薄西山、气息奄奄了，仍然老骥伏枥，志在千里。你们都还年轻，正当登峰造极之时，要记住领导的哼哼教导，万不可骄傲自满，不可一世……"

他把"谆谆教导"说成"哼哼教导"，熟悉他的人脸色平静，见怪不怪，不熟悉的人心里虽有疑惑，只在心里犯嘀咕，并没敢说出来。

宴席上，"红版图"端着酒敬副厅长，说："厅长，您讲话真是精辟，妙语连珠。您还证明了一句成语的正确读法，就是哼哼教导，有些同志非要跟我犟，说念谆谆教导。什么叫谆谆教导，词义不通嘛。'言'字旁和'口'字旁本来就是一回事儿吗，无口怎么能言呐？领导教育下属，就是要哼哼教导……"

我们在旁边的桌子，"红版图"说的话一字不落全部灌入我们的耳朵里。小林悄声说："我受不了了，要去卫生间！"小水说："溜须拍马也需要技巧，这家伙在破坏这个队伍的形象。"白洁说："也许人家另有深意呢，比如用了反讽手法什么的。"我笑着说："哟嗬，没想到咱小白也深刻了。"科长皱皱眉头说："闭嘴吧，这一桌子的菜也堵不住你们的嘴！"

副厅长却不给"红版图"面子："老阎啊。其实这个成语是我念错了，就应该是谆谆教导，我原来不知道，经常念错，后来被我那宝贝孙子给纠正过来了，一下改不过来，还念哼哼教导，就一路哼下来了，贻笑大方呢。"

"红版图"面不改色心不跳地说："厅长说得极是呢。我也是几十年就这么哼哼下来了。不过，我没您那么好学，知错即改，善莫大焉啊。如果您今天不给我指出来，我还不知道以后要闹多大笑话呢。"

李局笑着说："老阎啊，你就别描了，却描越黑。"

小水小声嘀咕："就是，拍马屁都拍到马蹄子上了，还往下拍呢，一点儿技术含量也没有。"我说："咱们可爱的阎副局长可能真的念了几十年的哼哼教导了，人家给他指出来，他还不服气，今天找厅长求证来了。没想到求证求成这样一个结果。"小林说："不知道厅长会不会以为阎副局长看他要退了，故意讽刺他呢。"白洁说："要真是这样，阎局就惨了。"我说："惨什么惨！人家副厅长能当面认识到是自己说错了，就说明心无芥蒂。只不过阎局最后的解释有此地无银三百两之嫌。"科长低声吼道："你们瞎叨叨个什么？吃你们自己的饭，流你们自己的汗，干好你们自己的工作。管人家是哼哼教导还是谆谆教导呢。"

我们默默吃饭。凡是带"长"的，都轮流给副厅长敬酒，副厅长很快喝高了，在李局等一干人的搀扶下离去。

科长被李局留下继续开座谈会，我们回到办公室。我还是没有放下那个"哼哼教导"，对同志们说："我们以小人之心度君子之腹，预测一下这事儿会有什么样的结局。"

小林说："副厅长心里可能很凄凉，他明知道自己念错了，阎局为什么还要在那个场合来说。人还没走呢，茶就凉了，这家伙看我就要退了，故意出我的丑。妈的，哼哼教导就哼哼教导了，在我没退之前，想办法查查这家伙……"

小水说："副厅长不会这么小肚鸡肠吧。人家会想，我把谆谆教导念成哼哼教导，听出来的人一定会很多，为什么没有人给我指出来，是看我的笑话呢。人家阎局给我指出来，又怕我的面子下不来，才采取这种委婉的方式。哎，我以前怎么就没有发现这个人才呢？"

白洁说："小水哥，我看副厅长不会那么庸俗。他知道自己念错了，也知道阎局是在拍他的马屁，心里很反感，所以才会主动承认是自己念错了，给阎局难堪。"

我说："副厅长就分析到这里，我们再分析一下阎局会怎么样？"

小水说："阎局会想，太爽了！终于给了副厅长一个难堪。这家伙，水平太次，还待在副厅长的位子上不下来，占着茅坑不拉屎，把多少人给耽误了，这次就是要给他一个教训，让他知道自己有几斤几两。"

小林说："阎局可能会很懊悔地想，幸亏副厅长就要退了，要不然的话，以后没有我的好果子吃了。哎，一辈子玩鹰，反让鹰给啄了眼睛……"

白洁说："不会有这么复杂吧。人家副厅长说不定内心窃喜呢。自己虽然要退了，大家还是有些畏惧的，不敢太放肆。自己这个副厅长没有白当。张科，你说呢？"

我说："你们说的这些可能性都有，不过这只是我们的假设，这种事有多个解，也就会有多个结果，不过这不是我们应该操心的。还是科长说得对，不管是谆谆教导还是哼哼教导，干好自己的事才是最重要的。"

小林说："你这家伙，越来越像科长了。"

蹭　会

　　有一个不太重要的会议,本来应该是"红版图"去参加的,他出差了,办公室通知我们科长去,科长对我说:"你去开吧,反正有会议材料,回来照本宣科就是了。"我当然明白科长的意思,他快要退了,让我多露露脸,咱不能不识抬举啊。再说了,宾馆开会,不用操什么心,好吃好喝地伺候着,还有纪念品或者红包什么的,不去白不去。

　　宾馆大厅熙熙攘攘的,会务组忙着接待,发会议材料。这样的会议不用验明正身,只需告诉他们是哪个单位的就可以了。报到的同时,还发了个红包。有的领导同志还带着司机,很令人感动地对接待我们的漂亮小姐说,还带着一名司机,是不是也可以领一个红包。会务小姐为难地说:"本次会议有规定,司机没有红包,理解万岁吧。"

　　很多人对这个规定持有异议,说司机也是会议的参与者,尤其是从外市县赶来的,更是愤愤不平,吵吵说太不像话了,这样组织会议以后谁还来参加!

　　会务小姐一点儿也不生气,甜甜地笑着:"这是领导规定的,我也是照章办事,我把大家的意见反映上去,由领导来决定,好不好?"话说到这个份上,又是年轻漂亮的小姐,大家不好再说什么,气鼓鼓地把红包塞进自己的公文包里。

　　会议开始了,我坐在一个角落里。会议主持者说,这次会议很重要,希望大家遵守会议秩序,关闭手机或者调至振动状态云云。我眯着眼睛听领导讲话。领导的讲话很有水平,很原则。但是我已经耳熟能详了，领导的报告只不过把报纸和文件的内容整合到了一起而已。虽然会议主持者有言在先，手机的响声仍然此起彼伏，一会儿的工夫，人就稀稀拉拉走了将近一半。

开完大会，吃完午饭（吃午饭的人比开会的人多得多)，我在宾馆看了一会儿电视，洗了一个热水澡，刚迷糊了一小会儿，有人按响门铃。这个会议没有我认识的人，谁会敲我的门？未加理睬，门铃还在锲而不舍地响。我没好气地打开门，是会务组的小姐，甜甜地笑着："是张先生吗？"我说："是啊，有何公干？"她说："你们局的阎副局长怎么没有来？"我说："他出差了，我替他来了，有什么问题吗？"会务小姐没有计较我的态度，笑着说："你们局就来你一个人？"我说："来人多你们又不多发红包。"会务小姐说："不对呀，在你来之前，还有一个吴先生，说他是来替会的。"我冷笑道："开什么国际玩笑。"她说："没有开玩笑。张先生，看您也是个有素质的人，不会让我为难吧？"我生气地说："你们这个会议是怎么搞的，没事找事儿！"会务小姐说："对不起，跟我见一下我们领导，就一小会儿。"

看来，这个午睡要泡汤了。我气呼呼地说："见就见，谁怕谁啊。"

会务小姐径直把我带到保安部。咱可是遵纪守法的公民，领导的批评都很少，这是哪跟哪呀，心里那股火由不住噌噌往上冒。会议组织单位的领导正襟危坐，还有穿着制服的警察。我扫描了一圈，心里多少有些平衡了，敢情找的不是我一个，还有五六个人呢，每个人都板着脸，接受审查。

审查的程序并不复杂，查验了身份证，给单位打去电话核实，核对无误后，领导亲自道歉，握手，送出门。效率很高，很快就审查到我了。核对完我的身份后，领导问："你们单位有没有一个叫'吴有'的。"我摇摇头："不知道，我不认识。"

忽然我明白了什么，说："领导，你查查，是不是还有叫'莫文''紫序''吴明'之类名字的?"会务组的同志很认真地查了，果然有。领导纳闷地说："你怎么知道这些名字的?"我心里嘲笑他们：弱智啊，连这些都看不出来，还做什么领导！我笑笑说："子虚乌有嘛。这些蹭会的同志智商不低呀。"说话间，会务小姐又陆续带进来好几位，个个神色冷峻。

下午的会开得了无兴趣，我思谋着早些撤退，又想着晚上还有会餐，犹豫不定。会务小姐轻轻拍拍我的肩膀，轻声说："张先生，对不起，您还得配合一下我们的工作。"我说："你们还有完没完?"会务小姐白嫩的手指竖在唇间："嘘，不要影响大家开会，就一小会儿。帮帮忙。"

会务小姐把我带进会务组，这次接待我们的是位戴着金边眼镜的中年人，很斯文的样子。已经有十几个人被带到了会务组。

金边眼镜笑道："把大家请来，是有件事儿跟大家商量。我们的会议经费是按人头编制的，一个萝卜一个坑，超支要我们个人负责的。各位都是领导干部，相信会理解我们的，我们这样做也是无奈之举，你们看……"

那是你们自己的事。难道你们工作失误，还要我们来承担责任吗? 没有听完金边眼镜的话，就群情激奋了。

看来金边眼镜也是组织会议的老油子了，一点儿也不慌乱。他把手往下压了压："大家听我说。你们都知道，会议是不允许发补助的，我们这样做也是承担了风险的。请大家通融通融吧。你们都是领导，我相信是有觉悟的。"

有人一针见血地说："拉出的屎还能再回去吗？你们这样做信誉何在？"

　　"话说得不要这么难听嘛。"金边眼镜不紧不慢地说："我们已经充分考虑了大家的实际利益。你们把会务费退回来，我给你们开一张会议费收据，拿回单位报销，羊毛出在羊身上，你们个人吃不了什么亏。"

　　"你们这不是转嫁损失吗？"有人马上回击金边眼镜的话："你们会务组是干什么吃的，连蹭会的骗子都分辨不出来！"

　　"话不能这么说，"金边眼镜不再笑眯眯的了，板起面孔说："为什么人家偏偏冒充你们单位呢，说明你们的管理有漏洞嘛。二百元的会务费，对你们来说算不了什么，何况还不要你们自己掏腰包。你们想退就退，不愿意退我们就到你们的单位去收，无非是牛头不烂多费些柴火，反正这些钱是一定要收回来的。"

　　金边眼镜这么说，大家不好再说什么。有人开始从公文包取出还没有捂热的红包。我也把红包交回去。

　　金边眼镜边开收据边说："这就对了嘛，回去报销和这里拿钱有什么两样？都是人民币嘛。这样吧，看在大家都这么配合的分儿上，我给各位多开五十元，算是我们的一点儿心意。"

　　大家不再发牢骚，随之喜笑颜开。有人夸奖金边眼镜会办事，有兴趣的话，可以考虑作为人才引进到他们单位。

　　我把会议情况向科长作了汇报，说有人蹭会冒名顶替的事儿。科长没有说话，苦笑着摇摇头。

　　小林说："现在蹭会成了一种职业，有人专门做这个生意呢。"

　　白洁惊讶地问："这也能成为一种职业？太夸张了吧！"

　　小水说："白洁妹妹，要不说你纯洁呢。现在这个社会，遍地都是黄金，就看你会不会开发了。"

白洁摇摇头："不可思议，不可思议！"

小林说："其实，这个会议并不算昂贵，有的会议都开到国外了。一天的会议，半个月的游山玩水，国家是冤大头。"

科长摆摆手："别说了！这样的会议，不参加也罢。"他对我说："你呢，还报销吗？"

我说："科长，您熏陶了我这么些年，这点儿觉悟我还没有吗？"我取出收据，对叠了一下，再对叠一下，撕成碎片，扔进字纸篓。

为房消得人憔悴

小林在办公室郑重其事地召开了新闻发布会，宣布他将正式进入"围城"，开始甜蜜的二人世界的生活。

这个消息并没有引起多大的震动，我们该干啥还干啥，不为所动。我们的态度令小林怒不可遏，斥责我们说："为什么不为我祝福，忌妒我的幸福吗？"

科长走到小林面前，真诚地说："小林，衷心祝福你！"

小水鄙夷地说："小林，要来的祝福有意思吗？"

小林悲愤交加地说："难道我不值得你们祝福？"

我一针见血地指出："不是我们不愿意祝福你，你具备进入'围城'的条件了吗？"

听我这么说，小林黯然失色，摇摇头说："大煞风景，大煞风景啊。"

白洁说："让张科触到痛处了吧？进入'围城'是需要金钱

做基础的。"

小林痛心疾首地说："俗,真俗,俗不可耐啊。"

小水说:"那我们就索性一俗到底吧。我们的祝福需要美食美酒的滋润,请你选择好时间、地点,准备接受我们真诚的祝福吧。"

众人对小水的提议表示了坚定的支持和热烈的拥护。这里所说的众人,就我、白洁、小水三人也,所谓三人成众也。

小林说他现在是财政最吃紧的阶段,在女朋友的严格监管下,我们的要求显然超出了他的支付能力。经过认真磋商,他买回了一包花花绿绿的奶糖。我们嚼着奶糖,轻描淡写地对他说了些祝福的话。小水嚼完最后一颗奶糖后发表评论说,奶糖是最廉价的那种,而且还是过期的!

经过我们多方了解,才知道小林财政吃紧并非"假语村言"。结婚的首要条件是要有房子,有屋才有家。古人造字,屋顶下养头猪乃为"家"。目前房价上涨得令人猝不及防,一路阳线上升,从来没有阴线跳水。

自打小林宣布进入围城那天起,就开始为买房而进行着艰苦卓绝的努力。小林是以懒惰而闻名的,每逢过年过节,我们给他发的短信是:'猪'你节日快乐!如今他变得勤奋好学,不知道从哪里搜集来那么多的住房信息,潜心研究。没多久,他就对全市的期房、现房、房产公司、物业公司、居住环境、尤其是房价等方面的信息了如指掌,谈论起来如数家珍,滔滔不绝。我们局计划买房的同志,都会到他这里咨询相关信息,他也总是不吝指教,令求教者乘兴而来,满意而归,人气指数一路攀升。小水甚至建议小林索性辞职下海,开一家房产中介公司,自己做老板,还上这个劳什子班作甚？小林认真考虑了小水的建议后，给了两个字的评语："扯淡！"

小林的开支缩减到了最低程度，烟不抽了。实在受不了，就流窜到其他办公室，眼睛绿光闪闪盯着吞烟吐雾的烟民，盯得人家心里发毛，好歹扔给他一支。科长不愿意他到别的科室丢人现眼，买了一条烟塞进他的抽屉。"节衣"的效果还不甚明显，"缩食"被他发挥得淋漓尽致，最显著的变化是满脸菜色，走起路来风吹杨柳，虽然婀娜多姿，却令人不由发出弱不禁风之叹。我们劝小林说买房来日方长，何必这样苦自己？小林正气凛然地说，保护动物是我们人类的神圣职责，要从我做起，我立志做素食主义者！我们被小林如此博爱的胸襟所感染，自愧弗如。科长请客，特意为小林点了几个素菜，小林并没有体谅科长的良苦用心，专拣鸡鸭鱼牛羊肉下筷子，疾风骤雨般夹个不停。只看得我们惊心动魄，目瞪口呆。等我们缓过神来的时候，已然风卷残云。科长拍拍小林的肩，把菜单递给小林，叹口气说："还想吃什么，尽管点！"小林抬眼看了我们一眼，迷惘地问："吃什么？我吃什么了吗？"

除此之外，小林的精神也饱受摧残。局里准备出一本画册，为了体现丰厚的文化底蕴，科长交代小林跑一趟文化局，收集一下我们这座城市出过哪些文化名人。小林很快回来了，交给科长一串长长的名单，有李白、杜甫、白居易、李商隐、李清照、秦始皇、刘邦、李世民、朱元璋，甚至还有里根、克林顿、安南、巴菲特、盖茨……科长啼笑皆非，说小林，你这么快就实现世界大同啦？真有你的！小林疑惑地说："不对吗，难道不是名人？"气得科长整整一个月没有用黑眼仁瞧过小林。

在小林宣布进入围城第三个月的时候，这家伙精神恍惚到了惨不忍睹的程度。我们不能提"房子"这个字眼，一提到"房子"，他就条件反射般地呕吐。尽管吐出来的东西也是清汤寡水的。他很有感悟地对我们说："人生，就是要经得起各种磨炼，苦难是人生最好的老师。"我说："屁，苦难是人家成功人士的老师。看你这小样儿吧，还配谈什么苦难不苦难。"小林向往地说："做头小猪真是幸福啊。"小水说："可惜啊，你这辈子不幸堕落成人，好好修行，争取下辈子托生为猪。"

　　为了解救在苦难深渊苦苦挣扎的小林，我们轮流请小林吃饭。小林感激涕零地说，下辈子我们还做兄弟！我们立即驳回了他的建议，说，饶了我们吧，这辈子遇到你算我们倒霉，下辈子还做你的猪去吧。

　　就在我们担心小林是否能坚持到买到房子的那一天的时候，小林的女友浮现在我们眼前，这是自小林召开新闻发布会后女主人第一次露面。小林的女友似乎没什么变化，脸色好像更红润了一些。女友拉着小林的手，很首长地、满怀深情地说："小林啊，你受苦了！"小林感动地说："苦不苦，想想长征两万五"。小水勃然大怒，吼道："别糟蹋长征两万五，人家红军是在追求理想，追求光明。你们呢，就为两间破房，值当吗？"我冷笑说："说'你们'不准确，小林面如枯槁，命悬一丝。可是，你看看你，"我毫不客气地谴责小林的女友："依然面若桃花，光彩照人。这是你们俩人的事儿，怎能让小林一人担此重任？"小林白了我一眼，抓住女友的手，深情款款地说："甭理他，吃不到葡萄就说葡萄酸。为了早日进新房，苦死累死心也甜……"

　　半个月后，小林感叹说结个婚真他妈的难啊，对他的身体和心灵造成了双重损害。白洁亲切地说，干吗急着结婚，人家说结婚是爱情的坟墓。现在觉悟还不算晚，等打下物质基础也不迟……小林说，哪里呀，我是想跟你们说，我准备办个文印部，以后局里文字材料由我承包了。现在还缺些散碎银两，请你们伸出温暖的手……

没等小林说完，办公室人去屋空，只剩他一个人茕茕孑立，形影相吊……

今夜星光灿烂

我们科长有一个同学聚会，一定要拉我陪他去。我说是你的同学，我去凑啥热闹？科长说，算你帮我个忙好不好？我说什么"就算"我帮你个忙？你的那些同学，跟我的年龄有差距，有代沟，说不到一起。科长说，哪儿有什么代沟，有代沟也是人为设置的，你跟我是不是也有代沟啊？既然科长话说到这个分儿上了，我再推辞就是不识抬举了，便陪他去了。

到了酒店，才发现科长的同学们都是带着老婆来的，离异暂时没有老婆的，也带着位打扮的花枝招展的女人，像我们科长这样的，还是独一份。

看起来，我们科长在他的同学中间威信还蛮高的，他的名签在首席主位的左首。坐在主位的是一个相貌堂堂的男人，这个男人紧紧握住科长的手说，郑委员，还是那么清高孤傲啊。我们科长说，高班长，你是骂我呢还是夸我呢。坐在高班长（如今的常务副省长）右首的系团委方书记（如今的省委宣传部部长）说，老郑很牛啊，从来不主动跟我们联系，老同学聚会也很少来，今天不知哪股风给刮来了。科长说，你们现在是万人仰望的高官，我就一个小小的科级干部，中间隔着迢迢银河路，哪能主动跟你们联系，就是秘书、警卫的关我也过不去啊。高副省长哈哈大笑，老郑，看来，你对我官僚主义的意见还蛮大的。好的，今天老同学聚会，我向你负荆请罪，多喝两杯。科长说，不敢当。说着，站起来四下张望，哎，我带的人呢？张章，张章在哪儿呢？我早已被带到司机的席位坐下，听科长招呼，站起来说，我在这儿呢。科长冲我招手，到这儿来。我扭扭捏捏不想去，人家都是何等人物，哪有我辈的立锥之地？高副省长对服务小姐招招手说，加把椅子，再加把椅子。

看起来，科长带我来是别有用心的，把我介绍给他的这些位高权重的老同学，为我的"进步"铺平道路。我心里感叹，科长啊科长，您真是迂腐得可爱，您的这些同学和我的距离太遥远了，让他们为一个小小的副科长说话，不啻于高射炮打蚊子，你能说出口人家还怕掉价呢。

当然，科长把我介绍给了他的那些当官的同学之后，没再提多关照我的话。科长就是再迂腐，也知道他的这些老同学都不是等闲之辈，知道他特意带我来并隆重介绍给他们是啥意思。科长曾经对我说过，同学聚会有什么意思？能联络多少感情，联络更多的恐怕还是关系。我老郑视名利若浮云，绝不趋炎附势。带着名利色彩的同学聚会，我老郑不聚也罢。我们铮铮铁骨的郑科长，居然为了我的所谓"进步"参加了他的同学聚会，我心底深处很是感动。

科长的这些同学中很多都算得上"成功人士"。走仕途的，有省部级干部、厅级干部，最不济也是个正处级；走"钱途"的，也一个个腰缠万贯，最差的每年也有百十万的进账。只有我们科长还是一个正科级，每月三千多元的工资，过着饿不死也撑不死的平淡日子，当然，比起个别已经"去"了的同学，他还是很幸福的。

听他的老同学讲，当初在大学高副省长是班长，方部长是系团委书记，我们科长是学习委员，他们三人是有名的三套马车，铁三角，教授最看好的还是郑良同学。我心想，他们的教授不是像我们科长一样有着闲云野鹤的性情，就是像我们科长一样迂腐可笑。

几杯酒下肚后，官僚的暮气渐渐淡去，气氛渐渐轻松起来，大家海阔天空地聊起来。高副省长很感慨地说，人呐，一上点岁数，昨天的事记不住，儿时的事却总也忘不掉，一闭上眼睛就历历在目。他出生在一个很闭塞、很贫困的山村，父亲在他六岁那年上山砍柴滚下山崖死了，母亲一只眼睛哭瞎了，另一只看人也就是一个模模糊糊的影子。他兄妹三人，底下还有两个妹妹，母亲和中国大多数农村妇女一样，有重男轻女的思想，两个妹妹早早就辍学了，跟着母亲在田里苦劳苦做，汗珠掉地摔八瓣，瓣瓣都是辛酸，用浸透辛酸的汗水换来的钱供他读书。县城读高中住校的时候，吃不起学校的食堂，母亲一次给带够一个月的土豆。他每天吃的除了土豆还是土豆，哈出的气都带一股子土豆味儿。冬天极冷，没有火炉，棉被极薄，睡觉缩成一团。高副省长笑着说："你们知道同学们叫我什么吗？哈哈，'土豆团长'。"

方部长也谈了他的童年，他的家境比高副省长要好许多，出生在一个中等城市，父母都是高级知识分子。"文革"时父亲被打成"反动学术权威"，家里字画什么的被造反派焚之一炬。他眼睁睁看着父亲胸前挂着大牌子，被造反派按住做"土飞机"，母亲被剪成"阴阳头",弯腰撅腚地在一旁陪斗。后来,全家被赶到父亲的老家。父亲的老家已经没有亲人了,他们一家还要占大队的口粮,家乡人并不欢迎他们。口粮少,就麸皮掺些野菜吃,一年到头见不到一滴油星。父亲死的时候,想吃一口肥猪肉片子,到了也没吃上。方部长说:"人家都说美不美故乡水,亲不亲家乡人。我对家乡的感情实在少得可怜,如果一定要说的话,就是家乡在我的生命里留下了一段灰色的记忆。"

科长的同学们纷纷谈起了自己的经历,每个人心中都有一本"血泪账",真的是字字血、声声泪。每个人谈起来都很感慨,既感到不堪回首,又感叹岁月无情,还有那么一点淡淡的苦涩和无奈。只有我们科长没有加入到庞大的"忆苦思甜"队伍,他只是静静地听着,既不发表感想,也没有叹息,一副平淡如水,波澜不兴的样子。

吃罢饭,聚会的下面程序是唱歌、跳舞、洗浴。如果把聚会看作是一场演出的话,吃饭喝酒只不过是序幕,真正的高潮还没有开始呢。"序幕"结束后,科长在我耳边说,后面的节目我不想参加了,你呢?我笑着说,我紧跟领导不掉队。科长说,今晚星光灿烂,咱们走走?我说好啊,走走。

夜空真的很好,凉风习习。科长深深叹口气说,人的这一生,真如白驹过隙,转瞬就是百年啊。我说,科长,您平时可不是这么多愁善感的。科长略显伤感地说,前天阎副局长正式找我谈话了,他问我我退下来后,谁接科长比较合适,我推荐了你。官场的事儿,复杂着呢。我想啊,趁着老同学聚会的机会,推推你,这也是我能为你做的最后一件事儿了。我真诚地说,科长,您如果用您一生的名节作代价来换取我科长的职位,这个科长我宁肯不要！科长说，我也是一时糊涂，真的把你介绍给了他们，才意识到这很可笑，真的很可笑。

我忽然想起这么一句话：在这个世界上，只有两种东西能引起我们内心深深地震动，一个是我们头顶灿烂的星空，一个是我们心中最高的道德准则。今天晚上，我们头顶着灿烂的星空，心里仍在恪守着自己做人的准则，虽说不上崇高，但是却如清风明月照在心间般的清澄透明。

我问科长，您的那些达官贵人的同学们一个个都在大谈自己的苦难经历，您怎么既不附和也不评论呢？科长说，他们现在或贵或富了，那些苦难的经历就成了他们炫耀和教育人的资本，人们会说，是苦难磨炼了他们，苦难成就了他们，而他们自己也认为从苦难中学会了许多，得到了许多。可是，有很多的人，正在经历着苦难，对他们来说，苦难就是生活，生活就是苦难，他们并没有意识到这就是苦难，对苦难的感觉已经麻木了。还有很多的人，经历了很多的苦难，但是苦难和财富毫不沾边，他们没有话语权，没有人愿意听他们诉说苦难，甚至会把他们的倾诉当成一种负担。对他们来说，苦难的本质是屈辱，诉说苦难就是把自己的屈辱展示给人看，从而使自己蒙受更多的屈辱。

我说，科长，我知道，您年轻的时候吃了很多苦，可是，您活得磊落、有尊严、有气节，苦难带给您的并不是屈辱，而是淡然和豁达。

科长笑笑，意味深长地拍拍我的肩膀，什么也没说。

今夜星光灿烂。

一壶浊酒尽余欢

我们科长要退休了。他的级别不够，连退居二线的资格都没有，中间没有过渡，直接回家。随着他的退休，我将接任他的科长职务。

科长早就知道自己要退了，我能顺势而上，也是他力荐的结果。最难受的是大家都知道科长要退了，而正式文件又没有下发的那个阶段。其他老同志一旦知道自己要退的消息，就主动不来上班了。我们科长则不然，依然早来晚走，工作一丝不苟，颇有站好最后一班岗的风范。

科长对我说："张章啊，科里的工作你就抓起来吧！"我急忙说："科长，您永远都是我们的科长，您可不能撒手不管，还得对我传帮带呢。"

小林鼻孔哼了一声："甭假惺惺了，心里不知道多美呢。"

我威严地瞪他一眼，他根本不睬我，弄得我干生气没脾气。

同志们这些天总是用白眼翻我，我分配他们工作也爱答不理的，好像是我篡夺了科长的职务似的。

科长伤感地说："我老了，该退了，再不退就挡住年轻人进步的道了。人家范蠡功成身退，燕青正当烈火烹油时就隐退江湖了。"

小林忍不住笑了："科长，您老人家可不能这样类比。范蠡帮助勾践打败夫差，有功之臣，是担心'飞鸟尽，良弓藏；狡兔死，走狗烹'而隐退的，据说还带走了西施美眉。燕青是个浪子，本来就是浪迹江湖的人。您老人家是到了退休的年龄，与主动隐退是有着本质的区别的……"

没等小林说完，我们已经怒不可遏。小水大喝一声："闭嘴！不许你这么诋毁我们科长。我们科长也是急流勇退，只不过形式不一样罢了。"

科长苦笑道："小水啊，你这就不是实事求是的态度了。人家小林说得不错啊，我是到了不得不退的时候了。唉，人这一辈子啊，怎么说老就老了呢，弹指一挥间哦……"

白洁安慰说："科长大叔，别这么说，您一点儿也不老。在您身上我学到了很多东西，明白了很多做人做事的道理，一辈子都受用不尽呢。我们会经常想着您的！"

科长笑了："小白，我听着怎么跟致悼词似的，好像还没有到那个时候吧。"

我说："白洁真不会说话。她的意思是您给她留下许多宝贵的东西。您的品格留给她，她心明眼亮斗志坚，您的勇气留给她，她敢与虎豹豺狼来周旋……"

科长终于绽开开心的笑容："张章啊，你比人家白洁也好不到哪儿去，这段唱词是《红灯记》李铁梅送爹爹赴刑场时唱的吧！"

小林说："科长，我觉得退休总不比上刑场还困难吧？您看人家李玉和，上刑场还雄赳赳、气昂昂的。"

科长说："孩子们，你们的好意我心领了。你们放心，我会调整好自己心态的。"

话是这么说，我们还是发现科长的变化。每天必泡的茶水懒得泡了，办公室少了袅袅升起的茶香。我们将劣质茶叶放进他的紫砂壶，他视若无睹，不再提出严重抗议，一杯茶放一天还是一杯茶。若隐若现的酒味荡然无存，我们请他喝酒，他疲惫地挥挥手，话也懒得说。

我们对科长的失落表示出了极大的理解，格外听科长的话，很乖巧的样子，生怕对科长有什么伤害。那盆曾经朝气蓬勃的"吊兰"也无力垂下了脑袋，对科长的离去表示不快。科长沉默得令人窒息，令人想起那句名言：不是在沉默中爆发，就是在沉默中死亡。我们真有了度日如年的感觉。

小水送给科长一套文房四宝，说科长的字画很漂亮，以后可以心无旁骛，专心致志地钻研书画艺术了，用不了多久，科长就会成为大器晚成的书画艺术家。

白洁说："其实，咱们科长早就应该是著名的书画艺术家了，只不过没有得到充分展现罢了。我有个同学在画报社，可以给您包装一下，出本画册。"

我说："白洁的建议非常好，我举双手赞成。"

科长说："我有多大能力自己知道，胡乱涂抹两下还行，真要是登大雅之堂，就贻笑大方了。"

小林严肃地说："科长，您这么说我就要批评您了。您对自己太缺乏自信了，世上无难事，只要肯登攀。何况书画对您来说也不是什么难事。"

科长怀疑地说："你们说，我能行？"

我们异口同声地说："行，太行了。科长，我们对您有信心。"

我们长长出了一口气，科长就要走出阴影，炼狱般的生活就要结束了！

科长退休的文件终于下来了，尽管他早有思想准备，还是盯着文件看了许久，目光空蒙蒙的。从这个文件之后，他就要与街上那些下棋的、打太极拳的、遛鸟的老人们为伍了，在他看来，这是很遥远的事儿，转眼之间就成铁定的事实了。

沉默良久，科长使劲摇摇头，对我们说："今天晚上，我举办告别宴会，把你们的小爱人都带上，谁也不准缺席！"

科长在酒宴上表现得很大度，很潇洒。只有朝夕相处的我们才可以看出，失落被他深深地隐藏起来，我们心里也就格外难受。他说什么，我们都随声附和，跟屁虫似的。科长觉察出来了，端一杯酒到我的面前说："没有什么，自然规律嘛，谁都无法逃避的。长江后浪推前浪，一代更比一代强。张章，你以后就是张科长了，责任重大啊。"

我说："科长，您放心，有您的这杯酒垫底，什么样的酒我都可以应付！"说完一饮而尽，亮出杯底给科长看。

白洁忽然站起来说："科长，我想为您献支歌。"

没等科长表示，我们已经拍起了巴掌。

白洁声情并茂地唱："长亭外，古道边，芳草碧连天，晚风拂柳笛声残，夕阳山外山；天之涯，地之角，知交半零落，一壶浊酒尽余欢，今宵别梦寒……"

我们跟着白洁一起唱，歌声并不甜美，却唱得格外动情，唱出了我们心中的忧伤，直唱得泪流满面……

快乐的声讨

科长退休后，我转正成了科长。局里对我们科进行了大整合，小林、小水调到其他科当了副科长，白洁调入机关团委任宣传干事（享受副科级待遇）。我们科新调入了四位同志。面对新面孔，我颇有怅然若失之感。下班没有回家，打开电脑，浏览《办公室的故事》系列，一张张熟透了的面孔从字里行间使劲儿往外蹦，不由感慨，天下没有不散的宴席，我要重打梆子另唱戏了，《办公室的故事》也该结尾了。

正在苦思冥想如何漂亮地结束《办公室的故事》的时候，忽然门开了，科长、小林、小水、白洁鱼贯而入。

小林饿虎扑食般冲过来，紧紧按住我的手，凶神恶煞般地说："这次我们可抓了个现行！上次小水说有人在网上发什么《办公室的故事》狗屁小说，极尽讽刺挖苦嘲弄之能事，越看越像我们之间发生的事儿。我猜到就是你，这下看你还有什么话说！"

我想关电脑已经来不及了。咧出比哭还难看的笑，反问道："哎哎哎，你们这是干什么？我怎么讽刺挖苦嘲弄你们了，我写的难道不是事实吗？"

小水冷笑道："看起来你好像是玩世不恭，时不时来点儿小幽默、小趣味什么的，实际上包藏祸心，唯恐天下不乱！"

我咧出比哭还难看的笑，说："小水，我听不懂你在说什么。"

小林说："你就甭装出一副无辜的样子啦，一字字、一句句，铁证如山，抵赖是抵赖不了的，老实交代才是你唯一的出路。"

我继续装出大惑不解的样子说："我交代什么？有什么好交代的？小林，咱们关系一直不错，你不要这么穷凶极恶行不行？"

白洁颇有点苦口婆心地劝解说："张先生，你还是招了吧，有个好态度，求得大家的谅解。"

我举起双手说："好啦好啦，你们就甭群起而攻之了。我招，我招还不行吗？文章是我写的，也确实使用了我们生活工作中的一些素材。但是，请各位注意，这是文学作品，不是照搬生活。

如果你们不懂文学创作，我就无话可说了。"

小林气势汹汹地说："你不要避重就轻！你要给我们恢复名誉。"

我摊开双手说："我又没有损害你们的名誉，何来恢复一说！"

小林说："铁证如山，岂容你抵赖。从一开始，你就把我和小水写成重色轻友之徒，还对人家白洁妹夫进行恶毒诋毁。《考察》中，把我写成了官迷；《赏画艺术》中我成了专拍领导马屁的家伙；《签单》里我成了小丑；《情定网络》又把我写成了色鬼；《双边会晤》中我是个贱人；《螃蟹满地爬》中我是个爱占小便宜又要装大度的伪君子；《看牙记》把我描写得面目狰狞；《阴谋》《金玉良言》里我纯属一个阴谋家；《维权遭遇》中我成了一个混世魔王；《为房消得人憔悴》里我就是一个标准的傻蛋……字字句句，恶毒之极，罪恶累累，罄竹难书。"

我理亏地说："还有什么成语，一发使出来吧。我这是为人物塑造需要，进行了一点儿艺术夸张嘛……其实，其实我对你还是赞美得多。"

小林一点儿也不领情："赞美个屁！告诉你，这事儿没完。同是一个办公室的，你咋把人家小水写得那么好呢?"

小水却不买账："好什么好？你说过的我就不说了。《红颜天使》把我们小倩写成了弱智；《"瘦身"计划》中是我在厕所出馊主意；《挥舞的红布条》中败坏我的名誉……"

我说："小水，你可不能冤枉我，我那是饱蘸着感情的汁液赞美你呢。"

小水说："说我和女友睡在一起也是赞美吗？这还罢了，《给我一杯忘情水》中我小肚鸡肠，没有容人之量；《流星》中我好高骛远，成了一闪即逝的流星……是可忍，孰不可忍！我也跟你没完！"

我仰天长叹："天呐！我比窦娥还要冤啊。"我目光转向白洁，低声下气地说："小白，我们办公室的人就数你厚道了，你说句公道话。"

白洁莞尔一笑，说："我厚道吗？你没搞错吧？《你问我爱你有多深》中我就是一个典型的泼妇；《慧眼》里我有眼无珠；《局长谈心》中我是任人摆布的傻妞；《浪漫的情人节》我矫情，淋漓尽致地展现了我的浅薄。我就是这么一女人，谈得上厚道吗？尤其令我气愤的是《只为一个爱字》《偷窥》赤裸裸地侵犯了我的隐私权……尊敬的张先生，你要为你写的东西负责任呢……"

我气急败坏地说："你们太不懂文学了，让我说你们什么好呢，高学历低智能！很多描写我用的是春秋笔法，明贬暗褒，用用脑子好不好……"

科长终于站出来说话了："行啦，我看张章写的东西还可以嘛，增加一点儿趣味性，谈不上什么败坏名誉、侵犯隐私嘛……"

我感动得眼眶都湿润了："还是科长懂艺术，理解我。"

小林别有用心地挑唆道："科长那是不跟你一般见识。《科长醉酒》你把科长写成什么了？没有酒就活不下去的酗酒者！《惊鸿一瞥》说我们严谨正派的科长花心蠢动；《科长的绯闻》，听听这标题，就是在对科长进行恶毒的人身攻击！《一壶浊酒尽余欢》竟然影射我们尊敬的科长依依不舍贪恋官位，咱们科长对你不薄啊，你怎么能……"

我再也顾不得风度了，急扯白脸地说："你不要牵强附会。我是说科长不愿意离开我们，我们也不愿意离开科长，我们对科长的退休依依不舍。我对科长有着深厚的、割舍不断的感情，你想破坏我们之间纯洁的友谊，纯属狂犬吠日、痴心妄想……"

科长笑着说："我知道，其实大家也都知道。不过，你写李局、阎副局有丑化之嫌。尽管隐去了真实姓名，但是明眼人一看就知道谁是谁了。"

我知道科长这么说是为我好，但是心里并不服气，辩解说："这是小说，纯属虚构，他们愿意对号入座，我也没有办法。"

科长摇摇头："算了，把有关章节删了吧，以免引起不必要的麻烦。"

我坚决地说："不删。删去就不完整了。他们整天想的是如何向上爬，对文学不感兴趣，看不到的，即使看到了，也不敢承认小说里的人物就是他们自己。"

小水不依不饶地说："不要转移斗争大方向哦。我郑重地叫你一声张科长，请你严肃地回答，你对我们造成的心理伤害应该如何弥补？"

我一副死猪不怕开水烫的样子说："就这么写了，你们说怎么办吧？"

小林严肃地说："好办，晚上请我们吃饭。"

我笑了："天啊！看来我还应该写一篇《圈套》。要我请客早说嘛，何必弯弯绕。"

小水一本正经地说："这也算是对我们脆弱心理的一种安慰吧。在一起这么久了，说分开就分开，树倒猢狲散，让人怎能不伤感？"

白洁嫣然一笑，愈加妩媚，说："小水哥，你真不会说话。什么树倒猢狲散？我们不是还在一个局工作吗？"

小林以少有的伤感说："我真的很怀念我们在一起的日子。我真的很怕这种日子一去不复返了！"

　　我说："我忽然想起我看过的一篇文章，标题是《怀念狼》。"

　　小林说："狼是最团结的团队！"

　　科长动情地说："新的一年就要开始了，你们又站在了一个新的起点。加油啊，孩子们，我祝福你们。"

　　是啊，新的一年开始了，生活还在继续，《办公室的故事》又翻开了新的一页。

图书在版编目（CIP）数据

办公室的故事 / 张玉秋著.— 银川：阳光出版社，2011.4

ISBN 978-7-80620-793-2

Ⅰ.①办… Ⅱ.①张… Ⅲ.①长篇小说 — 中国—当代 Ⅳ.①I247.5

中国版本图书馆 CIP 数据核字（2011）第 060875 号

办公室的故事

张玉秋　著

责任编辑　戎爱军　靳红慧
装帧设计　石　磊　张　洁
责任印制　岳建宁

黄河出版传媒集团
阳　光　出　版　社　出版发行

地　　址　银川市北京东路 139 号出版大厦（750001）
网　　址　http://www.yrpubm.com
网上书店　http://www.hh-book.com
电子信箱　yangguang@yrpubm.com
邮购电话　0951-5044614
经　　销　全国新华书店
印刷装订　宁夏精捷彩色印务有限公司
印刷委托书号　（宁）0007796

开本　880mm×1230mm 1/32
印张　13.25
字数　350 千
印数　10000 册
版次　2011 年 5 月第 1 版
印次　2011 年 5 月第 1 次印刷
书号　ISBN 978-7-80620-793-2/I·144

定价　26.80 元